目　次

第三部

第一章 …………………………………………………… 3
第二章 …………………………………………………… 26
第三章 …………………………………………………… 54
第四章 …………………………………………………… 83
第五章 …………………………………………………… 116
第六章 …………………………………………………… 155
第七章 …………………………………………………… 189
第八章 …………………………………………………… 228
第九章 …………………………………………………… 272
第十章 …………………………………………………… 303
第十一章 ………………………………………………… 330

第三部

春

第一章

时当春日的凌晨。

从黑暗和雾霭中,四月的一天懒洋洋地到来了,犹如一个长工,劳累不堪而沉沉入睡,还没有睡够就必须在天亮之前起床,以便马上出去犁田和播种。

白天开始了。

四周依然万籁俱寂,晨雾缭绕,只能听到露珠从酣睡的大树上掉落下来的滴答声。

天空如同一块潮湿而又长满露水的蔚蓝色幕布,将黑黝黝的大地盖住了,只在寂静和幽暗之中迸射出微弱的白光。

晨雾有如牛奶桶中的牛奶泛起的泡沫,将草场和低洼地带都蒙上了一层白色。公鸡在尚未显露出身影的村子里大声啼叫,此起彼伏,互相呼应。

最后一批星星似乎也闭上了眼睛,消失不见了。

这时候,东方出现了一团红光,像是有人从篝火的灰烬中把半熄灭的火炭吹出了火光。

晨雾突然在天空中飘动,起伏不定,有如春天的洪水,在黑沉沉的田野中奔泻而过，或者有如神香燃起的氤氲，稀而不密，色灰蓝，呈螺旋形，袅袅升入天空。

白天开始"站立"起来了，正在和身处劣势的黑夜进行搏斗，黑夜还在用它的那件厚重的潮湿的外袍遮盖着大地。

亮光徐徐布满整个天空，现在开始逼近大地，并在与晨雾的斗争中把光亮射向了树梢，而在高处的某些地方，浸满露珠的灰色田野也从黑夜中显露出来。池塘的水面像炫目的镜子那样在闪光，而溪河也从那渐渐消失的雾气和越来越亮的曙光之间，显示出它那潺潺流动的身影。

天光大亮了起来，东方的晨曦洒出了一片青紫色，随后渐渐变成了熊熊大火般的红色，各种景象逐渐显露出来了，森林也开始从黑暗圈中冒了出来。而在那条上坡的大路上，两边栽有长列的白杨，枝叶低垂，像是被寒霜压得劳累不堪似的。由于晨曦的照耀，一切越来越清晰了，零零落落散布在黑暗中的村庄，此时也相继在曙光中显现出来，就像在激起泡沫的流水中冒出的石头那样。而近处的一些树木则在露珠和光亮中变成了银灰色。

太阳尚未升起，但令人觉得，过不了多久，它就会从这些红光中跳将出来，将光芒射向大地。而大地才睁开自己惺忪的眼睛，只是稍微动作了一下，依然在闭目养神，懒洋洋的，好像还在补觉似的。此时周遭一片寂静，似乎大地屏住了呼吸，只有微弱的轻风，如同婴儿的呼吸，从树林那边吹来，却也把树上的露珠吹落了下来。

而在这灰色的幕布之下，田野依旧未醒，像是挤满了虔诚信徒的教堂，突然从暗色的天空中响起了云雀的鸣叫声。

云雀从某处的田野中飞起，扑动着翅膀飞向天空。它用银铃般的嗓音发出美妙动听的歌声，如同做弥撒时的铃声一样，又像是这春天的芳香，凝结成一团直冲云霄。就在这东方的寂静高空中，云雀放声歌唱，歌声响彻整个世界。

顷刻之间，其他云雀也群起响应，同时腾空飞起，在空中大声歌唱，向所有生物宣告清晨的来临。

随即，田凫也在沼泽地里发出哀凄的叫声。

其他种类的鸟也在村里的一些地方鸣叫起来，由于天空还处在幽暗之中，很难分清它们的品种来。

太阳就要出来了……出来了……

终于，它从远处的森林后面冉冉上升，仿佛是从深渊的底层升上来的，就像是由上帝托起的一个金光灿灿的火红巨盘，由一双看不见的神圣之手，高举在睡意浓浓的大地之上，用阳光告别那昏暗的世界，向大地上的万物——无论是生的还是死的都表示祝福，并启动了白天的神圣奉献之礼。万物都在向它顶礼膜拜，在这神圣的万丈光芒面前，默默地闭上了其卑微的双眼。

白天来了，显得无比地欢欣，放射出万丈光芒。

雾霭像从香炉中冒出的芬芳烟雾，从草场飘向金光灿烂的天空。飞鸟和一切生物迸发出一首赞歌——这是充满感激之情的祷告，发自内心的真诚的祈祷。

太阳在不断上升，已经高居于黑色森林、无数的村落之上。它高悬天上，形状巨大，把温暖射向大地，这是上帝俯视万物的眼睛啊，它开始了对整个世界强而有力的和平的统治。

就在这个时候，克温布家的年迈的亲戚阿加塔，出现在森林旁的沙丘上，地主家的几个大草堆，就堆放在车辙很深的大路两旁。

她是乞讨回来的。从去年收完庄稼后她便外出靠天主施舍的面包过日子，如今她要回到利普查村来，就像候鸟要在春天回到自己的老巢一样。

她年老体衰，衣服褴褛，常常喘不过气来。她看起来就像生长在

005

沙地上的那棵柳树,干枯瘦削,走路摇摇晃晃,一副快要倒下去的样子。她衣着破烂,像个老乞丐,手拿打狗棍,肩上背着布袋,腰上挂着念珠。她迈着蹒跚的步子,从草堆旁边走过,这时太阳正好升了起来,她抬起自己那饱经沧桑满是皱纹的脸孔,朝太阳望了一望,她的眼睛虽然充满了血丝,但也迸射出欢欣的光辉。

真是不错,在熬过了这漫长而又酷寒的冬天之后,现在终于要回到那生她养她的村庄来了。一想到这里,她的脚步便显得轻快些了,布袋在身侧摇来晃去,念珠在胸前咔嗒作响。可是不一会儿,她就觉得喘不过气来,肺部憋得慌,于是不得不停下来,随后她放缓了脚步,艰难地朝前走去。然而,她的那双饥渴的眼睛,却在不停地转动着,打量着四周的景色。她望着那些已经露出绿色麦苗的灰色田野,那个从雾霭之中显现出来的村庄,望着那些还没有长出新叶、依旧光秃秃的树木——它们或是像哨兵守卫着大路,或孤零零地屹立在田野上,显得庄严而平静——她便露出了微笑。

这时候,太阳升得高高的,就连最远的田地都能一目了然,一切都闪烁着玫瑰色的露水,黑色的田地在阳光的照射下闪闪发亮,水在沟渠里哗哗流淌,云雀在寒冷的天空中发出悦耳的歌声。在一些悬崖峭壁的下面依然还残存着白雪,而挂在一些树上的黄色柔荑花,就像是一串串在空中摇动的琥珀念珠。在一些角落里,在一些被太阳晒干了的低洼地里,从去年掉落的腐叶下面,金黄色的野草开始冒出了绿芽,有些黄花也睁开了自己的黄色眼睛。一阵轻风徐徐吹来,带来了潮湿而浓烈的清香,那是原野在阳光照射下特有的清香气味。到处都是一片春色,明亮、广袤而又欣欣向荣,不禁让阿加塔想有一副翅膀,能像鸟儿那样振翼高飞,大声欢呼着向四处飞去。

"我的耶稣,我亲爱的耶稣!"她禁不住大声说道,随后坐了下来,环视着四周,想要把这个世界的一切都收进她那充满欢欣而又无比激动的心中。

啊！春天来到了一望无际的田野上，云雀已用歌声向世界宣告。还有这圣洁的太阳，这轻抚的春风，甜蜜温馨得就像母亲的亲吻一样。田地满怀着神秘而又渴望的神情，期待着犁耕和播种，处处都是一片欣欣向荣的景象。还有这温暖清新的空气，仿佛在宣告，很快就会有绿草如茵、繁花似锦、麦穗饱满的景象了。

啊！春天好似一位身着日光衣裙的美丽女人，以其曙光似的年轻脸孔，流水般的发辫，从太阳中走出，走向大地之上，如同四月的早晨，从张开的双手中放飞云雀，让它们欢唱高歌。随后是排成一字形的大雁、排成人字形的野鹅，欢快地哇哇叫着掠过天空。鹳鸟在沼泽地里走动，燕子在农舍旁边吱吱聊天，所有的飞禽都在振翼翱翔歌唱。凡是被日光衣裙触及的地方，那里的青草就会精神抖擞地冒出来，细小的叶子随风摇曳，发出细微的响声，所有的一切都会奋发出新的强大生命力。春天已冠盖整个世界，从东到西，如同这大慈大悲的圣女把恩惠和慈善带到了人间。

嘿！春天拥抱着那些陷入地面的东倒西歪的农舍，把无比慈爱的眼睛投向屋檐之下，唤醒那些冷漠而麻木的心灵，从而使之振作活跃起来，丢弃他们的悲哀和忧虑，开始相信美好的命运、丰收的庄稼和幸福美满的时刻即将到来。

大地上又响起了生命的钟声，就像长久沉寂的大钟又发出铿锵有力的声音一样。在阳光的照耀下，发出了更加高昂、更加欢乐的声音，鼓舞着那些惶恐不安的心灵，为世间最神奇的事物歌唱，终于在每个人的灵魂深处得到了回响和共鸣。每个人的眼里都噙满了泪水，每个人的灵魂都获得了不可战胜的力量，他们在喜悦之中跪了下来拥抱着大地，拥抱着整个世界及其突出的每一寸土地、每一棵树、每一块石头、每一片云彩，以及所看见和所感受到的一切。

阿加塔这样想着，慢慢地向前走去，用贪婪的眼睛望着这片亲切可爱的土地，这片神圣的土地，神情变得如醉如痴。

然而当利普查教堂响起晨祷钟声的时候，她结束了遐想，恢复了常态，立即跪了下去。

"啊，上帝，我完成了我的神圣使命，现在回来了……啊，主啊，请你大发慈悲，保佑我这个孤寡老人！"

她本想说这些话的，可是泪水从她眼里涌出，从她干枯的脸颊上像瀑布似的倾泻而下，她感到特别激动，激动得甚至连挂在她腰上的念珠都摸不着，想说的话一个字也说不出来。只有零零碎碎的几个音，像燃烧的火花拼尽全力从她心中迸发出来。

这时天已完全大亮了，晨雾也已消失，利普查村的全景都尽收眼底，一目了然。村子处在低处的一个大池塘之上，池塘像面镜子似的闪闪发亮，四周有一圈堤岸，围住了下面的池水，池岸上面是一片农舍，相邻而建，就像亲密无间的亲戚那样，坐落在光秃的果园中间。有的农舍的屋顶冒出了炊烟，有些窗玻璃在阳光的照射下闪闪发光，把处于黑色树干之间的新刷白的墙壁映照得更加白净光亮。

现在她能看清楚每一家的房子了。磨坊和锯木厂传出的轰隆声越来越清楚——它们都位于村子的这一边，也就是她行走的这条大路的边上。而在这条路的另一端，是高大的教堂，纯白色的高墙耸立在巍峨的大树之间。老远就看得见的窗户和金色十字架在闪闪发亮，甚至能看见神父住宅的红色屋顶，它就坐落在教堂的后面。放眼望去，四周是像花冠一样的森林和一望无际的耕地，以及坐落在果园中间的村庄，远远看去，村庄就像是插入地下的灰色树叶。这里有：弯曲的道路、突出的怪石、倾斜的树木、稀稀拉拉长着枞树的沙丘，还有狭小的溪流，蜿蜒着在农舍之间穿行，最后欢快地流进了池塘。

离她较近的地方是利普查村的耕地，宛如是铺在高地上的一块幔布，随着不同的高度一直伸展到山丘下面。耕地被分成了一块块而又连成了一片，被一条条弯曲的田埂小路和棕色的休耕地所隔断。田埂路上种有枝繁叶茂的梨树，还有鲜艳的玫瑰和荆棘，它们在金黄色的晨光中显得更加清晰。在去年秋天耕种过的田地里，现在已渐渐泛起了绿色，去年收获过土豆的那些黑黝黝的田地，还有犁耕过的土地，以及像熔化玻璃那样闪闪发亮的低洼处的积水，构成了一幅五光十色的图画。磨坊后面是一片泥炭色的草场，鹳鸟在上面自由行走，时时发出咯咯的叫声。再过去是一块洋白菜的菜地，全被水淹了。而在被水淹的田地里只有它的高处露出水面，仿佛是一条泥鳅，白肚皮的田凫在它上面翱翔。交叉路口上竖立着木质的十字架或者圣母像，温暖的金色太阳就高悬在这个世界之上，降临在这片村落的土地之上。云雀在婉转鸣唱，牲畜在牛棚里哞哞乱叫，鹅也在大声嚷叫，还传来人们互相叫唤的声音，风的呼吸是那样亲切、那样温暖，都把这些声音带走了。大地也似乎沉浸在寂静、遐想中，就像是沉浸在那个孕育着新生命和行动的神圣时刻中一样。

在地里干活的人并不多，只有几个女人在紧挨着村子的地里施肥，一股股强烈的臭气散发出来，直刺阿加塔的鼻子。

"这些个懒家伙还在睡大觉，这样难得的好天气，干活的人却这么少……地正等着耕种哩！"她很不高兴地嘀咕道。

她为了更接近田地，便离开了大路，走上一条横跨水沟的小路。水沟里的杂草长得异常茂盛，雏菊面对着太阳张开了它们的红色睫毛。

地里还是这样荒凉，她感到十分惊讶。她记得很清楚，往年的这个季节，田地里到处都是女人们的红裙子，姑娘们的歌声此起彼伏，响彻云霄。她也清楚地记得，现在正是施肥、耕作和播种的最好时节。可是今天怎么啦？她看到，只有一个农民在地里的中心地带播种，他弯着腰，一边朝前走着，一边挥动着手臂成半圆形，好像是在撒播种子。

"春天刚刚开始,他播种的肯定是豌豆……那个人一定是多米尼科娃的儿子。我看到,那块地就是他们家的。亲爱的天主啊!慈爱的天主会保佑你得到丰厚的回报。"她衷心地低声道。

小路坑洼不平,很难走,有鼹鼠的巢穴,有石块,有的地方还很泥泞,但她都不把这些放在心里,一心一意关注的是每一块田地、每一寸耕地。

"这是神父的黑麦田,长势不错呀,麦苗又壮又绿!当初我外出乞讨时,长工正在耕地,神父就坐在这个地方,我记得很清楚。"

她艰难地朝前走去,又感到喘不过气来,眼里冒出了泪水。

"啊,这是普沃什卡家的黑麦地……要么是播种晚了,要么是根有点烂了。"

她艰难地弯下身去,用她那不灵活的手指轻轻抚摸着潮湿的麦叶,就像慈爱地抚摸着孩子的头发一样。

"这是波利那家的小麦地,长得多茂盛呀……真不错!……真不愧是利普查村里的第一号人物!……怎么有点发黄了,一定是冬天太冷冻坏的。"她一边这么想着,一边放眼望了过去,看到了去年秋天犁耕过的那些田地里,麦叶深陷在泥水里,沾满了泥浆,证明了去年下的雪有多大。

"村里的人真是吃了不小的苦头啊!"她叹息道,同时把手掌放在额头边,挡住阳光,因为她看见有两个小伙子出了村子朝她走来。

"一个是风琴师的徒弟米哈乌,一个是风琴师的儿子,他们提的篮子真不小,准是要把复活节后的名单送到沃拉去。啊,就是他们,绝不会是别人!"

当那两人走到她的身边时,她向他们打招呼,本想和他们多聊聊,但他们只是含糊其词地应付了两句,便自顾自地说笑着离开了。

"我是看着这两个家伙从小长大的,现在他们倒不认得我了。"她心里有些失落,也有些生气,"说来也是,谁还认得这样一个老乞婆呢!这个米哈乌长得英俊漂亮,现在一定能给神父演奏管风琴了。"

她这样想着,又朝大路那边望了一望,只见一个犹太人赶着一头小牛犊从村里出来。

"你是从谁家买来的?"她问道。

"从克温布家!"犹太人答道。他正在用力拉着一头红白相间的小牛犊,它有时站着不动,有时又往后走去,有时还发出悲哀的叫声。

"这牛犊长得真不错,能在收割前用上……"

她用农民的欣赏眼光望了一会儿,直到它在路上消失不见为止。这头小牛从犹太人手中挣脱之后便穿过田地朝村里跑去,犹太人在后面紧追不停。

"好好吻它的尾巴,说些好话,它就可能会回来!"她望着这场追逐,心中高兴地说道。

"这里是克温布家的地了,怎么连一个活人都没有!"她注意到了,但没有时间去多想。她已经进到利普查村了,能闻到炊烟的味道,能看见晾在果园里的被褥。她用眼睛一扫,整个村庄都尽收眼底,高兴和感激之情便在心中油然而生——是天主让她活到了春天,让她回到了亲人们中间,回到了生她养她的故土。的确,她很有可能在上个冬天死在陌生人中间,因为她重病了一场,是天主恢复了她的健康。

正是心中抱有这样的强烈愿望,她才战胜了这漫长的冬天,她才每时每刻都变得更加坚强,克服了寒冷、贫困和死亡的威胁。

她在一丛灌木丛边坐了下来,想在进村之前整理一下身上的衣服,但她心有余而力不足,因为过度的兴奋使她全身发抖,手脚无力,她就像只被扼住脖子的鸟儿那样心跳得特厉害。

"毕竟是好人和善人多啊!"她自言自语道,同时小心地看了看身边的布袋子。她感到欣慰的是，自己这些年来的积蓄足够支付丧葬费。

多少年来她就只有一门心思：当天主安排她死去的那一刻，她能像所有的主妇那样，死在自己的村里，死在自己人中间，死在盖有羽绒被的床上，而床的上面挂有一排圣像。为了这神圣而庄严的一刻，多少年来她都省吃俭用，积攒至今。

她在克温布家里有一个柜子，里面存放着一床大羽绒被，还有枕头、枕套和被单。所有这一切都是干干净净的，从未使用过，她只是存放着以待最后使用。她哪里会有自己的房间和床铺呢？平时她只能睡在房屋角落里的麦草堆上，或者睡在牛棚里，他们叫她睡在哪里她就睡在哪里，并无专门睡觉的地方。她从不主动去要求什么，也不抱怨，因为她知道，在这个世界上，一切事物都是由天主安排的，权力再大的人或者罪孽再深重的人都无法改变。

她默默地静静地请求天主宽恕她的狂妄，因为她有一个梦想：想要一个像其他主妇一样的葬礼。为了这个梦想，她诚惶诚恐地祈祷过不知多少次了。

因此，当她费尽全力到达村里的时候，就意识到离她最后一刻不远了。她就自然而然地想起，会不会有什么东西忘记了呢？

但是，没有，死时的一切，她都已准备就绪。她随身都带着蜡烛，那是她在为一个死者守灵时要来的，还有一个装圣水的瓶子。她还买了一把洒圣水用的新刷子，还有一幅琴斯托霍瓦的圣母像，她死时就要手握这张圣像。她还有几十个兹罗提供丧葬用……也许这些钱够做一次弥撒，还能点上蜡烛和在教堂门口举行洒圣水的仪式。但是，她从来都不敢企望神父会把她的棺材送到墓地。

这是异想天开！……并不是每个农民都能得到这种荣誉的，况且，单是这笔费用，就会花光她的全部积蓄。

她站立起来，深深吸了一口气。

她突然感到自己的身体更虚弱了，胸部憋气、咳嗽更让她难受，令她几乎迈不动脚步，时时刻刻都得停下来休息。

"要是能让我挨到割草期或者开始收割庄稼的时候，那就更好了。"她幻想着，眼睛又朝最近的农舍望了一望。

"啊，到那时候我就会毫无遗憾地躺下死去，亲爱的天主，躺下去！"

她又觉得这种想法是有罪的，需要找个理由来解释。

另一个问题又使她心里不安，那就是：在她垂死的时候，谁会关怀她、收留她，让她在他家里等死呢？

"我要找一个善良而又能关心我的家庭。也许我要付点钱，才能更容易得到人家的允许……的确，没有哪一家人愿意一个陌生人给他带来麻烦和累赘。"

她不是可以到亲戚克温布的家里去吗？可是她连想都没有想过。

他家的孩子多，房子小，况且这个季节正是鸡鸭鹅下蛋的时间，不能侵占它们的位置。他作为一个有田有地的农民，让一个要饭的穷亲戚死在家里，对他的名望也不利。

她想起这些事情，心里倒没有什么怨恨，于是一边想一边踏上了那条通向堤埂的道路——这条堤埂是为了防止池塘的洪水淹没草场和洋白菜地而筑建的。

磨坊就在堤埂旁边，位置较低，屋顶刚刚露出路面。磨坊全都开动了，发出轰隆轰隆的响声。

她的左边是池塘，绿色的池水在阳光的映照下反射出金色的光辉。堤岸上长满了低垂的赤杨树，一群白鹅在奔走呼叫，而在泥泞的大路上，一伙玩耍的孩子们，正在大呼小叫地追逐戏玩。

利普查村就位于池塘两边的岸上，打从开天辟地以来它就存在于这里了。农舍都建立在大果园里和篱笆墙内。

阿加塔慢步前行，但目光犀利，把周围的一切都尽收眼中。磨坊主的家就在大路旁边，看起来就像地主的宅院，所有的窗户都挂有白色的窗帘。磨坊的女主人独自坐在大门口，身前是一群黄毛的小鹅，好像是蜡做的一样，围着她嘎嘎地叫个不停。

阿加塔向她打了一声招呼便悄悄离开了。躺在墙下正在晒太阳的几条狗没有发现，她感到很高兴。

她走过了小桥，下面的河水哗啦啦地冲向磨坊的水轮。大路从这里开始分成了两条，像两只手那样环抱着整个池塘。

她犹豫了一会儿，由于想看看村里的所有景象，便走上了左边那条较长一些的道路。

铁匠铺是位于池塘边的第一座房子，现在关闭了，一点声息也没有。被烟熏得黑黑的墙边，停放着一辆大车的前半截，还有长满铁锈的犁头。铁匠不在家，只有他老婆穿着衬衫在挖果园里的泥土。

她走到每户农舍的前面都要驻足停留一下，身子倚靠在低矮的石围墙上，好奇地打量着院内她所看到的东西。狗跑了过来，嗅嗅她，似乎闻出她是本村的人，便又不声不响地回到原地晒太阳去了。

她现在走得很慢，一步一步地，虽然呼吸困难，但心里却很高兴。

她静悄悄地朝前移动着，就像这春风把池水一阵阵地吹动，让枞树慢慢地摇曳。她看到周围都是灰色土地，光秃的树影投射到地上，似乎谁也没有注意到她、看见她似的。

她感到欣慰的是，一切都和她秋天离开时一模一样。

人们正在做早饭，因为烟囱在冒烟，有煮土豆的香味从开着的窗户飘了出来。

尽管许多地方传来孩子们的欢笑声和鹅群的大叫声，以及小鹅惊恐不安的叫声，但整个村庄却出奇地安静和荒凉。

太阳已经升得很高了，从东到南走了一半路程了，金色的光芒洒满了田野，但是地里却不见有人耕种，也不见大车拉着肥料去施肥，听不见犁耙耕地的声音。

"难道他们都上集市去了，还是别的什么地方？"她想道，更加注意去观察那些农舍。

乡长家用新木头建成的谷仓在光秃的果园里成了黄色。旁边是古尔巴什的房子，房顶被撕开了，露出了屋顶上的肋条，看起来就像赤裸的肋骨。

"是被大风掀掉的，但是这个游手好闲的家伙却不去修理一下！"她自言自语道。

再过去是普雷什卡的房子，显得老旧又有些倾斜，损坏的玻璃是用麦秸塞住的。这里是村长家的房子，面朝大路，老式风格。再过去是普沃什卡家的房子，两边都有人居住。再后面就是巴尔切莱克家的房子，她远远地就能看出来，因为房子很大，他家的姑娘们用石灰把灰墙都刷成了白色，还把窗框都涂成了天蓝色。

再过去是一座古老而宽广的果园，园内有波利那家的房子。波利那是利普查村首屈一指的农民，也是村里的首富。阳光照射在洁净的玻璃上，新刷的墙壁闪闪发亮，房屋又宽又大，一排排地立在那里，简朴而宏伟，一般农村都是很少有的。全部建筑都在围墙之内，而且排列齐整，没有比这更好的了。

再过去就是克温布家。

所有这一切阿加塔都记得清清楚楚。这里到处都很安静，很空荡。只有果园里晾晒的被褥和其他衣物在闪闪发亮，身着衬衣的女人们在果园里松土。

在果园的有些地方，播种下的洋白菜已经露出芽叶，而在墙边的鸢尾花开始从灰土中冒了出来，树木长出了大大小小的叶苞，围墙下面的野草长出了绿叶，醋栗树的树干上也长出了鲜亮的绿芽。

真正的春天已降落大地，村里的每一块土地都洋溢着春日的气息，但利普查村却是一片忧愁的景象，而且还出奇地安静和荒凉。

村里的男人们从来都不大生病的，那么他们是不是去了法院，或者去参加什么集会了。

她这样想着，便走进了大门敞开的教堂。

弥撒已经做完了。神父坐在忏悔室里，有十多个从远处外村来的人坐在凳子上，个个都默不作声而又全神贯注，但时时会发出一两声叹息或者高声念一两句祷文。用绳子吊挂在祭坛前面的油灯里不断地升起缕缕蓝烟，向高大的窗户袅袅飘去。玻璃外面，麻雀在叽叽喳喳地叫个不停，有的还含着麦草飞进长廊来。燕子呢喃着飞进大堂，在里面绕了几圈之后，便朝阳光灿烂的天空飞去了。

阿加塔只做了很短的祷告，便匆匆忙忙地出了教堂，她要赶到克温布家去。但她一出教堂大门，便碰见了雅古斯丁卡。

"啊，阿加塔！"雅古斯丁卡不无惊异地叫道。

"是的，我还活着，好太太，我回来了！"阿加塔答道，想去吻她的手。

"我听他们说起过你，说你已经死在某个温暖的地方了……看起来，耶稣的这种易得的面包对你的健康并没有起什么作用，神父的墓地正等着你去守呢！"雅古斯丁卡用嘲讽的目光打量着她说道。

"你说得对，老伙计……差一点就把我这副老骨头丢在外面了。不过我会慢慢地到达这一步的。"

"你这是要去克温布家？"

"没有别的地方可去呀，他毕竟是我的亲戚……"

"他们会高兴接受你的，因为你的大袋子装得鼓鼓的，身上肯定也有那么几个钱的，我敢肯定地说，他们也会很乐意认你这个亲戚的。"

"他们身体还好吗？"对于雅古斯丁卡的嘲讽，阿加塔很不高兴，于是这样问道。

"都很好!……只有托马什的身体不太好,现在正在牢里治疗。"

"克温布·托马什!别开玩笑了,我笑不出来!"

"我是认真说的,我还要加一句,坐牢的不是他一个人,而是一大伙,全村的村民都和他在一起。法院一审判,不管你有地没地,统统关进牢里。"

"耶稣马利亚!圣约瑟夫!"阿加塔呆呆地站在那里,呜咽道。

"现在你赶紧到托马什老婆那里去好了,就能听到许多消息……哈哈,男人们正在过节放假哩!"雅古斯丁卡满怀恶意地大笑道,眼里射出仇恨的光芒。

阿加塔费劲地移动着脚步,不相信她说的话是真的。一路上她遇上了好几个认识的女人,她们都很和善地跟她打招呼,有的还问这问那的。她装作什么也没有听到,心却被恐惧占据着,竭力想推迟去证实这个消息的真实性。她在神父住宅的庭园里坐了很长时间,久久地无意识地望着神父的住宅。台阶上站着一只独脚的鹳鸟,好像是在注视着那些在果园黄色小路上奔走的小狗似的。雅姆布罗兹和一个小姑娘正在给花圃周围铺上新的草皮,用生锈的铁铲除去各种花卉中间的杂草。

等恢复了一些体力之后,她便慢慢地朝克温布家的篱笆走去。克温布家的房子是和神父的住宅同在一排的。

她浑身发抖地走进了克温布家的围墙内,用惊恐的眼睛扫视着果园及其背后的农舍,靠近窗边的母牛正在水桶里饮水,发出巨大的声响。在贯穿全屋通道的另一头,母猪带着一伙小猪在院里的泥泞地里打滚儿,一群家禽正在粪堆里找寻食物。

她把已经喝光了水的水桶拿了起来——她认为手上拿着东西再进屋,胆子会大一些——缓步走进了那个昏暗的大房间。

"赞美基督!"她喃喃说道。

"永生永世!是谁在那里?"从储藏室那里传来低沉的回答。

"是我,阿加塔!"她说这话的时候,是哽咽的。

"阿加塔!真没想到,是阿加塔!"克温布太太急忙回答道。她从门槛那边出来,围裙里抱有好些小鹅,几只大鹅也紧跟在她身后出来了。"感谢上帝,你还活着。早就听说,你在圣诞节前就死了,只是不知死在什么地方,我丈夫还到警察局去打听过呢。快坐下,你一定累坏了。你看,鹅都孵小鹅了。"

"品种不错,数量不少!"

"一共六十五只小鹅。请你到房子外面来,我要喂它们,还要看着,免得它们被老鹅踩伤了。"

她小心翼翼地把它们一只只从围裙里面拿出放在了地上,小鹅高兴地跑来跑去,就像一朵朵儿小黄花。那些母鹅也跟了过来,高兴得嘎嘎直叫,还把长脖子伸到小鹅的上面。

克温布的妻子拿出用碎蛋壳、荨麻叶和燕麦片做成的混合饲料,摆放在一块木板上来喂小鹅,还蹲在旁边守护着,免得老鹅来抢食。老鹅们则嘎嘎乱叫,拼命上前来抢吃,甚至不顾小鹅们会被踩伤,用嘴去啄它们。

"小鹅的翅膀上都作了记号。"阿加塔在屋子前面坐下,说道。

"是用来标记好品种的。我是从风琴师老婆那里换来的鹅蛋,三个鹅蛋换她一个。你回来得正好,家里的事情那么多,真不知道该先做哪一件好。"

"我马上就来帮忙,马上……等我来了些力气……我病过一次,完全失去了气力……等我喘过气来……我就马上来帮忙……"

她想站起来,想帮忙做点什么,但是摇摇晃晃地靠在墙上,呻吟一声便倒下了:"等我缓过气来!"

"我看得出来,你已经没有力气去干活了。"她看到阿加塔脸色发青,脸孔浮肿,体弯背曲,便轻声说道。

克温布妻子看到这种情况,心生懊悔,她想到,阿加塔不仅不能帮她做什么事,反而会增添许多麻烦。

阿加塔也感觉到了对方的心思,便用胆怯而带歉意的口气对她说道:

"你不用担心,我绝不会占用你的地方,也不会空吃你们的饭菜。等歇过气来,我就会走的……我只是想看看大家……问候一下大家……我就走……"她眼里噙满了泪水。

"我并不是要赶你走,你坐下吧……如果你自己真想走,那也随你的便。"

"小伙子们都去哪里了?一定是和托马什到地里干活去了吧?"她终于问道。

"难道你什么也不知道?他们全都被关进牢里去了!"

阿加塔只是痛苦地啊了一声,扭紧了双手。

"雅古斯丁卡给我说了一下,但我不信!"

"她说的一点不错,全是真的。"

她站了起来,一想起这事,便泪流满面。

阿加塔看着她就像望着画像那样,便不敢再问下去了。

"我的老天爷,这真是利普查的最后审判!就在那一天,全村的人都被抓走了,被抓到城里去了,这真是全村的末日。我要对你说,我自己都奇怪,这些日子是怎么活过来的。到明天为止,这次灾难正好满三个星期了,但在我的脑子里,好像是昨天才发生的事情。现在家里只有马切克,还有一个在地里撒粪的小姑娘,再就是我这个不幸的老婆子了。"

突然,她对母鹅喝道:"滚开!难道你们要像母猪那样把自己的孩子弄死吗？嘀吱！嘀吱！"

她招呼着那些小鹅，让它们跟着母鹅走到院子里去。

"让它们玩吧，这里看不到老鹰，而且我还会照看它们的！"

"你行动不方便，怎么能照看这些鹅呢？"

"打从踏进你家门槛，我就感到自己的病好多了。"

"那你就试试看吧！……我去给你做点吃的……要不，煮点牛奶？"

"上帝保佑你，女主人。除了四旬斋的那个星期，平常我是不喝牛奶的。给我一杯开水就够了，我自己有面包，只要把它泡软就能吃了。"

没过多久，克温布妻子便给她端来一碗盐水。阿加塔就着盐水把面包撕碎，一勺一勺地吃了起来。克温布的妻子坐在门槛上，一边照看着在篱笆那边觅食的鹅，一边一五一十地向她讲述那场战事。

"一切都是因为森林。地主暗中把森林卖给了犹太人，犹太人很快就开始砍伐树木。这是多么大的欺压和不公正！我们该怎么办呢？该去控告谁呢？这件事涉及全村的人，而他们连村里的一个工人也不用。于是大家商量好了，一起去保护自己的权利。去的人很多，他们说法不责众，并且谁也不怕受罚。为什么受罚？谁来罚谁？他们是来保护自己的森林不遭到砍伐的呀。于是村里的人来到了森林，打了那些伐木者，打了那些地主的仆从，把他们全赶出去……他们是为公正而战，在森林所有权解决之前，谁都不许砍伐。这场战斗，我们也伤了不少人，波利那的脑袋被护林员打坏了，而安特克为了替父亲报仇，把护林员打死了。"

"啊，我的天主，是把他打死了？"

"打死了。老波利那到今天还昏迷不醒，一直躺着。他受伤最重，其他受伤的人有多米尼科娃家的西蒙，他的腿被打断了；马特乌什被打得动弹不得，被抬了回来；普沃什卡家的斯达赫的脑袋也被打破了。

但是大家并不伤心,也不抱怨,而是表现出了力量,在胜利的战斗中高唱凯歌而回,那天晚上他们在酒馆里整夜饮酒庆贺,还给受伤的人送去了烧酒。

"可是,第三天刚过,那是个星期天,从大清早起,大雪便铺天盖地地下了起来,大家几乎不敢出门。我们正在收拾,准备去教堂,就听到古尔巴什的儿子在村里叫喊起来:'警察来了!'

"不到一盏茶的工夫,就来了三十个警察,此外还有行政官员和法院的全部人员,他们都去了神父家里。发生的那些事我真不想说,他们开始了审讯、问话和记录,把村民们一个个带了进去。大家都相信自己无罪,没有反抗,像在忏悔那样说出了全部实情。直到傍晚审问才结束,他们就想把全村的男人和妇女一并带走,于是出现了一片骚动,孩子们大哭大闹,村民们都在找寻棍棒……神父出来说情,才没有把我们抓走——就连大骂的科兹沃娃也没有,只是把男人们都抓去坐牢了,波利那家的安特克是被捆绑起来押走的。"

"啊,我的天主!他被绑起来了!"

"他们把安特克绑了起来,他一下子就挣断了,好像绳子腐朽了。大家都很怕他,因为他看起来就像得了热病那样发热发狂,恶狠狠地站着,直视他们的眼睛说道:'你们要牢牢地给我带上镣铐,要紧紧地看守着我,否则的话,我会把你们斩尽杀绝,然后结果我自己的性命!'安特克念念不忘他们打伤了父亲,为父亲的伤势而不安。他顺从地任凭他们带上刑具,被押走。"

"啊,我慈爱的耶稣马利亚!"阿加塔悲痛地叫道。

"我永远都不会忘记他们是怎样被抓走的,永远都忘不了……

"他们抓走了我的丈夫和儿子,抓走了普沃什卡兄弟。

"他们抓走了普雷什卡,抓走了戈温布父子。

"他们抓走了瓦赫尼克兄弟,抓走了巴尔切莱克兄弟和索哈父子。

"还有其他村民，算起来大概有五十多人，都被关进了监狱。

"这里所发生的事件都无法用人类语言来陈述……村里是一片血泪哭泣、一片厉声号叫和可怕的诅咒。

"现在春天到了，积雪融化了，田地干燥了，正盼望着人们去耕种。正是耕作和播种的时候，村里却没有人手去干活了。

"留在村里的只有乡长、铁匠和几个老态龙钟、步履不稳的老人，年轻人里面只有那个颠三倒四的傻瓜雅舍克。

"现在正是繁殖的季节，村子里好些女人生了孩子，牛羊也正在生小牛小羊。要给坐牢的男人送食物、零花钱和衬衣，村里的事情又是那么多，真不知从哪里着手。单靠自己是毫无办法的，到外村去找帮手也找不来，因为每个家庭都不得不先干完自家的农活。"

"是不是很快就会放他们出来？"

"什么时候放人只有上帝知道。神父到警察局去问过，乡长也去问过，他们说审判完了就立刻放人。可是法院迟迟不开庭，都已经过去三个星期了，一个人也没有回来。罗赫上个礼拜四也去打听过。"

"波利那现在还活着吧？"

"活是活着，只剩下一口气了，一直昏迷不醒，像根木头那样静静躺着……汉卡去找过这一带最好的医生，可他们也毫无办法。"

"是啊，像这种致命伤，医生束手无策。"

她们谈完了这些事就都沉默不语了。克温布的妻子透过果园凝视着远处那条通往城里的白杨大道，低声哭泣着，不停地拭擦着鼻子……

随后她赶紧收拾好去做午饭，继续向阿加塔讲述去年冬天以来所发生的其他事，因为阿加塔一点也不知情。

阿加塔听了之后双手立即垂了下来，身子也弯向了地面，这些消息就像石头那样压在她的心上，让她感到无比伤心和痛苦，她开始轻轻地哽咽起来。

"天啊,我在外面的时候,一直想着利普查村,可做梦也没有想过会发生这样的事情,从来都没有想过。活了这么久,这种事连听都没有听说过。也许是魔鬼住在我们这里了,还是别的什么?"

"也许是吧!"

"可能是上帝在惩罚人们!"

"肯定是的。天主一定是因为安特克和继母通奸这种弥天大罪而惩罚全村的人。而且还有别的许多罪孽,现在都显露出来了,摆在大家的面前。"

究竟还有些什么罪孽,阿加塔也不敢再追问下去了。她只是抬起了颤抖的手,画了个十字,喃喃地念起了祷文。

"不幸都落在了全村人的头上,波利那也躺在床上不省人事。"克温布老婆忽然降低了声音说道,"听说雅格娜又和乡长勾搭在一起了。安特克不在,马特乌什也不在,其他的男人也没有了,反正是第一个愿意同她相好的男人她就会勾搭上手的。唉!这是什么世道呀?什么世道呀!"她拧着双手叹息道。

阿加塔没有回答,这些消息让她感到浑身无力,她趔趔趄趄地走向牛棚,想去休息一下。

直到黄昏时分,阿加塔才出现。她到村里去见了几个熟人,当她回到克温布家时他们正在吃晚饭。

他们给她摆了一把勺子,留了一个位子,虽然不是首位,但却位于克温布妻子的旁边。不过,她像个淘气的孩子那样不想吃饭,而给他们讲起了她流浪各地的所见所闻,令他们惊讶不已。

夜幕降落了,照在玻璃上的霞光全都消失了,全村都安静下来了。房间里点起了油灯,大家都在准备睡觉。这时候,阿加塔拿出了她的布袋,在灯光下,一一摆出了她带给大家的礼物。

大家在她身边围成了一圈,屏息静气,睁大眼睛看着她拿出的东西。她首先把圣像片分给大家,每人一份,然后给每个姑娘一条项链——这引起了一阵骚动,她们纷纷来到镜子前,把项链挂在自己那像火鸡一样伸出的脖子上,看看有多美。她把小折刀分发给小伙子们,把一盒马合烟给了托马什,最后给克温布妻子拿了一块披肩——上面有彩色刺绣,女主人一见高兴得拍起手来。

大家都兴高采烈,反反复复地欣赏起他们的礼物来。阿加塔见他们高兴,自己也很快活,还把每件礼物的价钱和在哪里买的,都详细地告诉了他们。

他们坐了很久,一直在谈论那些当时不在场的熟人。

当大家该说的都说完了,陷入一片沉寂时,阿加塔最后说道:

"村子里这么安静,好像喉咙被什么东西哽住了似的。要是在往年的春天,整个村子都是热火朝天、欢歌笑语的。"

"现在的村子看起来就像一座大的坟墓,只差放块石板竖个十字架了,连要举办场弥撒的人都没有了!"克温布妻子悲哀地补充道。

"真的!女主人,请允许我上楼去睡觉好吗?我现在累得骨头都痛了,眼睛都睁不开了。"

"你去睡吧,愿意睡哪里就睡哪里好了,家里有的是地方。"

当阿加塔踏上楼梯往上走的时候,克温布老婆在开着的门边对她说道:

"噢,我差点忘了告诉你,我们把你柜子里的那床羽绒被拿出来了……马尔奇哈在狂欢节期间得了天花……当时天气特别冷,找不出什么东西来保暖,只好借用一下你的被子……被子已经晾晒过了,明天就会给你送到楼上去。"

"噢,是羽绒被吗?你们需要就用好了……不用着急……"

她没法再说下去了,喉咙里好像被什么堵住了似的。她在黑暗中摸索到了柜子旁,打开了盖子,双手急速地在里面摸来摸去,她摸的可是她的全套寿衣啊……

的确……羽绒被不在了,它可是崭新的,一次也没有用过……干干净净的,都是她从养鹅场一根一根捡回来的羽毛啊……那是她临终时用的被子。

"可是,被他们拿走了……拿走了!"

她伤心得哭了起来,这打击太大了。

她祷告了很久,辛酸的眼泪汩汩地流了出来。她哭了很久,痛苦地向敬爱的天主低声诉说着她受到的苦难。

夜已深了,公鸡开始打鸣,宣告午夜的来临。

第二章

　　第二天就是棕榈星期日（复活节前的星期日）。

　　太阳尚未升起，但已是大白天了。汉卡来看望波利那，她身穿一件毛衣，外加一条围巾，因为今天天气很冷。

　　她向周围环视了一番，并透过篱笆看了看远处还很幽暗的大路——有的地方结有薄霜。大路上空无一人，毫无生气，只有那干燥的晨曦洒在尚未长出树叶的树梢上，夜色惊慌地躲在了围墙的下面。

　　汉卡返身回到了台阶上，艰难地跪了下来，因为再过一个星期她就要生孩子了。她开始晨祷，惺忪的眼睛察看着周围的情景。

　　白色光焰渐渐升起，霞光像穿过筛子似的洒向各个地方，东方红霞满天，而且越来越高，就像这金色的锦缎那样，覆盖着依然不清晰的圣体盒。

　　晚上结薄霜了。篱笆、小桥、屋顶和石头都有白光在闪耀，树木被晨光一照，也像一朵朵白云那样。

　　村庄依然沉睡在浓重的雾里，只有那些靠近大路的农舍露出了白色墙壁，池塘幽暗的水面上映现出一圈圈像玻璃似的涟漪。

　　磨坊在日夜不停地运转，人们看不见溪河，却能听见它那潺潺的水流声。

公鸡高声啼叫,各种鸟儿在果园里叽叽喳喳,仿佛在一起念诵祈祷文似的。汉卡惊醒了过来,停止了祈祷,擦了擦惺忪的眼睛,走进了院子,她到处看了一看,便去叫醒那些还在睡觉的人。

她首先打开猪圈的门,那头大肥猪竭力想站起来,可它太肥胖了,被笨重的后臀拉得往后倒,只好坐在后屁股上,用鼻子对着她哼叫,汉卡给它的食槽里加了些新的饲料。

"后臀上的肥膘这么厚,重得都让它站不起来了,至少有四指厚。"她高兴地摸了摸猪的胸侧。

随后她打开了鸡窝门,站在门口时就朝里甩了一把猪饲料,鸡群便飞奔过来,公鸡们喔喔大叫。

鹅群也拥了过来,汉卡用手把它们赶开,免得鹅和鸡争斗起来。她把窝里的母鸡赶开,拿起鸡蛋,一个个地对着阳光察看。

"大概要不了一个小时,小鸡们便可破壳而出了。"她听到了鸡蛋里面小鸡轻轻啄壳的声音。

这时候,瓦帕从狗窝里蹿过来,伸伸懒腰,打了个呵欠,不顾周围乱叫的小鹅,兴奋地汪汪叫着,直朝女主人奔了过去,搅得鸡毛乱飞。它双脚搭在汉卡的身上,用舌头舔着她的手,令汉卡也禁不住摸起它的头来。

"没有什么人能比它更懂感情了,它对主人真是忠心耿耿。"

她挺直了身子,朝有霜的屋顶望了一眼,只见一排燕子停留在屋脊上,还大声地鸣叫起来。

"彼得,快起来!"她边叫边用拳头敲打马厩的门,听到里面有响声和拉动门闩的声音,便立即跑到牛棚的门前,见母牛在喂槽前躺成了一排。

"维特克!你还在睡觉呀!快快起来!"

小家伙给叫醒了,从野草铺就的床上爬了起来,开始穿裤子,嘴里还咕咕嘟嘟说着什么——他有点怕汉卡。

"在挤牛奶之前,先给母牛喂些草料,然后再去削土豆。你不要喂维苏拉,让她自己去喂好了。"她强硬地补充道,因为维苏拉是雅格娜的个人财产。

"她把维苏拉喂养得可真好,把它饿得直叫,只好把铺在地上的干草抽出来吃。"

"那就让它饿好了,又不是我的损失。"

维特克嘟嘟囔囔地说了几句,等汉卡走开后,又倒在麦草铺上,睡了一会儿懒觉。

汉卡又来到谷仓,谷仓的地板上铺着干草,上面堆放着被精选出来的用作种子的土豆,还用麦草盖着,她掀起来看了看,随后又到存放农具的木棚察看了一下。瓦帕在她前面跳来跳去,有时还去追鹅群,和它们搏斗一番。汉卡像往常那样进行完一番认真的巡查,并确认昨夜的东西丝毫无损之后,又去到冬麦地里察看。

她做起了被中断的晨祷。

太阳已经升起来了,果园里仿佛有一阵火光被狂风吹散,霜冻融化了,露水被树木吸收了,轻风吹拂着树枝,发出轻轻的沙沙声,云雀在空中欢唱,歌声越来越动听。村里的大路上开始有人走动了,能听见池塘里的水拍打堤岸的响声、农舍大门开关的嘎吱声、白鹅的大叫声和狗的吠叫声,而在早晨的寂静中时时能听见人们的说话声。

村民们比往常起得要晚,因为今天是礼拜日,人人都爱躺在羽绒被下好好舒展一下劳累的筋骨。

汉卡口里念着祈祷文,心里却想着别的事情,整个儿都沉浸在对过去的回忆中。

她抬起那充满欢欣的眼睛,凝望着这广袤的田野,一直伸展到远方的森林边上，那里洒满了东方的红光，使耸立在矮灌木林中的松树闪耀出琥珀般光彩，仿佛整个大地都在这金黄色的光芒中颤抖不停。冬麦正在生长，犹如给大地铺上了一层潮湿的绿色羊毛。她凝望着那银线般的溪河——它们给田地带来清凉的气息，而且，随着这神圣的春天的到来，万物都在生长，都冒出了地面。

但是，汉卡对这一切都视而不见。

涌现在她眼前和内心的，是她所经受过的贫穷、饥饿、屈辱，还有安特克对她的不忠，以及她自身的各种忧愁和苦恼。令她感到惊讶的是，她居然能承受下来，而且还期待着天主会给予她更美好的未来。

现在，她又回到了主妇的位置，掌管着波利那家的土地。

而且，谁还有这个权利把她赶走呢？谁也没有！

在过去的半年里，她遭受了许多人一生都不会遭遇到的苦难。凡是天主耶稣所给予的任何苦难，她都能承受下来，直到安特克醒悟过来，直到这些土地永远归他们所有。

村民们到森林里去的这件事已经过去了整整三个星期，她觉得就像在昨天一样。

她之所以没有和大家一起去，因为她当时的处境很艰难，也不安全。

她担心安特克，当时就有人告诉她，安特克没有和大家一起去，她就立即明白，这是因为他对父亲的仇恨……或许他利用这段时间和雅格娜鬼混去了。

一想到后一点，她就感到揪心的痛苦，但她绝不会去跟踪安特克。

快到中午的时候，古尔巴什的儿子飞跑过来，大声叫道：

"我们打败了地主家的爪牙！我们胜利了！"他发疯似的叫喊着跑走了。

她和克温布的老婆约好了，一起去迎接胜利归来的村民们。多米尼科娃的小儿子远远地就喊了起来：

"波利那被打死了！安特克被打死了！马特乌什和其他的人都被打死了……"他拍着手，嘴里还在咕噜咕噜地说着话，便倒在了地上，他的牙关咬得很紧，她们只好用小刀把他的牙齿撬开，才能灌他喝水。

这时候，她惊得就像这块石头那样。

幸好在小伙子苏醒之前，村民们就从森林那边的大路上回来了，讲述了事情的经过。随即，她便看到了活着的安特克走在他父亲的车子旁边，满身是血，脸色像死尸一样发青，而且不太清醒。

汉卡悲痛欲绝，大哭起来。但是她的父亲老贝利查上前劝阻，把她拉到一旁，低声说道：

"老头儿看来活不长了，安特克的精神也不正常，波利那家现在没人当家，若是铁匠趁机霸占，那就谁也无法再把他赶出去。"

汉卡立即做出决定，赶紧回到家里，把孩子和必用的东西都带上，其余的东西委托给她姐姐微朗卡照看，回到了她原先居住的房子，就是波利那家住房的另一边。

雅姆布罗兹还在替波利那包扎，人们也还没有散去，全村的人都在为胜利而高兴。当受伤者的呻吟声还在回响之时，汉卡便悄悄地搬回了原来的住处，决定久住下来。

她精心地守护着这份产业，因为土地就是安特克的。公公呼吸都很困难了，随时会死去。

谁都明白，先下手为强。汉卡知道，谁先夺得遗产并牢牢掌握在自己手中，别人就无法夺走，法律也是支持的。

铁匠对于汉卡这种先下手的做法无比愤怒，骂她、威胁她，但她一概置之不理。

难道她要得到别人的准许吗？她把所有产业都看得紧紧的，就像一条看家狗那样守护着这里的东西。她心里很清楚，公公活不了多久，安特克要坐牢，这是罗赫预先告诉她的。

事情到了这个地步，她又能依靠谁来保护呢？她知道，一切都得靠自己，天主也许会帮助她的。

哭泣和悲伤是无济于事的，她必须振作起来，不能退缩让步。她已经意识到了这点，而且很清楚必须这样做！

当安特克被捕的时候，她表现得很冷静，没有大吵大闹。她深知，一个人是无法抗拒这种命运的，而且像她这样的弱女人，又能拿什么去反抗呢？

更何况，她哪有时间哭泣和抱怨呢？所有的家务和农活都落在了她的头上。

她毫不懈怠，也不退让，尽管敌人很多，却毫不畏怯。雅格娜和她作对，铁匠夫妇把她看作眼中钉，乡长因为喜欢雅格娜，也处处刁难她，就连神父也因为多米尼科娃常在他面前唠叨而反对她。

有这么多人和她作对，却也拿她没有办法。她每天起早贪黑，勤勉劳作，把整个家牢牢掌握在自己手中，两个星期不到，就管理得有条不紊、井然有序了，大家都得听从她的命令。

但是她吃得少、睡得少，也很少休息，每天就像头黄牛那样，从早忙到深夜。

她生性软弱，而且一直生活在安特克的冷落和暴力之中，从来也没有干过这样不平常的工作，肩负过这样重的责任。现在，她确实有一种处境艰难、束手无策的感觉。

但是，担心别人会赶她走，再加上对雅格娜的仇恨，才使她坚持了下来。

凭着那一股子不屈不挠的干劲，她终于博得了大家的尊重。

"嘿，嘿，大家都知道，过去她连三个数都不会数，现在却成了一个精明能干的农民了！"村里的女主人们这样议论起她来，就连普沃什科娃和别的一些女人都乐意和她交朋友,也很愿意为她说好话和帮忙。

她怀着一颗感激之心来回报她们的好意,来回应她们的关心,但并不愿和她们有更多的交往,因为她们不久前的那种轻蔑态度令她久久不能忘怀。

而且,她根本就不喜欢多嘴多舌,也不爱和邻居们家长里短,隔着篱笆说别人的坏话。

再说,自己家里的事情都让她忙得不可开交,哪里还有心思去管别人的事情呢!

这时候,雅格娜的事又袭上心头,她们正在进行着胶着的、无声无息的、互不屈服的战争。只要一想到雅格娜,就像匕首刺进了心脏那样,她会立即跳起来,画着十字,双手捶胸,立即结束祈祷。

令她更加气恼的是,大家都还在睡觉,院子里安安静静的。

她大声责骂维特克,又把彼得赶下了麦草铺,尤什卡也受到了一番责怪:太阳都要晒屁股了,你却还在睡懒觉!

"只要我的眼睛一会儿不盯着,他们就会躺在一边睡大觉。"

她一边嘟哝着,一边生着火。

她把孩子们带到了台阶上,给他们切了些面包,然后把瓦帕叫过来和他们玩耍,自己则到里面房间去侍候波利那。

房子里静悄悄的,什么声音都没有,她怒火顿起,便把门砰的一声关上了——可就是这样也没有把雅格娜吵醒。老人依然像昨天傍晚那样躺在床上,没有什么改变,发青的、长满胡须的脸露在红色条纹的被褥外面,脸孔瘦削而呆板,像木雕的圣像那样。他的眼睛睁得很大,望着前面,一动也不动,好像什么也没看。头上缠着绷带,两手无力地下垂着,一点活力也没有,就像树上折断的枯枝。

她替他整理了一下被褥,把被子挪开了一点让双脚露出,因为房间里很热。随后她又给他喂新鲜的凉水,他慢吞吞地喝着,身子一动也不动。他躺在床上，就像被砍倒的树干，只有眼睛时不时地闪现出微弱的光芒，就像夜里的河水所发出的转瞬即逝的光亮一样。

面对这个老人，汉卡发出了悲痛的叹息。她用仇视的目光看了一下还在睡觉的雅格娜，怒气冲冲地把一个水桶踢走。

但是雅格娜依然没有醒来，她躺在床的另一边，脸朝向房间的内面，由于室内温度高，被子只盖到胸部的一半，肩膀和颈部都裸露在外面。她樱桃似的嘴唇张开着，露出了那像珍珠一般雪白的牙齿，松散的头发可以和晒干了的上等亚麻媲美，摊开在白床单上，下垂到地板上。

"我真想用手抓破这张漂亮的脸孔，让她再也不能超过别人！"她喃喃说道，心中的仇恨让她不由自主地抬起手来，准备去抓，但是她又突然搔起了自己的头发，对着挂在窗边的镜子照了照自己的脸。看到自己的那张苍白憔悴的脸孔和充满血丝的眼睛，便又把手收了回来。

"什么事也不操心，吃得好，穿得暖，又没生孩子，她怎能不漂亮呢！"她伤心地自言自语道。出去时，她猛地一下关上房门，把玻璃都震得嗒嗒响。

雅格娜终于醒了，老人还是照样躺在床上，瞪眼望着前方。

从森林把他运回家里来，已经过去了三个星期，他都是这样躺着。有时，他清醒一些，便会呼叫雅格娜，抓住她的一只手，想对她说什么，但还没说出一句话，就又昏迷过去了。

罗赫从城里请来了一位医生，他检查了一下波利那的病况，开了一张药方，要了十个卢布的出诊费。药费也很昂贵，效果却和多米尼科娃不要钱的咒语一样。

大家终于知道，波利那已经无药可医了，那就让他安安静静地等死好了。大家也都明白，一个病得要死的人，无论是吃药还是看医生都无济于事，如果他想康复，也只有靠自己了。

现在他们能做的，就只有常常来换掉他头上的绷带，给他喝点净水，或者牛奶，其他食物他也无法吞食。

大家都在说，对这种事富有经验的雅姆布罗兹也断定，如果波利那现在还醒不过来，就必死无疑。不过，他会死得很迅速，不会有什么痛苦。大家都在等待，但这一刻迟迟未来，而长久的等待是很烦人的，需要有人去照看他，去给他关怀。

照看和关心波利那本来是雅格娜的首要职责和义务，可是她连一个小时都不想待在家里，又怎么会去照顾波利那呢？老头儿早就让她厌烦了，而且汉卡还在和她进行着持久不息的争斗，夺走了主妇位置，把她当盗贼来监视。所以毫不奇怪，她宁愿到外面去游逛，晒晒太阳，和大家交往，而把照顾波利那的责任交给了尤什卡。她整日在外面闲逛，谁也不知道她去了哪里，总是直到傍晚才回家。

于是，尤什卡担负起了照看父亲的责任，不过也仅限于有外人在的时候。她还是个小姑娘，一个愚钝贪玩的孩子，最终，汉卡不得不担负起照看老人的责任来。尽管铁匠夫妇每天都会来看上十次，但却是主要来监视汉卡的，怕她拿走家里的东西，同时也在等待着老头儿苏醒过来，把财产分给他们。

他们围着这个垂死老人大声争吵，就像一群恶犬在争夺一只死羊那样，都想抢先用牙齿去咬那山羊的内脏，抢走它身上最好的一块肥肉。与此同时，铁匠还常常顺手牵羊，捞走一些东西，这令汉卡不得不对他严加防范，甚至还得从他手上抢夺回来，于是几乎每天都少不了一场大闹。

俗话说"谁早起，上帝就会对他赐福"，这是至理名言。铁匠不仅起得早，甚至半夜就起来了。只要有便宜可得，哪怕是十个村子以外的地方，他也会飞跑过去。

比如现在，雅格娜刚刚从床上爬起，穿上衬裙，就听得门吱嘎一声打开了，铁匠一声不响地溜进房间，径直朝病人走了过去。

"他还是没有说什么话吗？"他走近前去，望着病人的眼睛问道。

"他以前怎么躺着，现在就还是一样！"雅格娜边把头发包在围巾下面，边没好气地回答。

雅格娜光着脚，穿了件衬衣，还带着一种似醒未醒的娇态，她是如此地秀美，身上还发出一股薰香，令铁匠不禁半眯起眼睛，色眯眯地盯着。

铁匠走到雅格娜面前，说道：

"你知道吗？老头子肯定存有现金。还是在圣诞节前，风琴师告诉我，有一个邓比查的农民要向波利那借一百卢布，由于利息问题才没有谈成。老头子的这些钱一定藏在家里某个地方……你要好好盯住汉卡，不能让她把钱取走……你若是以后有时间，可以暗地里到各个角落去找一找，但不要告诉任何人，听见了吗？"

"有必要这样做吗？"雅格娜感觉到有双贼眼在盯着自己看，便把围巾披上，遮住裸露的肩膀和手臂。

铁匠在房间里转来转去，似乎是情不自禁地向墙上挂着的画像背后望去，一双眼睛转来转去像在寻找什么。

"你有储藏室的钥匙吗？"他察看了一番旁边的一扇关闭的小门，问道，"就挂在窗口那儿的十字架旁！"

"一个月前，我借给他一把凿子，现在我自己要用，但找来找去都找不到，我想，也许他扔在里面的杂物堆里了。"

"你自己去找吧，我才不会帮你找！"

他听到过道那边传来汉卡的声音，便赶紧离开了小门，把钥匙挂在了原地，顺手拿起了自己的帽子。

"我明天再来找找……今天有急事要赶紧回去。罗赫来了没有？"

"我哪知道，你问汉卡去吧！"

铁匠搔了搔他那蓬松的红头发,又把眼睛朝房间的各个角落转了一圈,才心满意足地离开了。

雅格娜拿下了肩膀上的围巾,开始整理起床铺来。她时不时地把目光投向丈夫,但又避免和她丈夫一直睁开的眼睛相碰撞。

由于波利那加于她身上的种种暴行,她既害怕他,又特别地憎恨他。每当他呼唤,向她伸出那皱巴巴的脏手时,她就觉得特别恶心和畏惧。老头子身上还散发出一种死亡和尸体的臭气,让她难以承受。然而,即使是这样,最最期望他恢复健康的也许就只有她了。

现在,她才意识到,丈夫死了,她的损失最大。如果丈夫活着,她就保持着女主人的地位,让大家听从她的指令,其他女人和姑娘们,不管愿意不愿意,都得让她位居第一位。为什么?就是因为她是波利那的妻子。尽管马捷伊在家里对她谩骂殴打,但在外人面前还是处处维护她,让她得到大家的尊重。

直到汉卡执掌着这个家庭,并超越她,取代了她的统治地位之后,她才明白了这些,才感受到了自己的孤苦无依和受到的亏待。

这不涉及土地的问题,她并不在乎这份财产,财产对她又有什么用呢。虽然她已习惯了发号施令,习惯了高人一等的身份,并以财富而自豪,但她不会为丧失它们而悲哭,她娘家也是个富裕之家。最令她痛苦的是,她不得不屈服于汉卡——安特克的老婆。她最忍受不了的就是这点,这激起了她的怒火,非要和汉卡拼斗下去不可。

是母亲的不断劝说和铁匠的每天游说,使她坚持了下来,否则她早就放弃了。被这场旷日持久的战争搞得心烦意乱,她真想放弃一切回到自己的娘家去。

"你想都不要想回来!老头子一日不死,你就得待在那里,守着他!"母亲严厉命令道。

雅格娜只好在丈夫家里待着,但实在苦闷无聊,整天没有人和她说话，同她一起欢笑，也不能出去探亲访友。

在家里，身边有一个奄奄一息的老头子，还有个时常准备和她大吵大闹的汉卡，真让人难以坚持下去。

她也不能住在母亲家里。

她常常带着纺线锤出去串门，但这也令人难以忍受。村里剩下的全是女人，不是垂头丧气，就是哭哭啼啼，要么就是大吵大闹，大发雷霆，恰似三月的天气。她听到的尽是不断的抱怨和祈祷之声，而医治她们的良方——男人，一个也没有！

她既无地方可去，又没有人帮忙出主意。

现在，她的思绪又常常转到对安特克的思念上了。

的确，在最近的一段时间里，从大火之后到他被捕之前，他们的关系冷淡了不少。每次出去和他幽会，她都会感到害怕和痛苦，而他最后一次的谩骂，她现在回想起来都会感到撕心裂肺般的痛苦……不过，在那以前，她要出去幽会，总会看到在夜幕降临之后有个男人在草堆后面等着她。尽管害怕被别人看见，会听到他责怪她迟到的抱怨声，但她还是会不顾一切、心甘情愿地跑去和他幽会。每当他像火龙那样不经允许便紧紧地把她抱在怀里……她就会把世界上的一切全忘了，委身于他的拥吻和激情中。

她常常直到半夜都无法入睡，把被他吻得发热的脸孔靠在墙壁上让它冷却下来。一回忆起这些事来，她就心潮澎湃，连全身的骨头都被这种燃烧的激情给融化掉了。

可是现在，她孑然一身，形单影只，寂寞感时常袭上心头。没有人来关心她，没有人会真心爱她，也没有人来主宰她了，她再也没有什么人可依赖了，再也没有什么人在路口那边等她了。

的确，乡长在追求她，向她献殷勤，对她甜言蜜语，还曾把她压在篱笆墙上，经常请她到酒馆去喝酒、吃点心——他很想取代安特克在她心中的位置。因为没有别的男人，她和他交往也不过是一种寻欢作乐，聊以自慰而已，但他绝不能代替安特克，他和安特克比起来，就像狗和主人相比一样。

她这样做，就是要和全村人作对，也是和安特克作对。

安特克轻视她，把她看得一钱不值！他整天整夜都待在家里，守候在老爷子身边，甚至还睡在她的床上，也从未离开过房屋一步。她就在他身边，但他装作没有看见似的，可是她却像条狗一样，用乞求爱的眼神望着他。

安特克始终都没有看过她一眼，他的目光只盯着父亲，甚至也望着汉卡、孩子们和狗。

也许就是安特克的这种态度，让她对他的爱荡然无存了，甚至完全变成了恨。当安特克被套上脚镣手铐的时候，她就觉得他是个陌生人，不仅对他无动于衷，心里没有丝毫痛苦的迹象，反而用幸灾乐祸的眼光望着汉卡。这时的汉卡正扯着头发，用头撞墙，就像一只母狗为溺死的幼崽狂吠那样。

汉卡的悲痛欲绝，令她十分高兴。她又厌恶地转过身去，不再去看安特克脸上那种可怕的近似疯狂的表情。

她和他的关系已经疏远到这种地步了，她现在都想不起他的样子来了，仿佛他是只见过一面的陌生人。

然而，令她刻骨铭心的是过去的那个安特克，那个情意绵绵热情似火的安特克，是那些幽会、拥抱和热吻日子里的安特克，而不是现在的这个。就是那个安特克让她整夜无法入眠，让她感到撕心裂肺的痛苦，让她发出痛苦的喊叫、忍受无法描述的思念。

她心里装着的是那个时候的安特克，是过去的那些幸福的日子。可是，这个过去的安特克，是否还在这个广袤的世界上的某个地方呢？

安特克就像个可爱的梦那样出现在她的记忆中，现在汉卡的厉声叫唤又把那些幻影赶跑了。

"她就像条被活活剥皮的狗那样乱吠乱叫!"雅格娜从回忆的幻影中惊醒过来,愤愤不平地说道。

阳光斜斜地射了进来,映红了原本很昏暗的房间。小鸟在果园里欢快地歌唱,气温升高了,夜里形成的白霜融化成晶莹的水珠,从屋顶上掉落下来。从敞开的窗户中,随着晨风的吹拂,传来了池塘里鹅群追逐的欢叫声。

雅格娜在收拾房间,还轻轻地哼着小曲。今天是星期天,她要准备去教堂,还要把宗教仪式上要用到的棕榈枝准备好。昨天割来的红柳树枝上面有银白色的叶苞,已经插在玻璃瓶里了,但树枝有些软了,因为忘了浇水。她正要细致地整理,便听到了维特克的门口的叫喊声:

"女主人要我告诉你,你那头母牛没人喂,直饿得哞哞叫!"

"你告诉她,我的母牛不用她管!"她大声回答道,"你就大着嗓子嚷叫吧,再怎么喊叫,也休想惹我今天生气。"

于是她平平静静地从箱子里取出了衣裙,把它们都摆在床上,以便挑选出今天上教堂要穿的衣服。突然间,阴云凌驾于太阳之上,把整个世界都变成了一片灰暗。她的身上也出现了这种状况,她便立即想到,她为什么要打扮?为谁打扮呢?是为了让那些女人看吗?她们会嫉妒地去评估她每条缎带的价钱,然后对她评头论足,诽谤中伤。

于是她不情不愿地停下了,又在窗子下面坐了下来,开始梳理起她那一头浓密而又光亮的头发来。她把忧郁的目光转向窗外,阳光照耀下的村庄熠熠生辉,露珠晶莹发亮。从果园中显现出了白色的农舍,和从农舍的烟囱中冒出的袅袅炊烟。大路的另一边就是波光粼粼的池塘,完全被大树所掩藏。不时有女人来回走动,她们的红色衣裙倒映在水面上,她们的身影在池边影影绰绰的树荫下闪动。鹅群排成长长的队列仿佛在蓝天的倒影中飘过,掀起的半圆形水波,恰似蛇一样在水中蜿蜒伸展。那些好动的燕子不停地在忽上忽下地飞腾，水面上也映现出它们的白色肚皮。她还听见了牲口饮水处母牛的哞叫声和狗的吠叫声。

随后，她又把目光转向上面，仰望起澄蓝的天空来，朵朵白云在空中轻轻移动，有如一群绵羊在牧场上放牧一样。鸟儿在云端之上高高飞翔，模糊不清，只能听见它们那响彻大地的悠长而凄凉的鸣叫声。这些声音又勾起她心中对过去的回忆，使她顿生悲哀。她用迷糊的眼睛望着摇曳不停的树木和起伏不定的池水，望着那倒映在水面上的蓝天白云时，抑制不住心中的悲哀，大粒大粒的泪水从苍白的脸上滚滚掉落，犹如断了线的念珠。

为什么会是这样？她自己也搞不清楚。

她感到有一种东西、一个愿望抓住了她，把她举了起来，带着她远走高飞，而她也愿跟着它走到天涯海角，走到目力所及的任何地方，只要能倾诉出这无法抑制的思念。于是她不由自主地哭了起来，但并不感到悲痛，就像一棵树，受到阳光的照射，轻风的拂动，露珠的浸润，从大地中吸取生命的液汁，从而把在春日早晨开满鲜花的树枝伸向天空。

"维特克，你去请请那位美丽的贵夫人来吃早饭！"又响起了汉卡的叫喊声。

雅格娜从神思中清醒了过来，擦去眼泪，梳好头发，便匆忙赶过去吃早饭了。

大家都聚在汉卡的房间里吃早餐，大盘子里的土豆还冒着热气，尤什卡倒上大量的奶油，还用煎过的洋葱作拌料，大家吃得津津有味，勺子忙个不停。

汉卡坐在居中的首位，彼得坐在末位，维特克蹲在他旁边的地板上，尤什卡则站着吃，负责给大家增添食物。孩子们坐在炉子旁边，对着一盆食物大口大口地吃着,还常常用勺子把瓦帕赶开,因为瓦帕时不时地走近和他们抢食。

雅格娜也有固定的座位,靠近门口,正对着彼得。

这顿早饭吃得很沉闷,大家都低着头,连眼睛都不抬一下。

尤什卡想打破沉默,叽叽喳喳地乱说一气,彼得偶尔说一两句话,就连汉卡也被雅格娜那哭肿的忧郁眼睛所触动,想说几句话,但后者闭口不语。

"维特克,谁把你的脸打肿了?"汉卡问道。

"我自己不小心在马槽上撞的。"他的脸红得像螃蟹的一样,用手摸了摸受伤的地方后,他心领神会地望了尤什卡一眼。

"你把棕榈枝都拿来了吗?"

"我吃完饭就去拿。"他赶忙把饭吃完,回答道。

雅格娜放下汤勺,出去了。

"好像又被牛虻叮了似的!"尤什卡在给彼得添汤时低声说道。

"并不是个个都像你那样多嘴多舌,你给母牛挤奶了吗?"

"我看见她拿着桶到牛棚去了。"

"嘿,尤什卡,该给希乌拉喂些豆饼了!"

"这样看来,它这一两天就该生产了……"

"一定会生头壮牛崽!"维特克吃完后站了起来说道。

"小笨蛋!"彼得轻蔑地嘟哝道,随即放下餐具,今天他吃得很饱,点上一支烟后便和维特克走出了房间。

两个女人默默地工作着,尤什卡收拾餐具,汉卡整理床铺。

"你会去教堂做棕榈礼拜吗?"

"你和维特克去。如果马匹喂好了,彼得也许会去。我留在家里,照看爸爸,也许罗赫会来告诉我安特克的消息。"

"要去叫雅古斯丁卡明天来帮我们种土豆吗?"

"一定要叫,我们人手不够,还得把种子赶紧挑选好。"

"还要施肥呢?"

"彼得明天中午之前就得把肥料送到地里去,午饭后他就和维特克去撒肥,如果你有空,也去帮帮忙!"

窗外传来鹅的大叫声,维特克上气不接下气地跑进屋里来。

"你连鹅都不让它们安生!"

"鹅追着我咬,我就把它们赶跑了!"

他放下一大捆开满柔荑花序的柳枝——上面还沾有露水,湿漉漉的。尤什卡把它们分成小把,用红毛线捆好。

"是鹳鸟把你的额头啄伤的吧?"

"是的!你不要告诉别人!"他朝女主人看了一眼,见她正在收拾衣箱里的衣物,"我都给你说了吧……我看到这只鹳鸟总是在神父家的台阶上过夜,于是在夜深人静的时候,偷偷摸了过去……我抓住了它,它就啄我。正准备用短衫把它包住带走时,狗发现了,朝我冲了过来,我的裤脚被咬破了一只,不得不赶紧跑走……但我是不会善罢甘休的……"

"如果神父知道是你干的怎么办?"

"谁会去告诉他呢?这只鹳鸟本来就是我的,又不是他的。"

"你把鸟藏在什么地方,该不会让人发现吧?"

"我找到一个特别安全的地方来藏它,就是警察来也找不到……等到大家都忘记这回事了,我就把鸟拿回家里来,别人会觉得,这是我新抓到的一只鹳鸟,谁还分辨得出。尤什卡,只要你不告诉别人就行,我会送你几只小鸟或者一只小兔子。"

"我又不是男孩子,要鸟干什么!你这个小傻瓜!快去换衣服,我们一起去教堂!"

"尤什卡,你让我来拿棕榈枝吧?怎么样?"

042

"你想得美！你不知道，只有女人拿棕榈枝才能受到祝福吗？"

"我是说路上我来拿，到了教堂门前再交给你。"

他的请求如此诚恳，她只好答应了，一转身却迎来了刚进门的纳斯特卡，后者身穿盛装，手持棕榈枝，应当也是要去教堂的。

"你有马特乌什的消息吗？"汉卡打过招呼之后问道。

"就只有昨天乡长说的那些，他的身体好些了。"

"乡长什么也不知道，都是他瞎编的，为了让大家的心情好一些。"

"不过，他和神父说的一样。"

"可是关于安特克，他一句话也没有说起。"

"马特乌什和大家关在一起，安特克却关在单间牢房。"

"乡长就是这样胡编乱造，好到各家去报信！"

"他也到你这里来了？"

"他每天都来，是来看雅格娜的，每次来都说有事要与她商量，为了避开大家，他们就在围墙下面交谈。"汉卡压低声音说话，但每字每句的语气都很重，同时还朝窗里望去——雅格娜打扮得漂漂亮亮，手里拿着棕榈枝，正朝门外走去。

"姑娘们，你们要迟到了，村里的人都在路上了！"

"钟声还没响呢。"就在这时候，钟声敲响了，召唤人们前去教堂，悠扬而又嘹亮。

不一会儿，全村的人都到教堂去了，只有汉卡一人留在家里。她先准备午饭，然后把孩子们带到台阶上，好好梳理了一番他们的头发——一个星期以来，她难得有时间来收拾他们。

太阳已经升得很高了，人们纷纷来到教堂里，有些人站在围墙外面，身穿红衣裙的女人们把大路映得像罂粟花一样红光闪闪。孩子们叫喊着，用石子打着水漂，驱赶小鸟，常常有车辆的嘎嘎声传来，车上坐满了从邻村前来祈祷的教众，还有一些不认识的农民。大路上的人都走空了,一片寂静。

汉卡把孩子们洗得干干净净后,便把他们带到地窖上面的草堆上,让他自个儿玩耍,她自己则回到屋里,看了看炉子上的锅后,又回到原来的地方,扳着手指做起祷告来——因为她不会读祈祷书。

时值中午,村里一片寂静,除了麻雀的叽喳声和燕子在屋檐下筑巢时来回飞动的响声外,就没有其他的声音了。天气温暖,大地和树木都沉浸在初春的气息中,天空上悬挂着湿润的奇异的蔚蓝色天幕,果树静止不动,朝阳的树枝长出了花芽。池塘边的赤杨吐露出了黄色的叶苞,而白杨树的树枝上也长出了铁锈色的胚芽,就像那些刚出生的雏鸟张着大口在求食一样。

在农舍的温暖墙壁上,聚集起了不少的苍蝇。有时,还会有蜜蜂出现,嗡嗡地叫着落在雏菊上,或者在吐出绿色火舌的灌木丛上飞来飞去。

然而,远处的田地和森林那边却吹来潮湿的阵风。

弥撒估计已进行到一半了,因为在宁静而安谧的春天空气中,能清晰地听到从远处传来的歌唱声和风琴演奏声,有时还夹杂着微弱的铃铛声音。

时间缓慢前行,四周一片寂静,太阳还没有升到最高的中天,甚至鸟儿都停止啼叫了,只有几只乌鸦掠过池塘水面,似乎想偷走小鹅,结果却被公鹅赶跑了。还有一只鹳鸟大叫着从远处飞了过来,把阴影投射到地上。

汉卡一面注视着孩子们,一面虔诚地祈祷着,还时不时地进去看一看波利那。他还是像往常那样,一动不动地躺着,睁着一双无神的眼睛望向前方。

他正在慢慢地走向死亡,一天天地临近自己的终点,就像阳光下日渐成熟的麦穗,就等镰刀收割了。……他已经不认识任何人了,甚至当他呼叫着雅格娜，抓住她的手时，眼睛也还是望着别处。但是汉卡却觉得，自己呼喊他时，他的嘴在动，眼睛也在望着，似乎要向她说什么似的。

这种状况一直没有改变，叫人看了忍不住会大哭起来。

我的上帝！谁能料到会落到这个地步。这样的一个老人，这样的一个聪明能干的富裕农民，很难再找到第二个了，如今却像棵被天雷击倒的大树，默默地躺在那里，枝叶还很繁盛，却快要死了。

他还没有死去，但也不算活着，一切都掌握在上帝的仁慈的手中！

啊！可悲的人的命运！在劫难逃的命运！

啊，万能的天主，你执掌着人们的生死大权，可是谁也无法料到，他会是在白天，还是在漆黑的夜晚，被送到苦涩的死亡那边去……

她这样想着老人，痛苦地抬起眼来望着天空，连续叹了两口气。叹息归叹息，她还得去挤午间的牛奶，工作是第一位的，超乎一切。

当她提着满满一桶的牛奶回到屋里时，便看见大家都已经回来了。尤什卡给她讲起了神父的布道，和教堂里有些什么人。房间里热闹起来了，因为尤什卡带回了几个和她年纪相仿的姑娘，她们正在兴高采烈地吃着原先供奉神的柔荑花序，说吃了它能预防喉痛。

姑娘们笑声不断，有好几个姑娘认为柔荑花序实在难以咽下，让她们咳嗽不止，以至于有人要喝水，有人要别人捶背，这样才能吞下去。说到捶背，维特克可是很乐意为她们效劳的。

雅格娜没有回来吃午饭，有人见到她和她妈妈、铁匠在一起。大家刚放下盘子，罗赫便进来了，大家都很高兴地欢迎他，就像在欢迎他们的亲爷爷那样。罗赫则低声祝福每一个人，亲吻他们的额头。端上饭菜时，他却不吃，只是感到十分疲倦，用不安的眼神打量了一下整个房间，汉卡也跟着他的眼神打转，却不敢问。

罗赫不看大家，低声说道："我见过安特克了！"

045

汉卡从坐着的箱子上跳将起来,非常惊恐不安,一句话都说不出来。

"他身体很好,精神也不错。尽管有守卫在监视,我们还是谈了将近一个小时。"

"他是被关在铁笼里吗?"她不安地问道。

"怎么会呢?他和别人一样……他没有受到虐待,你不用担心。"

"可是听科兹沃夫说,他们受到了鞭打,都被铁链锁在了墙上。"

"也许是别的案子,别的人会有这种情况,但安特克对我说没有,谁也没有碰过他。"罗赫说道。

汉卡高兴得合起了双手,脸上露出笑容,容光焕发。

"离开的时候,他要我告诉你,你要在复活节前杀掉一头猪,好让他在节前解解馋。"

"他一定是饿坏了!饿坏了!"她悲伤地说道。

"爸爸曾说过,等这头猪养肥了,就把它卖掉。"尤什卡提醒道。

"父亲是说过,但现在安特克传话过来,要我们杀猪,我们就得按他的意旨做。"她抬高了声音,坚决地说道。

"他还要我告诉你,地里的所有农活,你都得管起来。我告诉他说,你已经做得很好。"

"那他还说了些什么?"她充满期待地问道。

"他对我说,凡是你想要做的事,你都能做得很好。"

"是的,我能做好,我能做好!"她坚决地说道,眼里显现出不屈的意志。

"你这里有什么新消息?"

"没有,一切照旧。……他会不会很快就被放出来?"她又焦急地问道。

"也许复活节过后就会放的,也许还要更晚,要等到审讯完了……

之所以拖了这么久,是因为要审问的人太多了,涉及全村的人。"他闪烁其词地答道,躲开了她的眼睛。

"他有没有问起家里的情况?问起孩子们……和我……还有大家?"她又担心地问道。

"问了,我都回答了。"

"有没有问过村里的其他人?"

实际上她是想问而又怕问的是,他有没有问及雅格娜。她又不会旁敲侧击,让罗赫主动说出她想知道的事情来,她想了很久都想不出法子来,更何况,她已经失去了大好的时机。罗赫回来的消息不胫而走,晚祷的钟声还没有敲响,村里的女人们就拥了过来,都是想知道关在牢里的亲人们的情况。

罗赫便来到门外,把他所知道的每个人的情况都告诉了大家。他并没有说什么坏的消息,但所有在场的女人都号啕大哭了起来,有的甚至还说了许多怨恨的话。

随后,他又来到村子里,几乎拜访了每一户农家。凭着他那圣徒般的外貌、雪白的胡须、亲切的眼神,再加上他处处都说的那些安慰话,于是他每到一家,家家户户都充满光明,人们心里充满希望,信心得到增强。但是,人们还是会被勾起回忆,然后流下大量的泪水。

之前克温布妻子曾对阿加塔说的,现在的利普查村成了一座敞开的坟墓,这话确实很对。这里看上去就像过去瘟疫流行的时期那样,大部分人都躺在了坟墓下面。那个时候就像受到过战争摧残的一样,家家户户凄凄凉凉,整个村里只能听到女人的哭泣,孩子们的哭号,不断的怨天尤人和唉声叹气,让人回想起过去受到的屈辱所带来的种种强烈的痛苦。

她们现在所遭受的种种苦难,真是难以言表。

三个星期过去了,利普查村非但没有平静下来,相反,他们感受到的欺压和不公正在日益加深,甚至随着每天的早晨、中午和傍晚的到来而加重。因此,在农舍内外,只要是有人聚集的地方就会有愤怒的吼声,就会有乞丐似的抱怨声,复仇的渴望像魔鬼在心田种下的毒草一样,在人人心中生根、发芽。于是大家便会握紧拳头,口吐狂言,发出雷鸣般的诅咒声。

所以,罗赫的那些安慰他们的话语,倒像是一根木柴,无意中扔进了将熄未熄的火堆中,从而燃起熊熊的火焰,也产生了同样的效果:激起了人们郁结在心中的痛苦,使过去所受的全部苦难都显示在眼前,以至于很少有人去做晚祷。他们有的聚集在围墙内,有的站在大路上,有的去了酒馆,聚在一起商量、哭泣,发出复仇的怒吼。

只有汉卡感到了些许的欣慰,心情也更平静了一些,丈夫的称赞令她欣喜、更加自信,对未来充满了希望,她渴望通过工作来证明自己能够应付一切,而这种渴望之情,连言语都难于表述。

等到其他女人都散了,铁匠老婆来到波利那床前,汉卡和尤什卡便到猪圈去看看那头肥猪。她们把猪放了出来,猪太胖了,一到院里便在泥地里打滚,再也不愿多走一步。

"今天不要喂它了,让它清清肠子。"

"真巧呀,我下午就没有再喂它了!"

"今天就这样了,明天就把它宰了。你去叫雅古斯丁卡没有?"

"我去了,她答应今天就来吃晚饭的!"

"你换上衣服,快去找雅姆布罗兹,请他明天最迟在弥撒做完后一定要到这里来,同时请他把屠宰工具一并带来。"

"可是明天他来得了吗?我听神父说,明天有两个教士要到村里来听忏悔呢!"

"他会有时间的……他知道,我这里有足够的好伏特加在等他。说起杀猪这一套,切肉腌肉什么的,没有人能比得过他,雅古斯丁卡也能帮上忙。"

"那我明天一早就进城去买盐和佐料。"

"你这个死丫头,就想出去逛……不用进城,杨介尔那里就能买到所有要用的东西,我马上就去买回来。尤什卡!彼得和维特克去哪儿了?"她在后面喊道。

"他们一定是在村子里,我看见彼得还拿上了小提琴。"

"你看见他们就催他们回来,要把木槽从棚子里搬到房子前面来,明天早晨好用它来烫猪。"

尤什卡很高兴能到村子里去,她叫上纳斯特卡一起去找雅姆布罗兹。

汉卡并没有去酒馆,因为父亲老贝利查来找她,她给了他一些吃的,正把罗赫带来的安特克的消息告诉他时,铁匠妻子马格达大声喊叫起来:

"你快来,爸爸不大对劲了!"

这时候,波利那坐在床边上,朝四周望来望去。汉卡赶忙上前扶住他,怕他摔倒,老人双眼看着她,然后望着突然进来的铁匠。

"汉卡!"

他叫喊的声音响亮而有力,把她吓了一跳。

"我就在这儿,医生不让你起来。"她答道,身体有些发抖。

他的声音有些嘶哑,让人听来古怪。

"春天来了,天气也很暖和。"她咕咕哝哝地答道。

"他们都起床了吗?该去地里干活了……"

她们面面相觑,不知该说什么好。马格达突然大哭起来。

"伙计们,要保护自己的财产,绝不要屈服!"

波利那大叫起来,声音很尖,突然又停了下来,在汉卡怀里挣扎着。铁匠夫妇伸出手来想接替她,汉卡虽然感到手臂和肩背都很酸痛,但还是紧紧抱着不放,三个人呆呆地看着,等着他再说话。

"要先种大麦……男人们,到我身边来……快来救援!"他突然用可怕的嗓音喊叫起来,身子扭动了一下,便向后倒去,两眼紧闭,喉咙里咕咕直响。

"他要死了……我的耶稣!他要死了……"汉卡大叫起来,不停地摇着他的身体。

马格达点起一根圣烛,放进他的手里。

"米哈乌,快去请神父来!"

铁匠还没有走出房间,波利那便睁开了眼睛,圣烛从他手上掉下摔断了。

"危险过去了,他在找什么?"

铁匠俯身到他身上,想捕捉住他眼神投向的地方,但是老人用力把他推开了,非常清醒地喊道:

"汉卡,你把这些人都赶出去!"

马格达哭叫着跪在他的身前,但是他好像不认识她似的。

"我不想……我不要……赶走她!"他固执地一再说道。

"请你们出去吧,哪怕待在过道里也好,不要和他作对……"汉卡在恳求他们。

"马格达,你出去,我留在这里。"他寻思,老头子一定有重要的事对汉卡说。

波利那听到他说的话便从床上抬起身子来,用可怕的眼光看了他一眼,还用手指着房门。铁匠咒骂了一句,便乖乖地出去,和哭哭啼啼的妻子会合去了。但他一出门,便立即冷静了下来,朝四周一看,穿过果园,悄悄来到大窗户下面,波利那的床就紧靠着窗边,他想透过玻璃去偷听里面的谈话。

铁匠出去之后,波利那就对汉卡说:"坐到我身边来!"她听到这话，便坐在他的床边，止住了哭泣。

"你在储藏室里能找到一些钱……一定要藏好，不然会被他们抢走……"

"放在什么地方？"她激动得全身发抖。

"在麦子里。"

他一字一顿，说得很清晰。汉卡强压住心头的恐惧，直视着他那格外明亮的眼睛。

"要把安特克保释回来……哪怕卖掉家里的一半财产……不要放弃，这是你的……"

他没有说完，便脸色发青，倒在了枕头上，眼神无光，好像蒙上了一层浓雾。不过，他还想结结巴巴地说话，也力图把身子立起来。

汉卡慌里慌张地大叫起来，铁匠夫妇立即跑了进来，给他做人工呼吸，喂他水喝，但他依然没有清醒过来，还是像过去一样躺在那里，一动不动，眼睛睁得大大的，但什么也看不见了。

他们久久地陪坐在身边，两个女人轻声哽咽着，无人说话。暮色降临，房间笼罩在昏暗之中，他们终于走出了屋子，只有池塘的水面上还映照着一片紫色的霞光。

"他对你都说了些什么？"铁匠挡住她，大声问道。

"你们不是都听见了？"

"后来又对你说了什么？"

"和你们在时一样！"

"汉卡，不要惹我生气，否则有你的好果子吃！"

"我怕你的威胁，就像怕这条狗一样……"

"老头子塞给你什么东西了？"铁匠试探着问道。

"明天你就去谷仓后面找找。"汉卡不无讥讽地答道。

铁匠朝她冲了过去，正要动手，幸亏这时雅古斯丁卡来了，用她惯用的口吻说道：

"哈哈，你们这样和睦相处，友好协商，全村的人都在传诵呢！"

铁匠骂了一句，便愤愤不平地走了。

黑夜降临，天空满是云雾，没有星星，夜风轻轻吹拂着树木，发出细微而又悲切的沙沙声音，看来天气要变了。

汉卡的房间里灯火明亮，热闹非凡，炉火熊熊，人们正在准备着晚饭，几个老太婆和雅古斯丁卡聊着各种各样的事情。尤什卡和纳斯特卡，以及那个颠三倒四的雅舍克坐在台阶上，彼得用小提琴拉起了一首特别心酸的乐曲，令在场的人止不住要哭了起来。只有汉卡一个人坐立不安，老是想着老波利那对她说的那件事，常常朝另一边的房间张望。

怎么办呢？她现在不能到储藏室去找，雅格娜正待在房间里收拾她节日穿的衣物。

"彼得，不要拉了！明天就是星期一，你还在这里叽叽喳喳地拉个不停，真是一种罪过！"

她这样说彼得，是因为琴声搅得她心神不宁，很想大哭一场。彼得便不再拉了，大家都来到了大房间。

汉卡听不清楚她们在说些什么，因为家里的两只狗在院子里叫得很厉害，她看见什么在闪动，瓦帕还追到了果园。

"咬他去，瓦帕！咬他去，布勒克！"

两只狗突然不叫了，高兴地摇着尾巴回来了。

这种情况已经不止一两次了，她心里产生了可怕的疑问。

"彼得，你要把门窗都关紧。有人在房子周边偷偷走动，而且很可能是个熟人，因为狗都不叫了。"

不久，大家都散去了，全家也都进入了睡乡，只有汉卡还没睡，在检查门窗是否关好了。然后她久久地站在墙边，仔细听着外面有什么动静。

"就在麦子里……不知是在哪一个桶里……但愿不会有人捷足先登!"一想到这里,她惊出了一身冷汗,心脏也跳得特别快。

这一夜,汉卡都难以入眠。

第三章

"尤什卡,把火点上,让壶里灌满水,在炉子上烧开,我去犹太人那里买佐料。"

"快去快回,雅姆布罗兹很快就会来的。"

"不用担心,他不会这么早过来,他在教堂里有很多事要做呢。"

"他只管敲钟,教堂里的其他事情,罗赫会替他做的。"

"那也来得及。你去把那两个小伙子叫起来,让他们赶紧把木槽抬出来洗洗干净,然后搬到屋子前面放好。雅古斯丁卡很快就会来,让她从储藏室拿出木桶,拿到池塘里去泡一泡,让木桶膨胀起来,才不会漏水。不要叫醒孩子们,让他们多睡会儿,免得来烦人。"汉卡吩咐完了,便把围巾围在头上,在凌晨的绵绵细雨中匆匆忙忙地走了。

这天,一大早就灰蒙蒙的,多云、潮湿、寒冷,灰暗色的云雾覆盖着大地,绵绵的细雨不断落下,茶褐色的农舍在雨雾中隐约可见,被淋湿的树木无精打采地低垂在水面上,看起来如同垂头丧气、摇摇晃晃的鬼魅。整个大地都蒙上了一片雾霭,大粒大粒的雨珠掉落在池水上,激起阵阵涟漪,响起沙沙水声。在这样恶劣的天气里,天地一片灰暗,万物也看不清,路上见不到一个行人。

直到晨祷的钟声敲响，才见到个别地方出现了几个穿红衣裙的女人，她们踩着路上干燥一点的地方，朝教堂走去。

汉卡加快了步子，希望能在教堂前的转角处碰上雅姆布罗兹，但是他还没有出来。她看到了神父家的那匹瞎马，在每天的同一时刻用雪橇拉着水桶，前来池塘运水，在这条车辙很深的路上，它常常停下或是摇摇晃晃的。它是凭嗅觉来到池塘边的，在篱笆下面躲雨的那个长工，正叼着纸烟走上前来。

这时候，一辆由两匹栗色壮马拉着的马车，停在了神父住宅的门前，脸色红润、大腹便便的瓦兹诺夫的神父走下车来。

"是来听忏悔的，斯乌皮亚的神父还没到。"

她这样想着，继续等着雅姆布罗兹，但还是没见着。于是她绕过教堂，走上白杨大道。大道泥泞不堪，大路两边的树木在浓浓的雨雾中仿佛是透过玻璃看见的模糊影子。她躲开了酒馆，朝右边更加泥泞的土路走去。

她心里计算过，还有时间来看看父亲，跟姐姐谈谈，自从搬回波利那家以后，她和姐姐就和好了。

她们都在房间里坐下了。

"昨天尤什卡告诉我，爸爸身体不太好。"汉卡一开始这样说道。

"嗨，有什么办法呢？他披着羊皮袄躺在床上，嘴里还哼哼唧唧的，说自己病了……"微朗卡不太高兴地说道。

"这里多冷呀！我觉得冷气从小腿直往身上蹿。"

汉卡也冷得发抖，家里像筛子一样透风，地上都结了一层薄霜。

"我拿什么来生火呢，谁去给我弄柴火呢？我无法到森林里去拾木柴，家里的事情这么多，我又走不开，这一桩桩，一件件的事情，都得靠我一个人去办！"

两姐妹都哀叹起她们的孤立无援来。

"以前斯达赫在的时候给家里做的那些事情,我总觉得没什么大不了的。可是一旦男人离开,我才真正体会到男人在家中的地位。你是要到城里去吗?"

"当然,我是很想快点到城里去的,不过罗赫告诉我,要过了复活节才允许家属探监,所以我打算星期天去,好给我那个可怜的人送点圣餐。"

"我也想给我的男人送点什么去,但能送什么呢?也许只有送个面包了!"

"你不用着急,我多准备一份,够他们两个享用的,我们姐妹两个一起送去。"

"上帝会保佑你的善良,以后我会用换工来偿还你的。"

"我是诚心诚意这样做的,别再提什么回报了!我所有的苦难都……经受过,贫穷就像条恶狗,咬人很凶,我忘不了。"汉卡低声说道。

"一个人的一生都和它关系密切,摆脱不了,也许到死才能摆脱。我身上积有几个钱,本想到了春天买头小猪来养养,养大后卖了就能赚点。可是我不得不把十多个兹罗提了斯达赫,我积的这些小钱,都给水冲走了。这就是我们为了村里的利益而斗争的结果。"

"你不要这么说,他是自愿和大家一起战斗的,将来总会有一二垧森林是你们的。"

"将来……俗话说得好,太阳一出来,露水不见了。谁有钱,谁就能活得好,可是穷人呢,只能和饥饿打交道,有吃就该知足了。"

"你还缺什么?"她犹犹豫豫地问道。

"我还能有什么?只能从犹太人和磨坊主那里赊东西来过日子!"微朗卡绝望地伸出双手说道。

"我打心底里愿意帮你,可现在还做不到。那边的家产还不是我的，我身边却总有像狗一样的人在看着,我担心有一天会被赶出家门,现在被折腾得都快神经错乱了。"

昨天夜里的感受,重又袭上她的心头。

"是啊,雅格娜什么都不用操心,又聪明狡猾,胡作非为!"

"怎么了?"

汉卡忽地站了起来,惊恐地望着姐姐。

"倒没什么大事,就是一味地在享福!天天穿得漂漂亮亮,还常常到邻居家去串门,每天都像在过节那样。昨天大家就看见她和乡长在一起,在酒馆的单间里喝酒,喝得连犹太人都来不及给他们拿……她可不笨,只是可惜了老头子。"微朗卡说道。

"任何事情总会有个完结!"汉卡愤愤不平地说道,把围巾围在了头上。

"享受到的幸福,别人是很难夺走的!"

"什么事都不操心的人,的确是很聪明的。姐姐,我们今天要杀猪,你傍晚到我家里来帮帮忙。"汉卡打断了她的话头,说完这句话便出去了。

汉卡来到隔壁她原先住的那个屋里看望父亲,他正躺在那里呻吟,被茅草裹得严严实实的几乎看不到身子。

"爸爸,你怎么样了?"

她在他身边坐下。

"没什么,我的乖女儿,没什么。我只是在打摆子,冷得叫人特难受……"

"这里和院子一样寒冷潮湿。你起来,和我一起回去,你可以照看照看我的孩子。我们今天要杀猪,你想不想吃肉呀?"

"吃肉?当然想啊!……他们昨天就忘了给我吃的……而且以前的吃的只是在土豆里放点盐……斯达赫坐牢了……汉卡,我一定去!一定去!"他高兴地回答道,一边从茅草里爬了出来。

汉卡满脑子想的尽是雅格娜,被她像把尖刀那样刺痛着,但同时也急忙赶到酒馆去采购。

现在,犹太人不再急于要她付现钱了,反而笑脸相迎、大献殷勤地按照她的要求把货物包好算好,还竭力向她推荐了许多物品。

"杨介尔,请你照我说的办好了,我又不是小孩子,清楚地知道自己需要的东西。"汉卡毫不客气地回应道,因为不想和他交谈。

犹太人一直堆满笑容,因为她购买了十多个兹罗提的东西,其中有很多烧酒,连过节的都够了,还有裸麦面包、十几个小面包、八条腌青鱼,甚至还有一瓶阿拉克酒。她把这些东西装进大口袋里,重得差点都拿不动了。

"雅格娜那么会享福,而我却像条狗似的活着,辛辛苦苦劳作,像头黄牛。"

她这样想着,便回到了家里。她懊悔自己花了这么多钱,要不是怕别人笑话,她真想把那瓶阿拉克酒退给犹太人。

到家之后,她看到大家都在忙着准备工作,雅姆布罗兹坐在炉子前和雅古斯丁卡斗嘴,后者却在刷洗要用的一些盆盆罐罐,房内满是热气。

"我们正在等你哩!等着你给猪脑袋敲响丧钟哩!"

"你来得好早啊!"

"我请罗赫替我管圣器室,神父的瓦列克帮着风琴师拉风箱,马格达打扫教堂,我把所有的事情都安排好了,这样你就不会失望了。神父要在早饭后才去听忏悔,可今天的天气太冷了,冷彻骨髓呀!"他抱怨地大叫起来。

"你就坐在炉子前,还嫌冷呀?"尤什卡惊异地问道。

"你真傻!我是身体里面冷,就连那条假腿都冻麻了。"

"马上我就让你全身暖和起来，尤什卡，快去洗一条青鱼来！"

"不用洗了，就这样给我吧！只要给我足够的伏特加，就能把咸味冲淡。"

"你就是本性难移，即使三更半夜，只要杯子一响，你就会立即爬起来喝个烂醉。"雅古斯丁卡挖苦地说道。

"你说得对，老太婆，我看得出你也口干舌燥了，是否想喝一杯润润嗓子呀！"他搓着双手笑着说。

"我的唠叨者，我随时都可以陪你喝上一杯的。"

"现在去教堂的人不多呀？"汉卡不高兴他们尽在谈论伏特加的事情，便转移话题说道。

"现在还早了点，过不了多久，大家都会争先恐后地去做忏悔的。"

"去消磨消磨时间，探听探听消息，然后再去犯罪！"雅古斯丁卡揶揄道。

"昨天晚上姑娘们就做好了忏悔的准备。"尤什卡尖着嗓子说道。

"那是她们不好意思在我们村子的神父面前忏悔！"雅古斯丁卡说道。

"老太婆，你这样说别人的坏话，倒不如自个儿坐在教堂门前，数着念珠忏悔好了！"

"木腿人，我等着你坐到旁边来。"

"我还有时间，先要替你好好地敲响丧钟，再用铁锹送你进坟场。"

"你可别惹我，要不然有你的好果子吃！"

"我的棍子也不是吃素的，看不把你打得只剩最后一颗牙齿。"

雅古斯丁卡气鼓鼓的，但没有再答话了，因为这时候汉卡给他们斟满了酒，请他们喝，尤什卡也送上了青鱼，雅姆布罗兹用青鱼在他的木腿上敲了一敲，剥去皮后，在炉火上烤了烤，便大吃大喝起来。

"别逗乐了，快干活去吧！"雅姆布罗兹大声说道，脱下外套，卷起袖子,再把刀在磨刀石上磨得更锋利些,从角落里拿起一根捣土豆用的粗木棒,便急忙来到院子里。

大家都跟着他走了出去,见他和彼得来到猪圈,合力把那头挣扎的肥猪拖了出来。

"快,把装猪血的盆子拿过来!"

他们很快就把盆子拿来了,肥猪在一个角落里转来转去,还轻轻地哼叫着。

大家都默不作声地围成了一圈,望着它又白又肥得垂地的肚皮。天气潮湿,细雨绵绵,果园里雾气很重,瓦帕吠叫着转来转去。有几个女人站在篱笆墙边观看,还有好几个小孩来看热闹,都爬到木桩上去了。

雅姆布罗兹画了个十字,把木棒藏在身后,悄悄从旁边靠近肥猪。他突然站住了,迅捷地把手举起,身子朝旁边一转,其势之猛,把衬衣上的纽扣都扯掉了,乘势便朝猪脑袋上挥去一棍,猪的前腿便瘫倒在地上,嚎叫不止。雅姆布罗兹又用双手补上了一棍,势大力沉,使猪倒在了一边,同时,他以迅雷不及掩耳之势骑在了它的肚子上,刀光一闪,刺进了它的心脏。

人们赶忙将盆子放好,鲜血仿佛是从抽水机里喷射出来的一样,有的还射到了墙上,汩汩地喷流出来。

"滚开,瓦帕!你这条恶狗……四旬斋还没过,你就要喝猪血!"他驱赶着瓦帕,大口地喘着气,真有些累了。

"是在过道上用热水泡吗?"

"我已把水槽搬到房间里去了,因为马上就要把它挂起来用来分割肉。"

"房间不是小了点?"

"可以去爸爸的那个房间,那里地方大,不会妨碍他的……不过要快点、猪身凉了就不好刮毛了。"她这样吩咐的时候,顺便拔下了猪脊背上的一根长毛。

过不了多久,猪就泡好了,被拔光了毛,洗干净了之后,便被挂在波利那的房间里,还用一根木条撑开着。

雅格娜出去了,一大早就去了教堂,她根本不会想到会发生这样的事情。她的丈夫依然像过去一样,一动不动地躺着,眼睛睁得大大的,却什么也看不见。

刚开始的时候,大家都不敢大声喧哗,还时不时朝波利那那边望一眼,可是后来他们都被这头猪完全吸引过去了,因为猪的肥膘厚得超出了他们的预计,足足有六指之多。

"我们为它歌唱,为它欢庆,现在,是该用酒来庆贺的时候了!"雅姆布罗兹在水槽里洗着手,大声说道。

"来吃早饭吧,有酒给你喝的!"

的确,在吃早餐的土豆和红菜汤之前,他已经喝了不少的伏特加酒。现在他吃得不多,因为还要干活儿。他也在催促大家快些吃,特别是雅古斯丁卡,她要和他一起完成后续的工作,因为她在腌肉和配置调料方面也是一把好手,懂得的东西不比他少。

汉卡尽其所能地帮上一手,尤什卡也是一样,她要留在房间里看着这头新宰的猪。

可是,汉卡却对她大声道:

"你快去叫他们把肥料运到田里去,再帮他们把肥料撒开——看来今天是撒不完了,这些懒家伙!"

尤什卡很不情愿地来到院子里,把怨气都发泄在了小伙子们身上,骂了他们很久。怎么搞的,竟把她也赶了出来。可是这时候,屋子里却越来越热闹,平时那些爱说三道四的邻人,一个接一个地前来探看,看到挂着的肥猪便摊开双手,表示惊讶,并称赞这头猪养得真是肉厚

061

膘肥，连磨坊主或风琴师家都养不出来。"

汉卡听到这些称赞的话，自然是乐开了怀。虽然她很舍不得她的伏特加酒，但还是不得不按照乡规民俗，拿出酒、面包和盐来招待大家。对于这些来客，她都笑脸相迎，与他们谈笑风生，也很乐意听到他们的赞美。村民们接二连三地去屋里瞧瞧那头被杀的猪，好像是去教堂领圣餐那样只待很短的时间。孩子们也来了不少，都扒在各个窗口上朝里张望着，尤什卡不得不把他们赶开。

这时候，整个利普查村出现了超乎人们想象的活动，村民们在泥泞的道路上缓步前行，从其他村里驶来的马车一辆接一辆地响起了吱嘎声，而在池塘的两旁，像宗教游行队伍一样，映显出身着红色衣裙的女人们。今天人们都纷纷前去忏悔，不顾道路泥泞，也不顾阴沉又变幻莫测的天气——时而落下阵阵细雨，时而春暖的和风吹过果园，时而飘起了像麦片一样的雪花，时而太阳从云雾中露出笑脸，把金色光芒洒满整个大地。这是初春常见的现象，就像一位年轻多变的姑娘，时而笑，时而哭，时而高兴，时而悲伤，全凭兴之所至，连自己都不知道为什么会这样。

汉卡身边的这些人，谁也不会去注意天气的变化，他们干得热火朝天，谈话也十分热闹。雅姆布罗兹不仅自己干得甚欢，还催促大家快干，他笑话连篇，叫人捧腹不止。然而，每过不久他就得回教堂去一下，照料那里的事情。每当回来的时候，他就会抱怨外面的天气太冷，要求吃喝些东西以暖和身体。

"我把神父们都安排好了，要忏悔的人也都分配好了，中午之前，哪个神父都别想休息。"

"嘿，瓦兹诺夫的神父可坚持不了这么久，听说保姆常常得给他喂药吃。"

"老太婆，闭上你的嘴，少议论神父！"

雅姆布罗兹很不高兴。

"那个斯乌皮亚的神父,听说总是随身带着香水瓶,他讨厌农民身上的那种臭味,每次听完忏悔之后,总要用手帕扇去身边的气味,再喷香水。"

"你给我闭嘴!不许胡说八道!"雅姆布罗兹愤怒地喝道。

"罗赫在教堂里吗?"汉卡赶紧问道,她也讨厌雅古斯丁卡的多嘴多舌。

"他一早就在那里,帮助做做弥撒,照料一下所需用品。"

"米哈乌去哪里了?"

"他和风琴师的儿子一起到热贝克去收集忏悔名单了。"

"用鹅毛笔耕耘,用沙子播种,这比犁田种地更有利!"雅姆布罗兹感叹道。

"是啊,每登记一个名字,至少可得一个鸡蛋。"

"忏悔符是每张三个格罗什,我看到袋子里装得满满的。风琴师老婆上个星期就卖了二十二筐(每筐六十个)鸡蛋……"雅古斯丁卡说道。

"听说,他们是靠两条腿走到这里来的,手上只拿了小包袱,如今的家产就是用四辆大车也装不下了。"

"风琴师来到利普查村已经二十多年了,这个教区很大,他又很勤奋,很会谋划,很会理财,所以才积起了这一大家产。"雅姆布罗兹替他解释道。

"哼!会理财?那都是他从大家身上榨来的。每次他给人做事,总要探听出能从那人身上捞到多少钱。每次葬礼就要收人家的三十个兹罗提,他不过是叽里咕噜地念上几句拉丁圣词,演奏几下风琴,怎么要收这么多钱!"

"不管怎么说,他在这一行里还是不错的,而且很尽心尽力地在工作。"

"不错,不错!他的确很精明。他知道该什么时候大声演奏,什么时候小声小气,更知道怎样从别人身上捞钱骗钱!"

"别人会把钱喝光,可他却想把儿子培养成神父。"

"对他来说,对教区来说,那可是莫大的荣誉呀!"雅古斯丁卡不无讥诮地说道。

说到这紧要的关头,他们便突然停住了,雅格娜正好回来了,刚踏进房门便愣在了那里。

"这猪肥得让你吃惊了吧?"雅古斯丁卡笑着说道。

"难道你们不会在别的地方去干活吗?把我的房间弄得脏兮兮的。"她吐了口痰说道,脸红得像芍药那样。

"脏了你不会打扫打扫么?你有的是时间!"汉卡冷冷地加重语气地答道。

雅格娜本想和她大吵一顿,但最终还是什么也没说。她在房间里走了一会儿,拿起《耶稣受难记》,把围巾扔在了又脏又乱的床上,一声不响地出去了,嘴唇却因难于掩饰的愤怒而噘得高高的。

"活这么多,你来帮帮忙吧!"尤什卡在台阶上见到她,对她说道。

雅格娜一脸的怒气,连话都说不出来,便发疯似的跑走了。维特克朝她看了一眼便说道:"她一定会去找铁匠来。"

"就让她去好了!她会在那里诉诉苦,抱怨抱怨,这会让她舒服一些。"

"你就要面临一场战争了!"雅古斯丁卡低声提醒她。

"是啊,我这一生就是活在这样的战争中!"汉卡虽然有些紧张,但却平静地答道。她知道,铁匠一会儿就会来的,他们之间少不了一场剧烈的争吵。

"需要好好地应付!"雅古斯丁卡不无同情地说道。

"不用担心,我能顶得住,他们吓不倒我的!"汉卡笑着答道。

雅古斯丁卡一面对汉卡点头表示佩服,一面向雅姆布罗兹投去意味深长的一眼,后者正好停下了手中的工作。

"我要回教堂去看看,也该去敲午祷钟了,我马上会回来吃午饭的!"他说道。

他果然很快就回来了,向大家说神父也正在吃午饭,磨坊主送去了一条熏青鱼,饭后接着听忏悔,有好多人在等着哩。

午饭吃得很快,时间很短,可是雅姆布罗兹却一直在抱怨,烧酒太淡了,难以盖过过咸的青鱼。饭后他们立即开始了工作。

雅姆布罗兹正在把猪肉切成一块块的,然后挑选出一些能做香肠的肉来。雅古斯丁卡则在一块门板做的砧板边,把肉摊上,再切成一小块一小块的,细心地腌制起来。就在这时,铁匠进来了。

从他脸上的表情可以看出,他在拼命压制怒火。

"真想不到,你竟买了一头肥猪。"他用讽刺的口气说道。

"我买了,还把它杀了,你不是都看见了!"

她感到有些惊慌。

"这么肥的猪,总得要三十个卢布吧……"他仔细地打量起猪来。

"肥肉这样厚,真是难找呀!"雅古斯丁卡笑着说道,还把一块肥肉送到他的跟前。

"不到三十个卢布,我给了……不到三十个卢布……"汉卡嬉皮笑脸地答道。

"这是波利那的猪!"他抑制不住心中的怒火,终于爆发出来了。

"这用得着想吗,一看猪尾巴就知道是谁家的猪了。"老太婆讥讽地说道。

"你有什么权力宰它?"他火冒三丈地嚷道。

"你用不着大呼小叫的,这里不是酒馆。至于权力,那就是,这是安特克让罗赫带回话来要我杀的。"

"安特克有什么权力管这种事,猪是他的吗?"

"当然是他的!"她坚决地答道,此时她准备和他斗争了。

"是我们大家的……你这样做,得付出昂贵的代价!"

"没必要为你付出什么代价!"

"闭嘴,别吵了!病人还躺在那里,这一切都是他的……"

"可是吃的是你们。"

"那当然!我不会给你的,甚至让你闻闻都不行!"

"你给我一半,我就不会再来烦你了……"他用较温和的口气说道。

"一个猪脚也别想抢走。"

"那你给我四分之一猪肉再加一块猪油。"

"安特克吩咐我给我就给,不经他的同意,你一根骨头都得不到。"

"你这个疯婆娘!难道这头猪是安特克的?"铁匠火气又上来了。

"猪是公公的,也就是安特克的。现在爸爸病了,就由长子代管一切。以后怎么样,听从天主的安排。"

"那就让安特克在牢里去掌管他的一切吧!如果他想当个农民,那好呀,就让他戴着镣铐到西伯利亚去当好了!"铁匠口吐唾沫大声嚷道。

"他也许会到那里去,不过,不管你多会耍阴谋诡计,也休想再得到一寸土地,我奉劝你可别成了村民们当中的叛徒!"汉卡也气汹汹地回敬道,虽然她心里很为丈夫的命运担心。

铁匠的双脚在地板上踩得很重,发抖的双手插在上衣口袋里,恨不得上前扼住汉卡的颈脖子,把她揪住在房间里乱转一气。可是这里人太多了,他不敢做得太过分,于是只好压下怒气,用言语来吓唬她。可是汉卡什么也不怕,手里还拿着一把切肉的刀,用镇静而鄙视的眼神盯着他看,令他不得不在柜子上坐了下来,抽起了纸烟。他用气得发红的眼睛朝房间里扫了好几遍,脑子里还不停地想来想去,最后,忽地站了起来,温和地跟汉卡说道:

"你跟我到那边去,说不定我们会达成一致的哩。"

她擦了擦手便走过去了,却让房门半开着。

"我不会和你打官司也不想和你吵架。"他点起了一支烟。

"那是因为打官司吵架都没有用。"

汉卡的心情也平静了许多。

"昨天爸爸给你说了什么?"

铁匠这时显得特别和善,笑容可掬地对她说道。

"他没有说什么……一直无声无息地躺着,就和今天一样。"

她立即产生了一种警惕,怀疑他的诡计。

"什么猪啊鸟啊,你们尽管杀,尽管吃,爱怎么做就怎么做……我不在乎这些小的损失。有时候一个人会大发脾气,过后又会感到后悔。你不要把我说的话放在心上,现在我说的是更重要的事情……你可能知道了,村里人都在说,父亲有一大笔现金藏在家里的某个地方……"他中断了说话,仔细观察着汉卡脸上的表情,"现在得快点把它找出来,免得他去世后我们找不到,或者会被别人拿走。"

"可是,他会说出钱藏在什么地方吗?"

汉卡的眼里露出一副深沉莫测的眼神。

"他会告诉你的,只要你想方设法把他的话套出来就可以。"

"那只好等他清醒过来再说,我会想办法的!"

"如果你能保守秘密,而且钱也找出来了,那我们俩就五五对折分。若是数目很大,你还可以用其中的一部分钱把安特克保释出来……干吗要让别人知道呢……雅格娜得到的那份赠予文书,已经足够多了。或许我们还可以通过打官司,让那份文书作废……至于格热拉，你想想，老头子在他当兵期间寄的钱就多得不得了啦！"他轻声说道，身子朝汉卡那边靠去。

"你说得对！说得对……"她结结巴巴地说道，竭力不使自己露出口风。

"我估摸着，他一定是藏在家里的某个地方，你认为呢？"

"我怎么会知道呢？他一个字也没有给我透露过。"

"他昨天不是给你提过麦子，是不是？难道你没有注意？"铁匠提醒了一句。

"啊，是的，他说是该播种的时候了。"

"他不是还提到了木桶吗？"他再次提示，眼睛直盯着她看。

"他当然说了，说桶里的麦子是播种用的！"她装作不明就里地大声说道。

他小声骂了一句，大失所望。不过他越来越相信，汉卡是知道这个秘密的，这从她那绷紧的脸孔和躲闪的眼神中可以猜测出来。

"我对你说的这些话，绝不要告诉别人。"

"难道我是那种爱打探消息，在亲友中散布流言蜚语的人吗？"

"我这是在提醒你！不过你得看紧些，既然他清醒过来了一次，说不定他很快就会恢复意识的……"

"啊！越快越好……"

他朝她投去不满的目光，一次又一次，然后摸了摸胡子便出去了。她用嘲讽的目光望着他离去的背影。

"叛徒！混蛋！强盗！"

她气愤至极，跟在他后面走了几步，又气又恨的。他不是第一次用安特克会被送往西伯利亚当苦役来恐吓她了。

她并不相信这些话，她知道铁匠之所以这样说，是出于对她的愤恨，他这是在恐吓她，要她害怕，以便更轻易地占有老丈人家的财产。

尽管如此,汉卡还是非常害怕,她曾多次去打听过,都说安特克会受到审判,她也不指望安特克会被无罪释放。

"的确,他是为了保护父亲的性命才投入战斗的,但他毕竟打死了护林员,不能不受到惩处,那有什么办法呢?"

村里那些见多识广的人都是这样认为的。她曾拿着神父的介绍信,到城里去见一位律师,那位律师对她说,安特克的案子可轻可重,但需要花很多的钱,还要耐心等待。最令她惊恐不安的是,村里人说的话竟和铁匠说的如出一辙。

所以,这毫不奇怪,铁匠的话就像一块石头压在了她的心上,使她提不起精神来工作,更不用说笑了。铁匠走了之后,他的老婆马格达又来了,坐在父亲的床边说要给父亲赶苍蝇——现在有什么苍蝇要赶的,其实她是来监视汉卡的。

马格达过不了多久就感到厌倦了,她提出要帮汉卡做做事情,但被汉卡谢绝了。

"不用了,我们忙得过来,你家里的事就够你忙的了!"

汉卡用这样坚决的口气说话,马格达也就不想争吵了,只是偶尔说上一两句话。她天生胆小怕事,是个寡言少语的人。

快到吃晚饭的时候,雅格娜回来了,一起来的还有她的母亲多米尼科娃。

她们和汉卡打着招呼,态度和睦可亲,好像她们之间从来没有什么隔阂似的。这让汉卡大受感动,所以她的态度也有所改变——虽然还保持着一定的警觉,但也不乏温和的言辞,甚至拿出了烧酒来招待她们。但是多米尼科娃推开了酒杯:

"伟大的一周到了,我怎能在这个时候喝酒呢!"

"又不是在酒馆,偶尔在家里喝一杯,这不是罪过。"汉卡解释道。

"人往往会找出各种理由来放纵自己,让自己享乐。"多米尼科娃一边说着,一边前去包扎波利那的头部。

"嘿,是谁敲钟的,在为大家赎罪,又是谁做的圣饼,我只是偶尔碰碰酒杯。"

"这个可怜的人躺在这里,连天主的世界都感受不到了。"她因同情病人而哀叹道。

"他永远吃不了香肠了,也再也不能喝到香醇的美酒了!"雅古斯丁卡照旧用她的那种口气说道,充满讥讽的口味。

"你总是什么都嘲笑!"多米尼科娃指责她道。

"怎么啦,哭有什么用,能把苦难消除掉吗?只有笑才是我的根本。"

"只有那些播种恶的人才会收获悲哀,才会依靠忏悔来赎罪。"雅姆布罗兹说道。

"大家都说得不错。雅姆布罗兹虽然在给教堂做事,却自甘与罪人为伍,只要能让自己享乐就行!"多米尼科娃大声说道,并以凶狠的眼神看了他一下。

"他反对好人,和恶人做朋友,可是恶人是不会顾及他的后果的。"她带着威胁的口吻说道。

大家都默不作声了。雅姆布罗兹满脸怒气,本想给予尖刻的回答,但终究还是没有说出来,因为他知道,他说的每一句话,最迟第二天弥撒做完之后神父就会知道得一清二楚。多米尼科娃天天待在教堂里,自有她的理由。另外,大家都害怕她的那双鹰眼,连雅古斯丁卡都不敢在她面前多嘴。

全村的人都很怕她,没有一个人没有受到过她那双鹰眼的毒害,没有一个人不曾受到她的诅咒,以至于不是病倒,便是丧失应有的容色。

大家都低着头,默默地工作着,整个房间里只看见她那张皱巴巴的脸,干枯而又可怕,苍白得像白蜡一样。她也没有和雅格娜说话,母女两个都在帮着干活,汉卡也不敢拒绝她们的帮忙。

神父派用人来叫雅姆布罗兹回教堂,剩下的全是娘们儿,她们赶紧把腌好的肉和新鲜的肉分别装进盆里和木桶里。

"把肉放在房间的这个地方要凉快一些,它离火炉远一些。"老太婆便和雅格娜把木桶移动到了她们的那一边。她们行动迅速,汉卡还来不及阻止,她们就已经搬进去了。汉卡很生气,便把尤什卡和彼得叫上,一起把余下的猪肉搬到她住的那一边去。

傍晚的时候,她们点亮了灯,开始做起香肠、大麦肠和五香猪肉来。汉卡发疯似的剁起肉来,满肚子都是怒气。

"我绝不会把肉放在储藏室,留给她吃或被拿走!我可不允许……真是个狡猾的母夜叉!"汉卡咬牙切齿地自言自语起来。

"明天早上等她去了教堂,就悄悄把木桶搬到你那边去,就是她叫喊也没有用,她肯定是抢不回去的。"雅古斯丁卡提议道。她正在灌腊肠——那条腊肠就像蛇似的在桌子上盘踞扭动着,还不时地将它挂在火炉上熏烤。

"她们是商量好了,甚至想把这些都拿走,就让她们来试试!"
汉卡依旧愤怒极了。

"雅姆布罗兹回来之前,香肠全都能做好了。"雅古斯丁卡说道。

汉卡没有答话,认真干着活儿,主要是在考虑怎样才能把那些猪肉和火腿弄回来。

炉灶里的柴火毕毕剥剥地燃起了,熊熊火光,把整个房间都映照得红通通的。用来做猪血布丁的各种材料,在锅里被煮得翻滚不息,泡沫直冒。孩子们胆怯地望着这装有猪血的大盆。

"天啊,真香!都让我快流口水啦!"维特克伸出鼻子闻了闻,叹口气道。

"别站在这里嗅来嗅去的,不然的话我就要罚你了。"汉卡大声说道,"快去给母牛饮水,给槽里加上草料,把干草铺在地上……天都黑了,你什么时候才去做呀?"

"彼得马上就来,我一个人干不了。"

"他去哪儿啦?"

"你不知道?他去收拾那边的屋子了!"

"什么?彼得,你快去关心一下牲口过夜的事!"汉卡喊叫声音之大,惊得彼得立即跑到院子里来了。

汉卡一边翻着锅里煮熟了的猪肝猪肠,一边愤愤不平地说道:"她连床都不铺一铺,地也不扫一扫……你们看她,一副地主婆的样子,不愿弄脏手,还要长工来帮她收拾!"

这时候,院外传来了车声和铃声。

"好像是神父到谁家去送临终圣餐了……"这时老贝利查正好走进屋来对大家说道。

"是谁病了?都没听说呀!"

"他们朝乡长家后面去了!"维特克气喘吁吁地跑到窗口叫道。

"好像是去了什么雇农家?"

"也许是到普里奇克家去了,他家就在那边。"

"可是,他们都很健康,没有遭到什么噩运呀。"雅古斯丁卡低声说道。尽管她和孩子们不和,经常打官司,但她还是胆战心惊,非常害怕。

"我赶去看看,一会儿就回来。"

她赶紧跑了出去。

夜色已浓,可她还没有回来,雅姆布罗兹倒先回来了,告诉大家,神父是被请去看望克温布家的亲戚阿加塔的,她在外乞讨,上周六才回来。

"怎么，她不住在这里的克温布家？"

"不在这里。好像是在科兹沃夫家或者普里切克家，她是在那里等死的。"

谈话到此结束，还有许多工作等着他们去做，尤什卡和汉卡本人等会儿还得放下手上的活儿，到院子里去做晚祷。

傍晚姗姗来迟，但又沉闷异常，黑暗渐渐笼罩大地，直至伸出手去都看不见五指。寒雨骤降，狂风吹撞着墙壁，呼啸着掠过果园，树木被吹得东倒西歪，呼呼直响，有时还吹得烟囱倒灌，把烟雾吹得满屋子都是。

直到午夜将至，他们才结束工作，雅古斯丁卡依然没有回来。

"天气这样坏，她是不想摸黑回来的了！"汉卡这样想道，睡觉之前又到门外打量了一番。

的确，像这样风雨交加的夜晚，大家都不愿把狗赶出户外去的。狂风骤雨，打得屋顶都嗒嗒作响。满天都是灰色厚云，高高的苍穹中看不见一点星光。整个村庄都早已入睡，寒风把地里的作物吹得波涛起伏，池塘里的水也被吹得波涛汹涌，哗啦作响。

他们不再等她了，都各自去睡觉了。

雅古斯丁卡直到翌日早晨才出现，愁容满脸，默不作声。由于天气寒冷，她到房间里烤了烤手，随后便来到谷仓的一堆土豆旁，开始了选种的工作。

她独个儿在干，因为尤什卡要去施肥。彼得一大早就被汉卡催着去运肥，汉卡责怪他昨天太懒了，没有及时把粪肥送到地里去，还大骂了维特克一顿。于是彼得鞭打起马匹来，以发泄他心中的怒火，催赶着马儿在泥泞地里快速行进。

"这混蛋，自己偷懒挨了骂，现在就在马身上出气！"老太婆嘟哝道。她想把那些鹅赶走，可它们一伙拥向前来，叼啄土豆，还在地上拉屎拉尿的。尤什卡走来和她说话,她也没回答,只是忧郁地坐在那里,急忙把围在额头上的头巾拉了下来,遮住了她那双哭红了的眼睛。

汉卡来看过她们一次,主要是来看看雅格娜是不是走了,好趁机把肉拿到自己的房间去,同时也想去察看一下那几个装有小麦的木桶。可是,好像是故意刁难汉卡似的,雅格娜偏偏不想走出房门一步。

汉卡终于忍不住了,走进房间去看波利那,说了几句话之后便进了储藏室。

"你在找什么?我可以帮你找。我知道放的地方,可以指给你看!"雅格娜大声说道,跟在她后面走了进来。汉卡把手伸进麦桶里,没有摸到钱,或许钱藏在最底层。她知道雅格娜是在监视她,不得不放弃,只好等下次机会了。

"现在该去给人送礼了。"她望着挂在木棍上的香肠这样想道。这是波利那家和其他富裕农家的习惯,杀猪后的第二天,就要给亲戚和相关朋友送去香肠或者一块肉。

"说老实话,真是舍不得,但不得不送,否则人家就会怪罪你了!"老贝利查揣摩出女儿的心事,劝说道。

汉卡虽然很揪心,但还是把盘子摆在了桌上,把要送给各家的礼物分别装在不同的盘子里。香肠长短各不相同,肉块大小不同,摆来摆去。当最后把该送的礼物都分派完了后,她既感到心痛,又觉得疲倦,便叫来尤什卡:

"你穿上漂亮的衣服,再把这些礼物一家家送去……"

"我的天啊!要送掉这么多肉呀!"

"我有什么办法呀?不能不送呀!棍子能一个人使,但舞是一个人跳不了的,这串长的送给叔母,虽然她不喜欢我,老是看我不顺眼,但我还是要给她送。这个盘子里的是送给乡长的,虽然他是个混蛋,但他和父亲的关系不错,而且以后还有用得着他的时候。这些香肠、麦肠和五花肉是送给马格达和铁匠的,他们不能说我们是独吞了爸爸的猪肉了,当然,他们还是会责怪我们的,不过会少一点罢了。给普里切克太太一根香肠,她很傲慢又爱唠叨,但她是我的好朋友。这最后一份是送给克温布家的。"

"不送给多米尼科娃?"

"下午再送,她是要送的……但要把她当脏物一样来对待,少去碰,离她远些!快去把这些送掉,别跟那些姑娘们聊天耽搁时间,家里还有很多事等着呢!"

"也给纳斯特卡家送一份吧!他们家太穷了,连盐都买不起……"

"你让她来好了,我会给她的。爸爸,你把这块肉送去给微朗卡,她本来昨天就要来的。"

"磨坊主夫人昨天傍晚把她叫去打扫屋子,说她家有客人要来。"

他把这个消息唠叨了很久,可是汉卡在打发尤什卡出去,自己加了件衣服,跑出去察看了一下小伙子们的工作之后,便去帮助雅古斯丁卡了。

"昨天我们一直等你回来吃晚饭!"她见老婆子一直不说话,便开口说道。

"我看都看饱了,没了胃口,连现在都感到胃不舒服。"

"是阿加塔病得很重吗?"

"是的!这个无依无靠的老婆子,现正躺在科兹沃夫家等死!"

"怎么的,她没有躺在克温布家吗?"

"有的人,要看你没有什么需求,或者身上有笔钱,才会认你是亲戚,不然的话,哪怕你是至亲,也会放狗把你赶走的。"

"你说什么?他们怎么会把她赶走的呢?"

"她是星期六到他们家去的,晚上就病倒了……据说,克温布老婆把她的羽绒被都拿走了,她被赶出来时几乎没穿多少衣服……"

"克温布老婆？不可能！她可是个忠厚善良的女人。这些都是谣传吧。"

"这可不是我编的，是我听来的。"

"她躺在科兹沃夫家里！有谁会想到，他家的女人会有这样的好心肠！"

"有了钱，连神父也会大发善心的！科兹沃娃得了阿加塔给的二十个兹罗提现金，才答应收留阿加塔，一直到给她送终，而且她也估摸到，老太婆活不了很久，她还有另外的安葬费。不是今天，就是明天，她就有可能咽气，不需要等很久了……"

她停下了，竭力想控制住自己，但还是大声哭了起来。

"你怎么了，病了吗？"汉卡同情地问道。

"我真是看够了人世间的辛酸苦辣，心里难受，人可不是石头啊，一个人能经受住各种苦难，但是抵不过这一刻的到来，他再也不能承受更多的东西，他那悲哀的灵魂将被砂土所掩埋。"

她痛哭不止，久久地擦拭着她的鼻涕和泪水，又非常伤心地说了下去。雅古斯丁卡的那些充满苦涩和愤恨的话语，让汉卡心潮澎湃，难以平静。

"而且人们的苦难无穷无尽，没完没了。我在阿加塔身边坐下的时候，神父已经离开了，因为费利普卡跑了过来，在池塘对岸大声喊叫，她的大女儿不行了……我也跑了过去，唉呀呀，那是什么房子，里面像冰窖一样冷，窗子没有玻璃，用茅草塞住。房间里就一张床，其他人都睡在草堆上，家里就像狗窝一样。姑娘之所以不行，是因为饿，家里连一块土豆都没有了……羽绒被也被卖掉了。每一升麦子都是从磨坊主那里乞讨来的，现在谁也不赊给他们，更不愿借钱给他们，谁来还呢？他们真是很难得救，费利普克和大家一起被关进了牢里……从她家出来便碰上了格热拉太太，她对我说，弗罗娜、普里切克娃刚生了孩子也需要帮助……虽然他们都不是什么好人，都曾欺压过我，但我还是去了，现在不是记恨的时候。她那里的情况差不多，也是穷得要命。弗罗娜病了，家里一分钱也没有，又得不到救助，家里虽有土地，但人不能去啃地啊。地荒在那里，没人耕种，虽然现在已是春天了，亚当也在坐牢。她生了个胖小子，很结实，但拿什么来养活他呢？弗罗娜瘦得像根木棍，奶水一滴也没有，她家的母牛也才生小牛。到处都一样，雇农家里更是穷困潦倒，一言难尽。没有人打工，没有人请人做事，挣不到钱，也得不到任何帮助。但愿天主大发慈悲，让那些最贫穷的人不再受罪，而是平平静静地死去。"

"这个时候村里谁还有多余的钱呢？到处都穷，听到的都是叫苦声。"

"是的，不过富人绝不会被饿死的……当然，富裕的农民也有不少烦心事……有的担心穿不上漂亮的衣服……有的在算计怎样放高利贷的问题……但绝不会有人去救助穷人……我的上帝，大家都住在一个村里，彼此和睦相处……但是却把贫穷的重任留给了天主，他们只关心自己吃饱喝足，让自己穿得更加体面温暖，而对穷人的死活却视而不见听而不闻。"

"那又有什么办法呢？谁有那么多钱去救济所有的穷人呢？"

"一个没有善心的人，总会想方设法去逃避责任。我不是指你，你不在其位，不主其政。我知道，你的处境很难，但还是有些人，比如磨坊主、神父、风琴师，还有其他人……"

"如果有人提醒一下，也许他们就会做些善事的！"

"一个有良心的人，能听见苦难人的呼喊，不需要别人告诉他。我亲爱的，对于穷人的处境，他们知道得清清楚楚，他们就是靠这些穷人发家致富的……现在正是磨坊主收获的时节，人们排着队去向他买面粉和燕麦片，花完最后一分钱。然后就去借高利贷，再用给他长期打工来还债，磨坊主就是靠这种高利息来发财的。即使不得不把羽绒被子卖给犹太人，人以吃为天，总得弄到钱买吃的，哪怕把自己盖的羽绒被子卖给犹太人。"

"的确如此！没有人会白给别人东西的……"

汉卡想起了不久前那段贫穷无助的往事，便深深叹息起来。

"我在弗罗娜身边待了很久，来了很多女人，她们谈起了村里发生的事情，她们说……"

"以圣父圣子的名义！"汉卡突然跳将起来大声叫道。狂风吹开了大门，门板差点脱了链子，她费了很大力气才把门关上，赶紧把门闩好。

"风刮得这么大，天气也还算暖和，估计会来一场大雨！"

"就是现在这个样子，大车的车轴也要碰到泥泞地了。"

"现在是春天了，只要有两三天出太阳，地面就会干得很快的。"

"我们要是能在节前种下土豆就好了！"

她们就这样边说话边忙着干活，有时又静默下来，只听见挑拣和扔土豆的哗啦声，她们把好的土豆堆成一堆，把坏了的丢成另一堆。

"现在有东西来喂母猪了，母牛也能喝到土豆煮的水了。"

但是，汉卡根本没有听她说的话，而是一心在想如何才能把公公的钱拿到手，她偶尔会从门缝里看看屋外，只见树木摇晃不停，在和风搏斗，零散的灰色云块在天空掠过，而风势还在加强，像扫把似的在农舍的周围扫荡，冷湿的风还把邻近的粪堆吹得臭气熏天。院子里几乎是空荡荡的，有几只竖起翅膀的小鸡被风吹得跑来跑去。大鹅都躲在篱笆下面的角落里，小鹅则依偎在大鹅身边发出轻轻的叫声。彼得每过一段时间便会赶着空车回来，在院子里转一转，在粪堆前停下来。他拍了拍手，给马喂了些草料，便和维特克一起装满一车肥料，然后再次赶着车把肥料运到地里去。

尤什卡突然跑了进来。她大声说话，脸色发红，还气喘吁吁的，她是给人送香肠去的，一路上还嘻嘻哈哈地说个不停。

"我送了乡长家，现在又送了叔母家……他们都在家里，房子在节前都粉刷一新了……他们都表示非常感谢，非常感谢……"

其实没有人问她，她自己喋喋不休，说完又拿起用白手巾包着的装有礼物的盘子跑出去了。

"这姑娘很爱说话，但不傻。"雅古斯丁卡说道。

"她的确不傻，就是爱闹，贪玩！"

"你还想要她怎样？她还是个黄毛丫头呢！"

"维特克，你去看看，是谁到家里来了？"汉卡大声叫喊道。

"是铁匠，他刚进来。"

一种不安的感觉袭上心头，她径直来到公公的房间，病人依旧仰面躺在床上，雅格娜在窗边缝制衣服，房间里就再也没有别人了。

"米哈乌去哪里了呢？"

"就在这房子里，他在找前些日子借给马捷伊的车子的钥匙。"雅格娜回应了一句，连头都没有抬起来。

汉卡看了看过道，没有铁匠，又看了看她住的那边，也只见她爸爸跟孩子们一起坐在火炉前边，正给他们做风筝。她又走到院子里寻找，还是不见他的踪影，于是她直接来到储藏室，虽然房门是关着的。

等她进去一看，铁匠双手已经插入麦桶里，直到胳膊处，正在努力翻寻着。

"哼！难道你的钥匙会藏在麦子里？"她怒不可遏地大声道，气势汹汹地站在他的面前。

"我是来看看麦子有没有发霉，能不能做种子。"他被这意外吓了一跳，便支支吾吾地答道。

"这不关你的事！谁叫你进来的！"她对他吼叫道。

他不情不愿地抽出了双手,用几乎抑制不住的气恼低声说道:

"你把我当小偷来监视……"

"我哪知道你来这里干什么?哼!你跑到别人家的储藏室来,还把手伸进麦桶里去,我看你还会砸开锁撬开人家的柜子哩!是不是?"汉卡的声音也越来越大。

"昨天我不是说过,我们共同要找的东西吗?"

铁匠竭力让自己平静下来。

"你是在对我撒谎,你这是在往我眼里撒沙子,想蒙骗我!可是我看透了你的诡计,你这个强盗!"

"你闭嘴!否则我就要把你的嘴堵上!"他气汹汹地威胁道。

"你就试试看,你要是敢动我一根手指,我就会大叫大嚷,让半个村子的人都跑过来,看看你到底是个什么刁鸟!"汉卡也回敬了他一番。

铁匠环视了一下四壁,终于无可奈何地走出去了。

出去之前,他们还狠狠地对望了一眼,眼中的凶光,如果可能的话,非要把对方置之于死地不可。

这次的愤怒久久不能平息,直到喝水之后汉卡才平静下来。

"一定要把钱找出来,藏在安全的地方,免得夜长梦多,让他们偷走。"她朝谷仓走去的时候这样想道。可是走到一半,她又返回来了,一打开房门,便对雅格娜大声叫道:"你在家里看守着,为什么要让外人进储藏室?"

"米哈乌可不是外人,他有这个权利!和你一样。"她根本不惧汉卡的叫嚷。

"放什么狗屁!你是和他商量好了的。我要警告你,如果家里丢了什么东西,我对天发誓,我一定会上法院,告你是同谋,你好好给我记住!"汉卡忍无可忍地吼道。

雅格娜立即跳了起来，抓起手边的一件东西当作武器。

"你想打架！来呀，试试看，看我不把你这张漂亮的脸蛋儿撕得血痕累累，连你亲生母亲都认不出来！"

她尖叫着，大骂着，把那些恶言恶语都朝对方撒去。

如果不是罗赫正好这时到来，这场争斗不知会有什么样的结果，因为她们正张开手朝对方逼近。汉卡看见罗赫，便恢复了理智，平静了下来，她什么也没说，随手砰的一声把门关上后便走了。

雅格娜留在了房间里，气得一动不动地站在那里，嘴唇像打摆子似的颤抖不止，心跳加速，眼泪像豆子似的掉下。后来她才冷静了下来，把手上的绞肉机扔进墙角里，一下子便扑到了床上，放声痛哭了起来。

这时候，汉卡正在向罗赫讲述她们刚才发生的事情。

罗赫耐心听着汉卡的讲述，可是她的话断断续续，又带着抽噎声，罗赫听清的很少。他严厉地责备她，甚至把端来的食物都推开了，气愤地拿起了帽子。

"现在你们都成了这个样子，那我也只好离开，再也不会回到利普查村来了。你们这样吵闹打斗，只有魔鬼才会高兴，或者让犹太人来讥笑我们基督徒是爱争吵的傻瓜！我仁慈的天主啊，难道这里的苦难、疾病和饥饿还少吗？还要让女人们也卷进来，让她们吵架斗殴不可。"

罗赫说完这一通话后便喘起粗气来，汉卡立即感到伤心和悔恨，她不想让罗赫就这样怒气冲冲地离开，便衷心地向他道歉，并吻起他的手来。

"您若是知道就好了，和她相处真是困难，她处处为难你，和你作对。其实她嫁到我们家，我们就吃了大亏……这么多土地给了她。……你还不了解她是个怎样的女人！……她勾引村里的男人们（她没有提及安特克）……现在又和乡长勾勾搭搭的。"她低声补充了

081

一句,"因此,我每次见到她,就特别生气,真想一刀子杀了她!"

"上帝说,报复由我管!她也是人,她也觉得受了委屈,她会为她的罪过受到惩罚的。我要对你说,你不要欺侮她!"

"我欺侮她?"

汉卡大为惊讶,想不出自己在哪些方面欺侮过雅格娜。

罗赫吃着面包,眼睛望着她好像在思考什么问题。后来,他把小孩拉到身前,拍了拍他的脑袋,便朝门外走去。

"我会在某一天的傍晚再来看你,现在我要对你说的是:别去管她,做好你自己的事就行了,其余的天主自会有安排!"

说完"上帝保佑",他就朝村里走去了。

第四章

　　罗赫沿着池塘边上的道路缓步前行，有时被一阵狂风吹得几乎站不住脚，同时他也想起村里的悲惨景象，心里十分难过。他时时抬起那双火热般的眼睛朝村里的农舍望去，深沉思考又悲伤叹息——利普查村已经糟到不能再糟了。

　　有人饿死，有人病倒，有人吵架，有人斗殴，想死的人都比往年多得多，但这些还不是最糟糕的，因为村里的人对此早已熟知并习以为常，他们听天由命，认为这是劫数难逃。最为严重的是田地荒芜，根本无人耕种。

　　春天来了，所有的鸟儿都已回归旧巢，高处的田地渐渐干了，积水消失，田地正在渴望犁耕、施肥和播撒种子。

　　可是，谁来做这些事情呢？男人们都被关进了牢里，村里几乎是清一色的女人，她们既无力气，也不精明能干，很难完成这些任务。况且这还是个生育的季节——按照习俗，一些女人要分娩，母牛要生小牛，鸡鸭要孵蛋，母猪也要生小猪。春天也是个播种的时节，土豆需要从地窖里取出来选种，地里的积水要排除掉，粪肥要运到地里去，像这样又多又重的工作如果没有男人的帮助，女人们即使累断手脚也是很难完成的。此外，还有打扫牲口棚屋，给牲口喂水喂食，还要去森林里捡拾木柴并把它们运回家，以及其他各种各样的日常家务活，比如喂养孩子，多得不胜枚举。我的天主啊！一天下来，真是累得腰酸背痛，而且直到晚上也才干了不到一半，因为其中最重要的工作——田里的活儿还没有人去做哩！

田地都在等待着，被阳光晒暖，又被春风吹干，经过雨水的滋润，多雾的夜晚也在不断地增温，地上的野草长出了嫩绿的叶芽，田里的麦子也开始返青。云雀在原野上空欢声歌唱，鹳鸟在沼泽地上游荡，而地里的许多野花都向着阳光和煦的天空伸展。天空如同覆盖大地的帐幕，越来越高，越来越远。如今那些有所期待的眼睛也看得越来越远，越来越广，能清楚地分辨出森林的轮廓和村庄的边缘，而这在冬天的浓雾中是无法办到的。整个大地仿佛是从昏迷状态中苏醒了过来，高高兴兴地把自己打扮得像新娘一样婀娜多姿。

在周围的各个村庄里，凡是目力所及的地方，人们都干得热火朝天，无论是晴天还是下雨天，整天都能听到农民们的愉快歌声，看到犁头在地里闪光。农民们来来回回走动，马在嘶鸣，各种车辆隆隆驶过，只有利普查村的田地依然一片荒芜，死气沉沉，就像是一座让人伤心悲痛的坟场。

除了这些令人苦恼的事情之外，更让利普查村人揪心的，是关在狱中的亲人。

每天都有好几个村民去城里，带着一包包食物来探望狱中的亲人，同时会再三向当局提出请求，把这些无辜的囚徒释放出来。

嘿，如果自己都得不到公正，又怎么去可怜那些被欺压的人呢？

利普查村的情况如此悲惨，悲惨到邻村的村民们都止不住想：对利普查村的迫害，就是对所有农民的迫害。他们知道，只有猴子才会向猴子背后捅刀，而人和人只有团结互助，要不然，他们以后也可能会遭遇同样的境况。

其他村子的人过去因为地界和受损的事情，闹得不可开交，有的则纯粹出于嫉妒，怪利普查村凌驾于他们之上，如今都把这些宿怨、争执抛在了一边，偷偷来到利普查村探听情况。这些人有来自卢得卡村、邓比查村、伏鸟卡村的，甚至还有来自热普基村的贵族。

上个星期天，还有昨天忏悔的日子，这些外村的人都在急切地打听被关在牢里的人的情况，听完后，气得都捏紧了拳头，脸绷得紧紧的，对这种不公正的欺压他们又恨又骂，对受到欺压的利普查村人深表同情。

罗赫正在思考的就是这件事，他想采取某种重大行动，于是放慢了脚步，还常常站住不动，躲在大树背后避风，用深情的目光注视着远方。

现在天气更加晴朗更加暖和了，但是风时时都在增强，带着呼呼声掠过大地。小一点的树木被吹得东倒西歪，树枝不时像鞭子那样抽打在水面上，发出啪啪的声音。阵阵狂风把房顶上的茅草掀起吹散，把树枝折断。大风以迅猛不可阻挡之势，在头顶上空横扫而过，把果园、篱笆、农舍、单株的树木，都吹得随风摇动。甚至连隐没在云层中的苍白的太阳，也好像是要从天空中逃走一样。教堂上面有一群鸟儿，展开翅膀顺着风势，边飞边叫，穿过钟塔和摇晃的树木，翱翔而下。

大风虽然造成损失，令人讨厌，但也有一些好处，它使土地干燥，路上的积水消除，而且从早上起土地的颜色也变白了。

罗赫久久地站在那里沉思着，突然听到随风传来了一阵喧闹的声音，他赶紧循声走了过去。

他抬头一望，池塘对面的村长家门前，在围墙的外面，聚集了一群穿红衣裙的女人，中间还有几个男人。

罗赫好奇地走近,急于知道发生了什么事。

他远远地就看到乡长和警察们在一起,于是绕到最近的一处篱笆旁边,从那里小心翼翼地穿过果园来到人群外边,躲在他们身后——他不想让这些官方人士看见。

喧闹声越来越大,妇女越集越多,孩子们也从四面八方赶了过来,在大人中间钻来钻去,都想插到前面去。院子里挤得满满的,许多人只好站在院外的大路上,他们并不在意路上的泥泞,和被风吹打到头上的树枝。大家都在大声地争着说话,这个人的声音常常会被另一个人的盖过。风势太大,罗赫无法听清他们在说什么,他从树木中间看了过去,只看到普沃什科娃站在前面。她是个又胖又壮擦了口红的女人,大声嚷叫着,愤怒地把拳头伸到乡长的鼻子跟前,迫使乡长朝后退去,其他的女人也大叫大喊地应和着,活像一群恼怒的火鸡。科布索娃想从旁边冲到警察那里去,但挤不过去。许多人都在向警察们挥舞着拳头,有的甚至拿来了木棍或扫把一类的东西。

乡长正在解释什么,竭力想稳住大家的情绪,他搔着脑袋,挡在女人们的前面,好让警察们离开包围圈,从池塘旁边跑到磨坊那里去。乡长也跟在他们后面,一边退去一边应付着女人们的责难,还吓唬那些朝他扔泥块的小孩们。

"他们想干什么?"罗赫来到女人中间问道。

"干什么?他们要我们村派出二十辆大车和同样数量的人马,立即去修通往森林的道路!"普沃什科娃回答道。

"有个大官要从这里路过,所以他们才下令要把路修好!"

"我们回答他们说,我们没有车,也没有人。"

"这儿还有谁来赶车呢?"

"先要他们把人放出来,然后才修路。"

"那就让小孩子们去拉车好了!"

"这些欺负老百姓的狗杂种！大混蛋！"大家接二连三地喊叫起来。

"我只要一看到警察，心里就很厌恶。"

"他们上午就在酒馆里和乡长商量了半天。"

"不错，他们一起喝着伏特加酒，商量好了，就到各家各户去分派任务！"

"乡长了解我们村里的情况，他应该把利普查村的状况向官府一五一十说清楚！"罗赫大声说道，竭力想在这些喧闹声中，让大家听到他的声音。

"嘿！他和他们搞在一起了！"

"乡长首先想要的是钱。"

"这是他唯一的目的，也是他的利益所在！"大家重又嚷了起来。

"没错！他对大家说，只要每家每户拿出二十个鸡蛋，或者一只鸡，他便会放过大家，再到别的村子里去催派修路的人。"

"我们就给他二十块石头好了！"

"我就用棍子来对付他们！"

"别吵了，妇女们，官府会因为这些咒骂而惩罚你们的。"

"就让他们来惩罚好了，就让他们把我抓进牢里去好了，我才不怕。即使遇到再大的官儿，我也会大胆地陈述我们的困苦和所受到的欺压！"

"我会怕他这个乡长？对我说来，他就像地里吓唬麻雀的稻草人！他早就忘了，是我们把他选为乡长的，我们也可以把他拉下马来……"普沃什科娃嚷叫道。

"就让他们来惩罚好了！难道我们没有交税，没有把小伙子送去当壮丁，没有按照他们的命令去做？这些他们认为还不够，又把我们的男人都抓走……"

"只要他们一来，我们准会倒霉！"

087

"去年秋收的时候,他们就在地里把我家的狗打死了!"

"家里的烟囱着火了,竟然也把我们告上了法院。"

"我也是,去年因为在谷仓里晒亚麻而受到指控。"

"古尔巴什的孩子向他们扔了一块石子,被打得多严重呀!"

大家叫嚷着,朝罗赫围了过来,吵得他耳朵都受不了啦。

"别吵了,这样嚷嚷是解绝不了什么问题的,安静下来,好吗?"他大声喊道。

"你去见乡长,把我们的事全都讲给他听!"科布索娃急忙说道。

"好,我去。你们都散了吧!家里都有许多活儿等着你们去干呢……我会好好地把全部事情讲给他听。"罗赫诚恳地对大家说道,他担心警察会再回来。

就在这时,教堂午祷的钟声响起来了。大家渐渐散去,但门口还是有人三五成群,热烈地议论着。

罗赫急急忙忙地来到村长家——他现在就住在村长家里,在酒馆尽头的西科尔家的一个空房间里教书。但村长不在家,往县里交税款去了。

索哈的老婆平静、清晰地向他讲述了这件事的前因后果。

"但愿不会带来什么坏的结果。"她最后说道。

"这是乡长的过错。警察们是奉命行事的,可乡长明明知道,村里只剩下女人了,连自家地里的活儿都没人干,哪能给官家做事呢?我要见他,让他把事情处理好,免得再遭罚款!"

"看起来,这一切都是为了森林那件事而报复利普查村的!"她说道。

"那么是谁在报复呢?……地主?我亲爱的,地主会和政府搅在一起吗?"

"地主和官爷是很容易说到一起的,他们总是穿连裆裤。地主就曾说过，要报复利普查村的！"

"啊，上帝！那就再也没有什么安宁的日子了！新的灾祸会常常降临到我们的头上来。"

"只求上帝保佑，但愿以后不会更糟糕！"她一边叹息道，一边合手像是在祷告。

"她们一直叽叽喳喳的，像喜鹊那样，闹得太凶了，上帝保佑！"

"一个人身上痒了，就会去挠的！"

"这样的大吵大叫没有用，甚至还会带来新的灾难！"

罗赫既生气又担心，怕新的灾难落在利普查村头上。

"你不是要回去教孩子们读书吗？"

罗赫站了起来。

"我给他们放假了，节日要到了。另外，各家各户都有很多事情要做，孩子们也可以帮家里做点事情。"

"我今天早上到沃拉去雇短工，三个兹罗提一天，还包吃包住，可一个人也没雇到。大家都要把自己家里的田地种完再说，他们答应会来，但要等一两个星期。"

"唉，一个人只有一双手，分身乏术啊。"他长长地叹了一口气。

"你给大家帮了大忙，如果不是你的聪明才智和慈悲心肠，我们真不知道会有什么后果……"

"如果我能把想做的事都做到的话，这个世界上就不会有苦难了。"

罗赫痛苦又无奈地把自己的双手向外一摊，接着便匆忙朝乡长家走去，但路上又被许多农事所耽搁，没有立即赶到乡长家。

整个村子稍微平静了一些，但在几处篱笆旁，有些气愤的女人还在大声说话。不过，大多数女人都已回家做午饭去了，只有大风还跟先前一样，顺着大路刮起了尘土，把树木吹得前俯后仰。

吃过午饭后，尽管还刮着大风，但是到处都是人来人往、熙熙攘攘的。无论是在十字路口，在果园，还是在房前屋后，抑或是在房间里，都有女人在交谈，像在蜂房里工作一样。村子里能干活的仅剩下妇女和姑娘们，至于男性呢，那就只有小男孩了，他们可以放牧牲口，大一些的孩子都跟着父亲坐牢去了。

她们都在拼命地干活，以弥补失去的时间，因为昨天都在忏悔，几乎一天都待在教堂里，今天又被警察折腾了大半天。

复活节快到了，星期二也已过去，可是还有那么多活儿等着去做，还有那么多忧虑的事情要承受。屋里要进行大扫除，要给孩子添置衣服、给自己打扮打扮，还要到磨坊去磨面粉、准备过节的东西，以及做其他零碎的事情。家家户户的主妇们都在想方设法把这个节日过好，有的还在家里的储藏室里翻箱倒柜的，希望能找出点可变卖的东西，以换取几个过节用的兹罗提。甚至还有几个妇女，吃了午饭后便赶着车子进城了，车里的麦草下面就藏着她要变卖的东西。

"但愿你一路顺风，平平安安！"罗赫对古巴索娃说道。给她拉车的是一匹又瘦又弱的老马，几乎抵不住这样的强风。

罗赫说完就走进了她家的院里，姑娘们正在填补房屋的裂缝，窗户上面的地方她们够不着，于是他便上去帮忙，把石灰调成糊状好把墙壁刷白，又用茅草制成一把刷子来刷墙。

罗赫又朝前走去。

这时候，瓦赫尼克家正在运送肥料，小姑娘们在赶着马车，笨手笨脚的，拉着两匹不听话的马儿前行的时候，却把一大半的粪肥洒在了路上。罗赫赶忙上前帮忙，先把粪肥铲回车上，随后把车子和马匹都安排妥当了，才挥鞭策马前行。

再过去就是巴尔切莱克家，他家的女儿马丽霞，除了雅格娜外，就是村里最漂亮的姑娘了。此时，她正在篱笆近旁的肥沃黑土地上播种豌豆，但是她的动作却像被黏在树脂上的苍蝇一样，别别扭扭的，因为她的头巾没有围好,身上又穿了一件她父亲的外套,长得直拖到地上。

"你不必这样匆忙,来得及的!"罗赫走到田边,笑着说道。

"嘿,难道你没听说过,谁若是在圣星期二播种豌豆,一小盆就能收获一口袋!"她大声回应道。

"等你种完了,你先种下的那批都会发芽了。马丽霞,你种得太密了,太密了!长大后,它们就会纠结在一起,容易倒伏。"

于是罗赫就教她怎样顺着风势去播种,这个傻姑娘原先根本不知道种子要撒得均匀。

"瓦夫章·索哈曾对我说过,你是个很能干的姑娘!"罗赫踏着泥泞的田畦一步步退了回去,好像是随意地说了这么一句。

"他是这么和你说的?"她突然停住了脚步,深深地吸了一口气,问道。

她脸红得发紫,便不敢再问下去。

罗赫笑了起来,离开时还对她说道:

"复活节的时候,我会对他说,你很能干!"

随后,他又来到普沃什卡也就是斯达赫的叔叔家的地里,只见两个男孩在大路旁的一块土豆地里干活儿。一个在前面赶着马,另一个像是在犁地。可是他们的鼻子都够不着马尾巴高,而且没有什么力气,犁头东倒西歪,像个喝醉了的人似的,马也老是想回到马厩去。兄弟两人拼命催赶,不是鞭打,便是大声呵斥。

"我们能行,罗赫,我们能行,就是这些讨厌的石头老让犁头跳起来,母马也老想回去。"哥哥呜咽着解释道。罗赫上前扶着犁,在地里犁出了一条笔直的犁沟,接着又教他们怎样使用马儿。

"现在好了,我们在天黑之前就能把这块地耕完!"哥哥骄傲地说道。他向四周张望了一下,看看是否有人看到罗赫在帮助他们。老人离开后他便坐在了犁把上,学起他父亲原先的样子,背对着风,点起了一支烟卷儿。

罗赫继续朝前走去,看看有哪户人家需要帮助,就去帮一下。

让争吵停息下来,调和矛盾,想办法出主意,哪里需要他就出现在哪里,即使是繁重的工作,他也在所不辞。克温布太太无力劈开坚硬的木头,他就帮她劈。帕切斯的妻子需要从池塘里打水,他就帮她打水回来。那边有孩子们顽皮打闹,他就劝他们好好听话。

他还注意到,有的人很悲伤,老是抱怨,他就讲笑话、开玩笑来让他们开心,让他们开怀大笑。和姑娘们在一起的时候就说起姑娘们的问题,还向她们提起了小伙子。和妇女们在一起时,就给她们谈孩子们,以及她们所遇到的种种困难,还有邻居和其他的各种事情,反正他都在想方设法让她们高兴起来,让村民们开心起来。

罗赫聪明又虔诚,到过世界上不少地方,而且第一眼就能看出对方是什么人,该说些什么话。他只用一个小故事,就能让对方消除悲伤,转悲为喜。他知道,谁需要笑,谁需要祷告,谁需要用严厉的言词或责备的话去对待。

他又是个非常仁慈的人,社会责任感很强,富有同情心,常常不请自来,不止一次地陪伴病人过夜,用好言好语来增强病人的信心。大家都认为,他的所作所为甚至超过了神父,以至于到最后,大家都把他看成是天主派来的圣徒,是来给劳苦大众带来慈悲和欢乐的。

嘿,难道他能拯救所有不幸的人吗?难道他能消除苦难,挽救人于饥饿之中吗?难道他能让病人恢复健康?难道只靠他的双手就能帮助大家吗?

然而,仅靠一个人的力量是无法拯救和保护大众的,就像一块肉无法满足全村人的需要,就像在炎热的天气里,一滴露水只能润润嘴唇而不能解渴一样。

可不是吗！利普查村可是个大村，仅农民的房屋就有五十多栋，还有大量的土地等着去耕种，各种农具要修理，牲畜和家禽需要喂养，还有不少的人要吃饭。

可是，打从男人们被抓走的那一刻起，利普查村的一切就只好听天由命了。毫不奇怪，贫穷、不幸、抱怨和忧虑都在与日俱增，数不胜数。

罗赫早就对这一切有所感觉，有所了解，但只有今天他一家一户地走了过来，才看清村里到底落到了何等悲惨的境地！

没有耕种的田地躺在那里，即使有人在干活儿，也不过是男孩子们在戏玩罢了。每一处都显示出衰败和荒芜，篱笆倒塌了，房梁和椽子都从破损的茅草屋顶上露了出来，门上的搭鼻脱落下来，门板像是折断的翅膀吊挂在那里，不断地碰撞着墙壁。许多房屋都要倒塌了，急需用木柱来支撑顶住。

房屋四周到处都是积水，泥泞深达膝盖，墙边垃圾成堆，每走一步都很困难，都会让你提心吊胆。母牛因饥饿而常常哞叫，马儿身上沾满粪土而无人清洗。

到处都是这样的惨景：小牛犊满身污泥，猪在道路上奔走，农具被雨水淋坏，犁头锈迹斑斑，母猪在半高的篮筐中产仔，那些残手断臂的、破破烂烂的工具被扔在原地无人问津。

有人会来收拾修理吗？能指望妇女们吗？她们最多只能干那些紧迫的事情，哪里还有这样的精力和时间呢？要是男人们都回来了，村里的面貌就会立即改观。

她们盼望着男人们回来，就如同盼望着上帝大发慈悲一样。她们怀着这种与日俱增的希望等待着。

可是，男人们却没有回来，而且她们也无法得知，他们什么时候能被释放回家。因此她们现在只有苦难和忧虑，而且村里的争斗依然不断。

暮色苍茫之中,罗赫从教堂后面最后一户人家即克温布家中走了出来,朝村里另一头的乡长家缓步走去。

风越来越大,呼啸着掠过大地,和树木展开了搏斗,时时会有断枝掉落下来,因此走路很不安全。

老人佝偻着,沿着篱笆墙缓步前行。在这像涂粉玻璃一样的朦胧灰暗的暮色中,一切都看不大清楚。雅古斯丁卡突然出现在他身前,说道:

"你是去找乡长的吧,他不在家,在磨坊那里。"

罗赫一言不发地朝磨坊走去,他不想理会这个长舌妇。

但是她快步赶上了他,走在他身旁,几乎挨近他的耳边低声说道:

"请您去看看普雷奇克家,或者菲利普家……一定要去看看……"

"要是我能帮忙的话,我会去看的。"

"她们求我请您去的!您一定要去呀!"她热切地请求道。

"等我先见了乡长再去。"

"上帝保佑你!"

她吻起他的手时,嘴唇在发抖。

"你怎么啦?"

他感到奇怪,他们过去是水火不相容的。

"这没有什么奇怪,人人都会经历这样的一个时刻,就像一只流浪的野狗,一直被人赶来赶去,突然有只慈爱的手来抚慰它而感到无比高兴一样。"她满含泪水地说道。

他还来不及用好言相慰,她便迅捷地离开了。

他在磨坊那里并没有见到乡长,乡长和警察们一起进城去了。磨坊工人弗兰克请他到自己的小屋子里去坐坐,那里已有好几个本村的女人和外村的男人,在等着磨面粉。罗赫本想在那里多待一会儿,跟大家多聊聊的。可是那位军嫂特蕾莎，原来是和别人坐在一起的，这时却坐在了他的身边，还吞吞吐吐地向他问起马特乌什的情况来。

"你去见过那些男人们，一定知道他的情况……他身体怎么样？精神还好吗？什么时候会放出来？"她问这些问题时一直低垂着眼睛。

"你丈夫在军队里还好吗？他身体健康吧？是不是快回来了？"罗赫用一种严厉的眼光望着她，轻声说道。

她满脸羞红地逃到磨坊那边去了。

他朝这个可怜的女人摇了摇头，便跟了过去，因为他想给她一些忠告。可是这个磨坊里满是面粉粉尘，灯光很昏暗，她躲着，他没有办法找到她。流水冲击着水轮，水磨不停地转动，发出哗啦啦的响声。大风在房墙和屋顶上呼啸，像一袋面粉那样倾泻下来，使一切都颤抖不止，似乎转瞬之间就要被刮得无影无踪。罗赫决定不再去寻找她了，按照许诺，他要去看看那两个可怜的女人。

这时候，天完全黑了。这里和那里，在摇晃不停的树木间隙，闪耀出点点灯光，像是野狼的那双闪动的眼睛。然而，空旷的地上却出奇明亮，能把果园里的农舍看得一清二楚。天高云淡，高悬于幽暗的蔚蓝之中的，只有稀疏的小雪般的云朵，渐渐地，星星越来越多，越来越亮。但是，大风不仅没有停息下来，反而越来越猛，席卷着整个大地。

大风就这样刮了一整夜，很少有人睡了安稳觉。屋外的树枝时时打在墙壁上，把窗玻璃都打碎了，整个利普查村好像都会被狂风卷到天上去一样。

直到凌晨，大风才停了下来。可是，公鸡刚刚报晓完，人们还睡得很死的时候，天空突然响起了阵阵雷吼声，闪电的红光划破了长空，顷刻之间大雨倾盆而下，甚至有人说，森林里的大树已被雷电击中。

早晨来临之后，天气便完全晴朗了，雨也停了，田里也涌起了一股暖流,小鸟在愉快地歌唱。尽管太阳还没有出来,但天高云淡,天空一色蔚蓝。人们都说,这将是一个好天气。

村子里的人却在叫苦连天,因为这场暴风雨给村里造成了无可估量的损失,还不算大路上被连根拔起的树木、吹落的屋顶和一片片被吹倒的篱笆墙。

普沃什克家的猪圈倒塌了,把所有的鹅都压死了。家家户户都遭受了不同程度的损失,妇女们聚集在院子里,因遭受到的不幸而痛哭,泪水有如绵绵春雨一般。

汉卡刚刚走出家门,正要去看看棚屋损坏没有,却在院子里遇见了西科尔太太。远远地,她便向汉卡说道:

"你知道不知道,斯达赫家的房子全倒了!他们全都还活着,真是奇迹!"

"耶稣马利亚!"

汉卡惊呆了。

"我是直接来找你的,他们都吓蒙了,只会哭……"

汉卡拿起围巾往头上一搭,便急忙朝出事地点奔了过去。村里的人知道这个不幸的消息后,也纷纷跟在她后面跑。

事态的确如此,斯达赫家的房子只剩下几堵残垣断壁,房顶完全给刮跑了,只有两根椽子吊在那里。烟囱也被吹倒了,只剩下最下面的一段基座,就像一颗断牙一样。地面上尽是凌乱不堪的茅草和破损残碎的木头木板。

微朗卡双手环抱着哭泣的孩子们,坐在墙边一堆残留的东西上,号啕大哭。

汉卡走到她的面前,一堆人也围上去,都在安慰她,可是她什么也不看,什么也不听,只是一味地哭泣。

"啊,我可怜的孩子们!我那无依无靠的孩子们!"她伤心地哭诉着,引得旁边的几个女人都流下了同情的泪水。

"我们这些不幸的人能到哪儿去呢,我们这些苦命的人能到哪里去睡觉呀?"她大声哭诉着,把孩子们紧紧抱在胸前。

老贝利查脸色憔悴发青,有如死尸一般。他在倒塌的废墟上转来转去,时而把那些鸡赶在一起,时而把干草拿去给系在樱桃树下的母牛吃,时而待在墙边用口哨呼叫狗儿,同时用呆滞的目光望着人们,就像一个傻子那样。

大家都以为他变傻了。

这时候,大家都突然闪开,让出一路来,而且还虔诚地鞠躬到地,原来是神父不期而至。

"雅姆布罗兹刚刚才把这个不幸的消息告诉我,斯达赫娃在哪儿?"

大家都闪到一旁,让斯达赫娃现出身来,但是她满眼泪水,什么也看不见。

"微朗卡,神父来看你了!"汉卡对她说道。

她立即站了起来,看见神父在面前,便扑倒在他脚下,声泪齐下,哭得更悲惨了。

"安静下来吧,别哭了,这有什么办法呢?都是天意。咳,天意如此!"神父说道。他也很感动的样子,擦了擦脸上的泪水。

"我们只好出去要饭了!到外面的世界去乞讨!"

"咳,你不要叫了!善良的人们是不会让你们饿死的,上帝也会用自己的方式帮助,让你们渡过危难的。"

"上帝是大慈大悲的!"

"没人受伤,这才是真正的奇迹!"

"没有像普沃什卡家的鹅那样被压死!"

"真是奇迹,一个个都还活着!"大家纷纷议论起来。

"你们的牲畜和家禽有什么损失吗?有没有?我说的是牲畜和家

禽……"

"上帝保佑！它们都在过道里，没有什么损失！"

神父抽了口鼻烟，用噙满泪水的眼睛扫了一下房屋留下的那片废墟——整个房顶都被掀掉了，拱顶也掉到了房间的中央，通过破损的玻璃可以看见一些被折断的树木和已经腐朽的茅草。

"你们真幸运！要不是天主慈悲，你们都会被压死的！"

"要是压死了也好！就用不着亲眼看见这倒塌的房屋，也就不需要看着这个家被毁了……啊！我的天主！我的耶稣！我和孩子们现在什么也没有了，无家可归了，我们到哪儿去呢？我们该怎么办呢？"她又大叫了起来，绝望地扯动着自己的头发。

神父无助地摊开了双手，在地上挪动着脚步。

有人给他脚下垫了一块木板，说道："这要干燥些！"

这里的泥浆的确很深，都到脚跟了，神父立即踩在木板上，又吸了一口鼻烟，心里在想，该对她说些什么安慰话。

汉卡正忙于安慰姐姐和父亲，其他女人站在神父身边，都在看着他。

越来越多的女人和孩子从村里跑了过来，他们穿着木屐，把泥水踩得四溅。聚集在一起的这些人低声而又惶恐地议论着。微朗卡和孩子们依然在哭泣，但声音渐渐小了下来，变成了呜咽。围巾虽然遮住了那些女人的额头，但她们脸上还是可以看出悲伤、关心和乌云般的忧虑，犹如头上的昏沉的天空，而同情的热泪，也从许多女人的脸颊上流了下来。

不过，她们的心境却是平静的，对于邻居遭受上帝的惩罚也是逆来顺受。如果每个人对别人的不幸都感同身受的话，那他就没有足够的力量去应对自己的事情，况且，事情已经发生了，谁又有能力去阻止呢？

神父快步走到微朗卡面前，说道：

"首先你应该感谢上帝，保住了你全家人的性命！"

"是的，哪怕卖掉猪，也要做一场弥撒。"

"那倒不需要，你还是留着钱救急用吧。过了复活节，我会找时间为你安排一场弥撒的。"

她热烈地吻着神父的手，还抱住他的腿，以表达衷心感谢，神父则画着十字祝福，还拥抱了一下她的脑袋。孩子们也叫喊着抱住了他的双腿，他也像慈父般抚摸着他们的头。

"无论如何都不要失去信心，一切都会好起来的。事情是怎样发生的？"

"情况是这样的：我们没有油点灯，也没有木柴烧火取暖，因此早早睡下了。风很大，把房子刮得嘎嘎直响，但我并不害怕，因为过去更强的风都挺住了。由于房子透风，一开始我睡不着，后来困得打盹儿了，突然听见哗啦一声响，墙壁也发出裂开的声音，我的上帝！好像要天崩地裂似的。我立即跳下床来，刚把孩子们抱住，便听得哗啦一声，头上有东西掉了下来。我赶紧跑到门廊里，屋顶就在我身后全倒了下来。我惊魂未定时，烟囱又轰的一声倒下了……院子里狂风呼呼直响，连站都站不住。屋顶上的茅草也被风吹得四处飘散。又是深夜，离村里又有一段路，而且大家都睡觉了，根本无法听到我的呼救声……我便把孩子们带到藏土豆的地窖里，在那里一直待到天明。"

"上帝一直在保护着你们。那头拴在樱桃树下的母牛是谁家的？"

"是我家的。我家活命的唯一来源！"

"是一头能产奶的好母牛，腰像木板一样挺直，肚子鼓鼓的，有小牛啦？"

"过不了几天就要生小牛的。"

"你们就把它寄养在我的牛栏里吧，我那里地方很大，可以一直留到青草都长好了。你们打算到哪里去住呢?我是问,住哪里呢?"

这时候,一条狗突然吠叫起来,还朝人群猛扑过来,她们急忙把它赶开,这狗便坐在门口不走,还发出悲惨的吠声。

"这狗是发疯了,还是怎么的?是谁家的狗?"神父赶紧退到女人们的身后,问道。

"是我家的,名叫克鲁切克……是的,这场灾难也把它搞疯了,它原来是一条很好的看家犬。"老贝利查答道,便前去让它停止吠叫。

神父朝大家画了个十字便离开了,招呼西科尔夫人和他一起走,还边走边伸出手去让女人们亲吻。

她们知道,神父在路上一定有什么事要和西科尔夫人长谈。

妇女们对这家遭灾遭难的邻居表示同情和安慰之后,便想起还得回家做早饭,还有许多工作等着她们去做,于是便纷纷离开了。

只有他们一家人还留在废墟上,正在那倒塌的屋子里找寻一些有用的东西,西科尔夫人便气喘吁吁地跑了过来,急急说道:

"你们就搬到我那里去住,就是罗赫教孩子读书的地方,在村的另一头。那里虽然没有炉灶,但可搭一个临时灶头,够用了!"

"噢,我的好太太!我们怎么付得起你的房租呢?"

"这倒用不着担心。你们有钱了就给,没有钱就帮我干干活儿,或者就说一声感谢的话就算了,反正房子也是空在那里的。我是诚心诚意邀请你们的,神父还给了一点钱好让你们去买些急需的用品。"

她当面递来了一张三卢布的纸币。

"愿上帝保佑神父身体健康!"微朗卡大声说道,还吻了吻这张纸币。

"很难找到第二个这么仁慈的神父了!"汉卡说道。

"把母牛寄养在神父的牛棚里,真不赖啊!"老贝利查也说了一句。

他们立即动手搬家了。

西科尔家的房子就在大路旁边，转个弯就是，离斯达赫家有二百米远。他们先把从废墟中找出来的东西搬过去，而且还从瓦堆里面找到了被褥和床垫等床上用品。汉卡把彼得叫来帮忙，西科尔夫人也没有闲着，后来罗赫也来帮忙了。人多手快，等到中午钟声响起来的时候，微朗卡一家便在新居安顿了下来。

"我现在成了房客，也是一个老要饭婆了。家徒四壁，灶没有，甚至连圣像也没有，一个盘子也没有……"她环视了一下周围，不无悲伤地说道。

"圣像我会送过来，其他的用具，杯盘刀勺我都匀出来。等斯达赫回来后，在大家的帮助下，房子也会很快地建好，你在这里住不久的。"汉卡安慰她道。

"爸爸在哪儿？"汉卡想把他接到波利那家去住。

老头子却留在了倒塌房屋的废墟上，坐在门槛上，替受伤的狗包扎。

"你跟我过去，姐姐新住的房子太小了，我那里有你住的地方。"

"我不走，汉卡！我留在这儿，什么地方也不去，我生在这里，死也要死在这里！"

汉卡一再劝说他，恳求他，他就是不走。

"我在过道里搭个铺就行了，如果你一定要我过去，那我就给你看孩子，在你那里吃饭。好了，你把狗带过去，它已经受伤了，不过，它可是只很好的看家狗，警觉性很强。"

"过道上的墙会倒塌下来的，那会压着你的！"汉卡再次恳求他道。

"不会的，这几堵墙比好些人的寿命都要长……你把狗带走……"

既然父亲不愿意，她也就不再勉强了。而且说老实话，她家里也不宽敞，老头子真要住进来也很难安排。

汉卡让彼得给克鲁切克套上绳套，把它牵回家去。

"布雷克不知道跑到哪儿去了，克鲁切克正好顶替它。你怎么这样不中用！"汉卡见彼得对付不了那条狗，便大声说道。

"你这只傻狗！你在这里什么也吃不上……到那里就有好吃的！还有个温暖的地方睡觉……克鲁切克！"老人数说着，还帮着彼得给狗系好了绳子。

汉卡走在前面，她要在回家之前再去看看姐姐。

令她惊异的是，微朗卡那里竟来了好几个女人。姐姐还在不停地哭泣。

"你们对我太好了，我真不好意思收下！"她边哭边说。

"我们也只能拿出这些了，大家都穷。既然都拿来了，你就收下吧，我们是真心的！"克温布太太把一大包东西塞到她手里，说道。

"你们遭受了这么大的不幸！"

"我们都能理解你的苦处，大家都不是铁石心肠的人。"

"和大家一样，你的男人也不在家。"

"这样一来，你的困难要比别人的更大了！"

"天主给你的考验要多了……"大家说完之后，便把自己带来的东西都放在她的面前，尽管事先没有商量过，但各人拿来的都是必需品，有豌豆、燕麦、面粉……

"噢！善良的人们！可爱的太太们，你们对我就像亲娘一样！"她伤心地哭道，紧紧抱着她们，令大家都哭了起来。

"世界还是有许多好人啊！"汉卡动情地想道。

这时候，风琴师的妻子也进来了，她腋下夹着一个大面包，手里拿着一块用纸包着的熏肉。

汉卡等不及听她说话，因为午祷的钟声已敲响，她得赶紧跑回家去。

虽然没有普照大地的阳光，但天空却非常明亮，有大量的亮光从云里喷射出来。天空高悬,就像一片蔚蓝色的幕布,上面点缀着像白手绢似的朵朵白云。下面是广袤的田野,一览无余,有的地方青草萋萋,有的地方呈褐色,那是秋耕地和未开垦的荒地,有的地方是潺潺的溪河,有的地方像玻璃在闪闪发亮。

云雀在放声歌唱。春天的清新空气从田野、从森林,从遥远的地平线上,从整个世界飘来,夹带着温暖的潮气和白杨树叶蕾的甜蜜芳香。

村子里的各条道路上都有人,正在搬走散落在路上和篱笆上的被大风吹断的树。

春风那么和煦,就连树木刚刚吐出的新芽也只是轻微地抖动。

教堂周围聚集了不计其数的麻雀,枫树和白杨树的各个枝干上都站满了,仿佛给大树们涂上了无数的黑点。这些麻雀叽叽喳喳的欢叫声,响彻了整个村庄。

而在那光滑闪光的池塘水面上,守护着小鹅的公鹅嘎嘎叫着。塘边响起的女人们的捣衣声,说明她们洗衣的地方有好多处。

到处都是人来人往,一片繁忙的景象,还有农舍之间的招呼声,孩子们的嬉笑声,以及在果园中闪现的女人们的红色衣裙。

家家户户的过道和房间都敞开着,以换气透风,篱笆上面挂满了各种各样的衣物,果园里也晾起了被子褥子。这里和那里都有人在刷墙,狗和在沟渠里嗅来嗅去的猪进行较量。到处都有母牛在篱笆外面抬起有角的脑袋,发出类似于叹息的哞哞叫声。

村里有好几辆车子驰往城镇,以便购买节日的用品。可是,刚过中午,老货郎尤德卡就拉着一辆长货车,带着他的老婆尤多维查和幼子来到了村里。

他们走街串户,一户一户走过来,后面跟着一群追逐陌生人的狗。但尤德卡从每户人家出来时,几乎都不会是空手的。他同酒馆老板和其他贩子有所不同,他以诚信待人、薄利多销,而且还能赊账,所收利息也很低。他是个聪明的犹太人,认识村里的所有人,而且能对什么人说什么话,知道该怎样和他们打交道。因此,当他回去时,车子后面总会有一头小牛,或者是一大袋麦子。而他的老婆也是做生意的能手,不过大都是以货易货——村妇们用鸡蛋、公鸡、脱毛的母鸡,或者一块手织布去换取她的花边、缎带、别针和其他能吸引女人眼球的各种化妆品和装饰物——其利润十分可观。

这时候,他们来到了波利那家门前,尤什卡一见便尖叫道:

"汉卡,买些红色缎带吧!再买些红颜料,我们需要染蛋。"她哀求汉卡道。

"明天你进城去,买你需要买的全部东西!"

"啊,是的,是的!城里的东西要便宜些,也不会那么骗人!"尤什卡高兴地说道。她不用任何人的提示,便跑出门外对商贩说道:"我们什么也不买了,也没有什么可换的!"

"你把鸡鸭赶过来,免得它跑到犹太人的车子上去。"汉卡在她身后喊道,还朝窗外望了一眼。

就在这时候,军嫂特蕾莎跑了过来,好像是在逃离犹太女人似的,后者还在她身后大声说着什么。

她冲进了屋子,气喘吁吁的,说不出话来,满脸通红,修长的睫毛上还挂有几粒泪珠。

"你怎么啦,特蕾莎?"汉卡很惊讶地问道。

"这些骗子只给我十五个兹罗提,这是新的羊毛线裙。可我现在又急需用钱。"

"给我看看,它很贵吗?"汉卡好奇地问道。

"最少也值三十个兹罗提,是新的毛线裙,有七码半长,完全是用毛线织成的,用了四磅毛线,还请人染了色的。"

她在房间里摊了开来，彩虹般的色彩在亮光中显得格外耀眼。

"这条毛线裙，真漂亮！但是很遗憾，我无法买下……我们过节也需要花不少钱的……你能不能等到复活节后的那个星期天呢？"

"咳，可是我立刻就要用钱的！"

汉卡立即把裙子折好，不好意思地把脸转了过去。

"也许乡长老婆会买的，她家的现钱来得容易些。"

汉卡又拿起毛衣裙子来看看，还在身上比了比，随后便不无惋惜地退还给了她。

"你是要给军队里的丈夫汇些钱去？"

"是的！他写信来，说他很苦，急需钱用……啊，再见！"

特蕾莎急忙离开了汉卡家。雅古斯丁卡正在给母猪捣盆子里的土豆，便哈哈大笑了起来。

"你害得她跑得这么快，裙子不掉下来才怪呢！她需要钱，可不是为了丈夫，而是给马特乌什！"

"难道他们相处得这么好啦？"她大为惊异地说道。

"怎么了，难道你是住在森林里的吗？"

"这种事情我怎么会知道呢？"

"唉，你不知道，特蕾莎每个星期都要去探视马特乌什的，整天像狗那样都在监狱的周围转来转去，凡是她能搞到的，都会给他送去！"

"我的老天爷，怎么会这样！她不是有自己的丈夫吗？"

"大家都知道，她的丈夫在军队里，远着呢，还不知道能不能回来。这个骚女人孤独寂寞了，马特乌什又离得这么近，而且还是个像条龙似的强壮男人，她又何乐而不为呢？"

汉卡这时想起了安特克和雅格娜，便陷入了沉思。

"自从马特乌什被抓之后，特蕾莎便和他的妹妹纳斯特卡搞好了关系，甚至还待在他们家里，一起进城去探监。纳斯特卡表面上是去看

105

哥哥，实际上也是去看多米尼科娃的儿子西蒙的。"

"你倒是对这些事情知道得这样清楚。"

"这些家伙做事很笨，让人一眼就能看出来。她既然要卖掉她最后一条裙子，就是想给马特乌什送些好吃的去。"

"噢，噢，人总会做出一些怪事来的。我也应该去看安特克了。"

"路很远，你又脱不了身……不如让尤什卡去，或者别的人去也好……"她说到这里就打住了，没有提雅格娜的名字。

"我自己去，上帝保佑我不会有什么事的。罗赫说过，复活节的时候可以去探监，我一定要去的……噢，需要把那些腌的五花肉都搬到这边来。"

"已经腌了三天了，到时候了，我马上去拿。"

雅古斯丁卡过去了，但很快就回来了，她十分气恼地报告，一半的腌肉不见了。

汉卡立即跑了过去，尤什卡也跟了过去，她们站在腌肉盆子前面，心中奇怪，肉怎么会不见了。

"这绝不是狗叼走的，很明显是用刀割去的……外来的小偷也不会拿走这几磅肉。一定是雅格娜干的！"汉卡肯定地说道。她立即冲进了大房间，雅格娜不在，只有老波利那依旧像往常那样瞪着一双大眼躺在那里。

尤什卡这才想起，早上雅格娜出门时，围裙下面藏了个什么东西，当时她还以为是雅格娜为巴尔切莱克的女儿做的那件节日穿的衣服呢。

"她准是给她母亲拿去了……贪心的人，不管是谁的东西都敢拿走……"雅古斯丁卡说道。汉卡听了不由得怒火中烧。

"尤什卡，快去把彼得叫来，需要把剩下的全都搬到我的房间里去。"

转瞬之间，他们全都搬过去了，汉卡本想把装有麦子的木桶也搬了过去，这样她就能放心地寻找了。但因数量太多，怕引起铁匠的注意只好作罢。

于是整个下午汉卡都在等候着雅格娜，直到傍晚她才回来。雅格娜一进屋，汉卡便对她责问起猪肉的事情来。

"我吃了！和你一样，我吃了我的一份，怎么样？"雅格娜回答得很镇定，一晚上她都在被汉卡咒骂，但都默不作声，像是故意在激怒汉卡似的。晚上来吃晚饭时，她还装出一副什么事也没有发生的样子，笑眯眯地望着汉卡。

汉卡气得差点儿要发疯，但面对着这样的雅格娜，也无计可施。

整个晚上，她都处在气恨之中，为任何一点小事发火，她还催促大家早点去睡，明天就是星期四了，要进行节前的大扫除。

她早早地躺在了床上，但却久久无法入睡。听到外面狗吠声，她起身来到院子里。

她看见雅格娜房间里还亮着灯光。

汉卡在过道里对着里面吼道："这么晚了，还亮着灯，难道灯油不要花钱吗？"

"你通宵都点着灯，我管过你吗？"她反驳道。

汉卡又是怒火填胸，真到第一次公鸡打鸣之后，才昏昏入睡。

第二天一早，天刚蒙蒙亮，平常最爱睡懒觉的尤什卡，一想起今天要进城去买东西购物，便第一个起床了。她赶忙把小伙子们都叫了起来，让他们把拉车的马匹准备好。汉卡吩咐彼得去套那匹栗色母马，但尤什卡又哭诉道：

"我才不坐瞎马拉着的破车，难道我是个讨饭婆，出门坐的是拉过粪肥的车子，城里谁不知道我是波利那的女儿，父亲绝不会让我这样出门的。"

经过这番大闹，尤什卡终于如愿以偿，坐上了两匹马拉的四轮马

107

车。她让长工坐在前面，自己则按照大户人家女主人的派头坐在后面，出发往城里驰去。

"要买些金的、红的和其他颜色的纸！"维特克从菜园那边大声喊道。他从天一亮就开始在这里翻耕和平整土地了，因为汉卡想在今天就播下洋白菜的种子。维特克见女主人久久不来，便擅自来到大路上，和其他孩子一起在篱笆旁边玩耍起来。因为复活节前的伟大星期四，按照传统，教堂是不会敲响钟声的。

天气和昨天差不多，但显得有些郁闷，也更加宁静。夜里较为寒冷，早上露水染上白霜，显得有些朦胧，让人觉得寒气逼人。已经是大白天了，燕子在屋顶上吱吱啁鸣，被赶下池塘的鹅群在高声欢叫，村里的人早在天亮之前就已经下地干活儿去了。

现在离吃早饭还有一段时间，村里就已闹声不断，人们在走来走去的。孩子们被赶到外面玩耍，以免妨碍大人的工作，于是村里的各条路上都响起了各种木槌和响板的声音。

今天连去教堂的人都很少，做弥撒时既不敲钟，也不奏响管风琴。

现在正是忙碌的时候，大家都在忙于节前的准备工作，主要是烤面包和各种人形的糕点。因此，家家户户都把门窗关得紧紧的，这有利于面团的发酵。炉火也烧得很旺，烟囱里的浓烟直冲云霄。

牲口对着空槽直叫，猪饿得在菜园的地里刨吃，家禽在路上走来走去寻找食物，孩子们自由自在地打闹取乐，有的甚至爬到树上去掏鸟窝。妇女们全都忙于揉面和烘烤工作，把其他的一切都丢到脑后去了。

全村都是这样：无论是磨坊主家，还是风琴师家，抑或是神父家，也无论是有田有地的农民家，还是无田无地的雇农家。即使再穷，为了复活节，为了这一年一次的肉食和饱腹，也要想方设法做到，哪怕是卖掉一些口粮也在所不惜。

由于烘烤面点的炉灶并不是家家都有，于是有些人家便在果园里搭起了炉灶。小姑娘们跑来跑去的，在给炉灶添加柴火。有时还会看到池塘边上出现许多满身沾有面粉的妇女，她们小心谨慎地端着大砧板和大盆，上面排满了待烤的面包和糕点，它们都被盖得严严实实的，看起来就像一支捧着圣像的宗教游行队伍似的。

甚至教堂里也在紧张工作着。神父的杂工从森林里取来了枞树枝，风琴师和罗赫、雅姆布罗兹一起正在装饰天主耶稣的圣墓。

翌日就是星期五，大家更忙了，很少有人看到风琴师的小儿子雅西，他是回来过节的，在村里走来走去的，不时透过人家的窗子朝里张望，看看里面有没有人，想找人聊天。

他无法走进别人家的屋里去，因为所有的过道，甚至果园里都堆放着衣柜、睡床和其他家具。大家在这一天里都要粉刷房间，清洗地板，还要在屋子外面把圣像擦洗干净，随后再挂在墙上。

到处都是一片忙乱景象，大家都在你追我赶似的，嘈杂声越来越大。他们还催赶着孩子们去清除屋前小道上的淤泥，并撒上黄沙。

按照古老的习俗，从星期五早上到星期日，是不能吃热食的，大家都心甘情愿地为天主挨饿，只吃一些干面包和预先烤好的土豆。

波利那家也同样忙碌了一阵，但不同的是，他们家干活儿的人手多，也不用担心钱的问题，所以不久就把过节的准备工作都做好了。

星期五这天，直到黄昏时分，汉卡和彼得才把房子的里里外外都粉刷完毕。她赶忙梳洗了一番便匆匆上教堂去了，这已是第二批妇女参加把耶稣圣体抬入圣墓的仪式了。

家里的炉灶里，烈火熊熊，直往烟囱上蹿。灶上架着一口两个人才能搬得动的大锅，锅里炖着一整条昨天才腌好的猪腿。而在另一个小锅里的香肠，正煮得不断翻滚起来，满屋都是肉香味。忙着给小孩们制作玩具的维特克，时不时地把鼻子伸了出来，深深地吸着这些香味。

在炉灶旁边,在炉火光亮的照耀下,雅格娜和尤什卡友好地坐在一起,共同绘制复活节的彩蛋。她们两个各做各的,相互保密,都不公开自己的方法。雅格娜先在温水中浸泡一下鸡蛋,然后取出擦干,再用蜡油涂上不同的形状,并反复多次地放在三个锅里煮来煮去。这是件很费功夫的工作,有时候蜡会脱落,有的会被手捏破,有的被热水煮破,最后的结果,是雅格娜完成了三十枚鸡蛋。这时候,她才拿出来,真是漂亮极了。

尤什卡的是不能和雅格娜的相比的。她用黑麦穗和洋葱皮煮鸡蛋,把蛋染成了棕色,然后用黄色、白色的小人儿和其他图像加以美化,这也显示出了她的别出心裁。可是,当她看到雅格娜的彩蛋时,惊讶得张开了大嘴,然后是气恼。真是让人看得眼花缭乱,鸡蛋上的亚麻小花有红色的、黄色的、紫罗兰色和蓝色的,再加上那作为背景的图画,更是美轮美奂,叫人难以相信自己的眼睛:雄鸡站在篱笆上昂首啼叫,几只大鹅正对着在泥地里打滚儿的母猪嘎嘎乱叫,一群白鸽在红色大地上空飞翔。其他蛋上还有各种不同的图形,有的有如玻璃窗上的霜花,精巧得让人拍手叫绝。

大家都惊讶万分,一次次地看来看去。这时候,汉卡和雅古斯丁卡正好从教堂回来了,汉卡看见了,什么话也没有说,老太婆看完所有彩蛋后,便大为惊异地说道:

"你这是怎么做的?真是美极了,了不起呀你!"

"怎么做的?脑子里这么想的,顺手就做出来了。"

雅格娜也是喜不自胜,很是得意。

"该给神父送几枚过去!"

"明天过节时我给他送几个去,大概他会接受吧。"

"这么漂亮的彩蛋,神父以前也不曾见过的,他一定会大吃一惊的……"夜已深了,雅格娜离开之后,汉卡不无调侃地说道。

这天晚上,全村的人都睡得很晚。

这是个很黑的夜晚,阴云笼罩整个大地,又黑又寂静,但磨坊的水车还在轰隆隆地响着。村里的大多数人家,直到午夜,窗户还亮着灯光——灯光也投射到了道路上和池塘的水面上。有的人还在缝制节日的衣服,直到把工作做完。

星期六到了,气候更加温暖,只是有点薄雾。在这一天里,大家欢天喜地地欢庆昨天艰苦工作的结束,热热闹闹地迎接新一天的到来。

教堂外面熙熙攘攘,人欢马叫。按照古老的习俗,在每个伟大的星期六,人们一大早便来到了教堂,要为四旬节期间当作食物吃的面片汤和青鱼举行送殡仪式。由于利普查村没有成年男人在,颠三倒四的雅舍克为首的男孩子们只好组成了队伍,他们捧起了一个盛有面片汤的瓷罐——里面还放有许多乱七八糟的东西。

维特克被大家怂恿来背这个罐子,罐子被网兜网住,背在他的背上,另一个小伙子走在他的旁边,拉着一条用木头雕成的青鱼。他们两个走在队伍的最前面,其他的孩子则跟着他们前行,并发出震天的呐喊声和嬉笑声。

雅舍克指挥着整个队伍,虽然他平时有些傻里傻气的,但干起这些活儿来却有条有理。他带领队伍绕着池塘和教堂走了一圈儿之后,便转入了白杨大道——葬礼就是要在这里举行。就在这时候,雅舍克用铁铲把瓷罐打破,罐子里的面片和其他东西都洒了出来,溅得维特克满身都是。

这种鬼把戏让大家都哈哈大笑起来,随后便坐在了大路上。但是,维特克却怒不可遏,朝雅舍克扑了过去,同他和其他孩子打了起来,终因寡不敌众,哭叫着跑回家去了。

回到家里,又因为弄脏了外衣,遭到汉卡的一顿臭骂,随后,就被派到森林中去砍装饰房间的树枝。

不止如此，维特克还被彼得嘲笑了一番，就连尤什卡也不同情他——她正忙于将沙子撒向房屋四周，直到大路上。她从坟场挖来的这些沙子颜色最黄，她把它撒在了从大路到台阶的整条路上，看起来就像给房子围上了一条黄绶带。

在波利那的大房间里，他们正在做着节日的布置工作。

房间已清洗过了，铺上了细沙，窗户明亮洁净，墙壁上的蜘蛛网都清除干净了，挂上了圣像。雅格娜还在她的床上铺上了一条漂亮的大披巾。

汉卡、雅格娜和雅古斯丁卡三个人虽然不说话，但都在共同地忙碌着。她们把一张大桌子摆在了高窗子的下面，在波利那的床旁边，铺上了一块洁白的桌布，雅格娜还在桌布的边上缀上了一条宽宽的红色剪纸。对着窗户的中央，还竖起了一个由纸花装饰的十字架，它的前面摆放着一个翻转过来的盘子，其上站立着一头由雅格娜亲手制作的奶油小羊。这头小羊看起来栩栩如生，眼珠是由念珠嵌入而成。尾巴、耳朵、脚蹄子和头上的小旗子都是用卷曲的红羊毛制成。小羊后面的第一排，摆放着大小不一的面包和由奶油、牛奶制成的各种面点，有的还撒有白糖粉，这些白色和褐色的圣饼是专为尤什卡和其他孩子而准备的。最后一排摆放着一盘切好的香肠，还有几个去了壳的鸡蛋点缀其中，与之对应的则是一大盘猪脚和猪头肉，再配上美妙无比的彩蛋，现在就等维特克从林中拉回树枝来，把树枝安插好了，才算大功告成。

她们刚刚做完这些工作，就有好几家邻居拿来盘子和篮子，里面装有节日的食物。她们就放在桌子旁边的长凳上。神父因事情太多而来不及到各家各户去祝福，便吩咐村民们把复活节的食物集中到几个殷实农户家里去。

利普查村离得最近,因此他往往都会把对本村的祝福留到最后,差不多要等到黄昏时分。

她们无须多言便各自散开了,先要把家里的炉火熄灭,然后再赶到教堂去参加圣火圣水的祝福仪式,再用这受过祝福的圣火点燃家里的灯火。

尤什卡就是为了这个,便早早地领着孩子们来到了教堂。

他们等待了很久,直到中午才回到家里,小心翼翼地保护着这被祝福过的圣火和圣水。

尤什卡带回了一大瓶圣水和火苗,汉卡立即用圣火点燃了炉灶里的木柴。她第一个喝了口圣水之后,便依次递给大家去喝,据说喝了圣水,便能保护喉咙。随后把剩下的圣水洒在牲畜和果树上,祈求六畜兴盛,果实累累。

到最后,汉卡看到雅格娜和铁匠老婆都无意来照顾一下波利那,她便端来一盆温水,给他擦洗了一遍,还把他那蓬乱的头发梳理得整整齐齐,给他换了衬衣和床单。波利那无动于衷地躺在那里,任由她做这一切,双眼依然望向前方。

中午过后,全村就像过节那样热闹起来,尽管还有些零碎的工作等着去做,但现在最重要的是换上节日的衣服,把自己梳理打扮一番,再给孩子们换上新衣。家家户户都洋溢着节日的欢乐气氛。

大家都在焦急地等待着神父的到来,可直到天黑前他才从地主家出来,身穿法衣出现在村子里。风琴师家的米哈乌拿着圣水盆和洒水刷子跟在他的身后。

汉卡走到大路上来迎接他。

神父匆匆忙忙地走进了她的家里,念了一下祈祷文,洒了一番圣水,看了看波利那长满胡子又发青的脸。

"没有什么变化吗?"

"是的，伤口虽然结疤了，但病情却没有丝毫好转。"

他闻了闻鼻烟，双眼打量了一下房间和过道。

"那个卖给我鹳鸟的男孩哪里去了？"

尤什卡把害羞的维特克从炉边推到了前面。

"给你十个钱币，你把鸟教得好。它把鸡都赶出了果园，那里连一只鸡也不敢待了！明天会有人去探望你们的丈夫吗？"

"至少有半个村子的人都会去的！"

"很好。但你们要注意言行，不要大吵大闹！复活节的弥撒，十点开始，我再说一遍，十点开始。别忘了！你们别在教堂里睡着了，否则，我会叫雅姆布罗兹把他赶出去的！"他离开的时候又补说了一句。

神父一伙人又朝磨坊主家走去。

维特克把那个铜币拿给尤什卡看，气鼓鼓地小声说道：

"我的鹳鸟不会给神父看很久的园子的，不会的！"

他们两个立即分散开来，因为女主人已回到台阶上了。

天色渐渐暗了下来，夜幕开始降临大地，果园、房屋和周围的田地都沉浸在半透明的苍茫暮色之中，只有低矮农舍的白色墙壁在黑暗中忽隐忽现。果园周围亮起了灯光，从高高的云端中露出了一弯明月。

笼罩全村的是复活节前的宁静和幽暗。教堂里的高大窗户凌驾于全村的农舍之上，流溢出一道道的光亮，而敞开的教堂大门，也向外喷射出一大片耀眼的光芒。

没过多久，第一批马车便隆隆地驶了过来，停在墓地的前面。远处村庄的教徒们也成群结队地来了，而利普查村的村民们，也常常有人打开自家的大门，朝教堂走去。每户农家的大门打开时，便有一道道亮光投射到漆黑的池塘上。在温暖而多雾的空气中回荡着嗒嗒的脚步声和嗡嗡的说话声。大家在路上相互问候，虽然在夜里相互看不清楚，但纷至沓来的人群，拥向教堂去做复活节礼拜，恰似一条缓慢而又不断起伏的河流。

波利那家里留下看家的有狗、老贝利查和维特克。维特克要和克温布的儿子马切克一起赶做一只公鸡，这只鸡将在复活节的庆典中一鸣惊人。

汉卡让尤什卡和彼得带着孩子们先去教堂，她自己要晚一点才去。她虽已穿好衣服，但迟迟不想出门，仿佛在等什么似的，她常常去台阶上朝大路那边张望，直到看见雅格娜和铁匠老婆、铁匠、乡长一起，边聊天边前往教堂时，她才回到房间里，低声向父亲交代了几句，让他出去放风，她自己则摸进了公公的储藏室。……差不多过了半个小时，她才从里面出来，把一包东西藏在胸前，这时，她的眼睛晶晶发亮，双手不停地在抖动。

她自言自语地说着别人无法听懂的话语，便急忙出门，赶去教堂参加复活节的礼拜了。

第五章

　　路上异常昏暗而又空无一人,家家户户的灯火都熄灭了,就连行动迟缓的人也都去了教堂。教堂广场上停满了马车和被松套了的马匹,它们的脚踏声和呼吸声不时从黑暗中传了出来,还有几辆地主家的马车停在了钟楼下面。

　　汉卡在教堂过道上再次把胸前的小袋子藏好后,便把裹紧的围巾松开了一些,然后直朝前排的座位挤了过去。

　　教堂里面真是人挤人,一点空隙都没有,连座位中间的过道上都挤满了教徒,像煮沸的开水一样在翻腾。祷告声、叹息声、咳嗽声、问候声此起彼伏,响彻整个大堂。就连座位上的小旗子、装饰祭坛的枞树枝,都被这些声音带动着摇来晃去的。

　　汉卡刚挤到她的座位上,神父就出来做礼拜了。

　　教徒们都跪了下来,使场面更加拥挤。大家张开了双手,发出的呼吸声越来越响。大家跪在一起,活像一片人头的田野,他们肩挨着肩,心紧贴着心,但在这一片人群的丛林中,所有的眼睛就像蝴蝶那样迅速地朝祭坛飞去。祭坛上屹立着复活了的耶稣,他的手脚赤裸着,带着血迹,伤口被盖住了,身披红色斗篷,手拿一面小旗。

教堂里面突然静了下来,就像这春天的中午,太阳照射在大地上,风停了,地里的庄稼在喃喃低语,而在高高的蓝色天空中,云雀们唱起了甜蜜的歌。

大家开始祈祷起来,嘴唇都在不停地颤动,从其中发出的念叨声和叹息声,就像是绵绵春雨打在树叶上的响声一样。他们的头低得更低了,双手充满渴望地伸向祭坛,并发出了哭叫声,刺耳的悲痛声充满整个大厅。在大厅高大柱子的幽暗阴影下,教徒们就像是原始森林中的矮树丛。虽然祭坛上灯火辉煌,但大厅依然一片昏暗,而深沉的夜色又从窗户和大门流淌进来,只有从云雾中露出的弯月才会不时地朝厅内窥视一下。

只有汉卡心不在焉,无法静下心来做祷告,她依然像刚才在公公的储藏室里一样,激动得全身发抖。

她的手在冰冷的麦桶里掏来掏去,她把双臂向前靠紧,好让自己感觉到那个小包依旧还藏在她的两乳之间。

惊喜和恐惧都让人心绪不宁。她常常拨动着念珠,忘记了祷告的词句,她用灼热的眼神望着大家,但一个人也认不出来,包括坐在旁边的尤什卡、雅格娜和她母亲,以及其他人。

坐在祭坛两边长凳上,拿着经书祈祷的,是来自鲁德基村和莫德利查村的地主太太,以及来自沃拉村地主家的小姐,地主们则站在圣器室门外正商量着什么。在通向祭坛的阶梯上站着磨坊主的妻子和风琴师的妻子,她们衣着华丽。然而,就在送圣餐的栏杆外面,原来都是利普查村最显赫的男人们的专属位置,每逢做弥撒时,他们都处于显赫的位置。而在游行的时候,他们替神父撑着宝盖,伴他前行。如今,在这些长凳边跪着的却是些别村的男人,除了乡长、村长和铁匠外就没有利普查村的男人了。

不止一个利普查村的女人把目光转向那个地方,思念起了自己的男人，顿感万分悲伤。她们看到的都是来自邓比查村、沃拉村、热伯克村和整个教区的男人们，而利普查村的一个优秀人物也没有看到。女人们的心情无比悲伤，她们俯伏在地痛哭不已，不止一个发出了撕心裂肺的呻吟声。

复活节，这可是一年中最大的节日呀！来的都是陌生人，在他们那因斋戒而瘦削下来的脸孔上洋溢着欢乐的情绪。他们神采奕奕，衣着华丽，昂首挺胸，一副贵族的派头，而且还把教堂里的最好位置都占去了。可是，利普查村的那些可怜人又在哪儿呢？——在监狱里过着饥寒交迫、痛苦难熬的日子，渴望着回到家里。

对于所有人来说，今天可是喜气洋洋的欢庆日子，但他们这些受到欺压的弱势群体却是例外。……别的人可以回家享尽天伦之乐，享受美味佳肴，让身体得到休息，欣赏明媚的春光，与朋友一起谈天说地，如同上帝所安排的那样。可是利普查村的人们，却无法享受到这些。

她们只好伤心、缓慢地回到自己凄凉的家里，一边流着眼泪一边啃着复活节的圣饼。而后，怀着沉重的思念和无望的期待上床睡觉。

"啊，我的主啊！我的耶稣！"四周响起了一阵悲恸欲绝的哀叹声，这才使汉卡清醒了过来。她立即认出了那些熟悉的脸孔，看见了他们汩汩流下的泪水。就连低头看着《圣经》的雅格娜也在放声悲哭，被她的母亲用胳膊肘轻轻地碰了碰，她才平静下来。不过雅格娜的伤心是另有其因的，别人无法理解。因为在她脑海里出现了安特克的形象，也就是圣诞节那天，在同一个座位上，安特克跪在她旁边，把头靠在她的膝盖上，对她说着火热的情话……这突如其来的思念，让她心痛欲裂。

幸好就在这时，神父开始布道了，教堂内出现一片骚动，教徒们都站起身来，齐向讲台拥了过去，个个都昂起了头朝向神父听他布道。

他先讲起耶稣的受难——耶稣为了这个苦难重重的世界,为了广大的受苦受难的劳苦大众,为了给贫苦人民伸张正义,被卑鄙凶残的犹太人钉死在十字架上。神父把耶稣受难的情景说得活灵活现,致使许多农民都握紧了拳头,迫不及待地想要为耶稣报仇雪恨,而女人们都号啕大哭了起来,涕泗横流。

神父又引经据典地进行了长久的说教,他的眼神射向每个角落,指向那些睡眼蒙眬的人。到最后,他从讲坛上探出身子,向教徒们挥舞着拳头,大声说道:"耶稣在每日每时,在处处地方都在为我们的罪孽、我们的争斗、我们的不信神、我们的不遵守教规而遭受酷刑。我们每个人都在让耶稣受到磔刑。我们忘记了耶稣所受到的创伤,忘记了他为了拯救我们而流下的神圣鲜血!"

听完这些话,整个教堂陷入一片喊叫和痛哭之中,哭叫声像狂风似的传遍教堂的所有过道和角落,神父不得不停了下来。当大家较为平静之后,神父又开始说了起来,不过他更为高兴,讲得更能鼓舞人心。他讲起了耶稣的复活,讲起了天主给有罪的人们送来了春天,而且年年如此,直到最后审判的时刻。到那时候,耶稣会审判所有的活人和死人,贬责傲慢之人,把罪恶之人打入地狱的烈火之中,使其永无出头之日;而将善良之人置于其右边的永久荣光中!等到了那一天,一切不公都会终止,一切欺压都会付出代价,受苦人的眼泪不再流淌,而一切罪恶终将不复存在。

他讲得如此激昂、如此诚挚,每句话都像蜜糖似的灌入了大家的心田,就像阳光那样暖人心肺。人人都感到获得了安慰,只有利普查村人是例外。他们一想起受到的种种欺压和迫害,便感到痛彻肺腑,浑身发抖,于是他们号啕大哭,呻吟呜咽,张开双臂像十字那样躺在地上。他们就是以这样的呻吟和悲痛,来恳求天主大发慈悲,把他们拯救出苦海的。

这种情绪立即感染了整个教堂，掀起了一阵轰响似的哭声和呼喊声，不过，他们不久又想起了自己所处的地方，便纷纷把倒在地上的利普查村妇女们扶了起来，用宽心的话语来安慰她们。正直的神父也被大家感动了，他用法衣的袖子擦了擦眼泪，大声说道："耶稣天主是在考验他所喜爱的人们，虽然他们犯了罪，但处罚很快就会结束，大家要相信天主的善意，你们所有的男人不久都会回来的。"

听到这些话，大家都安定下来了，心里充满了信心和希望。

神父又回到了祭坛上，领唱起《复活之歌》来，管风琴也应声全力奏响，钟声响彻整个大地。神父庄严地捧着圣体，在袅袅而升的馨香青烟中，在悠扬嘹亮的钟声中，款步走下台阶朝教众们走去。教徒们全都放开喉咙高唱起来，教徒们有如起伏的波浪涌来涌去，一阵烈焰似的强风，把每个人的眼泪吹干，把每个人的灵魂送入天堂。人潮涌动，大家拥向神父，跟着他排成游行队列前行，就像一座移动的森林，他们还高唱着庄严的圣歌。神父把圣体高高举起，有如金光灿烂的太阳照射在他们的头上，就像一条江河穿流在稠密的树林中。四周灯火辉煌，歌声嘹亮，被香炉烟雾蒙住的圣体朦胧得看不很清楚，但所有的教众都对它顶礼膜拜，每个人都对它无比热爱。

大家游行在教堂中间，步伐缓慢，脚挨着脚，挤在一个狭小的空间里。他们大声歌唱，风琴也随之轰鸣，大钟不停地敲响。

"哈利路亚！哈利路亚！哈利路亚！"声音响彻整个教堂，连墙壁都受到震动。大家都是在用心灵和嗓门儿一起歌唱，而这种燃烧般的炽热声音，像火鸟一样直冲云霄，飞入春天的黑夜，飞到人的灵魂激情所能达到的境界，飞到太阳普照的一切地方。

礼拜结束，已经将近午夜了，大家都急忙赶回家去。只有汉卡还留在那里，沉浸在忘我的祈祷中。她受到神父讲道的鼓舞，还有这欢快的歌声、庄严的礼拜，以及今天所获得的成果，都让她觉得应该在耶稣的脚前把自己的一切倾诉出来。她沉浸在祈祷之中，而把其他的一切都忘掉了，直到雅姆布罗兹把钥匙晃动得叮当响，才把她送出已经空无一人的教堂。

当她走出教堂的时候，一段时间以来纠结在心里的对安特克的担心，顷刻之间也消失不见了，她现在感到特别的平静和自信。

她远远地看到她的其他家人正往家里走去。马车连绵不断地在路上缓缓行进，徒步的人们则三五成群地走在大路的边上。这时候，月亮已落下去了，地上一片漆黑，灰色的云层高悬天空，只有遥远的蔚蓝天际上还有星光在闪现，路上的行人几乎看不清楚了。

这个夜晚温暖而又宁静，露水多而潮气重，从田野那边吹过来的微风，夹杂着浓重的泥土芬芳，大路两旁的杨树和白桦树也散发出甜美的气味。人们在黑暗中结伙行进，在没有被遮住的亮光中有几个人的脑袋隐约可见。到处都能听见脚步声和说话声，被激怒的小狗在篱笆旁边凶狠地边跑边叫，村里的家家户户都相继亮起了灯。

汉卡一到家就去查看了一下牛棚和马圈，随后便进屋睡觉去了。

"只要他回来当起了这个家的主人，我就对过去的事一字不提！"她脱衣睡觉时这样想，听到雅格娜回到了房子的另一边，便又想，"要是他又和她在一起鬼混，那该怎么办呢？"她躺在床上，静静地思考了很久。村里都安静下来了，只有最后一辆马车从很远的地方传来轻微的辘辘声。

"如果真是这样，那么这个世界上也就不存在上帝和正义了！"她愤愤不平地说道．她本想再继续深思下去，但睡意却让她闭上了眼睛。

第二天，整个利普查村的人都起来得很晚。

白天已经睁大了它那淡青色的睡意惺忪的眼睛，村民们却还在呼呼大睡。

尽管今天是天主复活的节日，但村民们并不急于从草垫子上爬起来。太阳从东方冉冉升起，使池塘和露水熠熠生辉，阳光从苍白的高空上洒下，给全世界唱起了它那温暖和光明之歌——《哈利路亚》。

这歌声激荡在那冷雾蒙蒙的大地上空，临于果园、农舍和田地之上。群鸟在欢唱，河水汩汩流淌，森林沙沙作响，和风轻轻吹拂，新嫩的枝叶在晃动，就连土地也在颤动。田畦里的麦苗轻轻地摇摆不停，晶莹的露珠如同泪水一般洒落在了地上。

嘿！欢乐的日子来到了！耶稣复活了！哈利路亚！

他复活了，他经受了苦难，被残忍的恶魔所杀害！他又像活人一样站起来了，从黑暗中，从冷酷中，从仇恨中冲出。为了人类的幸福，他战胜了恶魔，给大家带来了春天。而在这个春天里，他使万物蓬勃生长，他隐身于神圣的太阳之中，把幸福洒向人间，把沉睡的人唤醒，把死去的人救活，把跌倒的人扶起，让贫瘠的土地变得肥沃。

哈利路亚！哈利路亚！哈利路亚！

整个世界都在为天主的这个伟大日子而欢呼！

唯有利普查村比往年的这个时候要安静和伤心得多。

村民们都睡得死死的，直到太阳照在果园上空时，大家才开始活动起来。大门相继打开了，从屋子里伸出了许多头发蓬乱的脑袋，望着四周的田野。田野都沐浴在阳光里，云雀发出银铃般的鸣叫声，到处芳草萋萋，绿树成荫。

波利那家的人还在睡觉，只有汉卡起得早一些，因为她要叫醒彼得，让他把马和马车准备好，还要给大家准备好圣餐。尤什卡显得十分兴奋，嘴里说个不停，急忙给孩子们梳洗好后，自己也穿上了节日的衣服。维特克和彼得正在院里的水井边擦洗着身子，只有老贝利查在逗弄狗玩儿，还不时地去闻一闻切好的香肠。

按照古老的习俗，这一天是不能生火做热饭的，只能吃冷餐。这时候，汉卡正好从波利那的房间里拿出食物来，按每人一个盘子来分发，分给每人等量的香肠、火腿肠、奶油、面包、鸡蛋和甜点。

等她打扮好了，便叫大家都进来吃饭，她也叫了雅格娜，后者立刻就进来了，打扮得那么光彩夺目，如同朝阳一般，那双蓝眼睛在梳洗整洁的金色头发下面炯炯发亮。其他人也都穿着节日的盛装——都是耀眼的呢子上衣或衣裙。维特克虽然打着赤脚，却穿上了一件新的上衣，扣子闪闪发亮，是向彼得要来的。而彼得呢，今天也焕然一新，脸上刮得干干净净的，头发也新剪过了，身穿一件蓝色上衣、一条黄绿条纹相间的裤子、一件系着红色缎带的衬衫。当彼得进来时，大家都为他的面目一新而惊讶不已，尤什卡都禁不住拍起掌来了。

"啊！你真棒，恐怕连你亲生母亲都认不出你来了！"

"只要脱掉你的那身狗皮，你就胜过所有的长工了！"老贝利查半开玩笑地说道。

彼得也高兴得大笑起来，朝雅格娜看去，做了个鬼脸。这时，汉卡画了个十字，她要大家都在桌子边坐下，好给每个人敬酒。大家都依言为之，甚至连维特克也在凳子的末端坐下了。

大家吃得很慢，都在静静地品味这顿圣餐，领略几个月来吃斋后的美味佳肴。香肠里放有大蒜，味道很浓，整个房间都弥漫着一股蒜味，引得那几只狗都跑进屋里来。

在饥饿的肚子被填饱之前，谁都不说一句话。艰苦劳动之后是该享受这一顿丰富的美食，大家都开怀畅饮，汉卡也乐得大方，亲自去把酒拿来和大家共饮。

"我们马上就动身吗？"彼得第一个开口说话。

"吃完早饭就走！"

"雅古斯丁卡想搭你们的车进城。"尤什卡插了一句。

"要是她能及时到，就和我们一起走，但我们是不会等她的。"

"需要带些草料去吗？"

"带够一顿的就可以，天黑之前我们能回来。"

大家心里无比高兴，重又吃了起来，直吃得满脸红光、酒足饭饱。这个过程中，他们吃得很慢，就是想让这顿美食停留在舌尖上越久越好。汉卡吃完站起来的时候，桌上还剩下不少的食物。彼得和维特克还把没有吃完的东西包起来，放到马厩里留待以后吃。

"你马上去把马套好！"汉卡吩咐道，她换好衣服后就要立即动身。她为丈夫准备了一大包食物和生活用品，重得连她都提不动。

马车已经在屋外等候着，雅古斯丁卡才上气不接下气地跑了过来。

"我们等你很久了！"

"你们都用过圣餐了？"她很懊悔地问道，还伸出鼻子去闻闻饭菜留下的香味。

"还给你留下了不少的食物，坐下来，好好吃吧！"

雅古斯丁卡这个可怜的老婆子，早已饥肠辘辘了，不需别人催促，便狼吞虎咽地大嚼起来，转瞬之间便把桌上的食物一扫而光。

"天主耶稣在创造猪的时候就知道自己在做什么事情。"她吃过几口之后低声说道，"可是，奇怪的是，猪活着的时候，上帝会让它在脏泥地里打滚儿，等到它被宰杀之后，上帝又很高兴把它浸泡在烧酒中。"她又按照自己的方式不无调侃地说道。

"为你的健康，干杯！快点儿，时间来不及了！"

没过多久，她们就出发了。汉卡坐上马车后还吩咐尤什卡，别忘了照顾好老父亲。小姑娘立即给父亲做了个拼盘，送了过去。老波利那却对女儿置之不理，眼睛也不看，而是像往常那样，一直盯着前方。但对于尤什卡送到他嘴里的肉食，却贪婪地咽了下去。也许他还能再多吃一些，但尤什卡感到厌烦了，便跑到外面去看热闹——几乎每家每户都有女人拿着大包小包的，有的赶着马车，有的走路，都朝城里走去;马车就有十多辆,在大路上形成了穿红色衣裙的长队列。

马车的辚辚声很快就消失了,全村又陷入了可怕的寂静和荒凉之中,白天过得很慢,路上无声无息,既无往日的热闹场景,也无大众的欢乐歌声,只有孩子们的嬉笑打闹声——有的孩子在朝池塘里的鹅群扔石头。

艳阳高照,阳光洒向整个世界,致使气温不断升高。苍蝇扑向玻璃,燕子在透明的空气中欢叫飞翔,池塘有如映现火光的镜子,树木新芽吐绿,芳香馥郁,广阔的田野上绿色葱葱,到处都充满着春天的勃勃生机。蓝色的雾霭笼罩着广袤的平原,云雀在歌唱,远方的村庄在烈日的照射下微微颤动,欢乐的喊叫声和手枪射击般的砰砰声时时传来。

唯有利普查村是荒凉、悲伤的,就像刚举行过葬礼那样。牲畜都饥渴得去啃树枝,望着碧绿的田野叫个不停。篱笆周围不见人来人往,只有朝阳的地方,有几个老人坐在墙下晒太阳。姑娘们面对着窗户在梳理打扮,老太婆们则坐在门槛上在逗小孩子玩耍。

时近中午,太阳已转向南面,罗赫来到波利那家看望老人。他进屋探视了一下病人后,便坐在台阶上晒太阳,和孩子们说说话,读读书,之后又时时朝大路眺望过去。没过一会儿,铁匠老婆带着孩子们来了,她进屋探视了一下父亲之后,便来到屋外坐下了。

"你丈夫在家吗?"等了一会儿罗赫才问道。

"他哪会在呢?他跟乡长到城里去了!"

"今天全村的人都进城去了。"

"是的,他们今天能饱吃一顿了,这些可怜虫!"

"你怎么没和你母亲一起进城去?"罗赫见雅格娜出来便问道。

"我干吗要进城去呀?"雅格娜说完走出院子,直朝田野望了过去。

"她今天穿了件新裙子。"马格达长叹一声道。

"都是母亲留下来的,你没有看见吗?她佩带的珊瑚项链和琥珀饰品都是我母亲的!只有围巾是她自个儿的!"尤什卡不无心痛地说道。

"不错!他过世的妻子留下了这么多衣物,就是不让我们动一动,如今全都给了她了,看她多么显摆呀……"

"前几天,她还向纳斯特卡抱怨说,这些衣物都陈旧得发霉发臭了!"

"但愿这些臭气把她熏死好了!"

"等到父亲醒过来了,我一定要向他提出珊瑚项链的事,一共有五串,串串都有马鞭长,颗颗都有豌豆大!"

马格达叹了口气便不再说话了,专心照管她的小儿子。尤什卡也立刻跑走了。而维特克在马厩那边雕刻一只公鸡模型。孩子们正在和小狗们一起玩耍,老贝利查照看着,如同母鸡在照管小鸡一样。罗赫很快也打起盹儿来了。

"你们地里的活儿都干完了吗?"罗赫仿佛从睡梦中惊醒过来似的问道。

"只有土豆和豌豆种完了。"

"别的人家还没有你们做得多呢!"

"还来得及。听说,坐牢的人下个礼拜天就能放出来。"

"是谁知道得这么准的?"

"教堂里大家都这么说的。科兹沃娃要去请求地主帮忙。"

"她真傻!难道不是地主把他们抓进去的吗?"

"让她去试试也好,这样,也许他们会被放出来。"

"过去也试过不少次,但都没有用。"

"只要他想帮就能办到的。可是我丈夫说,地主很恨利普查村,所以他才不愿意帮忙!"她突然中断了说话,低下头去照顾自己的孩子们。她把他们夹在两腿之间,罗赫便听不到她说话了。

"科兹沃娃打算什么时候去见地主?"罗赫好奇地问道。

"中午一过就去。"

"看来她的收获就是,散了一次步,呼吸了一下外面的空气。"

她没答话。因为这时候,雅切克正从大路上来到了篱笆外面——他是地主的哥哥,人们说他脑子有问题。他常常背上一把小提琴,站在十字路口的圣像下面就拉起来,而且,他只和农民来往。这时,他低着头走来,人长得又高又瘦,一脸的黄胡子,双眼转来转去的,腋下夹了把小提琴,嘴里叼了根烟斗。罗赫赶忙迎上前去——他们早已认识——然后一起到池塘岸边,坐在一块大石头上谈了很久,直到中午的钟声敲过了好久,他们才分开。罗赫回到了台阶上,神情忧郁,两眼无神。

"这位老爷瘦多了,我差点认不出他来了。"老贝利查说道。

"这么说来,你们认识他?"罗赫朝铁匠老婆看了一眼,低声问道。

"当然认识,他年轻时可是个花花公子,玩弄了不少女人。据说,沃拉村的姑娘们,没有一个不为他着迷的。我记得,他常常骑着一匹骏马出来游荡,真是个浪荡公子,我亲眼看见……"老头子喋喋不休地数落起来。

"他现在正在为此做着深刻的忏悔,深刻的忏悔!你是不是村里年纪最大的人?"

"雅姆布罗兹要比我大一点。从我记事的时候起,他就是个老人了。"

"他自己就常常说起,死神早就忘记他了。"铁匠老婆插了一句。

"死神是不会忘记任何人的,之所以要他留了下来,是让他醒悟过来好好忏悔,而他现在执迷不悟,到处逛荡……"他轻声说道。

他们沉默良久。

"我记得,那个时候,利普查村只有十五户人家。"贝利查边说边

127

把手伸向罗赫的鼻烟壶。

"现在已经有四十多户了！"罗赫把鼻烟壶递了过去。

"新开户的人家等着分田，所以我们的土地只好一分再分。不管收成好坏，土地只有这么多，农民的日子都会一年不如一年。过不了多少年，我们的土地就不够用了，大家都会穷困潦倒的！"他打了一个喷嚏，说道。

"现在我们的土地就不够用了！"铁匠老婆说道。

"是真的！等我们的孩子结婚成家的时候，他们每个人分到的土地都不会超过一垧。"

"所以，他们只好到外国去了！"罗赫说道。

"他们拿什么到外国去，难道空着嘴去喝西北风吗？"

"德国人在斯乌彼买了大地主的田地，听说现在已经在耕种了。每个移民有三十垧地。"罗赫忧郁地说道。

"这件事我也听说了，不过德国人和我们不同，他们精明又有钱，和犹太人合伙做买卖，靠欺压普通老百姓来发财。不过，就是把这些土地交给我们的农民来种，两手空空的也种不了。利普查村的田地太少了，剩下的空间也太小了，可是在那边，地主就有一大片被荒废的土地。"他指着磨坊后面的地主家的土地说道。这片土地一直延伸到森林边缘的山坡上，那里长着一大片黑幽幽的羽扇豆。

"波德列斯那边怎么样？"

"那边的土地跟我们的地是连在一起的，若是整个出卖，足够分给三十家农户……是的，足够三十户……但是地主不给卖，他说他不缺钱……这样的富翁！……"

"哼，他算什么富翁？他现在需要钱，就像泥鳅需要沼泽地一样，他还不得不向农民去借。如今，犹太人正逼他还钱，逼得他用森林抵押。他还拖欠税款和工人们的工资，让他们连新年该发的东西都没有得到。地主付不了钱,他到处都欠着债,政府又禁止他在和农民达成协议之前砍树,那他从哪里去捞钱呢?他在沃拉的日子待不长了,据说已有买主来看过了……"说到这里,她便突然打住了,罗赫本想再让她说下去,但她坚持不说了,应付了两句,便招呼孩子们回家去了。

"她丈夫一定告诉过她许多事情,但是她不敢说出来。的确,靠近利普查村的土地都很肥沃,草场每年都能割两次。可是……"老贝利查心里想道。他望着波德列斯那边的土地,干草堆后面的庄院屋顶都能清晰可见。但罗赫不想听他说话,见铁匠老婆正在池塘边和其他女人说话,便急忙赶了过去。

"嘿嘿!我们竟然把地主打败了,我的耶稣!……那我们农民就该利用这大好形势。……是的,我们可以建立第二个村子,有足够的人手,又有肥沃的土地……"老贝利查这样想着,直到被跑到大路上的孩子们的喧嚣声所打断。

晚祷的钟声响起来了。太阳已经落到了森林的后面,树木落在大路上和池塘上的阴影越来越长。傍晚时分的寂静笼罩整个大地,唯有远方的车辚声、树丛中的鸟叫声和教堂演奏风琴的巨大响声。

有一些女人从城里回来了,所有的木桥上都响起嘚嘚的响声,大家都跑了过去向她们探听消息。

做完了晚祷,神父立即驾车前往沃拉,雅姆布罗兹说,他是去参加地主家的晚会。神父一走,风琴师一家人也去了磨坊主家做客,儿子雅西打扮得漂漂亮亮的,陪着母亲前行,一路上笑容满脸地向篱笆后面的姑娘们问候致敬。

黄昏把寂静洒向整个大地,太阳已经西沉,但霞光把半个天空映照得霞光万丈,把池水变得血红,就连玻璃窗上也是红光闪耀。从城里回来的马车越来越多,房屋前面大呼小叫的热闹声也越来越响。

虽然汉卡还没有回来,但她家的门前也是人声鼎沸,热闹异常。

和尤什卡同龄的一些姑娘都来看她,过道和台阶上便响起了嘈杂的叽叽喳喳,还有逗弄颠三倒四的雅舍克的妹妹嬉笑声——雅舍克总是跟在纳斯特卡的后面,虽然纳斯特卡常常把他赶开,因为她中意的另有其人。尤什卡拿出饼干和香肠来招待大家。

纳斯特卡知道,她比其他姑娘都大,因此她对雅舍克的嘲笑也最厉害。他是个傻孩子,却要装着是个大男人。这个时候,他正好穿着一件系腰带的上衣、一条新裤子,头上还歪戴着一顶帽子,两手叉腰,嬉皮笑脸地对着这些姑娘说道:

"你们应该尊敬我,我可是这村里的唯一男人!"

"你才不是呢!跟你一样的人都去放牛了!"

"一个傻瓜蛋,只配去削土豆!"

"要不就是去给小娃娃擦鼻涕!"又一个小姑娘说道。大家接二连三地取笑他,而雅舍克呢?并没有被她们唬住,反而对她们说道:"你们这些小丫头片子,只配去放鹅,我才看不上哩!"又有人笑雅舍克:

"去年还是个跟在牛屁股后面的放牛娃,现在倒装起大人来了!"

"他呀,一见公牛就吓得飞跑起来,连裤子都掉下来了。"

"你就去和杨介尔家的马格达结婚好了,她倒是很合适你的!"

"她会照看好犹太人的孩子,将来一定会帮你擦鼻子。"

"要不就去和阿加塔结婚,她会带着你出去要饭的!"大家你一言,我一语,都在讥笑他。

他也立即驳斥道:"我要是派人提着伏特加到你们任何一家去求亲,那个人以后每逢星期五都会高高兴兴地去吃干面包,以感谢天主对他的恩赐。"

"你母亲会让你娶老婆吗?她可是还要你在家洗盘子喂小鸡哩!"

"你若是惹我生气了,我就去找巴尔切莱克家的马丽霞!"

"你去啊!去找马丽霞呀,我保证,她正拿着扫把等着你,或者还可能有更糟糕的事情哩。"

"只要一看见你,她就会放出恶狗来咬你!"

"去吧,可别在路上又掉下什么东西来!"纳斯特卡笑着说道,一边用手拉了拉他的裤子——他穿的这身衣服比他的身材大多了。

"他穿的都是他爷爷的衣服。"

"他的背心还补过的,那是给猪撕破的!"

大家的嘲笑像冰雹一样砸向他,但他依旧傻笑着,一步走近纳斯特卡,伸手搂住她的腰部。有个姑娘伸出脚把他绊倒在地,其他姑娘一拥而上,把他推到了墙下,让他怎么也站不起来。

"你们放过他吧,不要捉弄他了!"尤什卡大声说道,她是在帮他,并把他扶了起来。他虽然脑子有问题,但也是个有田有地的农民的儿子,而且还是尤什卡母亲那边的亲戚。

接着,他们又玩起了"瞎子捉人"的游戏。

雅舍克被选为瞎子,被蒙上了眼睛,并安置在了大门外。姑娘们就像麻雀那样围着他叽叽喳喳叫个不停,飞快地躲着他,让他谁也抓不到。雅舍克伸开双手,听从笑声的指引,东跑西追,常常不是摸到篱笆,就是触到房墙。尖叫声、欢笑声、喧哗声响彻整个村庄。

暮色浓重,霞光消失,游戏达到高潮,可是这时候,院子里突然传来鸡群的惊叫声。

尤什卡赶忙冲了出去。

只见维特克站在木棚后面,手放在身后,而古尔巴谢克则躲在犁的后面,露出了脑袋。

"没有什么,尤什卡,没有什么……"维特克有些惊慌地说道。

"你们弄死了一只鸡,鸡毛飞得满地都是!"

"我只是从公鸡尾巴上拔下了一点羽毛,用来做我的小鸟。而且那不是我们家的公鸡,不是我们的,是古尔巴谢克他自己家里的。"

"拿出来瞧瞧!"她严厉地吩咐道。

维特克便把一只半死不活的公鸡扔到她脚边,那鸡身上的羽毛几乎都被拔光了。

"的确不是我们的。"其实她也无法认出来。

"把你做的那玩意儿拿给我看看。"

于是维特克便拿出了他已完成的"公鸡"。它是用木头雕的,表面上刷了一层糨糊,再用羽毛沾上,套上个真的鸡头,看起来完全就跟活的公鸡一样。

"公鸡"安装在一块涂了红漆的木板上,而且还非常精巧地连接在一辆小车上,只要维特克转动车轴,"公鸡"就会扇动翅膀跳起舞来。而站在一旁的古尔巴谢克也会模仿公鸡叫起来,引得其他的母鸡的一阵咯咯叫。

"我的天呀!真是太了不起啦,我出生以来,还没有见过这样灵巧的玩具!"尤什卡大加称赞。

"怎么样?不错吧!是我亲自做的。尤什卡,真的不错吧!"他不无自豪地说。

"全是你自己想出来的?是你的脑袋瓜儿想出来的吗?"她惊异得不敢相信。

"是的,全是我一人做的。只不过,这个英德内克给我抓了只活公鸡来……这全是我想出来的,我自己做的。"

"我的天呀!尽管是木头做的,可它一动起来就像活的一样!把它拿去给姑娘们看看,让她们也惊讶一番!拿出去吧,维特克!"

"不,明天是丁格斯日(复活节的星期一),他们就能看到了。我还得给它做个围栏,免得把它碰坏。"

"你把母牛喂好了,就到大房间里去做,那里的光线要明亮多了!"

"我会去的,不过,我在村里还有件事要做。"

尤什卡回到了屋里，姑娘们也结束了游戏，开始分散回家了。天已完全黑了，家家户户都亮起了灯光。天上的稀疏星光在闪耀，而夜晚的寒气也从田间飘了过来。

所有女人都从城里回来了，只有汉卡还不见踪影。

尤什卡准备好了丰盛的晚餐——甜菜香肠和土豆煮的浓汤，她开始分送到座位上。罗赫在桌边坐着，孩子们哭闹着吃了起来，雅格娜也过来张望了好几次。这时候，维特克悄悄地进来了，立即就埋头于冒着热气的盘子上。他满脸通红，吃得也不多，牙齿却和勺子碰得直响，双手也抖个不停。饭还没吃完，他就溜出去了。

尤什卡在猪圈前面的院子里把他抓住了，她顺手从猪槽里抓起一把饲料，便严厉询问起他来："到底发生了什么事情？"

他开始在打马虎眼，不说实话，但最后还是说了真相。

"我把我的鹳鸟从神父家里弄回来了。"

"耶稣马利亚！有没有人看见你？"

"没有！神父出去了，狗在忙着吃东西，我的鹳鸟就在台阶上，那是马秋斯看见了跑来告诉我的。为了防止它啄我，我便用彼得的一件外衣把它包好，把它藏在了一个隐秘的地方！不过，我的金子般的尤什卡，我的好人尤什卡，你可千万不要告诉别人！只要再过几个星期，我就会把它带回家里，让它在台阶上、在过道里公开露脸，到那时，就不会有人认出它来了。你可不要出卖它呀！"

"嘿！我是什么人，我怎会出卖它呢？不过，你的胆子也真够大的！真让我吃惊！我的耶稣！"

"我这是拿回自己的东西！我说过，绝不会让别人夺走我的东西。你看，我已经拿回来了。我辛辛苦苦把它养好了，让别人来享受劳动成果，世上哪有这样的道理！"他用力地说道，之后便朝田地那边走去了。

不久他便回来了，在炉子边坐下和孩子们一起，继续做他的"公鸡"。

房间里安静又沉闷。雅格娜回她的房间去了，而罗赫和老贝利查一起坐在门外——老头子有点昏昏沉沉的，睡眼惺忪。

"你快回家去吧！雅切克先生在那里等你！"罗赫小声对他说道。

"雅切克先生……在等我……我马上就去！……他在等我？……好……好！……"他很是惊讶，话都说不连贯，完全清醒后便立即走了。

罗赫留在原地，望着黑夜，望着那远方的幽暗天空，望着闪耀的星星和那冲破黑暗的一弯明月，喃喃地做起了祷告。

农民家里的灯火相继熄灭，仿佛沉入了睡梦中一样。四周一片寂静，只能听见树叶的轻微沙沙声和远处河水的潺潺声。只有磨坊主家里，所有的窗户都透射出了强烈的灯光，那里的人一直兴高采烈地玩儿到了深更半夜。

波利那的房间里也已声息全无，大家都熄灭灯光上床睡觉了，只有炉子里的煤炭还在燃烧着，上面热着一个装有晚餐的小锅。外面，蟋蟀在一个角落里叫着，罗赫一直坐等汉卡回来。一直到午夜将近，他才听见磨坊桥上传来的马蹄的嗒嗒声——马车也很快驰进了院里。

汉卡满脸忧愁，沉默无言。直到她吃完晚饭，长工去了马厩之后，罗赫才敢开口问她："你可曾见到你的丈夫？"

"整个下午我都和他待在一起，他身体还好，精神也不错，他还让我问候你。……我也见到了其他的男人……说要放他们出来，但何时能出来，谁也不知道。我也去见了安特克的那个律师……"

但她没有向他倾诉，压在心里的那块石头。她总是说些和安特克不相干的事情，到最后实在克制不住了，便大哭了起来。虽然她用双手蒙住了脸孔，但泪水还是从她的手指间汩汩地流出来。

"我明天早晨再过来……你得去休息了……你的情绪太激动了,这对身体不好。"

"我还不如就此死去的好,免得再遭受这些痛苦了!"她大声说道。

他点了点头,便什么也不说,离开了她家。在房外,这些小狗都凶狠地吠叫起来,他把它们都赶进了狗窝。

汉卡立即就在孩子们的身边躺下了,但却久久不能入眠,尽管她已十分疲劳。怎么搞的……安特克把她当条讨厌的狗来对待……他的胃口倒不错,把送去的圣餐都吃完了。他还接受了她的十多个兹罗提,却不问钱是怎么来的,她走了这么远的路来看他,连一句"有劳你了"的道谢话都没有。

她告诉他自己如何管理农务,却遭到了他多次的指责,他问起过村里的情况,却对自己的孩子不闻不问。她是怀着一颗忠诚和挚爱的心去见他的,渴望得到他的抚爱——她可是他的合法妻子,他的孩子的母亲!可是他既没有拥抱她,更没有亲吻她,甚至连一句问她身体好不好的话都没有。这样的他真让她认不出来了,而他也把她当作陌生人来对待,甚至都不愿听她讲述了。以至于到最后,她再也无法说下去了,痛苦堵住了她的心,泪水喷涌而出,她便止不住哭了起来,可他却厉声大骂道:"难道你就是为了向我哭一场才来的吗?!"亲爱的天主啊,我当时没有倒下,真是奇迹!我为了他不顾一切地工作,超负荷地去给他卖命,忍受着所有的痛苦,得到的却是这样的报答——一句安慰的话,一句亲热的话都没有。

"啊,天主!请你发发慈悲,帮助我吧,我实在忍受不下去了!"她呻吟着,把头埋在枕头下,以免吵醒孩子们。她的每根骨头都因为哭泣、悲伤、屈辱和遭受可怕的虐待而疼痛难忍。无论是在安特克面前,还是在回来途中所遇到的别人那里,她都没有把心灵深处郁积的情绪显露出来。直到现在,她才把所有的绝望和撕心裂肺的痛苦,通过眼泪倾泻出来。

第二天是星期一,也是复活节,早晨的空气特别新鲜,全村像是沐浴在露水和青色的雾霭中,还有一种特别的光照和欢乐的气氛。鸟儿大声歌唱,和煦的春风吹动着幼小的树木,有如在喃喃地轻声祷告。这一天,人们起得比平常要早一些,迅即打开了大门和窗子,跑到屋外去观看上帝创造的世界:果园郁郁葱葱,辽阔的原野春意盎然,清晨的露珠闪闪发亮,灿烂的阳光照耀着大地,返青的麦苗那柔软的叶片被微风吹得像一片波光粼粼的绿水,齐齐涌向村庄农舍。

大家都在房前洗涤,果园里响起了人们的欢笑声,烟囱里开始冒出炊烟了,马在嘶鸣,双筒水枪在池塘里吸水,牲口在喝水,鹅在欢叫,教堂的钟声连续不断,响彻整个村庄,甚至传到田野和远处的森林中去了。欢呼声越来越高,大家也更加欢快和兴奋了。

小伙子们拿出水枪到处喷人——像是在过"泼水节",有的还躲在池塘岸边的树后,见到过路的人就喷,甚至是刚出家门的人,也会被喷得满身湿淋淋的。有些房子的墙壁都被水淋湿了,还有些人家的门前甚至变成了水洼。

路上和道口人声鼎沸,到处都是欢笑、打闹和追逐声,声音还越来越大。姑娘们也不甘落后,在果园里相互追来追去的。当中有些已长成大姑娘了,她们在和男孩子们玩水时还占了上风,常常把他们打得落荒而逃。颠三倒四的雅舍克用救火用的水桶装满了一桶水,便往纳斯特卡身上倒,却被巴尔切来克家的姐妹们团团围住,被淋得落汤鸡似的,还扔进了池塘。

雅舍克受不了这种侮辱,特别生气,于是去求波利那家的彼得来帮忙,他们设下埋伏,把纳斯特卡抓住后便把她带到水井边,用凉水洗得她全身透湿,大叫救命……后来,他又纠集起维特克、古尔巴谢克和其他几个年龄较大一些的男孩子，抓住巴尔切莱克家的马丽霞，把她围住浇得全身是水，逼得她母亲拿起棍子来把她救走。他们也把雅格娜泼得全身是水。尤什卡也没能被放过，她不得不向他们求饶，后来也只好哭着去向汉卡告状。

"她还告状，她心里是很乐意的，你们看她眼睛多么亮！"他们嚷道。

"你们这些鬼崽子，把水泼了我一身！"雅古斯丁卡责怪道，但心情还是愉快的，进了屋里。

"这些淘气鬼，谁都不放过！"尤什卡换了一身干衣服出来，抱怨道。她又止不住好奇心站在门口来看热闹。大路上的人们你追我赶，大叫大喊，欢声笑语不绝于耳。他们像发了疯似的，成群结队地奔跑着，见人就喷洒，闹得整个村子不得安宁，谁都不敢出门了。村长见状，便出来干预，把他们都驱散回家了。

"昨天累了一天，你的身体是不是不太舒服？"雅古斯丁卡背向炉子在烘干背上的衣服，低声问道。

"是不太舒服，胎儿在肚子里乱动，我差点晕过去了。……"

"你好好躺着，要喝些煮的百里香草汤。你昨天动得太厉害了！"她装作很关心汉卡的样子，可是一闻到香肠的香味便立即坐了下来，和大家一起共进早餐，特意看了看最大的一块。

"你也要吃一点，女主人不吃东西对身体不好！"

"我吃不下有肉的食物，我煮杯茶就行了！"

"茶可以清肠胃。不过你可以用猪油和香料煮烧酒，效果会更好。"

"当然啦，这样的药都能把死人救活的。"彼得大笑着说道。他挨着雅格娜坐，时时注意着，她的眼神望向什么食物，他就殷勤地把它端到她的面前。但她根本不理睬，他只好向雅古斯丁卡打听起马特乌什、斯达赫·普沃什卡和其他人的情况来。

"我都看到他们了,他们全被关在一间大牢房里。房间就像地主宅院里的一样,很高很亮,还有地板,只不过窗户上都安装有铁丝网,用来防他们逃走的。里面的伙食也不算太差,每天中午供给他们豌豆粥,我试了试,是用旧皮鞋煮的,里面有一种机油的味道,第二道菜是煎玉米,连老狗瓦帕看到了也不会去闻它一闻的……想吃得好一点,那就得自己花钱了。没钱的主儿,只好靠祷告上帝来改善伙食了!"她依旧用那种嘲弄的口吻说道。

"他们是不是快放出来了?"

"据说,有些人下个星期天就能回来了!"她注视着汉卡低声说道。雅格娜听见这话,便立即站起,早饭还没有吃完就离开了。老婆子又开始讲起科兹沃娃的事情来。

"她们毫无结果便回来了,但看到了豪华的地主庄院和到处挂着的香肠,她们都大为惊讶,地主家的香肠和我们农民家的香味就不相同!地主对她说,他也无能为力,因为这事归特派员和政府管。就算他能帮上忙,他也不会帮利普查村的人,因为正是他们,他才成了最大的受害者。你们知道,政府不许他出卖森林,犹太商人们又来催他还债,还威胁他要上告法院。他还大放厥词,要是他破产变得一无所有,他就会诅咒利普查村的人全都害瘟疫而死。科兹沃娃现正给大家报告这个消息,并以报复相威胁。"

"她真傻!威胁有个屁用!"

"不过,亲爱的,即使一个最弱势的人,也能找到对方的弱点……"她突然停住了,赶忙跑到汉卡的身边把她扶住——汉卡靠着墙直往下溜。

"我的上帝,该不会是早产了吧?"她急忙把汉卡扶到床上去,因为汉卡已经昏过去了,满脸都是冷汗,脸上还出现一块块淡黄色的斑痕,而且呼吸也不顺畅。雅古斯丁卡赶紧用醋去擦她的太阳穴,接着又把辣根放在她的鼻子边，汉卡终于睁开了眼睛，清醒了过来。

大家都出去干家务活了，只有维特克还留在汉卡这里，他看中时机，便请求女主人允许他把会活动的"公鸡"送到村里去。

"去吧！要换上好衣服，不要弄脏了，表现得好一些。要把狗拴好，免得它跟你跑到外村去。你准备什么时候去？"

"从教堂回来再去。"

雅古斯丁卡把头伸出窗外，对他喊道：

"狗去哪儿啦，维特克？我给它们拿去食物，可一只也没见到！"

"真的！我在牛棚里也没有见到它们。瓦帕！布雷克！快到这里来！"维特克跑到外面去呼叫，但一点回音也没有。

"它们肯定是跑到村子里去了，它们是克温布家的母狗养的！"他解释道。

没有人知道这两只狗到底去了哪里，这是很平常的事情。可是没过一会儿，尤什卡便听到院子外面传来一声低叫，尤什卡跑到果园里，以为维特克在驱逐别村的野狗，但她在那里什么也没有看见。她回来时却被布雷克绊了一下，它已经死了，躺在房屋山墙的墙边，脑袋都给打扁了。

尤什卡惊叫起来，大家都飞跑过来。

"布雷克被打死了！家里一定来了强盗！"

大家都很担心。

雅古斯丁卡大叫起来："没错！肯定是这样！我的圣父圣子啊！"她看到边上有一堆泥土，宅基下面有个大洞。

"这个洞直通父亲的储藏室！"

"洞这么大，连马都能通过！"

"而且洞的周围都有麦粒！"

"天啊！也许强盗还在家里呢！"尤什卡大叫道。

139

大家又跑到波利那的房间去，雅格娜不在家，老头子依然一动不动地躺在那里。储藏室里原来很暗，现在从洞口射进光来，便亮了许多。大家很容易看到，地上弄得乱七八糟的，豌豆和洋白菜混在了一起，麦子和衣服满地都是，还没有纺好的羊毛和纺好的毛线都缠在一起，撒得一地都是。现在还无法弄清楚，到底被偷走了哪些东西。

汉卡立即想到，这肯定是铁匠的所作所为。她满脸通红，心中暗自想到，如果她晚一天动手，那笔钱就落到他铁匠手里了。她弯下腰去看那个洞，后又假装检查屋子里的衣物，以免在场的众人看到她那副得意的神情。

"快去看看牛棚里有没有少什么？"她装作一副着急的样子吩咐道。

幸运的是，那里什么也没有丢。

"好在门都锁得紧紧的！"彼得说道。他立即跑到藏土豆的地窖前，拽开那里的茅草，把被丢在那里的瓦帕拉了出来。

"显然，瓦帕是被强盗扔进去的，令人奇怪的是，这只狗很凶，它怎么会这样轻易就给丢进去了呢？"

"晚上谁也没有听见狗吠声！"

他们报告了乡长，转瞬之间，消息便传遍了全村，人们纷纷前来观看，有的惋惜，有的猜测。果园里都站满了村民，大家围在大洞前，就像围着教堂里的忏悔室一样，人人都把头伸向大洞，说出自己的看法，还查看布雷克的尸体。

罗赫也过来了，他先安慰正在哭泣和咒骂的尤什卡——她向大家哭诉了事情的经过。随后他便去看望躺在床上的汉卡，但汉卡却异常平静。

"我真担心你会伤心过度！"他开口说道。

"感谢上帝，幸好没有丢什么东西……他来迟了……"汉卡压低声音说道。

"你想过会是谁干的?"

"我敢拿脑袋来担保,是铁匠干的!"

"他这样做,是有什么目标吗?"

"是的,但他什么也没有找到。我只能跟你说是铁匠干的。"

"当然啦,除非你当场抓住,或者有证人做证,你才能公开指证……咳,怎么会把钱看得这么重!"

"请你不要在安特克面前提及这件事,不要让他知道!"她请求他道。

"你也知道,我不是一个爱搬弄是非的人。而且,杀一个人比生一个人要容易得多。我知道他是个狡猾的人,但没有想到他会干出这种事情来。"

"更坏的事他都能干出来,我可看透了他。"

乡长和村长都来了,他们仔仔细细地查看了一番,并向尤什卡询问了所有情况。

"要不是科兹沃夫还待在监狱里,我准会认为他就是嫌疑人。"村长小声说道。

"小声一点儿,科兹沃娃朝我们走来了!"乡长用胳膊碰了他一下。

"强盗一定是被吓跑了,家里的东西才没有丢!"

"肯定是这样!我们该报告警察,还有好多事情等着我们去做。真见鬼了,连这样的节日都不让人好好地过一过!"

乡长弯下腰去,捡起了一根染有血迹的铁棍。

"强盗就是用它打死布雷克的。"

大家都在传看着这根凶器。

"这是用来做铁叉用的铁棍!"

"很可能就是从铁匠铺里偷出来的。"

"铁匠铺从星期五就上锁关门了。"

"应该去问问铁匠,是不是他家少了东西。"

"这应该是偷来的,带到了这儿,乡长告诉你们,铁匠不在家。该怎么做呢?这是我和村长的事情!"他抬高嗓门儿,大声说道。他让大家各自回家去,免得在此浪费时间。

大家并不害怕乡长的吼叫,只是到了该去教堂的时候了,大家才各自走开。这时候邻村的人纷纷朝教堂走去,桥上的马车声也不断传来。

等到大家都走完了,老贝利查才来到果园里,直到这时候他才看见这只可爱的小狗,他摸抚着它,轻轻对它说着悄悄话。

家里的人都去教堂了,只有汉卡独自一人躺在床上,一边默默祈祷着,一边又想起了安特克。接着,老父亲又把孩子们带到外面玩去了,家里非常安静,汉卡很快就沉沉入睡了。

时近中午,天气炎热,四周一片宁静,从教堂里传出的教徒们的歌唱声和管风琴声,震得玻璃都嗒嗒直响,而钟声也响个不停,可汉卡还是睡得死死的。直到马车在坎坷不平的路上发出嘈杂声,才使她醒了过来。因为按照昔日的传统,复活节后的第二天有个活动,就是比赛在做完弥撒后谁先回到家。于是弥撒一完,车和人都纷纷拥到了路上,争先恐后地穿过果园。鞭子响个不停,飞驰而过的车马声,人们的嬉笑吵闹声,让汉卡觉得房屋都在震动了。

汉卡本想爬起来到外面去看看热闹的,但正好此时,家里的人都回来了,雅古斯丁卡开始准备做午饭了。她对汉卡说,今天到教堂的信徒特别多,大半数的人都没有位置了,所有的贵族地主都来了。弥撒完了,神父还召集各村的农户主到圣器室去商量什么事情。尤什卡则讲起了地主家的太太小姐们所穿的华丽服饰且赞不绝口。

"你可知道,沃拉的小姐们,屁股上都鼓鼓的,就像火鸡翘起的尾巴那样。"

"那里面塞的是茅草或者破布。"雅古斯丁卡解释道。

"还有那腰身,束得那么细小,就像黄蜂的一样,一鞭子打下去,准会立即断成两段。真奇怪,她们的肚子哪里去了?我坐得那么近都没有看出来。"

"都被束腰带束住了。有一个在莫德林地主家当用人的女人告诉我,有些地主家的女人,为了保持身材,总是不吃东西,晚上睡觉也要把腰束得紧紧的。每个地主家的夫人小姐,身材都要像竹竿那样,臀部则要翘得高高的,这才是她们的时尚。"

"这和我们村里不一样,男人们都会嘲笑那些骨瘦如柴的姑娘的!"

"她们有她们的风气,可是我们的姑娘必须长得匀称端正,而且还应该像个火炉那样,能让男人感受到她的温暖!"彼得说道,眼睛盯着雅格娜,她正把铁锅从火炉上端下来。

"你们看看他,这个怪物,发表起谬论来了。刚得到一会儿休息,吃了一堆肉,就想入非非了。"雅古斯丁卡大声责骂他道。

"像这样的女人只要一活动,保准她的紧身衣不绷开都不行!"彼得还想说下去,但这时候多米尼科娃来了,她要给汉卡看病,便把他赶到房子外面去了。

午饭是在台阶上吃的,外面阳光充足,十分暖和。吐绿的新叶在树枝上轻轻摇摆,蝴蝶飞来飞去,果园里的鸟儿也啾啾不停地欢唱。

多米尼科娃不让汉卡下床行走。午饭刚完,微朗卡便带着儿女们过来了。

他们在床边放了一只长凳,尤什卡端来圣餐和一瓶蜜酒。按照传统的习俗,汉卡强打起精神来,招待她的姐姐和其他邻居——她们是来看望她的,对她表示慰问。她们一边吃喝,一边聊起村里的各种话题,尤其是这个通往储藏室的大洞。

在屋子外面晒太阳的家里人,也在向前来打探消息的人解说事情

143

的经过，不断有人来果园看这个大洞。乡长下令：在文书和警察前来勘查现场之前，绝不允许破坏现场，擅自把洞口填平。

雅古斯丁卡充当起了解说员，她今天不知向外人讲述过多少遍了。

男孩子们由维特克带领，在院子里玩起他那"公鸡"来。维特克今天身着新衣，脚穿皮靴，还歪戴着波利那的一顶帽子。走在他四周的有马秋斯、古尔巴谢克、英德内克、古巴、歪嘴格热拉及其儿子。他们手拿一根木棍，背上背一个行李袋，维特克的腋下还夹着一把彼得的小提琴。

他们排成一队在大路上昂首挺胸地行进——按照往年的惯例，要先到神父家。他们大胆地来到神父的果园里，在府邸门前站成一列，把"公鸡"摆放在前面。维特克拉起了小提琴，古尔巴谢克转动着"公鸡"的发条，学公鸡啼叫，所有的人边跺脚边用棍子敲打着地面应和着节奏，用尖锐的声音唱了起来：

> 我们前来庆贺节日，
> 我们虔诚歌唱耶稣，
> 啊！耶稣，马利亚！
> 请给我们礼物，神父！

他们唱了很久，而且越唱越大胆，越唱越高亢，神父终于出来了，给了他们十文钱，还对他们的"公鸡"赞美了一番，然后他们就高高兴兴地离开了。

维特克心里怦怦直跳，他怕神父追问起鹳鸟的事来，但神父根本就没有认出他来，回到屋里后，还让女仆给他们送来几块圣饼。他们便又高唱圣歌以表谢意，随后便到风琴师家去了。

接着，他们一家一家地轮流过去，身后聚集了村里的许多孩子。

他们费了很大的劲来保护"公鸡",不让别的孩子去摸它的羽毛,或者用棍子去捅它。

维特克带领着这支队伍前行,他眼观八方,注意周围的动静。他脚一蹬,用弓弦来指挥大家唱歌,挥动的动作小则小声歌唱,挥动大则大声歌唱。总的说来,这次的星期一表演很成功,把歌声和小提琴声带到了整个利普查村。让村民们感到惊异的是,这些年纪轻轻而又顽皮的小孩子表演起来竟和成年人一样有模有样。

太阳快西沉了,万丈霞光把森林上方照得红通通的,把空中的朵朵白云也染成了浅灰色,仿佛它们是一群不计其数的白鹅。微风吹拂着白杨树顶的嫩枝,村子里也显得更热闹了,老人们坐在门槛上兴致勃勃地聊着天,姑娘们在池塘岸边追逐戏玩,有的在洗刷衣物,有的在轻声歌唱。她们恰似树丛中的一朵朵罂粟花,娇艳无比,池面上映出了她们的倩影,如同在镜子里一样。孩子们跟在表演队伍后面奔跑,有的还在地里的田埂上走来走去。

晚祷的钟声敲过之后,肥胖的普沃什科娃前来探望老波利那,接着又去看望了汉卡。

"我去看了年老的病人,啊,我的天主!他就一直那样躺着……我跟他说话,他连看我一下都不看。阳光照在他床上,他的手指在动,试图要把它抓在手上,就像小孩子在跟阳光玩耍似的。看到他这样的一个男人竟落到这样的下场,我止不住哭了起来。"她坐在汉卡的床上说道,尔后,她和别人一样,也拿起甜饼来吃,还喝着蜜酒。

"现在他能吃点东西了吗?看起来他长胖了一点。"

"是的,他能吃点了,也许他在渐渐地好转!"

尤什卡跑了进来,大声说:"男孩子们带着'公鸡'到沃拉村去了!"她一看到普沃什科娃在房间里,便立即转到雅格娜那边去了。

"尤什卡,到了喂牲口的时候了!"汉卡叫喊道。

"的确，无论是谁，也不管是否是节日，肚子总是不会忘记饥饿的。孩子们也去过我家的，你们这个维特克倒是个心灵手巧的孩子！大家都很看好他！"

"的确，论玩耍他是一把手，至于工作嘛，得常常催着他！"

"是这样，现在的用人都是这样！磨坊主的老婆在我面前诉苦说，她家雇的女佣，没有一个能用上半年。"

"不过，他们家总是能雇到女孩子的……新鲜面包帮了她的忙！"

"也许你说得对，但不管怎样总会有人给他们帮忙的，包括他的小儿子，也常常从学校回来看他们。据说，磨坊主总是催着他们干活……所以，他家的女佣都很难坚持到一年。说真的，雇工们也是越来越胆大，我家男人不在，便找了个放牛的男孩，他就很放肆，下午非要喝牛奶不可，有谁听过这种奇事？"

"我家也雇有长工，我了解他们的秉性。不过我还是尽量满足他们的要求，否则，他要是在农活最忙的时候离开了我该怎么办，这样一个大的农场，缺少了他，我是干不了的。"

"小心点儿，不要被人挖走了！"她小声对汉卡说道。

"你听到什么了？"汉卡有些担心地问道。

"听到一些流言蜚语……也许都是瞎说，我也说不清楚……哦，说来说去说了这么多，倒把正事给忘了。"她是来邀请汉卡的，"有些人要来我那里会一会，聊聊天，你一定要来……都是些体面的人，哪能少了波利那家的儿媳妇呢！"

这是恭维话，但汉卡因为身体不好，婉言谢绝了。普沃什科娃十分不满，便跑去请雅格娜了。

但是雅格娜也推说她和母亲早已约好了，有事不能去。

"你本来是想去的，雅格娜，但你要的是年轻小伙子，可是在普沃什科娃那里只有像雅姆布罗兹那样的老家伙。不过不要紧，他们的内

146

裤和年轻人的都一样!"雅古斯丁卡不无讥讽地说道。

"你说的每句话,都像刀子一样伤人!"

"我从来就是个快乐的人,我但愿人人都能心想事成!"她道。

雅格娜气得全身发抖,便跑到大路上去了,她神情茫然,望着这四周的景色,竭力控制住自己不让眼泪掉落下来。的确,她的心里已萌发出了一种可怕的欲望。

到处都是一片过节的气氛,人们热热闹闹地相聚在一起,笑声和欢叫声响彻整个村庄,就连灰色的田野里也出现了女人们的红色衣裙。但是雅格娜很是忧伤,从清晨起她便受到欲望的侵袭而惶恐不安。为了驱散这些忧愁,她去拜访了那些老熟人,在大路上和在田野中散了很久的步,甚至一天换了三次衣服,可所有这些都徒劳无益。她反而更加强烈地渴望能飞到某个地方去,去干点什么事情,去寻求——连她自己也不知道的什么东西。

现在,她来到了白杨大道上,望着有如圆盘一样的红太阳,正降落在森林之上,而她正踩着这些树木投下的条条阴影漫无目的地行走着。

黄昏时的凉意沁人肺腑,从田野上吹来的暖风让人感到心情舒畅,从村子里传来的人声却越来越小。而从村中某处传来的小提琴声,却在白杨树丛中回荡,如诉如泣,声声叩动她的心田。

她依旧漫无目的地朝前走去,她要去往何处,是什么目的引导她前行,连她自己也不知道。

她深深地吸了一口气,之后,时而伸伸胳膊,时而停步不前,心中的思绪有如游丝那样难以捉摸,又像池水上的一缕光线,一触即逝。她抬头朝太阳望去,却什么也看不见。那一排低垂在她头上的白杨树变得模糊不清,在她看来仿佛成了记忆中的景象。不过,她强烈地感觉到自我的存在,同时又感觉到有什么东西在撕裂这种自我,使她痛苦万分、大喊大叫、痛哭流泪。似乎有种力量要把她带到别的地方去，像鸟儿那样远走高飞，飞到天涯海角。她又感到了这种力量所带来的柔情蜜意，止不住流泪，同时还被激起了心中似火的热情。她不得不采下白杨树上的嫩枝新芽，用它们来滋润她那干渴的嘴唇。

她有时会在树下坐下，双手支撑着脸，沉入对往昔的回忆中，她背靠着树干，弓起肩背，大口呼吸着。

仿佛是春天在她心里高唱着热情似火的歌曲，仿佛是春天浸透了她的全身，使她激情奔放，让她渴望有所作为，就像春天在肥沃的土地上有所作为，就像春天让树木有所作为一样。只要温暖的太阳一照，她就会蓬勃地生长，高唱起生命之歌来，就会产生浓厚的汁液。

她双眼刺痛，双腿软弱无力，快要支撑不住整个身子了。她想大声哭泣，高声歌唱，想在绿油油的沾满露水的庄稼地里翻来覆去地打滚儿。她想跳进灌木丛中，在荆棘里面奔跑，以感受到另一种刺痛的滋味。

她听见小提琴的声音，便立即转身朝它奔了过去。啊，这琴声使她热血沸腾，她想要大跳特跳一番，到顾客拥挤的酒馆里喝个一醉方休。

在从墓地通向白杨大道的小道上，在夕阳的霞光照耀下，有一个人手拿书本驻足在银色白桦树下。这个人名叫雅西，是风琴师的儿子。

雅格娜想在一棵树后看看他，可是他刚好也看到了她。她想跑开也办不到了，双脚仿佛被钉在了地上似的，一双眼睛着了魔似的紧盯着他不动。他微笑着朝她走来，唇红齿白，身材修长，皮肤白嫩。

"雅格娜，你好像不认得我了？"

他的声音令她心醉神迷！

"我怎会不认识你呢？不过雅西先生，你现在长得这么英俊，像是变了个人似的。"

"那当然，年龄摆在那里……你是到布达去看望什么人吗？"

"啊，不，我只是出来走走，现在不是在过节吗，你拿的是宗教书吗？"她摸了摸他的书，问道。

"不是，是一本有关遥远的国家和海洋的书。"

"啊，我的天，是关于海洋的书。那这些图画也不是圣像了？"

"你可以看看！"他把书伸到她的眼皮底下让她看。

他们肩并肩地站得很近，臀部也不自觉地靠在了一起。两人都低垂着头，他有时会向她解释某一幅图片，这时候，她心潮澎湃，用羡慕的眼睛望着他，尽力抑制着自己激动的心情。太阳已西沉到了森林的后面，为了能看得更清楚些，他们靠得越来越近了。

他突然全身颤抖，又立即把身子移开了。

"天黑了，我该回家了！"他轻声说道。

"那么，我们就一起走吧！"

于是，他们默默地往家里走去，身躯几乎被树荫遮住看不清了。太阳已经隐没下去了，田野被一层幽暗的暮霭所掩盖，透过高大的白杨树，可以望见天空中的金色光环在渐渐消失。

"书中所说的一切都是真的？"她停了下来，问道。

"所有的一切，雅格娜，都是真的。"

"天啦！多么广阔的海洋，多么美妙的世界！真叫人不敢相信！"

"这些都是确确实实的，雅格娜！"他说话的声音越来越轻，而他盯着她看的眼睛又是如此之近，竟使她透不过气来，身体也不由自主地颤抖起来。于是，她把胸脯贴近前去，等待着他的拥抱。她背靠在白杨树干上，双臂张开，做出一副任人摆布的姿态，但是雅西却突然缩了回去。

"我得赶紧走了，雅格娜，晚安！"他跑走了。

她久久地站在那里，终于动身离开了。

"难道是他给我施了魔法还是怎么的?"她一边心情沉重地说道,一边拖着沉重的脚步缓缓前行,脑子里一片混乱,身上涌现出强烈的欲望。

已经是晚上了,家家都亮起了灯,酒馆里已是热闹非凡,人声鼎沸。

雅格娜透过窗户朝里望去,只见雅切克先生站在房间中央拉起了小提琴,雅姆布罗兹在柜台前面走来走去,跟那些男人们大声吆喝着什么,还向他们要酒喝。

有人突然从背后拦腰把她抱住,吓得她大叫起来,竭力想挣脱出来。

"这次我把你逮着了,绝不会放开的……快和我去喝酒……走吧!"乡长低声说道,紧搂着雅格娜,从边门进到了里间。

谁也没有看见他们,因为天全黑了,路上几乎没有行人。

全村一片寂静,人们的嘈杂声都已停息下来了。篱笆周围空旷无人,农民们都回到了屋里。复活节快完了,这是享受快乐休息的最后一天,辛劳正躲藏在大门外,在黑暗中张开着大口,要把所有的灵魂都吞进恐惧和忧虑之中。

整个利普查村在这个晚上都特别幽静,果园里空旷无人。在一些农家小院里,大家坐在一起吃完最后的圣餐,随后便虔诚地唱起了圣歌,很快就去上床睡觉了。

只有普沃什科娃家在举行晚会,很是热闹,一些被邀请而来的邻居坐在长凳上,正在交谈。乡长的老婆被安置在首位上,旁边坐着巴尔切科娃太太,她身强身壮,嗓门高,正在谈论着什么。来的还有小个子希科拉太太,以及爱唠叨的波利那的堂妹,铁匠老婆抱着最小的孩子也来了,村长老婆正在神秘兮兮地说着什么。总而言之,来的都是村里最体面的女人。

她们严肃地坐在那里，恰似一群抱窝的母鸡，个个都穿着自己最好的衣服，头巾也按照利普查村的时兴式样半披在肩背上，衣领上的花边要盖过耳垂，把家里的珊瑚项链都戴在了身上。她们还按照自己的习惯品味起酒来，兴趣渐渐高涨起来，嘴唇也变红了。为了不弄脏裙子，她们把裙摆卷了起来。现在她们坐得越来越近，交谈的声音越来越低，相互之间也越来越亲密了。

这时候，铁匠进来了，说自己是直接从城里回来的。他的到来让气氛立刻大变，他是个少有的能把大家逗乐的人。他已经喝得醉醺醺的，但还能说出许多段子来，让大家笑得前仰后翻。整个房间笑声雷动，尤其以铁匠的笑声最大，连波利那家都能听到他的笑声。

聚会持续了很长时间，普沃什科娃曾三次派人到犹太人那里去买酒。

波利那家的人都坐在房前的院子里，汉卡也起来了，和大家在一起，裹了件皮棉袄以抵御夜里的寒意。

光线充足的时候，罗赫读书给大家听。汉卡常常会看看周围的环境，并悄悄吩咐尤什卡：

"你注意一下大路……"

但路上一个人也没有。当黑暗还没有笼罩大地之时，罗赫一直在读书，天黑之后他就讲了许多有趣的故事，引起了大家的强烈兴趣。等到天全黑了，大家的身影只能映现在房子的白墙上，夜色更浓了，外面有些寒冷，天上也看不见星星，四周万籁俱寂，只有流水的潺潺声和狗的吠叫声。

他们相聚在一起，纳斯特卡和尤什卡，微朗卡和孩子们，雅古斯丁卡，克温博娃和彼得，他们几乎是坐在罗赫的脚边。汉卡离得稍远一些，坐在旁边的一块石头上。

罗赫向大家讲述了波兰民族的种种故事和世界上的各种奇闻逸事，

令人难以置信，但也没有一个人能把他讲的都一一记住。

他们听得很入神，一动不动，聆听着他那甜美如蜜的话语，有如久旱的土地啜饮着温暖的雨水。

他在黑暗中几乎什么也看不清，却用庄严而低沉的语气说道：

"凡是用祷告和劳动做好准备迎接春天的人，冬天过后，春天一定会来到他的面前。

"你们要坚信，被欺压的人终究会翻身的！

"谁播种谁就能得到他所期望的收成。

"凡是整天只顾吃喝又想不劳而获的人，是不可能参加上帝的盛宴的！

"凡是抱怨恶而不行善的人，只会使恶变得更加可怕。"

罗赫讲了许多智慧又难于记住的话语。到后来，他说话的声音越来越低沉，一直到他整个儿都被淹没在黑夜之中，他的声音让人觉得是从地底下传来的圣灵的声音，是波利那家的祖先们，得到圣主的准许，在复活节期间重访人间，从颓垣残壁中，从弯垂的树木中，从浓厚的夜色中，向自己的后代子孙，发出的严肃的教谕和训诫。

这些话语就像钟声一样在他们的心中激荡，让他们铭记，同时也唤起了他们的一种难于表述的情绪，一种稀奇古怪的无法言状的欲望。

大家都沉浸在思绪中，没有人注意到村子里的狗在狂吠乱叫，也没有人听到有人在大路上高声喊叫和乱跑的脚步声。

"波德列斯着火啦！"从果园那边传来喊叫声。

他们都跑到了大路上。

真的是着火了！波德列斯的地主庄院一片火海。

"真是报应来了！"雅古斯丁卡喃喃说道。她回想起了科兹沃娃说过的话。

"这是上帝对地主的惩罚！"

"为我们受到的欺压!"这是人们在黑暗中发出的声音。

农舍的门开来关去的响个不停,许多人的衣服还没有穿好便跑到大路上来,越来越多的人都站在磨坊前的大桥上,从那里看过去特别清楚。不到一刻钟工夫,全村的人都集中在那儿了。

地主的庄院坐落在靠近森林的一个小山丘上,离利普查村只有几公里远。火势情况,在利普查村看去一目了然。在森林的黑色背景下,火舌蹿得很高,暗红的烟雾直冲云霄。因为没有风,火柱笔直往上升起,越升越高,房屋就像一堆油脂很多的柴火,越烧越旺,黑色烟柱冲破夜空,滚滚上升,有如一条火红的河流,飘散在森林的上空。

可怕的呼啸声划破了长空。

"他们的牛棚着火了!牛棚只有一个门,很难把里面的牛都救出来!"

"他们的干草堆现在也烧着了!"

"谷仓也着火了!"有人惊慌地补充道。

神父跑来了,铁匠和村长跑去救火了。乡长也出现了,虽然喝得东倒西歪的,但还能站稳脚跟。他大声招呼村里的人,催促他们赶快去救火。

但是村民们没有一个响应,黑暗中从他们之中响起一声怒吼:

"只要把我们的人放出来,我们就去救火。"

无论是咒骂还是威胁都毫无作用,就连神父苦苦哀求,村民们也都是站立不动,不哼一声,只无精打采地望着大火。

"那些狗杂种!"科布索娃挥舞着拳头叫喊道。

只有村长、铁匠和乡长跑去救火了,但他们都是空着手去的,因为村民们连一个水桶都不让他们带去。

"哪个混账东西敢动一下水桶,我们就用棍子打死他!"他们齐声喝道。

全村的男女老少都聚集在那里，妇女们都在忙着哄怀中哭叫的婴儿，几乎没有人说话。每个人都睁大了眼睛，屏声静气地望着这场大火，内心都有些幸灾乐祸，因为这是天主为受欺压的利普查村人而对地主实施的惩处。

大火一直烧到了深夜，可是观火的人却没有回家，大家都在耐心地等大火熄灭。整个庄院都烧成了火海，屋顶和屋檐烧得飞了起来，就像在夜里下了一场血红的阵雨。而红色的火光像一块大幕覆盖着黑暗的大地，既染红了树梢和磨坊的屋顶，又给池塘的水面投射了一片暗淡的光。

马车的辚辚声、人们的叫喊声、牲畜的吼叫声和房屋的倒塌声，从火灾那边传了过来。村民们依然站在那里一动不动，活像一堵人墙，他们睁大着眼睛望着大火，既能让眼睛看个痛快，又能让仇恨的心灵得到满足。

从酒馆那边传来了雅姆布罗兹嘶哑又因醉酒有些模糊的声音：

啊，我的马丽希，马丽希！
快来和我共尝美妙的啤酒！

第六章

　　汉卡一听到这个奇怪的消息就要从床上跳将起来,幸亏雅古斯丁卡就在旁边,一步跳上前去及时把她按住了,要她躺回床去。

　　"别动!难道什么着火了?"

　　"他说出这样的话来,就像是个精神错乱的人!他应该用圣水洗洗脑门儿才会清醒过来。"

　　"不,汉卡,我的头脑很正常。我说的是事实,从昨天开始雅舍克先生就和我在一起……这是真的!"贝利查喃喃说道,他吸了一口鼻烟,便弯腰打起喷嚏来。

　　"你听到了吗?他简直就是糊涂了!你去看看他们有没有回来,我那刚出生的小家伙一定饿坏了。"

　　"还没有人从教堂出来!"雅古斯丁卡过了一会儿回答道,之后便继续收拾房间,往地上撒沙子。

　　老贝利查接二连三地打着喷嚏,终于在凳子上坐了下来。

　　"你打的喷嚏就像集市上的喇叭一样响!"

　　"雅舍克的鼻烟特厉害。他给了我一整盒……一整盒……"

　　现在还是早晨,明亮而又暖和的阳光照进了屋里,果园里的树木被春风吹动得摇来晃去的,有几只大鹅从敞开的房门伸进了细长的颈脖和红色的长嘴,一群身上带有泥浆的小鹅嘎嘎叫着拥进了房间。村里的狗在吠,鹅群也在大声叫,抱窝的母鸡也被吓得咯咯乱叫,直接从鸡窝里跳了出来。

"快把它们赶到果园里去,让它们吃吃青草好了。"

"好的,我去赶,我会把它们看好的。"

房间里又安静了下来,能听见院子里树木轻轻摇曳的声音,拱顶下挂着的东西也有轻微的晃动。

"小伙子们在干什么?"过了一会儿,汉卡又问道。

"彼得在耕种山边的那块土豆地,维特克在耙平圣谷底的那块亚麻地。"

"那块地还很湿吧?"

"是的,能把木底鞋粘住,不过,经过这么一耙,它就会干得快了!"

"也许在土地干得能够播种之前,我就能下床干活儿了!"

"现在你还是多关心你自己的身体吧,谁也不会把你的工作偷去的。"

"母牛挤奶了吗?"

"是我去挤的,雅格娜只把奶桶放在牛棚外就走了。"

"她就像条狗那样在村子里到处转来转去,什么也指望不上。你告诉一声科布索娃,那块种洋白菜的地我让她种了,我让彼得给这块地送肥料去,并把地整修好,以后她用四个工作日换一个工作日,一半在种土豆期间完成,另一半在收获时完成。"

"科兹沃娃也想用换工来租种亚麻地的。"

"她不行,她太懒了,让她去找别家吧!去年她在村里到处说我公公的坏话,说是欺侮她了。"

"你爱怎么做就怎么做,你的土地,你决定!你昨天生孩子的时候她来了,费利普卡来了,说是为了土豆的事。"

"她是用钱来买吗?"

"用换工来偿还。她家哪里有钱,全家都快要饿死了!"

"让她先拿去半袋吃着吧。如果她还需要更多的话,那得等我们种完了土豆以后再说,现在我也不知道能剩下多少。让尤什卡称好给她就是了。唉,说起来,费利普卡也是一个苦力,但她干活儿却不怎么样……"

"她哪里来的力气呢?吃不饱,睡不好,还年年生孩子。"

"青黄不接啊,我的天!收成还远在山那边哩,可饥饿却到了大门口!"

"什么大门口,饥饿已经待在屋里了!搞得大家都饥肠辘辘的。"

"你们把母猪放出去了吗?"

"都在墙边躺着。生的这窝小猪崽真不错,个个像圆面包似的。"

这时候,贝利查出现在房门口,喃喃道:

"我把鹅都赶到野草地里去了。复活节的时候,雅切克先生来找我,对我说:'贝利查,我搬到你这里来住,我会付给你很高的租金的,行不行?'我原以为,这是地主老财常爱对农民开的一种玩笑,于是回答说:'好啊,我有空房子,也需要来点租金!'他大笑了起来,还给了我一整盒彼得堡鼻烟,看了看我的破房子便说:'你能在这里生活下去,那我也能。我们以后再把它好好修理一下,说不定会和庄院的房子一样好!'"

"啊,这么一个大贵族、一位大地主的亲哥哥,会这样做?"雅古斯丁卡惊讶地说道。

"他在我的草铺边,搭了另一个草铺。我出来的时候,他坐在门口,边抽着烟边扔麦粒喂麻雀。"

"那他怎么吃饭呢？"

"他自己带了好几个锅来。他常常要煮茶喝茶的。"

"像他这样一个老爷，这样做，必定有其特别的原因。"

"原因就是他彻底傻了！大家都在想人往高处走，追求美好的生活，可是他却反其道而行之。没有别的，就是他的神经错乱了！"汉卡说着便抬起头来，因为从篱笆外面传来了说话声。

那是参加教堂婴儿洗礼仪式的人们回来了。尤什卡用一条围巾裹着包袱里的婴儿，把他抱在胸前走在前面，多米尼科娃走在旁边保护。她们后面是乡长和普沃什科娃，他们是受邀担任孩子的教父和教母的。走在最后的是一瘸一歪的雅姆布罗兹。

一到门口，多米尼科娃就把婴儿抱了过去，画了个十字。按照古老的习俗，她抱着婴儿围绕房子走了一圈，在每个墙角站住，分别念诵：

　　风从东来……
　　冷从北来……
　　黑从西来……
　　热从南来……
　　人的灵魂，要处处小心，防备恶魔，只能寄希望于天主！

"这个多米尼科娃，看起来很虔诚，却又是个会巫术的人！"乡长笑着说道。

"是啊！这对祷告是有帮助的，祷告时加入些法术的东西，倒也无妨。"普沃什科娃低声说道。

大家闹哄哄地走进了房间。多米尼科娃脱掉婴儿的衣服，把一个光不溜秋的像螃蟹一样鲜红的孩子，递到了他母亲的手上。

"孩子的母亲啊！我们为你带回了一个真正的基督教徒，在神圣的洗礼典仪上，给他取名为罗赫。祝愿他健康成长，成为你一生的安慰！"

"也祝愿他将来能生下十多个罗赫来！这是个强壮的男孩，嗓门儿大极了，洗礼的时候，根本用不着掐他，他就把圣盐吐出来了。"

"波利那家的族种就是这样，个个都强壮得要命！"雅姆布罗兹说道。

小家伙躺在羽绒被上，两只小脚乱蹬，还大声哭了起来。多米尼科娃用几滴伏特加酒擦了擦他的嘴唇、眼睛和额头，这才让汉卡给他喂奶，小家伙一下就咬住乳头不松口，贪婪地吸吮起来，同时也停止了哭叫。

随后，汉卡向教父教母表示了诚挚的谢意，并相继吻了他们。同时，她也向其他客人的光临表达了谢意，还为这次洗礼的简朴与波利那家的子弟身份不相称而向大家表示歉意。

乡长调侃地说道："明年你就再生第四个孩子好了，以弥补这次的缺陷，我就会喝个不停。"他摸了摸胡子，接过传递过来的酒杯。

"洗礼时父亲不在，等于一个人犯了罪而未能得到赦免！"雅姆布罗兹不顾场合地说了一句。

汉卡听见这话便哭了起来，妇女们赶忙上前向她敬酒以表示祝贺，还紧紧地抱了抱她的肩膀以示安慰。她也请大家多吃点，因为这时候，鸡蛋炒香肠的香味已经充满整个房间。

雅古斯丁卡负责招待客人，因为尤什卡正在哼着小曲哄婴儿入睡，家里以前的那个摇篮坏了，孩子现在正躺在一个揉面的木盆里。

刀叉汤匙响个不停，人人都顾不上说话。

孩子们都拥到了过道上，纷纷向屋子里探进脑袋来，乡长抓起一把糖果扔了出去，立即在屋外引起一片抢夺和争吵之声。

"现在连雅姆布罗兹都变成哑巴了！"雅古斯丁卡开口说道。

"他现在正在考虑，怎样才能给我们的小娃娃搞到一份田产，娶到一位可爱的姑娘。"

"田产要由父亲负责，至于结婚的姑娘，教父母倒是可以帮忙的。"教父说道。

"姑娘有的是，绝不会少，而且都愿意嫁到波利那家来，他只要选上谁就够了，还会得到一份嫁妆哩！"

"我看得出来，乡长太太就想再生一个孩子呢。那天我看到她正在晒夭折孩子的衣服。"

"乡长估计秋天就能举行洗礼了！"

"他是个很好的官员，绝不会忘记他许下的诺言。"

"说真的，一个家庭没有孩子的吵闹声，那是很悲哀的！"乡长严肃地说道。

"孩子虽然会带来许多麻烦，但也会给家里增添无穷的乐趣和希望。"

"说得好！不过，就连金子也有贵贱之分，遑论孩子。"雅古斯丁卡喃喃说道。

"的确，有的孩子很坏，不尊敬父母。不过话又说回来，有什么样的母亲就有什么样的儿子，种瓜得瓜，种豆得豆呀！"多米尼科娃说道。

雅古斯丁卡觉得这些话是在影射她，心里很恼火。

"你说起别人来倒很轻松，你有两个这样听话的好儿子，他们纺线、挤牛奶、清洗锅碗厨具，不比那些心灵手巧的姑娘差。"

"那是他们从小就受到了诚实做人和听话的良好教育。"

"的确，他们很像他们的父亲，被人打时还会把脸蛋伸过去让人打。你说得不错，什么样的母亲就有什么样的孩子。我记得你年轻的时候和那些男孩子们闹出了许多风流逸事,让我感到惊讶的是,雅格娜竟会和你一模一样!即使是一根木棍子,戴上男人的帽子,向她表示爱意,她也会委身的。"她靠近她的耳边,恶狠狠地说道,直到对方脸色苍白,深深地低下了脑袋,她才沉默不语。

雅格娜正好来到了过厅,被汉卡叫去喝酒,她喝了一杯之后,便谁也不看一眼,直接回她的房间去了。

乡长等着她出来,可是等了半天都不见她的人影,失望极了。

乡长觉得自己没有什么话可以和别人交谈了,只好去听别人说话,眼睛却一直朝向那边——雅格娜出来后便往院子里走去。

女人们也没什么可聊的了。两个老太婆怒目相对,普沃什科娃和汉卡在悄悄商量着什么,只有雅姆布罗兹一人还端着酒杯不放,嘴里嘟哝着一些胡编乱造的事情,谁也不再搭理他了。

乡长借口回家,便告辞出来了。实际上,他是悄悄穿过果园来到了院子里,只见雅格娜坐在牛棚的门槛上,让一头斑纹母牛舔着她的手指。

乡长小心翼翼地朝四周看了一眼,便把一些牛奶硬糖塞进她的怀里,低声说道:

"雅格娜,晚上到酒馆的储物间来,我有更好的东西给你!"

他不等雅格娜回答,便又匆匆回屋去了。

"我看到你家的那头小公牛了,可以卖个好价钱!"他边脱外衣边大声说道。

"我们不卖,要自己养着,它可是来自地主家的纯种!"

"体形就很不错,磨坊主家的那些牛根本无法和它相比。安特克要是看到了这样值钱的东西,不知会有多高兴呢!"

"咳,也不知道他什么时候能看到?什么时候!"

"不会很久了,我给你说,我是乡长,你们要相信我!"

"我们天天都在等着，都在盼着。"

"我说，过不了几天，他们就会出来了。我是了解一些官方内情的。"

"最糟糕的是，田地不能再等下去呀。现在不及时播种，秋天就会颗粒无收啊！"

这时候传来了马车的声音。尤什卡伸出头去一看，大声说道：

"神父和罗赫来了！"

"神父要去买弥撒用的酒。"雅姆布罗兹解释道。

"为什么要让罗赫帮着去选酒，而不是多米尼科娃呢？"雅古斯丁卡冷笑着说道。

多米尼科娃来不及驳斥，铁匠就进来了，乡长端着酒杯朝他走去。

"你来迟了，米哈乌！现在快来补上！"

"我一会儿就能赶上你！他们现在叫你过去哩。"

铁匠正说着，村长便气喘吁吁地赶来了。

"彼得，快走！文书和警察在等着你。"

"狗娘养的，一刻也不让人安静！有什么办法呢？公事第一啊。"

"忙完了你的事，就快点回来喝酒。"

"时间来不及的。既有波德列斯的大火案子，又有这里的大洞事件。"他跟乡长离开了。

汉卡盯着铁匠，说道：

"他们会来查问的，米哈乌，你最好把这一切都说出来！"

他捋了捋胡子，装着十分关心地在看婴儿。

"我能说什么呢？我知道的也就和尤什卡讲的一样多。"

"我不会让一个小姑娘去见官员的，她不适合去。你去就这样说：据我们查看，储藏室里完好无损，没有什么东西被盗。至于有没有别的东西被盗，那就只有上帝知道了……而且……"她突然停住了，拧着羽绒被头的她大咳了起来，这也把她脸上的讥讽神情掩盖过去了。铁匠只是耸了耸肩膀，没有答话便出去了。

"滑头，骗子……"汉卡面带讥笑，喃喃说道。

"这次庆贺的时间太短了，大家都已经散去了。"雅姆布罗兹抱怨道，拿起帽子准备离开。

"尤什卡，去切些香肠来，让在家里举行的洗礼庆贺会能更长久一些。"

"难道我只是个干吃香肠的人吗？"

"你就把烧酒喝够好了，不要再抱怨了。"

"聪明人说得好，倒进锅里的麦片可以数得清楚，劳动时却不要去数你的手指，吃喜酒的时候不要计算你喝了多少杯。"

"清醒的人去敲钟，酒鬼适合做弥撒！"

他们继续喝着酒，聊着天。还不到两个时辰，乡长又跑了回来，要大家集中到村长家去见文书和警察。

这激怒了普沃什科娃，她双手叉腰，大声骂将起来：

"我才不理会乡长的命令！这是我们的事情吗？是我们请他们来的吗？我们有时间去见什么警察吗？我们可不是一群狗，有人一吹口哨就会跑过去！他们真是来调查的，就应该亲自上门来询问我们，这才是唯一的办法。不这样，我们就不去！"

她说完便跑到大路上去，向那些聚集在池塘岸边的惊慌失措的女人们大声喊道：

"乡亲们，到地里干活去吧！他们知道该到哪里去找我们这些主妇的。我们何必放弃工作等他们呢？我们不是狗，号令一响就蹲在他们的门口候着！"

除了波利那家的女人之外，她可以说是村里数一数二的人物，所以大家都很听她的话。女人们像惊慌的母鸡那样，各自匆匆跑开了。

其实，村里的大部分妇女天一亮便到地里干活去了，这会儿村子里空空荡荡的，只有孩子们在池塘边上玩耍，老人们在晒太阳。

这时候，文书气坏了，大骂了一顿乡长。但是，不管他高兴不高兴，他都得亲自到地里去找人了。他在地里东奔西走了很长时间，向正在干活的每个女人打听："关于波德列斯的大火，你都知道些什么呢？"她们告诉他的那些情况，都是他已经掌握了的，谁还会把内心的秘密吐露给警察呢？

他一上午的时间，就在这些坎坷不平而又泥泞不堪的田埂上耗费掉了。有时候，泥浆还溅到了他的身上，地里更是一片烂泥。

当文书到波利那家做大洞的记录时，已是火冒三丈，像个丘八那样大骂起来。他恰好在门廊里碰见了老贝利查，便对其挥舞着拳头，厉声骂道：

"哼，你这条老狗！强盗都在你家挖了个大洞，你怎么不好好地看住？"他大声呵斥起来，甚至连贝利查的老娘都骂到了。

"你还是管好你自己的事吧，我又不是你的长工，你听见没有？"老头子挺直了身子，回敬他道。

文书怒不可遏，大吼道："你竟敢这样放肆地和官员说话，看我不把你关进牢里去！"

老头子也给激怒了，挺起胸来，眼里露出凶光，用嘶哑的声音骂道：

"你是个什么家伙？你是个为大众服务的公仆，大众出钱养活你！你是应该按照乡长的指示来做事的，别来招惹我们这些自由自在的农民！你看看他，只不过是个小小的文书，我们用面包养活了他，他却在我们头上作威作福……别忘了，你上面还有上司，他们会惩处你的。"

乡长和村长立即走上前来劝他，老头子已经怒不可遏，正在用颤抖的手去拿木棍来当武器。

"你要罚钱就罚吧,我不怕,我甚至还可以给你一个铜子去买酒喝!"他大声叫道。

文书不再理会老头子了,专心致志地询问起家里的每个人来,并仔细地记录了下来。老头子怒气未消,围绕着房子转来转去,嘴里还在嘀咕着什么,眼睛朝各个房角望了一会儿,甚至还把老狗踢了一脚,久久无法让自己平静下来。

做完调查后,他们饿了想吃东西。可是汉卡却让人告诉他们说,家里正好缺了牛奶和面包,只有早饭吃剩的土豆。

他们只好去酒馆了,一路上都在咒骂利普查村。

"汉卡,你做得棒极了!他们拿你也没有办法。我的耶稣,即使是已经过世的老地主,他是有权利来侮辱我的,可是他从来也没有侮辱过我,从来没有……"

他久久不能忘怀他所受到的侮辱。

中午过后,有人来说,他们还在酒馆里,而且乡长下令,要把科兹沃娃带去见他。

"那就让他们到野地里去捕风捉影好了!"雅古斯丁卡讥笑道。

"她一定到森林里去拾柴火了!"

"不!她昨天就去华沙了,她是到医院去接孩子的,她想接回两个弃儿来抚养……"

"咳,领回来还不是会跟着她饿死,就像两年前饿死的那两个一样。"

"对于这些可怜的孩子说来,也许这样的结局更好,不再经受一生的痛苦折磨了……"

"可是,那些私生子也是人养的呀,她必须在天主面前对他们负责!"

"她又不是故意要饿死他们的,她自己也总是吃不饱,又拿什么来喂养他们呢?"

"她去领养这些孩子,并不是出于仁爱和善心,而是为了得到一笔抚养费!"汉卡严正地说道。

"每个孩子每年只给五十个兹罗提,这不算多!"

"是不太多!但是她一领到钱就买来酒喝光了,然后,孩子们只好等着饿死。"

"也不全都死了!你们家的维特克,还有莫德利查村的一个农民家的孩子,不是也都好好的吗?"

"我父亲把维特克领回来时,他还是个刚会走路的小孩,饿得皮包骨头。那个孩子的情况也是一样。"

"我是在为科兹沃娃辩护吗?不,我只是说出我所见到的。每个女人总得活命,找机会赚点钱也是无可厚非的。"

"也是啊,她丈夫不在家,没人能偷东西给她了!"

"她和阿加塔也处得不好,老太婆没有死掉,反而养好身体离开了她。她如今在村里到处唠叨,说科兹沃娃天天都在诅咒她,为什么还不死,说自己吃亏了。"

"她一定是想回克温布家的。不然的话,她到哪里去找栖身之地啊?"

"她不会的,她现在正怪罪他们哩。克温布妻子之所以愿意接受她,是看上了她的被子和不少的现钱,但老婆子不愿意。她把柜子搬到了村长家,说她现在正在找房子,以便能安安静静地死在那里。"

"她还能活下去的,现在许多人家都缺人手,她可以给人看看鹅或母牛什么的……咳,雅格娜又到哪里去啦?"

"一定是在风琴师家,帮他女儿绣花去了。"

"这是玩乐的时刻吗?好像家里没有什么事可干了!"

"复活节过后,她就不断朝风琴师家里跑!"尤什卡抱怨道。

"我要好好修理她,叫她永远记住我……把孩子抱给我看看。"

她把孩子抱在胸前,吃过午饭后,就把大家都派出去干活了。而她自己独自一人留在房间里,细心听着屋外孩子们的嬉闹声——他们由老贝利查照看着。而在房子的另一边,老波利那依旧一动不动地躺在床上,望着太阳从窗口透进房间里的光线,他用手去抓它,还咿咿呀呀地说着别人听不懂的话。

村里空荡荡的,天气又特别晴朗,凡是有点体力的人,都到地里干活去了。

从复活节那天起,天气就稳定下来了,一天比一天暖和,一天比一天晴朗。

白天也更长了,早上薄雾缭绕,中午温暖而清明,傍晚霞光万丈,真是典型的春天!

有些白天,有如阳光照耀下的潺潺溪流,清澈而平静,温煦而美丽,黄色的蒲公英在两岸绽放,白色的雏菊占据了柳树的空隙地带,树上也吐出了翠绿的新叶。

白天晴空万里,风和日丽,空气略带潮湿,散发出沁人肺腑的种种芳香,到处是生机盎然的景象。晚间,群鸟归巢,啾声静息,村民入睡,村庄一片静寂,仿佛能听见破土而出的树根和花苞突然绽放的细微响声,以及由上帝创造的各种生物所发出的美妙声音。

不过,也有另外一些不同的日子。

没有太阳,灰雾弥漫,到处呈现出一片土灰般的颜色。厚云压天,天地一片苍茫,把人压得喘不过气来,让人觉得喝醉了酒似的。树木不停地摇摆,万物都在渴望着,但渴望什么,却无从知晓。而人呢?只想大喊大叫,只想打呵欠,只想在绿茵如毯的潮湿的草场上打滚儿,就像那些傻里傻气的狗一样。

还有就是下雨的日子，从清早起就开始下雨，仿佛给天地之间蒙上了一层麻布尸衣，让人既看不清条条道路，也看不见果园中那模糊的房屋。雨在不急不慢地下着，绵绵不断，淅淅沥沥，细雨如丝，仿佛是一个看不见的纺锤制造出来的那样，把天和地连成了一气。万物在雨水的倾泻下低垂着，倾听着江河中掀起的泡沫声，以及雨水流过黑色田野时的汩汩声。

这是每年初春屡见不鲜的情况，人们都习以为常了。天一亮，人们便纷纷出去劳动，天黑了才回家，连吃饭喘一口气的时间都没有。

利普查村这些天来都是空荡荡的，只有老人和狗在看守着果园的浓密树木掩盖下的农舍。有时会有个年迈的乞丐拖着双腿蹒跚而行，引来群狗的追逐吠叫，偶尔会有辆大车驶到磨坊来。过后路上又是空无一人，村子隐没在枝繁叶茂的果园中。而整个村庄都被广袤的原野包围着，就像亲生的母亲拥抱着自己的孩子一样。

日子就这样一天天地过去，人们都在劳动。有时晴朗暖和，有时会绵绵下雨，偶尔还会飘落阵阵雪花，把大地变成一片雪白，但太阳会立即把它消融得无影无踪。村子里难以听到喧哗声、吵闹声了，这毫不奇怪，因为劳动就像沉重的枷锁压在了他们的身上，使得他们难以顾及其他事情。

每当东方发白，大家睁开蓝眼睛，听到第一声云雀歌唱时，利普查村便沸腾起来了，人人在行走，房门在吱嘎响，孩子们在哭闹，鹅群在水沟里嘎嘎大叫。接着，马牵了出来，小伙子扛起了铁犁，装满土豆的大车在不停地往地里运送，人们迅速地在地头分散了开来。村庄在这一两个时辰内又归于寂静了，甚至连到教堂去做早祷的人都寥寥无几。管风琴在空旷少人的教堂里面奏得震天价响，响声传到附近的田地里，正在劳动的妇女们听到风琴声和钟声时，便立即就地跪下做起了晨祷。

大家都纷纷出来干活了，可是这大片土地却看不出什么变化似的。只有那些仔细的观察者才会看到，这里或那里，马拉着铁犁在翻耕土地，大车在田畦里前行，女人们就像红毛毛虫那样，在天高云淡下面的大片土地上蠕蠕而动。

而在她周围的村庄，从卢得卡村、沃拉村、莫德利查村和其他村里，透过绿色树梢可以看到这些村子的房子和白墙，可以听到从那些村里传来的叫喊声和歌唱声。目力所及的山岗上，到处都可以看到：有的农民在扶犁耕地，有的在种植土豆，有的在用耙平整沙土地，时时会扬起阵阵尘土。

只有利普查村的土地还处在麻木的寂静中，显得那么荒凉凄惨，成了一块毫无收获的荒芜之地，或者像蓬勃生长树丛中的一片枯树，像是一个无依无靠的孤儿。啊！我的上帝！地里要干的那些活儿，十个女人也抵不过一个男人，即使她们从早到晚，累得汗流浃背都不行。

她们又怎能应付得了呢？她们只能松土锄草，种种土豆和亚麻。剩下的田地，鹧鸪可以放肆地歌唱，野兔可以缓慢通过，恰似闲庭散步，它们尾巴上的白毛都能看得很是清楚，而且这些野兔还常常在秋播地上追逐戏玩。一批批的乌鸦在待耕地上跳跃飞翔，这些土地徒劳地等待着人们去耕种呢！

天气如此地美好晴朗，清晨太阳升起，就像金色的圣体盒沉浸在银色的光芒中。大地一片翠绿，绿草散发出清香，鸟儿在欢快地歌唱，但这些又和利普查村的村民们有什么关系呢？条条沟渠上长满了金黄色的蒲公英，田埂上的雏菊有如一条条绿色的绶带，而广袤无垠的草原上长满了各种美丽的野花，把草场装扮得万紫千红。每棵树木都在吐出翠绿的枝叶，整个世界都变得春意盎然、欣欣向荣，可这和利普查村的村民们又有何关系呢？

利普查村周围的土地原本非常肥沃，现在却无人耕耘、无人播种、无人施肥，就像一个年轻力壮的小伙子，懒洋洋地躺在那里晒太阳，什么事情也不干。这样肥沃的土地上，却五谷不种，而让杂草丛生——野芥子蓬勃生长，野蓟节节蹿高，滨梨长满了沟渠，红褐色的酸模在迅速生长，鹅冠草也在秋耕过的地里冒了出来，而在根茎残留的地里长出了毛蕊花和牛蒡。这些妨碍庄稼生长的野生杂草，都从原来暗藏的地方，高高兴兴地、勇敢大胆地走了出来，向四面八方蔓延开，侵占着那些丰腴的田地。

这些荒芜的土地似乎发出了呻吟，这让人觉得，那高踞山岗俯视下面的森林，那怯生生地蜿蜒流过村庄和田野的溪河，那已经长出白色花苞的蔷薇，那长在田埂上的野梨树，那飞来飞去的鸟群，那从外地流浪而来的独行者，以及守望在大路边上的十字架和圣像，都在沉思地凝望着，并提出质问：

"这里的农民都去哪里了？为什么没有热闹的欢笑声，没有人们的歌唱声？"

光凭女人们的哭泣声就能解释利普查村所发生的一切。

这种情况不仅没有丝毫的改变，反而越来越糟糕——由于要应付繁重的家务，出门干活的女人越来越少了。

只有波利那家的农活依然还在照常进行，但比往年要缓慢一些，效果也差一些。一是因为彼得虽还没有学到家，但还是能应付得过去，而且也不缺帮手。

汉卡虽然还在床上，但她精明能干，能运筹帷幄，由于安排得当，就连雅格娜也不得不像其他人那样出去干活。汉卡对所有的事情都了如指掌，能面面俱到——牲畜、病人、耕种的时机、播种的地块，还有孩子们，打从贝利查病倒之后就没人照看了。这些日子以来，她独自一人躺在床上，只有在午饭和傍晚时才能见到其他家人。多米尼科娃每天都会来看她一次，而邻居一个也看不到，就连铁匠老婆马格达也没有来过。而罗赫呢，打从那次跟神父一起出门之后，就没有消息了，更没有回来过。久躺在床上的汉卡，早已厌烦了，为了能尽快恢复身体，她不惜多吃肥肉和鸡蛋，甚至吩咐宰杀了一只母鸡来做鸡汤喝。虽然那只母鸡已经老得不能下蛋了，但拿到集市上去卖，也能卖到两个兹罗提！

这样一来，她真的很快就恢复了，在复活节过后的那个星期天，她便下床了，决定先去教堂做产后的还愿礼拜。虽然其他女人都劝她别去，但她还是坚持要去，在做完大弥撒之后她便和普沃什科娃一起去教堂了。

汉卡两腿无力，走路不稳，摇摇晃晃的，只好撑扶着邻居前行。

"春天的气息太浓，我都头晕了！"

"过一两天，你就不会晕了。"

"才过了一个星期，外面的世界就像是过了一个月！"

"春天骑的是快马，无人能够追上。"

"到处都是绿色，我的耶稣！都是翠绿啊！"

的确，每座果园的树梢就像是翠绿的云层，只有白色的烟囱高出绿云。绿云深处，鸟儿在纵情歌唱，从下面田野刮来的春风，把篱笆下面的杂草吹得波浪起伏，也把池塘的水面荡起了一圈圈的涟漪。

"樱桃树上的花蕾长得很大，不久就要开花了。"

"如果不再有严重的霜冻，今年的水果就会有大丰收了。"

"人们说，粮食歉收时，水果大丰收！"

"利普查村很可能就会应验这句话了！"汉卡看到那么多未耕种的田地，含泪叹息道。

她很快就做完了还愿礼拜，因为孩子们在哭叫。汉卡感到特别疲乏，一到家便躺在了床上，而刚刚躺下不久，维特克便匆匆冲进屋里，大叫道：

"太太，茨冈人来了，茨冈人到村里了！"

"真是见鬼了，难道我们的灾难还少吗？你快去叫彼得来，把家里的门窗都关紧，以防他们把东西偷走。"

她慌慌张张地去屋外察看，不一会儿，便看见村里到处都是茨冈人，他们衣衫褴褛，肤色黝黑，一个个怪里怪气的，还背着小孩。他们死皮赖脸，缠着村里人不放，还要替人算命，强行进入屋里。他们来了十多个人，就把整个村子闹得鸡飞狗跳，不得安宁。

"尤什卡，把鸡和鹅都赶进院里来。把孩子看紧，免得被他们偷走！"

汉卡坐在过道里守住大门，看到一个茨冈女人想要越过篱笆时，便把瓦帕放了出去。瓦帕凶狠地朝茨冈女人扑了过去，茨冈女人便用棍子打它，嘴里还嘟嘟哝哝地说着什么咒语。

"你的破咒语对我一点也不起作用，你这强盗婆！"

"你若是把她放进来，她就不会念咒语了。"雅格娜有点不满地说道。

"是想让她来偷吗？你就是死盯着他们，他们也有本事把东西偷走。你要是想算命，就跟着她到外面去！"

汉卡倒是说中了雅格娜的心事，后者便立即跑到村里去了，整个星期天的下午，她都跟着茨冈女人转来转去，既克服不了心中的恐惧，又摆脱不了想算命的好奇心。她来来回回进屋不知多少次了，又总是在屋外来回徘徊，直到太阳落山，茨冈人进了森林，她才跟了一个茨冈女人进了酒馆。她在胸前画着十字以克服心中的恐惧，同时要求茨冈女人给她卜卦算命，这时，她再也顾不得有人站在柜台前围看她了。

晚饭过后，姑娘们都来到尤什卡的身边，而后者就坐在台阶上。她们纷纷议论起茨冈人来——茨冈人给马丽霞算出秋天会举行婚礼，纳斯特卡会嫁给有钱的男人，有个男人会来向乌里霞·索呼夫娜求婚，而胖微朗卡·尔特科娃会生一场疾病,特蕾斯卡则会成为军人的妻子。

"肯定是个骗子!"坐在旁边的雅古斯丁卡插嘴道。

但是大家都没有注意她,因为彼得也正好坐了下来,在向大家讲述各种趣事。他说茨冈人中有个国王,衣服上都是银做的扣子,大家都得听从他的号令,即使他是在开玩笑你也得服从,他要你上吊去死,你就得马上去上吊。

"这是盗贼的大王,是一个只配像狗一样'尊重'的人物。"维特克说道。

"狗杂种!异教徒!"雅古斯丁卡说道,接着她便讲起茨冈人是如何偷走村里的孩子的——他们把偷来的孩子泡在赤杨树皮煮的水中,让孩子的皮肤变黑,让亲生父母都认不出来,然后用砖头把受洗时擦过油的地方擦得能见骨头,之后就把他变成小魔鬼。

"听说他们会念咒语使魔法,说来真叫人害怕。"有个姑娘尖声道。

"说得没错。他们只要对你吹口气,你的胡子便能长得有一尺长。"

"据说,斯乌皮亚村有一个农民放狗去咬他们,有个茨冈女人从身上拿出一面镜子对着他一照,他立即就成了瞎子。"

"他们想怎么干就怎么干,甚至能把人变成动物。"

"谁要是酒喝多了,也会变成猪的。"

"咳!莫德利查的那个学狗叫、用四肢爬行的农民现在怎么样了?"

"他是被恶魔缠住了,神父已经把他身上的魔鬼赶走了!"

"我的天啊!世上真有这样的事,让人听了都会起鸡皮疙瘩。"

"恶魔在到处窥视,就像狼在窥视羊群那样!"

大家心里都很害怕,于是相互都靠紧了些。维特克更是惶恐不安,哆哆嗦嗦着说道:

"我们这里也出现了可怕的事情。"

"别乱说一气,你这个小傻瓜!"雅古斯丁卡站起来骂道。

"我不是在说笑话，有一次我去马厩里，就觉得有什么东西把马料摊开了，马嘶叫起来，之后它又去了草堆那边。我看到瓦帕先是在狂吠乱叫，后又摇动着尾巴，一副亲热的样子，可是我什么人也没有看到……肯定是古巴的灵魂来了……"他轻轻地说道，眼睛朝四周看来看去。

"古巴的灵魂！"尤什卡被吓得不住地画着十字。大家都非常害怕，连后背都感到透心的凉。这时候，房门突然大开，房间里的人都吓了一跳，立即站了起来，大声喊叫着，原来是汉卡出现在了门口。

"彼得，你知道茨冈人去了哪儿？"

"教堂里的人说，他们在森林里，在波利那立的那个十字架旁边。"

"晚上必须加强警戒，不能让他们偷走什么东西！"

"离他们这么近，他们不会来偷吧？！"

"凡是能偷的，他们就一定会来偷走！两年前就发生过这种事，索哈家的一头母猪就被他们偷去了，所以我们绝不能掉以轻心！"汉卡提醒大家道。姑娘们分散回家去后，她吩咐小伙子们一定要把马厩和牛棚都关紧锁好，之后又到公公的房间去看了看雅格娜有没有回来。

"尤什卡，你出去把雅格娜叫回来，我不留门了，整夜都要关得紧紧的。"

不过，尤什卡很快就回来报告，多米尼科娃家一片漆黑，整个利普查村都已入睡了。

"真是个夜游神！我不会给她开门的，就让她在院子里睡一晚好了。"汉卡插好门闩，愤恨地说道。

夜很深了，汉卡被一阵推门的声音惊醒，她慢慢把门打开，便立即朝后退去，原来是满身酒气的雅格娜回来了。很显然，她已喝得酩酊大醉，连闩门都闩了很久，进屋后还碰到了好几件家具，然后便倒在床上一动不动了。

"就算是赶集的日子，也不该喝得这样醉呀！哎……哎……"

不过，就像是天注定了的，这一夜不会过得平平安安的。天刚蒙蒙亮，村里就响起了吵闹声和哭号声，吵醒了那些还在睡觉的人，他们抓上一件衬衣便跑到路上来，以为是谁家失火了。

巴尔切科娃母女正在号啕大哭，因为强盗们把她家的马偷走了！

全村的人都聚集到了她家门口，主人伤心至极，一边哭泣着一边断断续续地向大家述说着：天亮后，马丽霞去给马喂饲料，只见门被撬开了，马不见了。

"天主啊！请发发慈悲，救救我们吧！乡亲们，帮帮我们吧！"老婆子揪住自己的脑袋，像被关着的小鸟那样朝篱笆上撞去。

村长先来了，立即派人去找乡长，乡长这时不在家，过了好一会儿才来，醉得连站都站不稳，神志不清，嘴里在嘟哝地说着什么，还要把大家赶走。村长见乡长什么事也干不了，便扶他走了。

大家都被这场灾祸震住了，心里像压了一块大石一样，谁也无暇去注意乡长的醉态。人人惶恐不安，都从马厩到大路又从大路到马厩到处探寻着，但都无计可施。

有人喊叫起来：

"这是茨冈人干的！"

"没错，他们都待在森林里，昨天还来过我们的村里！"

"就是他们偷的！绝不会是别人！"大家一致喊道。

"快去追他们，把马抢回来，好好揍这些强盗一顿！"库尔巴索娃大声道。

"这样的罪行，应该把他们处死！"

喧闹声更大了，太阳也升起来了。人们拔起篱笆上的木桩，个个握紧拳头，挥舞起木桩，有人还呐喊着领头朝大路跑去，但这时又出现了新的问题——乡长太太哭着跑了过来，说她家的马车也被偷走了。

这消息就如晴天霹雳，大家听完后都惊呆了，久久地站在那里，神色慌张，面面相觑。

"一匹马和一辆车同时被偷走，这在我们村里是前所未有的。"

"利普查村遭到多么大的灾难呀！"

"而且一个星期比一个星期更严重。"

"这一个月来的灾难比去年一年的还要多。"

"最后会是什么结果呢？"大家都惶恐不安地问道。

之后，大家又跟着乡长太太来到巴尔切科娃家的果园里，带有露水的潮湿草地上，明显有马的脚印，一直延伸到了乡长家的谷仓。强盗们是在这里把马套上车的，在地里掉转了一下方向，便驶上磨坊旁的小路，直往沃拉的大道而去。

半村的人都循着足迹朝前走，可足迹到了被烧毁的废墟旁便朝波德列斯那边弯了过去，然后就突然消失了。

盗窃事件搞得大家垂头丧气，虽然这一天的天气特别晴朗，但很少有人出去劳动，大家没精打采地走来走去，搓着双手，纷纷去安慰巴尔切科娃，心里又担心自己的财产被窃。

巴尔切科娃坐在马厩前，就像坐在灵柩前，哭得特别伤心，嘴里还断断续续地念念有词，并夹带着痛苦的呻吟：

"啊，我的栗色马呀，我唯一的一匹马呀……我亲爱的马呀，它是我最好的帮手！它刚满十岁，是我亲自把它养大的，就像我的亲生孩子一样。它是和我的儿子斯达赫同一年生的，现在没了，我该怎么办呀……"

她哭得这样伤心，一些心软的女人也跟着她哭了起来。面对她的巨大损失，大家都很难过，因为没了马就等于失去了双手，尤其是在这样的春天，她男人又不在家。

她的这些邻居们，想尽办法来安慰她，大家一提起栗色马，都忘不了大加称赞。

"它真是匹好马，很健壮，又像小孩一样温顺。"

"虽然它踢过我的孩子，但老嫂子，它还是一匹难得的好马。"

"真的，虽然它腿上有个瘤子，但至少也能值四十个纸卢布！"

"它像小狗一样调皮，曾把晒在篱笆上的被子给扯下来。"

"我们很难找到第二匹这样的好马了！很难找到了！"大家一致称赞道，仿佛在赞美一位死去的基督徒。巴尔切科娃看了看食槽，悲痛之情又涌上心头，好像有什么东西扼住了她的喉管。空荡荡的马厩就像一座新掘的坟墓，使她想起了遭受的巨大损失和苦难。直到有人告诉她，乡长已带领汉卡家的维特克、神父家的瓦列克和一个磨坊工人，前去追查茨冈人了，她的心情才稍微平静一些。

"咳，还不如到田野里去搜寻好呢！会偷的人自然会藏得好好的！"

一点也不错，直到傍晚他们才回来，什么也没有找到，就像扔进水里的石头，踪迹全无。

村长也出来了，尽管天色已晚，但他还是和乡长一起坐马车到警察局和办公厅去报案了。而巴尔切科娃和她女儿马丽霞，则到附近的村庄去寻找马匹的线索。

她们回来时，什么线索也没有找到，反而打听到其他村子也丢失了很多东西。这样一来，大家又遇到了新的烦恼，那就是要保护好自己的财产。村长决定组织村民轮班守夜，由于男人们都不在家，所以只好每晚让两个女人和一个大孩子一起巡夜。除此之外，每家每户还得做好防备工作，所有的姑娘都得睡在自家的马厩或牛棚里。

这样的安排全不中用，人们的恐惧反而有增无减，因为尽管有这样的布置，但在头一个晚上，强盗们就潜入池塘边上的费利特卡家里，把她家一头快要生产的母猪偷走了。

老妇人悲痛至极，有如失去亲生女儿一般，因为这是她唯一的生活来源，她靠它来挨到麦收。她绝望地号哭，并用头不停地撞墙壁，叫人都怕看她。她跑去见神父，向他哭哭啼啼地诉苦了一番，神父怜悯她，给了她一个卢布，还答应等他的母猪下崽后送给她一只小猪。

村民们面对这些盗窃事件都无计可施。白天就像出殡的日子一样忧愁，而且天气也真的变了，从早晨开始就下起了绵绵细雨。整个天空都被灰色雨雾笼罩着，大家也忧心忡忡的，都在担心当天夜里又会发生什么失窃事件。

幸运的是，罗赫傍晚时回来了，逐门逐户地向大家传递了一个特别惊喜的消息：后天，也就是星期四，邻村的农民们要来利普查村帮助她们耕田种地啦！

大家原本都是不相信的，可是当神父庄重地证实这个消息时，大家的那股高兴劲儿就别提了。这时候，雨过天晴，冒着水汽的池塘被夕阳映得一片红光。村民们都出现在大路上，兴高采烈地叫喊着，邻居们奔走相告，议论纷纷，完全忘记了盗窃这回事了，甚至都没有人愿意去值班守夜了。

第二天曙光初露，村民们便都起来了。她们打扫房屋，烤好面包，修好大车，切好要播种的土豆，把堆在地里的肥料撒开。家家户户都在精心地安排，要让这些素不相识的好心人能够吃好喝好。大家都知道，该怎样显示自己作为主人的身份，去招待这些客人，于是许多原本打算卖掉的鸡和鸭也都被宰杀了，有的人还向磨坊主和酒馆老板借钱赊账。总之，这时的利普查村就像是在迎接盛大节日一样。

最最高兴和开心的人，莫过于罗赫了。他整天都在东走走西看看，有人需要帮助的话，他都会搭把手帮忙做一些准备的工作。他神采奕奕，精神抖擞，而且更加健谈了。

他来到了波利那家，汉卡因为身体虚弱还躺在床上，见到罗赫便不禁低声说道："您的眼睛炯炯发亮，好像有病似的。"

"我身体很好,是因为兴奋才眼睛发亮的,在我的一生中从来没有这样高兴过。你想想看,有这么多的农民兄弟前来利普查村帮助大家两天,能把地里的紧急活儿都干完,我怎么能不兴奋哩?"

"叫人惊讶的是,他们前来帮忙,不计报酬,无偿劳动,就凭一声'上帝会报答你'……这真是从来没有过的事!"

"就凭着上帝这么一句话来帮助我们,他们才像真正的波兰人,才像虔诚的基督教徒!的确,以前没有过这样的事情,所以罪恶才会在世上盛行。你瞧着吧,世界会变得更加美好!人民会更加理智,大家应该知道必须依靠自己,但在需要的时候也应该去帮助别人!这样一来,世上万物就会蓬勃生长,就像这座广袤的森林一样,敌人就会像雪那样自行消亡!你瞧着好了,这样的时刻一定会到来!"罗赫高声喊道。他精神焕发,伸出双手,想要把所有的人都当作亲人那样拥抱在一起,用爱去把全村的人结为一条坚不可摧的锁链。

当汉卡问起是谁创造了这个让别人来帮忙的奇迹时,罗赫便悄悄地溜走了。他在村子里转来转去,看到家家户户的灯光一直亮到了深夜。也许,姑娘们都在准备明天穿的衣服,她们想打扮得漂漂亮亮的,以为明天会有单身的小伙子到村里来。

翌日,当晨曦刚刚染白屋顶时,全村便已行动起来了,烟囱在冒烟,姑娘们在屋里屋外忙碌着,男孩们爬上屋顶,朝远方的大路眺望,一切都显得宁静祥和。这天是个阴天,不见太阳,但天气暖和。果园里的小鸟在高声啾唱,而人们的声音却显得很低沉,同温和与潮湿的空气相呼应。

他们等了很长时间,直到晨祷的钟声敲响时,才听到大路上马蹄的嗒嗒声。接着,一列列的马车穿过蓝色的雾霭隆隆地驶了过来。

——他们是从沃拉来的!

——他们是从热普基来的!

——他们是从邓比查来的！

——他们是从普齐温卡来的！

人们从四面八方蜂拥而来，都齐集在教堂前面的广场上。穿着漂亮衣服的农民们从车上跳将下来，跟前来的妇女们打着招呼，互致问候。孩子们像往常一样，热热闹闹地围住了这些新来的客人。

农民们全都去参加弥撒了，教堂里的管风琴立即奏响了。

神父结束弥撒之后，所有的人都不约而同地聚集在墓地门口的钟楼下面，主妇们站在前面，姑娘们稍微靠后，雇农们自成一堆远远地站在后面，不愿让神父看到他们。神父马上就出来了，问候之后，便和罗赫一起给大家进行分配工作：谁到谁的地里。他们的原则是，让富裕的农民到富有的农家去耕种和吃住。

不到半个小时，他们便把农民们都分配完了。教堂前面只剩下几个流泪的雇农，她们本以为会分给他们一两个农民的，可希望落空了。现在家家户户都热闹非凡，在屋前摆好了长凳，桌上摆好了早餐，把伏特加拿出来让客人们尝尝。姑娘们也高高兴兴地招待着他们，因为有一部分农民是未婚的小伙子，他们都穿得漂亮又体面，好像不是来帮忙种地，而是来相亲订婚似的。

他们没有时间多交谈，只是相互交换了姓名称呼，甚至连早饭也吃得很快很少。他们不敢多作停留，便在主妇的引导下下地干活去了。

整个村子就像过节那样喜气洋洋。

以前还是荒芜的土地，以前好似瘫痪了的土地，今天却显得生机勃勃。村里人声鼎沸，家家户户都把大车拉了出来，各条路上都能看到有人扛着铁犁，所有的田埂上面都有人在来回走动。人们隔着果园和篱笆大呼小叫，招呼声、马的嘶鸣声、车轮的吱嘎声、群狗的吠叫声及其追逐马驹子的奔跑声，响彻整个村庄。欢乐袭上心头，洋溢在整个天地之间——在播种土豆和燕麦的田地里，在空地和长满野草的待耕地里，都响起了一片欢笑声和兴奋的喧闹声，就像在舞场上一样。

但顷刻之间又安静下来了，只能听见马鞭的啪啪声。马用力拉着锈迹斑斑的犁头在地里翻耕，地里便出现了第一道黑色的犁沟。人们挺直了身子，深深地吸了一口气，在胸前画了个十字，双眼环视了一下四周的田地，便又弯下腰去卖力地干起活来。

就像是在这广阔的大教堂做礼拜那样，田野多么寂静和神圣，人们又是怀着多么虔诚的心情在耕种荒地啊。他们对土地就像对待母亲那样，怀着忠诚和信仰去播撒神圣的种子，企盼着丰收。

噢！利普查村的土地又生机勃勃了，这正是农民们所期盼的。目力所及，从森林边上到高地的界限之内，所有的田地都笼罩在一片灰绿色的空气之中，处处都有红色的衣裙、条纹的裤子和白色的上衣在闪耀，马弓着背在犁地，大车在田畦上行进。

他们像一群蜜蜂那样聚集在芬芳的土地上，默默无言地、勤劳地在这春光明媚的田野上工作着。只有云雀在高高的空中大声歌唱，有时会有一阵和煦的春风把小树吹拂得摇来摇去，把妇女们的围巾吹动，把麦苗抚摸，然后便带着嘻嘻的笑声溜到森林里去了。

他们一连干了好几个钟头，有时只是伸伸腰喘口气就算是休息了，随后又立即投入了劳作。甚至到了中午他们都没有回去，而是坐在田埂上吃女主人给他们送来的午饭。马儿一喂饱，大家又下到地里劳动了，直到夜幕降临，他们才收工回村。

这时候，村子里灯火辉煌，家家户户都把炉火烧得旺旺的，火光透过敞开的门窗投射到大路上，屋内热闹非凡，大家都在准备晚餐。喧闹声越来越大，人叫声、马嘶声、大门的开关声、小牛的哞叫声、鹅被赶进鹅栏时的嘎嘎声，以及孩子们的嬉戏哭叫声，所有这些声音汇成一气，把整个村庄变成了一个喧嚣的集市。

直到主妇们邀请这些农民入座后，周遭才静寂下来。他们被安排在贵宾的首座上,主妇们用最好的食物来招待他们,绝不吝惜肉和酒,要让他们喝好吃好。

所有的农家都开始晚餐了,从敞开的门窗可以看到围坐在桌子周围一张张嘴巴咀嚼的动作,听得见刀勺碰撞的叮当声,煎肉的香味一直漫溢到大路上,飘进人们的鼻子里。

唯有罗赫一人坐不安生,从这家走到另一家,对他们说些赞美的话,了解他们的耕种情况。他就像一个勤俭的农民,对土地充满了热爱,他今天的愉快绝不逊于所有的利普查村人。

就连汉卡的家里,今天也像过节一样。尽管她们人手充足,但她还是出于善意,邀请了两个来自热普基的农民来她家里吃饭和住宿——他们分别是微朗卡家和戈温布家的帮工。

她之所以选这两个人,是因为热普基人都有贵族的血统。

虽然利普查村的人嘲讽热普基人的这种贵族血统,但是两个帮工一踏进大门,汉卡就感觉到他们的气质和行为确实有所不同。

他们身材矮小瘦削,爱穿城里人的黑色外套。他们的亚麻色胡子又粗又硬,眼睛长得往上翘。他们很善言谈,举止优雅,说起话来像绅士一样。他们举止文明,对见到的东西都会客气地赞美一番,对每个女人都会说些恭维的话,让她们的心里美滋滋的。

汉卡吩咐准备最丰富的晚餐,并在桌子上铺上一块干净的桌布。

她非常仔细地观察着他们,吩咐大家都要注意他们还有什么需要。至于雅格娜呢,她现在有些晕头转向了,她穿上了节日的盛装,坐在桌旁,目不转睛地盯着那个年纪较轻的农民,仿佛是在看圣像。

"他有自个儿的庄院,看不上赤脚的女人!"雅古斯丁卡轻声说道。雅格娜一听便面红耳赤地逃进了自己的房间。

就在这时候,罗赫进来了,他望着这丰盛的菜肴低声说道:

"连热普基的人都来帮助利普查村,我们的村民们定会无比惊讶!"

"我们以前在森林问题上和你们有过争斗,但那不是出于个人的利益,因此我们之间并不存在什么私仇。"那个年纪较大的农民说道。

"鹬蚌相争,渔翁得利啊!"

"说得对,罗赫,如果鹬蚌成了朋友,渔翁只会伤心死!"

"你说得对极了,热普基来的先生,说得对极了!"

"利普查村今天所遭受的苦难,也许明天就会落到热普基村的头上。"

"如果村子之间不团结,老是互相争吵打斗,那么每个村子都会落入敌人的魔掌之中。聪明而又友好的邻居,就像篱笆和墙一样,有了这重保障,任何的猪都休想进来捣乱。"

"这些我们都懂,罗赫!但是农民们还不明白,所以才有不幸的事发生。"

"先生,到时候他们就会明白的。他们变得越来越聪明了。"

晚饭后,他们来到台阶上,彼得正在拉小提琴,姑娘们围着他在听。

夜晚宁静而温馨,薄雾像白布那样覆盖着整个大地,田鼋在沼泽地里尖叫,磨坊里依旧在隆隆轰鸣。树木沙沙作响,在被云雾笼罩的高空上面,月亮偶尔放射出一丝丝亮光,而在类似于井底的苍穹深处则有稀稀落落的星星在闪耀。

村子里如同满是蜜蜂的蜂房一样,喧闹不停,一直到深夜还亮着灯光,在大街小路上都有人在相互交谈和开怀大笑的声音。姑娘们和青年男子喜欢在池塘边上漫步交谈,年纪大些的农民则和女主人坐在门口,一边休息,一边聊起了家常。

第二天,当天空刚刚露出一点红霞,满天还是一片深暗的色彩时,人们便纷纷起床了,开始准备干活了。

天气依然晴好。夜里降的白霜使大地在清冽的寒气中泛起银色的光芒，火红的太阳在潮湿而寒冷的天空中冉冉升起，群鸟大声啾鸣，树木簌簌作响，池水闪闪发亮。人声越来越高，大风摇动着树木草丛，把车轮声、呼叫声、马嘶声和姑娘们的歌声传播到了全村的各个地方，也随着他们吹向田里的劳动人群中。

　　田地里还弥漫着一层像雪一样的白雾，只有高处的地里才渐渐明朗起来，白雾随着阳光的升起而消融散去，在纯净的天空中成为一片片的云彩。沾有白霜的田野还没有睡醒，还处在"含苞待放"的状态中。当人们从四面八方拥入地里的时候，酣睡的土地苏醒了，伸展在阳光照射下的尘土云雾中。从泥土、树木中，从浅青色的远方，从溪河流水所掀起的团团光辉处，从天空中太阳的炽热圆盘中，从天地万象中，那醉人的春意将巨大的能量磅礴散出。面对着这孕育生命的奇迹、蓬勃生长的青草，人们心中充满无限的欢乐，有人胸膛起伏不定，以至顶礼膜拜、喜极而泣。

　　于是人们都怀着敬畏之情，默默地凝望着前方，在胸前画着十字，轻声祷告着，然后便悄无声息地干着活儿。早祷的钟声敲响的时候，大家都已经各就各位了。

　　雾很快就消失了，阳光把田地照得明净光亮。放眼望去，利普查村的土地上，被田埂隔开的春麦，已经长得绿油油的了。到处都是红色的裙子和正在翻地的犁头，其间还夹杂着姑娘们使用的耙子，而一排排正在栽种土豆的女人们，用锄头挖着小坑。在一条条黑色的小路上，腰上围有袋子的农民们在走来走去，他们低着头，从腰袋中掏出谷种，虔诚地把手一挥，就把种子撒在了期待已久的、疏松过的田地里。

　　大家都在专心致志地干着活儿，都没有注意到神父的到来——他一做完弥撒就来到自己的长工那里。对于神父的到来，大家都感到惊讶。神父随即来到小地块旁边，高兴地向大家打着招呼，还让他们闻闻鼻烟，或者递去一支香烟。他还对大家说了些友好的话，摸了摸小孩的脑袋，跟姑娘们开开玩笑。成群的麻雀跑到地里来抢吃播下的种子，神父便用土块去驱赶它们。他向第一把要播撒的种子进行了衷心的祝福，还亲手撒了一把。他到处走动，勉励大家要勤快劳动。世界上没有一个监工能胜过他的了。

吃过午饭之后，他就和大家一起下地去了，还向妇女们解释，虽然今天是圣马可的节日，但庆祝仪式要改到八日后即五月三日来举行。

"今天不是时候，不能耽误时机，来帮工的农民们明天就不会再来了！"他这样解释着。

他一直都待在地里，直到农民们干完活儿为止。因为臃肿肥胖，行动不便，他便拄了一根木棍走来走去的，又常常停下来坐在田埂上，擦擦他秃顶上的汗水。

对神父的所作所为，大家都很高兴，劳作进行得又快又轻松。农民们都有自尊心，用不着神父来监督。

鲜红的太阳已经落在森林的后边，照不到田野了，远方变得灰暗。农民们已经做完了最紧迫的工作，开始回到村里了——他们有些人想在天黑之前赶回家去。

而有些来帮忙的人甚至不愿留下来吃晚饭，只是啃了几口干面包，还有的人则狼吞虎咽地把菜肴吃完，因为马车已经驾好，正在门外等着呢。

神父又和罗赫出来了，挨家挨户地向每一个前来帮忙的农民表示感谢，感谢他们的无私。

"你们给需要的人以帮助，也就是给天主耶稣以帮助！嗯，我要对你们说的是，虽然你们在做弥撒时捐给教堂的钱不多，忘记了教区的困难，尽管我每年都在向你们呼吁，你们教区神父家里的屋顶漏雨。但因为你们给利普查村的慷慨帮助，我会天天为你们祈祷的。"他满含泪水地说道，并一一吻了向他低下头来的农民们的手。

当他们经过铁匠家，转向村子的另一边时，遇到了以科兹沃娃为首的一些佃农农妇，被拦住了去路。

"请原谅，神父，我们就是来问问，这些男人还会来帮我们吗？"她抬高了嗓门儿，大胆而坚决地说道，"我们一直在等着，以为会轮到我们的，可是他们都走了！"

"难道我们这些穷困潦倒的人就得不到帮助了吗？"大家齐声问道。

神父显得很尴尬，无言以答，满脸通红。

"我也没有办法，人手不够，满足不了所有人的要求……他们已经辛辛苦苦地干了两天……"他支支吾吾说道，用眼睛扫了她们一下。

"是的，他们确实是来帮忙了，但帮的都是有田有地的富人！"费利普卡呜咽道。

"可是，我们这些穷鬼，压根儿就没有人来关心过、帮助过。"

"他们的头脑里根本就没有我们这些穷人。"

"各位……是的，他们都离开了……走了……我们再想想办法……我知道你们很困难……你们的丈夫还关在牢里，和其他人在一起……不过，我告诉你们，我们会再想想办法的……"

"我们要等多久你才能想到要帮助我们呀？若是土豆不能按时种上，我们只好找根绳子吊死算了！"古尔巴索娃大声道。

"唉，我说了我会想办法的……我把我的马借给你们使用一整天，不过你们可不要把它累坏了。我还会去找乡长和波利那家，也许他们会帮忙的。"

"说不定，青草还未长起，狼就把羊吃掉了！走吧，老娘们儿，不要在这里浪费口舌了。神父已经说了会想办法帮助我们的……咳，一切都是为了富人！像你我这样的穷人，只好去啃石头、喝泪水了！这个牧羊人呀，只关心那些有羊毛可剪的绵羊，我们可没有羊毛给他。"

科兹沃娃尖声说道,神父赶紧蒙住耳朵离开了。

她们聚成了一堆,有的悲哭,有的抱怨。罗赫尽力去安慰她们,诚心诚意地许诺给她们找帮手,并把她们带到了围墙边,劝得她们都走了,这才使得道路畅通。车马可以顺利前行了,家家户户的门口都响起了热情的感谢和告别的声音。

"愿上帝保佑你们!"

"祝你们身体健康!"

"总有一天我们会报答你们的!"

"每逢星期天就来我家呀,像走亲戚那样!"

"向你们的父母问好!下次把你们的老婆一并带来。"

"有什么需要的话就来找我,我一定会诚心诚意地来帮忙的!"

"上帝与你们同在!祝你们获得大丰收,亲爱的人们!"帮工们挥舞着帽子,双手舞动着大声说道。

姑娘们和孩子们一直把他们送到了村外。最大的一伙人聚集在白杨大道上,有三个村庄的人需要经过这里。马车缓慢地前行,人们高兴地说着话,还不时爆发出哈哈大笑。

现在已是黄昏,晚霞消失了,只有水面上还隐隐约约地映现出红色的波光。田野上雾霭重重,夜晚的寂静笼罩大地,远处的青蛙齐声歌唱了起来。

他们把客人送到了岔路口,告别时的欢笑声和呼唤声响成一片,当马车缓缓驶动的时候,突然有位姑娘大声唱了起来:

雅希,你快快发布结婚公告,
你听见我父亲坐车来了!
大桥上已响起了马蹄声……
嗒,嗒嗒!

大桥上已响起了马蹄声!

从马车上传来了小伙子的对歌声:

啊!马丽霞,现在天寒地冻,
连媒人都不愿上门提亲,
我会宣告在五月里结婚……
嗒,嗒嗒!
我会宣告在五月里结婚!

年轻人的歌声响彻在露水晶莹的草场上空,动听的歌声飘扬在广袤的大地上。

第七章

男人们要回来啦!

这消息像响雷、电光一样,传遍了整个利普查村。

这是真的吗?他们什么时候回来?是全都释放吗?

没有人知道。

唯一可以确定的是,今天一早,区里的警察就给乡长家送来了一份公文,顺便告诉了正在把鹅群赶到池塘去的克温布太太。后者立即把这个消息告诉了邻居,巴尔切莱克家的姑娘们又大叫大嚷地告诉了近旁的几户人家,于是大家唱起了欢乐之歌,整个利普查村都沉浸在无比的欢乐之中,家家户户欢天喜地,热闹非凡。

这是个五月初的清晨,天刚亮不久,天空便阴沉沉的,雨水像过了筛子似的绵绵不断,轻轻落在开花的果园里。

"男人们要回来啦!男人们要回来啦!"叫喊声响彻整个村子,在果园里回荡着,每家每户都是一片欢乐声,每颗心里都迸发出火热的情感,每个喉咙都在大声叫喊。

白天才刚刚开始,村里已经像过节似的欢声雷动。孩子们在大路上奔跑叫喊,各家的大门开了又关,关了又开,女人们穿戴得整整齐齐，站在门口翘首以望，透过开花的果树，透过雨丝，注视着灰蒙蒙的远方。

"所有的人都要回来：农民，长工，小伙子，全都会回来！已经来了！他们已走过森林，来到白杨大道上了！"她们相互交替地呐喊道，性子急的一些女人还在路上跑来跑去，喊叫不已，像发了疯似的，有的地方还听到了女人的哭声和跑去迎接的脚步声。

她们的木屐踏着泥泞，奔向教堂后面的白杨大道，但是在这条漫长而又被雨水浸透的大道上，看到的只有深深的车辙和一摊摊浑浊的泥水。

可那条雨雾弥漫的白杨大道上，一个人影都没有。

她们非常失望，便又一窝蜂地跑到村子的另一头，在磨坊的后面，也许他们会从这条通向沃拉的大路上回来。

然而，这条路上也空无人影，细雨犹如一层颤动的薄纱覆盖其上。路上的坑坑洼洼里都满是雨水，沟渠的泥水泛滥，溢流到田畦中，激起阵阵泡沫。翠绿麦田的边埂上是荆棘丛，开的鲜花在料峭的寒风中瑟瑟发抖。

"乌鸦在空中盘旋，又会是个冷雨天！"有个女人望了望天，失望地说道。

她们看见前方的路上好像有个人影在移动，他是从被烧毁的波德列斯村舍那边过来的。于是她们走了过去。

这是个老乞丐，双目失明，大家都认识他。他牵着的那条狗叫得很凶，像是要挣脱绳子向她们扑过来。他仔细地辨听着声音，手拿好木棍准备自卫。听见她们的说话后便赶紧让狗安静下来，以上帝的名义向大家问好，并愉快地说道：

"我猜你们是利普查村人……是不是？而且还是一大堆人。"

姑娘们朝他围了过去，争先恐后地和他说起话来。

"好像我身边落下了一群喜鹊,都在叽叽喳喳地叫个不停!"他眨巴着眼睛,倾听着四面八方来的声音,注意到她们越来越近。

她们簇拥着老乞丐一起回村,后者拄着拐杖,一瘸一拐地前行,把瞎了眼的脸孔伸向前面。

他的脸颊红润,眼珠蒙上了白翳,灰色眉毛又浓又密,鼻子又大又红,肚子也有些大。

他耐心听着她们说话,终于弄明白了她们出现在这里的原因,便打断她们的说话,开口说道:

"我正是为了这件事才到这里来的!有个未曾受过洗礼的人私下告诉我,利普查村的男人们要出狱了。昨天他告诉我的,当时我就在想,明天我要第一个去把这个消息传递出去。对我来说,利普查村可不是一般的村子。在我身边走动的是谁呀,我凭声音是无法辨认出来的。"

"有马丽霞·巴尔切莱克!""有纳斯特卡·戈温博娃。""有乌利霞·索尔特斯。""有卡霞·克温布。"大家纷纷应道。

"噢,噢!都是些含苞待放的花朵呀!哈哈!你们本来要去接小伙子的,却迎来了我这个又老又瞎的要饭人……"

"你说得不对!我们是来接我们的老爸的!"大家齐声应道。

"咳咳!我的眼睛虽然瞎了,但耳朵还没有聋呀!"他把羊皮袄拉紧了一些。

"村里的人都在说,他们都要回来了,于是我们才跑出来迎接他们的!"

"可是这里什么人也没有呀!"

"你们来得太早了,要是顺利的话,农民们中午便能到了,至于小伙子们,傍晚能回来就不错了。"

"怎么会这样?他们既然是一齐被放了出来,就一定会一起回来的!"

"难道他们不会在城里找找乐子？那里的姑娘可不少，他们何必要匆匆赶回来见你们呢？咳！咳！"他故意逗她们笑道。

"那就让他们玩儿好了，谁也不会在乎的！"

"的确，城里有的是奶妈和犹太人的女仆，要是他们高兴的话，就让他们玩儿去好了。"纳斯特卡阴郁地说道。

"谁要是喜欢这些下贱的地方，那他就不配和我们交往！"

"老大爷！你有多久没有来利普查村了？"有个女的问道。

"是啊，的确很久了。去年秋天来过。整个冬天都是和善良的人在一起度过的，我一直都住在地主家里。"

"那是在沃拉吗？我们的地主家里？是不是？"

"是的！那儿的老爷把我当兄弟看待，庄院里的狗对我也很亲切，他们都了解我，从不欺侮我。他们给了我一个挨近炉子的地方，我老是在搓着草绳。感谢上帝，我和狗都长胖了！噢，噢！地主是个聪明人，他和乞丐们都相处得不错，因为他知道，他和我们在一起并不会吃亏。哈哈！"他还拍了拍肚子，俏皮地说道。

"不过，当天主把春天送到人间时，我就不想再待在地主家里了，那里太过宁静和沉闷了，我还是喜欢农民的茅草屋和广阔的世界……咳，这绵绵春雨，下的是金子呀，它温暖、肥沃而又能滋润万物生长，它让世界充满春草的芳香。咳！姑娘们，你们去哪里？"

他立即听见，她们离开了原地，脚步声越来越远，把他一个人留在了磨坊前边。

"姑娘们！"

他喊了一声，没有人回应。有几个女人沿着池塘朝乡长家走去，姑娘们也立即跟上了。

乡长家的门口已经聚集了半个村子的人了，都想要知道确切的消息。

乡长才刚刚起床，穿了一条裤子坐在门口的台阶上，脚上只裹着裹脚布，叫着让老婆给他拿皮靴来。

她们都吵吵闹闹地冲到了乡长的跟前，有的喘着粗气，有的衣冠不整，有的甚至来不及梳洗，都急急忙忙跑来探听消息。

乡长不理她们在说些什么，穿上擦过油的皮靴后，便到走廊里去洗脸了，然后在开着的窗户前面，边梳着头发边说起风凉话来：

"就这么心急等着你们的男人回来？不用害怕，他们今天一定会回来。孩子他妈，你把警察今天送来的那张纸拿给我，就放在圣像的后面。"

乡长把它摊了开来，还用手指弹了弹，说道：

"上面写得非常清楚：迪莫夫乡利普查村的基督徒们……你们自己去念吧！既然我都给你们说了，他们就一定会回来的！"

他把这公文给了她们，她们便手传手地传递着。虽然一个字母也不认识，但她们知道这确实是官方的公文，便认真看了起来，心里又是担心又是高兴。公文传到了汉卡手里，她用围巾接住后便又交回了乡长。

"乡长，是所有人都放吗？……是不是所有人？"她胆怯地问道。

"上面写了的，该回来的都会回来。"

"抓的是全村的人，那他们就该全放了！"有个妇女说道。

"进来吧，大妹子，别淋湿了！"乡长老婆说道。但是汉卡无意逗留，便用围巾盖在头上，第一个离开回家了。

她走得很慢，心中涌起既高兴又惶恐的矛盾心情。

"安特克就要回来了，就要回来了！"她靠在围墙上站了一会儿，因为她突然感到头晕，差点要倒在地上了。她张开大口，久久地呼吸着空气。她感觉很不好，因为她身体特别虚弱。"安特克要回来了！要回来了！"她高兴得大叫起来，但同时又有恐惧、不安、犹豫和莫名的

193

担心袭上心头。

她走得越来越慢、越来越吃力,扶着围墙慢慢向前移动。整条大路上都是回去的妇女们,她们兴高采烈,欢声笑语。有的不顾雨水淋头,站在屋外说起话来,有的站在池塘边,兴奋异常。

雅古斯丁卡碰上了汉卡。

"你已经知道了!这是个好消息。我每天都在等这个消息,现在终于等来了,可是我心中却有一种不大真实的感觉。你是从乡长那里来的?"

"公文都看到了,那就确凿无疑了!感谢上帝,可怜的人们要回来了,我们的农民们要回来了!"她双手合十,激动地说道。

泪水从她那苍老的眼睛里汩汩流出,让汉卡大吃一惊。

"咳,我还以为你会大发脾气呢,就像你对过去的所有事情那样,想不到你竟哭了起来!噢,噢!"

"你怎么会这样想?谁还会在这样的时刻生气?一个人在穷困潦倒的时候便会发泄心中的怨气。可是在我的心里还有另一种感情——不管别人愿意不愿意,我都很想和他分享欢乐或悲哀。一个人是不能与世隔绝独自生活的。"

她们走到了铁匠铺旁,里面炉火熊熊,铁锤声响个不停,熔炉里发出鲜红的火星。铁匠正在转动一个烧红了的轮箍,把它放在靠墙的一个轮子上冷却。他一看见汉卡便立即停止了工作,挺起身来,直盯着汉卡的那张兴奋的脸孔。

"怎么样?利普查村终于等来了高兴的时刻!……据说有些人能回来。"

"不是有些,而是全部!乡长念的公文就是这么说的!"雅古斯丁卡纠正他道。

"全部?犯重罪的人是不会马上放出来的,不会放的!"

汉卡立即感到头昏脑涨、心痛欲裂、脚步不稳，她愤恨难平地朝他丢下了一句话：

"但愿你那张狗嘴长在额头上！"

她加快步伐，想要逃离他那可怕的笑声，因为这笑声有如魔爪那样撕裂着她的心。

一直到了自家门口，汉卡才敢朝四周望去。

"雨下呀下呀下个不停！今天看起来犁地是很困难的了。"

汉卡装得很镇静。

"早晨的雨就像老太婆跳舞，长不了！"

"那就用铁锹去种土豆好了！"

"我还要等几个人过来帮忙，她们一定还在为好消息高兴，不过等一会儿她们一定会来。昨天晚上我去找过她们，她们都答应会来上工的。"

房间里炉火熊熊，既暖和又明亮，尤什卡正在切土豆，婴儿正在大声地哭叫，尽管有大一些的孩子在逗他玩儿。汉卡在摇篮前蹲了下来，给孩子喂奶。

"尤什卡，你告诉彼得，今天得把肥料从弗罗内克的棚子里送到靠近帕切斯家麦田的那块地里去，雨停止之前，他至少也能运两三趟的……让他不要贪玩浪费时间！"

"在你面前谁也偷不了懒的！"

"我自己也没有偷过懒呀！"她站了起来，把胸部遮好。

"噢，我差点忘了，今天下午是节日！神父把圣马可节的宗教游行定在了今天。"

"什么？这种仪式一般都是在圣徒日里举行！"

"神父说今天游行。我们必须要跑到大路的圣像那里，为我们村的边界祝福，不举行其他仪式。"

"小伙子们今天将要受到一顿鞭打,为了让你们记住我们村的边界!"尤什卡对走进门来的维特克笑着说道。

"她们来了,她们来了!你和她们一起下地去,能监管一下。我留在家里准备早饭,尤什卡和维特克负责把土豆运到地里去。"

汉卡一边安排,一边看了看屋外的那些雇工们,她们穿着衬衫、系着围裙,一手挎着篮子一手拿着小锄,沿着墙边站成一列,把木屐往墙上敲打,以去掉鞋上的泥浆。

雅古斯丁卡立即带领她们朝地里走去,这之后,大家开始干活了:两个人一组,面对面地站着,一个人用锄头挖个坑,另一个人就把土豆种放进坑里,随后再一起把土盖上。她们就这样在一条条的田畦上播种。

干完了四行,雅古斯丁卡向她们指出要注意质量,并对她们进行监督,要求加快进度。

但是,播种还是进展得不快,因为她们的手冻僵了,木屐又进了水。雨虽小,还是绵绵不断地在下着,把她们的衣服都淋湿了。

终于,后来下的雨却越来越"暖",也越来越小。天终于放晴了,公鸡开始鸣叫,天空渐渐现出了蓝色。作为天气晴雨表的燕子已经在到处飞翔,乌鸦也飞离村舍,在地里低飞盘旋,寻找食物。

女人们弓背弯腰地忙着干活,看起来就像一堆被淋湿了的破衣烂衫。她们不急不忙,休息的时间很长,老是在闲谈。在土豆地里的间隙种芸豆的雅古斯丁卡望了望四周,大声说道:

"今天无论是地里还是在菜园里,都没有多少女主人出来干活啊!"
"是啊,男人们要回来了,她们哪里还会去想地里的事呢?"
"说得不错!因为她们要准备油腻的食物,还要烘暖床上的被褥。"
"你们可不要去讥笑她们,你们自己还不是一样。"科兹沃娃说道。
"我不否认,没有男人利普查村就是死气沉沉的。尽管我年纪大了,但是坦白地说,哪怕是个游手好闲的人,是个混蛋、骗子、暴徒,即使是他们中最粗鄙的人,只要他一出现,整个世界都会变得轻松、欢乐,谁若是否认这点,她就是在撒谎。"

"确实是这样,女人们盼望男人,就像兀鹰盼望雨天一样。"有人叹息道。

"为了等待自己的男人,女人们付出了多么沉重的代价,尤其是姑娘们……"

"三个季度过去之后,神父洗礼婴儿就会忙不过来了。"

"老婆子,你又在乱嚼舌头了,天主既然创造了女人,难道生孩子是犯罪吗?"歪嘴格热拉的老婆说道,她喜欢和人抬杠。

"你这是本性难改,难道你这是在为私生子辩护吗?"

"那当然。不论当着什么人的面,我死了也会这样说。不管是不是私生子,他都是人类的后代,在这个世界上一样的有生存权利。天主会一样地重视他,会根据他的善恶来审判。"

大家都对她嚷嚷,嘲笑她,可是她只是拍拍手点点头来回应。

"天主祝你们工作顺利。你们干得怎么样了?"汉卡从篱笆口上向她们大声说道。

"上帝保佑,干得不错,就是地太湿了。"

"土豆种够不够?"她在篱笆的墙基上坐了下来。

"够了!不过我觉得还可以切小一些……"

"不大,一个土豆切成两半。磨坊主家是把整个小土豆都种下去,罗赫说,这样种下的土豆会增加一倍的收成。"

"这是德国人的种法!打有利普查村以来,我们就是按照土豆有多少芽就切成多少块的原则来种的。"古尔巴索娃生气地说道。

"我的好太太,现在的人可不比从前的人笨呀!"

"嘿,所以今天的鸡蛋要比母鸡聪明,而且还要引导鸡群呢……"

"你们说得不错！不过这也是事实，有些人的聪明才智并没有随年龄的增长而增长！"汉卡说完话后，便离开篱笆口了。

"自以为是，过于自信，好像她已经是波利那家的女主人了！"科兹沃娃盯着她看，喃喃说道。

雅古斯丁卡反驳她说："你可不要小看汉卡，她可不是一般的女人。可以说，她是颗纯粹的金子，你很难找到比她更好更聪明的女人了。我和她每天都待在一起，我是个有眼力有智慧的人，很了解，她承受着多么大的痛苦，但愿上帝保佑她！"

"她还得经受许多痛苦呢！她和雅格娜同住在一个屋檐下，等安特克回来后，又会有多少的烦恼和痛苦，又会引起多大的风波……"

"雅格娜又和乡长搞上了，这是有人在我耳边说的，不知道是不是真的。"

大家都在取笑费利普卡，麻雀都在叽叽喳喳谈论的这件事，她竟还要问呢。

"不要随便乱嚼舌头，小心风听见，把你的话送到不该送的地方！"雅古斯丁卡责怪她们道。

她们又弯下了腰干起活儿来，锄头闪闪发亮，偶尔碰上石头会发出当啷一声。她们一边劳动一边继续议论，话题涉及村里的每一个人。

汉卡离开篱笆之后便弯着腰穿过樱桃林，因为那些挂满花苞和受过雨淋的树枝嫩叶会撞着她的脑袋。这之后，她来到院子里，察看家中的各种家务。

从复活节以来，她就没有走出过房间，打从生产以后身体就不好。今天的那个好消息，才让她从床上爬了起来，虽两腿无力、步履不稳、全身虚弱，但她还是想到处看看。这一看，却让她十分生气。

母牛没有照管好，肚子两边沾有不少粪便，小猪生长得很慢，就连鹅群也不像过去那样大声叫，好像没有吃饱似的。

"难道你不会给牲口擦洗一下吗?"她对着正运送肥料的彼得大声叫道。彼得嘟哝了一声,便径自走了。

在谷仓里,她又火冒三丈,雅格娜的那头小猪正在偷吃堆在地上的土豆种,而鸡群也在啄吃那些早该搬到楼上去的次等谷物。汉卡把尤什卡大骂了一顿,还跳上前去要揪维特克的头发,维特克一下就溜走了,尤什卡却一边大哭一边埋怨道:

"我像马一样在干活儿还遭到你的责骂,可是雅格娜呢,整天都在游手好闲,你为什么不管!"

"好了好了!别再抱怨了,我的傻丫头,你应该清楚现在的处境。"

"我怎么能干得了这一切呢?我怎么干得了呀?"

"好了,不要哭了,快把土豆种送到地里去,不然的话她们就要歇工休息啦!"

尤什卡停止了哭叫——的确,怎么能怪小姑娘呢,她的确无法应付这一切!至于那些雇来的女人,上帝保佑,中午还没到,就盼望着太阳快点落山。要想在雇工们身上沾点光,那就更是难上加难,她们都是些没良心的人。

她越想越生气,便把气发泄在小猪身上,大声地把它们赶来赶去,小猪便边叫边逃跑,瓦帕也在凶狠地吓唬它们。

汉卡来到马厩,又被气得发怒。她看到母马正在啃咬空槽,而又脏又饿的小马驹,正在抽褥子上的草吃。

"若是古巴在世,看到这种情形,准会把肺都气炸了!"她一边低声说着,一边给食槽添加草料,还轻轻摸了摸它们那柔软温暖的鼻子。

她已心力交瘁,无法再前行了,满心的沮丧令她想大哭一场。她斜靠在彼得的矮床上,连自己都不清楚,怎么会突然大哭大叫了起来。

她感到全身乏力,支撑不住了,心就像被一块大石压住了似的。她无法承受这样不幸的命运,上帝啊,她也无法去抵抗这种命运。她感到自己已被人抛弃，成了孤家寡人。她就像长在风口上的一棵树，每次都会遭到暴风的袭击。她现在连诉苦的人都没有了，厄运何时到头更是无法预测！留下的只有无休无止的痛苦和哭泣，只有永久的苦难和越来越坏的前途。

小马驹用舌头舔着她的脸，她把头靠在它的脖子上，又再次大哭了起来。

如果在生活中，她连一时一刻的幸福都得不到，那么这些田产、这些财富和人们对她的尊重，又有什么意义呢？一点意义也没有！她这样伤心地哭诉着，就像这匹被链条拴住的小马在嘶鸣一样。

她回到了屋内，赶紧把大哭大叫的婴儿抱到胸前喂奶。她又茫然望着窗外，可玻璃上沾满了水珠，模糊不清。

婴儿依然哭泣不停。

"不哭了！小不点，不哭了！你爸爸要回来了，会给你带来好多玩具的。你爸爸回来了，会带你去骑马……不闹了，小乖乖！噢，噢！……会带来两只小猫……你爸要回来了，要回来了！"她抱着孩子在屋内走来走去，一边哼着歌儿催孩子入睡，一边喃喃有词地念叨着，"也许他真的会回来！"她说了这句之后便突然站住了。

她满脸生辉，挺起胸膛，心中充满着欢乐。她来到储藏室，为他切下了一块熏肉，还准备去酒馆给他打酒。可当她正要到柜子里去取衣服，把自己像节日那样盛装打扮时，突然想起了铁匠说的那些话，顿时就心如刀割，如同老鹰在用利爪撕裂自己的心脏一样。她一下子就呆住了，用茫然的目光打量着房间，像是在求救似的。她不知道现在该怎么办，怎么做更好……

"啊，我的天主，要是他不能回来呢？"她两手抱头，呻吟道。

她害怕再想起这件事，只好闭口不说了。她忙着做早饭，生火做菜，尽力压制着心里的恐惧。

她嫌孩子们太吵，便把他们赶出去了，专心地做起早饭来。尤什卡已经好几次探进头来，看看做好了没有。

汉卡不得不克制住自己，把眼泪吞下肚子里去。她肩上压着日常事务的沉重枷锁，逼得她无暇去顾及其他。

虽然四肢无力、摇摇晃晃，但她还是苦苦地支撑着。她只有悲哀地叹息，有时则会落下几粒眼泪，用一种期待的眼神眺望着外面模糊不清的世界。

"雅格娜会来种土豆吗？"尤什卡在窗外大声问道。

汉卡放下煮红菜汤的锅，便跑到另一边的屋里去了。

老波利那躺在床上，脸朝窗户，似乎在看着雅格娜，后者正对着柜子的镜子在梳头发。

"难道今天是什么节日，到现在都还没有出去干活儿？"

"头发没有梳好，我是不会出门的！"

"从天亮到现在都够你梳十次头发了！"

"是可以，但我不想梳！"

"雅格娜，你少给我玩这一套！"

"为什么？你是想把我轰走，还是要把我解雇？"雅格娜坚决地顶撞道，并加快了梳头的动作，"我又不是住在你家里，我也不是靠你的恩典来生活的！"

"那你是在谁家里？"

"难道你没有看到，这里就是我的家！"

"若是公公不在了，我看你还有什么权利赖在这里！"

"只要他还活着，我就有权叫你滚出去！"

"什么？叫我滚出去？"汉卡像被人鞭打了似的跳将起来。

"我从来没有说过你的一句坏话，可你却对我纠缠不休、叽里咕噜的。"

"你得感谢天主,我至今还没有对你使出更坏的招数!"汉卡威胁地大声道。

"你就试试看,虽然我单人独马,也没有人来帮忙,但我倒要看看,谁会占上风!"雅格娜说完,把落在脸上的头发甩到背后。

她们的眼中都充满了怒火,像刀子一样刺着对方。

汉卡气得脸色发青,忍无可忍,勃然站起,挥动着拳头,气高声大骂道:"你这是在威胁我!那么,好吧!你就动手吧!你这个无辜的人,你这个受欺凌最深的人⋯⋯咳,咳!可是你干了什么,大家都是一清二楚的,全教区的人都知道你干的那些丑事⋯⋯大家看到你跟乡长在酒馆里也不是一次两次了。那天午夜都过了我给你开门,你又是去偷情了吧,喝了那么多烧酒,醉得像头猪似的。是到了遭报应的时候了⋯⋯俗话说得好,谁不好好过日子,谁就会被人们说三道四。等你的魅力不再了,乡长和铁匠他们都不会来保护你的!你⋯⋯你!"

汉卡终于把心中憋了很久的话都吐了出来。

"我做我想做的事,别人的叫嚷就像狗在吠叫一样!"雅格娜也暴跳起来厉声嚷道,把她那漂亮的亚麻色头发甩在了背后。

她被激怒到了极点,止不住想和人打上一架。她愤怒得双手在臀部两侧挥来挥去,眼里露出仇恨的凶光。

汉卡无可奈何,便不再作声,砰的一声推开房门离开了。

这场争吵让汉卡精疲力竭,她只好和孩子们坐在窗前,尤什卡则在给大家分送早餐。

当大家都出去工作时,汉卡觉得体力有所恢复,便把手边的工作放下,准备去看一下父亲,他已经病了两三天了。但她走到半路又返回来了,因为她全身乏力,无法再往前走了。

稍后一些,她又觉得体力有所好转,便选些轻松的活儿来干。可她的双手只是在无意识地动来动去,因为她一心想着安特克,望着远方。

天气正在转晴，雨已停，但雨粒还在从房顶和树上掉落下来。春风吹动着树枝，道路上的水洼闪着青蓝色的光，天空变得更加明亮了。

大家都估摸着，到了中午太阳一定会出来，因为燕子已在空中飞翔，飘荡的云彩被镶上了一圈金边，地面的温度也在升高，果园里鸟声啾鸣，满园都是盛开的白花。村里人声鼎沸，几乎家家户户的烟囱都在冒烟，大家都在准备美味的饭肴。女人们的喜悦声从一家传到另一家，姑娘们都穿起了节日的服装，把缎带系在了发辫上。犹太人宣告，为欢迎男人们的回来，他可以赊账，于是便有许多人去买烧酒。越来越多的人搬来梯子爬上屋顶，向通往城里的各条道路张望。

利普查村的情况就是如此，很少有人下地干活，甚至忘记把鹅赶到沟渠里去，任凭它们在院子里叫嚷飞跑，对孩子们也不顾不管——今天他们可以随心所欲地玩耍，玩一些出格的把戏。稍大一些的孩子，爬上白杨树，用长杆去捅乌鸦的巢穴，而作为父母的乌鸦们只能在巢穴上面不停地盘旋，发出凄惨的叫声。而另一些较小的孩子，却去追赶神父家的那匹瞎眼老马，想把拉着汲水车的它赶到池塘里去。老马奋力抵抗了一阵子，快被赶到池塘边时，老马生气了，发出愤怒的嘶声。老马感觉出他们要攀上汲水车，抓住马绳往后拉的时候，便立即跳将起来，朝人群乱撞乱冲了过去。这样闹来闹去的足有一刻钟之久，到后来，老马的鼻子闻到一股烟火的气味，便惊惶地向旁边直闯了过去，竟闯到了波利那家的大门口，把他家篱笆墙的大门撞坏了，还被横梁绊了一下差点摔倒在地上，小孩子们趁机走上前去，将马痛打了一番。

老马痛苦地挣扎着，差点把脚都折断了，幸亏雅格娜听到外面的嘈杂声，出来了，用棍子把这些调皮的孩子赶跑了，还把被吓得失去了方向感、不知往哪里走好的老马牵到了大路上。雅格娜看见那些孩子还留在果园里不走，便亲自把老马送到了神父家。

她来到神父家果园的那条小路上，看见风琴师家门口停了一辆马车，风琴师的老婆已坐在马车上，而雅西正在门前和亲人们吻别。

"我是给神父送马来的，孩子们把马都折腾坏了。"她怯生生地说道。

"孩子他爸，你去叫瓦列克过来，让他把马牵过去！这个懒家伙，不好好照看马，若是老马真摔断了腿怎么办？"风琴师老婆对长工说道。

雅西看见了雅格娜，向父亲看了一眼之后，便朝她伸过手去。

"愿上帝与你同在，雅格娜！"

"你这是要回学校去吗？"

雅格娜感到一种悲伤袭上心头。

"我正要送他去学习做神父呢，我的波利那太太！"他母亲不无自豪地说道。

"做神父？"

雅格娜用惊异的眼神看着他。他坐在马车前排的位子上，还反方向地背对着马。

"我这样坐着，可以多看利普查村几眼！"他大声说了一句，便用留恋不舍的眼神，望着他家那长满苔藓的屋顶，望着被露水滋润的鲜花盛开的果园。

马儿朝前驰去，雅格娜跟在马车后面走着。雅西再次对站在门口哭泣的姐妹们大声告别，但却紧紧盯住雅格娜的蓝眼睛不放——她那双水汪汪的蓝眼睛在这五月的春日里显得特别迷人；金黄色的辫子在头上绕了三圈，并在鬓角处留下一道弧线的美发；她的脸孔白嫩又娇美，像地里的野玫瑰一样！

她受到他那含情脉脉的眼神的引诱，嘴唇发抖、牙齿无法闭拢、心在剧烈跳动、目光顺从地跟着他移动,她陷入了一种无法描述的甜蜜之中,差点昏倒。仿佛有一种突发性的慵懒感贯穿她的全身,再加上鲜花香气的熏陶,她昏昏然了。

直到马车拐了个弯儿,驶上白杨大道之后,他们的眼睛无法再对视,她才惊醒了过来。她把眼睛转向空旷的四周,便突然站住不走了。雅西挥动着帽子,随着马车消失在了白杨树的浓荫中。

雅格娜环视了一下周围,揉了揉眼睛,这时才恢复了一些意识。

"啊,我的天主!这样的眼睛真会把我带到地狱中去啊!"

她这时才从雅西那火热的目光中挣脱出来。

"这个风琴师的儿子,看起来像个地主家的少爷……如果他当了神父,还有可能回利普查村来。"

她抬头眺望着远方,马车早已消失不见了,只有马车的响声还依稀可以听见,而他向路人问候的声音却再也听不清楚了。

"这样一个英俊小伙,长得和姑娘一般,可他只要一看我,我就想把他紧抱在怀里,因为我已经陶醉得头昏目眩了。"

她浑身颤抖,舔了舔自己红润的嘴唇,一种狂热的欲望,让她身体僵硬。

她突然打了个冷战,这才发现自己是光着脑袋赤着脚的,而且只穿了件衬衣,身上也只是披了条破围巾。她羞愧得满脸通红,便赶紧抄条很少有人走的小路跑回家去。

"男人们都要回来了,你知道吗?"姑娘们从篱笆墙外向她大声喊道。女人们、姑娘们和孩子们都兴奋异常,似乎高兴得都透不过气来。

"回来就回来,这有什么要紧?"她对一个女人生气地说道。

"他们回来,难道是件小事?"大家对于她的冷漠很不以为然。

"回来不回来不都一样?真傻!"她咕哝道,并不为她们的高兴而高兴,反而为她们的这种疯狂般的欣喜而生气。

她想先去看看母亲,但只有安德烈在家。今天是他第一次下床活动,他那折断的腿还打着绷带。他正坐在门口的台阶上编织篮子,还对在篱笆上跳来跳去的喜鹊吹起口哨来。

"你知道吗,雅格娜?我们的人今天都要回来啦!"

"就像这些喜鹊一样,全村说的都是这个消息!"

"你知道吗?纳斯特卡听到西蒙要回来了,高兴得简直要疯了!"

"为什么?"她的眼里露出了一种和她母亲一样的冷峻目光。

"那……没有什么……我的腿又痛起来了……"他有点担心地说道。又把一根棍子扔到那些叫个不停的母鸡中间,喝道:"安静!该死的东西!"

他假装在抚摸自己的伤腿,眼睛却盯着雅格娜的那张特别阴沉的脸。

"妈妈去哪儿了?"

"去神父家了。雅格娜,我不该把纳斯特卡的事说出来。"

"你真笨!你以为大家都不知道?只要他们一结婚,就什么事都没有了。"

"可是,妈妈会同意吗?她的陪嫁只有一垧地。"

"他要是去征求老娘的意见,她肯定是不会同意的,他现在都这个岁数了,应该有自己的打算,该怎么做,得自己拿主意!"

"他知道的,他要是不听娘的话,执意同纳斯特卡结婚,他们母子间一定会针锋相对大闹一场的。他会拿走他的那份土地,去过他们自己的生活。"

"你想怎么说就去说好了,可别让我们的老娘听见了!"

雅格娜很是忧伤。怎么啦?连纳斯特卡都有了自己的对象,有了自己的欢乐,其他姑娘也是如此。今天,男人们要回到自己亲爱的女人们身边,女人们也要投入自己男人的怀抱,这怎不叫她心烦意乱呢?

"真的，他们都要回来了！"

突然间，一股喜悦之情袭上心头，她把一直都很敬畏她的安德烈留在那里，自己回到了屋里，开始打扫收拾起来，做着迎接的准备工作，焦急地等待着家人回来，就像此时此刻的全村人一样。

她也给自己打扮了一番，嘴里还哼起了欢乐的小曲，她也怀着渴望和想念的心情，一次又一次地跑到屋外去眺望远方的大路。

"你是在等谁呀？"有人不解地问道。

她好像被人一下击中了要害，脸色煞白，两手垂了下来，就像一只断了翅膀的小鸟，顿时便感到心灰意冷，往屋里走去。

的确，她到底在等谁呢？没有谁要急于见她的，在任何地方她都像这根木棍一样孑然一身。

不是还有安特克吗？她轻轻地又说了一声："安特克！"又叹息了一声，回想起了过往的种种事情，如同陷入了美好的梦境。但那已是过去的梦境了……或许还会重来。她憧憬着。

铁匠昨天说了，安特克和其他的刑事犯是不会被放出来的，他还要坐好多年的牢。

"也许他们会放他出来！"

她又大声重复了一遍，但是这种想法和期待并没有令她快乐、兴奋，反而在她心里引起了恐慌和厌恶之感。

"即使他回来了，也和我没有什么关系了！"她急忙加了这一句。

这时，老波利那好像在支支吾吾地说话，由于厌恶，她明知道他是饿了想吃东西，却背转身去不理他。

"你还不如死了好！"她突然怒吼了一声，便来到过道上，根本不想再看她丈夫一眼。

池塘那边传来啪啪的捣衣声，洗衣女的红色衣裙掩映在绿色树枝中间。一阵阵干爽的微风把柳树枝吹得轻轻摇曳，太阳刚刚从白云之中露出头来，把光芒射向水洼地上，让池塘的水面波光粼粼，仿佛在跳舞一般。雨已停，雾已散，在低矮的灰色石墙上，在明亮阳光的辉映下，果园里开满鲜花的树冠露了出来，看起来就像一把把巨大的花束。花香四溢，群鸟啁啾，磨坊里转动的声音不断传来，铁匠铺里也传来铁锤敲打的悦耳响声，人们的说话声有如树林里面的蜂巢一样，喧闹不已。

"也许我真能看到他！"她像做梦似的幻想着，并把脸转向迎风的那一面，望着从渐渐干燥的花瓣和树叶上落下来的雨水露珠。

"雅格娜，你去地里干活吗？"尤什卡从院子里朝她喊道。

下地干活，她并不反对，这反而能摆脱她心中的郁闷和烦躁，于是她拿了把铁铲便立即加入妇女们的行列中。不过此时她仍处在心绪不宁之中，眼里还含着泪水。但她在干活时不吝体力，甚至很高兴地按照吩咐去做，并很快就超过了那些雇工。她毫不松懈，既不理会雅古斯丁卡的讥讽嘲笑，也不理会其他女工们带有恶意的目光——她们就像争食的恶狗那样，眼睛一直盯着她不放。

她偶尔才挺直一下身子，如同一棵梨树，被一树的鲜花压弯，风一吹，便把芳香的白色花瓣撒在摇摆不停的绿茵似的庄稼地上。树便挺直了躯干，仿佛在用地上的千百只眼睛观看着世界。或许，这让她想起了严酷的冬天的情景。

她有时会想起安特克，但想得最多的还是雅西的那双火辣辣的眼睛和红润嘴唇，以及他那亲切的声音。每当想起这些的时候，她的心里就会感到无比甜蜜，忧郁就会一扫而光。她就像野啤酒花或者其他蔓藤那样，必须攀附在别的植物上或者缠绕在高大的树干上，才能生长、开花而生存下去。如果失去了支撑，她就会枯萎倒地而死。

由于天气暖和起来了，她们便把头巾和围巾都取了下来，大声说着话，还伸伸懒腰，打着呵欠，盼望着午休能快点到来。

"科兹沃娃,你个子高,你抬头看看白杨大道上有没有男人回来?"

"一个人也没有!"科兹沃娃踮起脚尖,看了看回答道。

"哪有这么快回来……路又远……傍晚能到家就不错了……"

"再说,这一路上还有五家酒馆呢!"雅古斯丁卡依旧用她嘲讽的口吻说道。

"这些可怜虫,哪儿还有心思去酒馆?"

"他们忍饥挨饿这么久了,巴不得早点回家哩!"

"他们睡得暖吃得饱,并没有受多大的苦。"

"哪有这么好呀,睡得不比荨麻秆好,吃得不比粗糠好。"

"只要人自由了,哪怕吃烤土豆,也比蹲最好的监狱强。"格热拉的老婆说道。

"我们津津乐道的自由,也不过是一种不用交罚款,不被警察抓去坐牢的自由,我们照旧还要忍饥挨饿!"雅古斯丁卡继续说道。

"你说得对,亲爱的,说得对!可是坐牢终究还是坐牢呀!"

"一盘豌豆牛肉可不是一碗白杨树叶汤呀!"雅古斯丁卡调侃地说道,引得大家都哈哈笑了起来。

费利普卡却不想掺和其中,便不再插嘴说话了,雅古斯丁卡这时便骂起磨坊主来,说他赊给别人的都是坏面粉,如果是付现钱的,就给你缺斤少两。随后她便和科兹沃娃一唱一和,把利普查村的人一一数落了一番,甚至连神父都不放过,她们的舌头比针芒还要尖锐。

格热沃娃试图为某些人辩护,科兹沃娃却对她大嚷道:

"难道你连偷教堂东西的人都要辩护吗?"

"因为所有的人都需要维护!"她温和地轻声说道。

"在你的绞肉机面前,格热拉更是需要你的维护了。"

"你还充当什么好人,你这个巴尔特克·科兹沃夫的婆娘!"她厉声驳斥道,腰杆也挺得直直的。

大家都停了下来，等着看她们打架，因为她们两个正气势汹汹地面对面，但是她们只是怒目圆睁，瞪着对方。正好这时，维特克赶来招呼大家回去吃午饭，交代她们要把所有的东西都带回去，下午过节放假，不用工作了。

她们在吃午饭的时候，都很少说话了。汉卡吩咐把餐桌摆在门外的台阶上，太阳高悬空中，天地一片晴朗，所有的屋顶上，所有的树上，鲜花盛开，像是覆盖了一层雪花似的，空气中飘扬着袭人心肺的清香。

这是个晴天，田野宁静，阳光灿烂，春风轻柔地吹拂着小树，就像母亲在慈爱地抚摸自己孩子的脸颊。

节日的气氛很浓，午饭后就再也没有人下地干活去了，就连牲口也被从草场赶回家了。只有少数几户特别穷的人家，把自己家的救命宝贝——母牛，牵到田埂上或者水沟上面去放牧。

当下午的阳光把人的影子拉长了的时候，人们便聚在教堂的前面了，有的在墙边晒太阳，有的在低声交谈，就像在高大的白杨树上和菩提树上，小鸟在唰啾啼叫一样。教堂的屋顶上面都露出了这些大树的树梢，有的才长出绿叶。

像往常早晨下过雨的白天那样，此时的阳光是灼热的。身着盛装的女人们，成群成堆地站在了一起。其中有些人在眺望教堂后面的白杨大道，而那个年老的盲乞丐和他的狗一起，坐在墓地的大门口，用嘶哑的嗓子唱起了圣歌，细心听着周围的各种声音，还把一个盘子伸出去，向来往的人们乞讨。

没过多久，神父便从教堂里面出来了。他身着法衣，披着圣带，但没有戴帽子，光秃的脑袋在阳光下闪闪发亮。

彼得高举着十字架，因为路线太长，雅姆布罗兹拿不了，乡长、村长和最健壮的姑娘举着旗帜，旗帜迎风飘展，闪现着灿烂色彩。风琴师家的米哈乌拿着圣水钵和洒水刷子，雅姆布罗兹在分发圣烛，风琴师手拿《圣经》，站在神父旁边。神父发出号令，他们便静静地前行，穿过鲜花盛开的村庄，经过池塘旁边时，池水映现出了游行队伍的倒影。

一路上不断有妇女和儿童加入，到最后，磨坊主和铁匠也挤到了神父的身旁。队伍的末端，落在大家后面的是年老体衰的阿加塔，她在不停地咳嗽。就是瞎子老乞丐，也拄着拐杖，步履蹒跚地跟着行进，不过，她走到桥边，便返身到酒馆去了。

队伍经过磨坊之后，由于沾满面粉的磨坊工人的加入，他们才点起了蜡烛，神父也戴上了黑四角帽，画着十字，带头唱起了《谁受到荫庇》的圣歌。

大家拼命地跟着唱了起来。他们沿着小河，穿过积水的草场，不止一次地在深可及踝的水洼里行走。他们用手护着烛光，在狭窄的小路上踯躅前行，女人们的红色衣裙连成了一条长长的念珠。

小河在阳光下闪闪发亮，蜻蜓穿行在开满白花或黄花的草场上。

旗幡在大家的头上飘扬，仿佛是鸟儿在展开它们色彩鲜丽的翅膀。十字架走在队伍的前面，而大众伴唱的歌声直冲宁静的天空，随后又飘落到草地上、翠绿的杨柳树上和圣洁的白花上。

河水冲击着堤岸，河岸上处处长满了金盏花，河水的潺潺声应和着人们的歌唱声。河水流向众人目力所及的远方和遥远的天际，流向远处山岗上的村落——村落隐没在白花盛开的果园里，如今在淡淡的暮色中隐约可见。

神父和他的助手们行走在十字架后面，和大家一起唱着圣歌。

"那里有很多鸭子啊！"神父朝右边一望，低声道。

"那是路过的野鸭！"磨坊主答道，又看看河边的低地，那里长有已经枯黄的去年的芦苇和赤杨林，时时有成群的野鸭在那里扑打着翅膀飞腾起来。

"白鹳也比去年多啦。"

"它们能在我的草场上找到很多吃的东西,所以才会从各地飞到这儿来。"

"哎,我的那只鹳鸟不见了,是在复活节后丢掉的!"

"那一定是跟它的同类一起飞走了!"

"你打算在这些烂泥地里种些什么呀?"

"打算种整整一垧地的喂马用的玉米……现在这里很潮湿,不过到了夏天就会干燥,我想我会成功的。"

"但愿你种的和我去年种的不一样,我去年种的根本不值得弯腰去收割!"

"那就只好让鹧鸪大饱口福了,那里来了好多鹧鸪哩!"磨坊主说笑道。

"鹧鸪成了地主餐桌上的佳肴,可是我的牲口却没有可吃的东西了!"

"若是我的玉米长好了,我一定会给神父大人送去一车。"

"上帝保佑你!我去年种的苜蓿就不怎么样。若是今年再遇到干旱,那就糟糕透了!"神父叹了口气,又继续唱了起来。

他们正好来到了第一个界标,那里是一座开满山楂花的小山丘,树上的白花吸引着一群群发出嗡嗡的响声的蜜蜂前来采蜜。

他们用摇曳不停的烛光把十字架围成了一圈。十字架昂然屹立在树丛中,旗帜迎风飘扬,上下翻腾。人们在十字架前跪成一圈,就像在祭坛前跪下一样,在这鲜花盛开和蜜蜂嗡嗡声中显示出春天之神的尊严。

神父念起了祈祷文,祈求老天不要再下冰雹,并把圣水洒向四面八方,洒向树木、大地和流水,以及垂首膜拜的信徒们。整个世界都充满了喜悦之情,呈现出生机勃勃和幸福美好的景象。

大家又唱起了新的圣歌,一起兴高采烈地站了起来。

他们又向前移动了,这次是稍微向左,经过一个草场,朝一个不太高的山峦走去。孩子们在后面停留了一会儿,古尔巴什家的男孩子们和维特克一起,按照古老的习俗,把几个孩子痛打了一顿,打得他们哇哇乱叫,引起一阵骚动,神父只好远远地制止了他们。

他们穿过草场来到教区边界的一个大牧场,那里长着一丛丛的柏树,它们像卫兵似的守卫着村界内的田地。牧场很大,曲曲弯弯的,宛如一条碧绿的河流,开满各种野花的草地在风中摇曳不停,甚至连旧日的车辙上也长满了雏菊和蒲公英。有的地方长有参天大树,却被荆棘包围着,让人不得不绕道而行。有的地方则长有零星的野梨树,满树都是鲜花,蜜蜂殷勤采蜜,既美妙又神圣,犹如高悬于田野的圣饼,令人肃然起敬,忍不住要跪下来亲吻这神圣的大地。

还有那些白桦树,挺拔的躯干披着雪白的树皮,绿色的树枝宛如少女的发辫,如此纯洁而又如此胆怯,就像人们第一次领圣餐那样,会激动得全身颤抖。

他们缓缓走上斜坡,从北边绕过了利普查村的田地,沿着磨坊主家的一块麦地前行。

神父走在十字架的后面,紧跟其后的是一伙姑娘,再后面是三三两两的相互搀扶的老妇人,最后是蹒跚而行的阿加塔,远远地落在众人的后面。孩子们行走在队伍的两侧,为了逃避神父的监视,从而尽兴地玩耍。

他们来到平原上,那里风停了,显得更加寂静,旗帜软软地垂下,队伍拉长到了二百米左右,妇女们在绿荫的衬托下就像花一样娇艳,蜡烛的火光在颤动摇曳,有如金色的蝴蝶,在抖动着翅膀。

太阳高悬,洁净明亮,有的地方飘浮着朵朵白云,宛如在广袤的田野上走动的白羊。炽热而巨大的太阳，在这广大的蔚蓝天空中滚滚向前，把炎热和光明洒向世界。

歌声越来越响亮，直冲云霄，信徒们敞开喉咙，卖力地大声歌唱，把附近的鸟儿都吓跑了。偶尔有只鹧鸪会从人们的脚下窜过，或者有只野兔惊慌逃走，转眼之间便消失不见了。

"麦子长得不错呀！"神父说了一句。

"是的！昨天我就看到出麦穗了！"磨坊主说道。

"这是谁家的地？犁得一塌糊涂，连粪堆也只撒开了一半。"

"也许是某个佃农要种的土豆地……那是用母牛犁的。"

"看这耙得乱七八糟的，真是个懒鬼！"

"说不定就是神父家的长工干的。"铁匠轻声插了一句。

神父生气地看了铁匠一眼，没有说话，便和大家一起唱了起来，又用不经意的眼神望了望周围的田地，有的地方泥土高高耸立，就像母亲胸上的乳房，让人觉得它在温柔地起伏摆动，像是要哺育那些拥到它胸前的生物，从而让他们忘记自己悲惨的命运。

接着，神父又把目光投向远处，他们的游行队伍，就像绿色田野上的一队蚂蚁，而人们的歌唱声在这宽广的田野上空，听起来也像是云雀的叫声。

太阳已经转到西边，把田里的庄稼染成了金黄色，树木的阴影越伸越长，利普查村的池塘就像处在百花盛开的果园镜框之中，像反光的玻璃，熠熠生辉。村子处在果园的下方，犹如一个大盘子，被树木所掩盖，能隐约看见灰色的谷仓，而唯一能清晰可见的，是那超越于一切的教堂的白色墙壁和其金光闪闪的十字架。

在他们行进的右手那边，伸展着一片广阔的绿色海洋，路边屹立着十字架，有的地方还孤零零地长着一棵大树，目力所及，能看到其他村的村界，那边也是一片黑魆魆的树林。

"怎么这么平静？希望今天夜里不要下雨……"神父开口说道。

"不会下雨的，天空这么晴朗，而且还有凉风！"

"早晨下过雨了，现在连一点下雨的征兆都没有。"

"现在是春天，雨水干得快！"铁匠插了一句。

他们来到了另一个界标处，那里是一个大土丘，据说这里埋有起义期间牺牲的人。土丘上竖立着一个很矮的木十字架，几乎都倒在地上了，周围还摆放有去年的花圈和用布条装饰的圣像。旁边长有一棵柳树，树干开裂而又腐坏，新生的幼枝遮住了老朽的裂缝。这里自有一种荒凉可怕，甚至连麻雀都不敢筑巢建窝。从这里向四周伸展开去的都是肥沃的土地，而土丘本身几乎是不毛之地，黄色沙土上只有一丛丛难看的紫景天，以及毛蕊花、龙葵的枯枝残茎。

他们念完了驱除瘟疫的祈祷文之后，便加快了行进的步伐，朝左转弯跨过白杨大道后，便沿着森林进入了一条狭窄的车辙很深的小路。

大队人马离开之后，只有阿加塔留在土丘上，她从十字架上扯下了几条布条，便紧紧去追赶游行队伍，随后又按照一种迷信的做法，把布条埋在了田埂上。

风琴师又开始做起祈祷来，响应者寥寥无几，而且都无精打采的，只有个别的人在伴唱。妇女们都在嘀嘀咕咕，而孩子们也跑到了前面，大声嬉戏玩耍。波利那家的彼得，回头望了一下神父，便大声喊道：

"小伙子们，等我一放松腰带，便去惩罚那些厚颜无耻之人！"

神父已经累得疲惫不堪了，汗珠从他的光头上冒了出来，他望了望邻村的田地，和乡长说道：

"啊，啊！这里的豌豆长得不错……"

"真的，一定种得较早，而且土壤肥沃，所以才长得像树林一样。"

"我的豌豆在圣诞节前就种下了，现在豆苗却长得稀稀拉拉的。"

"神父，你家的这块地地势很低，比较寒冷，不及这里的土地向阳。"

"这儿的大麦苗长得多么整齐苗壮啊,好像是用播种机播种的。"

"莫德利查村的农民都很擅长种地,他们是按照地主家的方式播种的。"

"我们的土地实在太差劲了,什么都长不好!"

"种得都太晚了,雨又下得多,所以才长得慢。"

"耕种得太马虎了,愿上帝保佑我们!"神父伤心地叹了口气,说道。

"我们的地是靠别人发善心才种下的,赠送的马是不能看它的牙口的!"铁匠笑着说道。

"你们这些小浑蛋,要是不停止,我就要揪你们的耳朵了!"神父朝几个孩子吼道,他们正在向野地里寻食的鹧鸪扔石头。

说话声停止了,孩子们溜走了,风琴师在铁匠的伴唱下又开始唱起圣歌来,歌声震撼着人们的耳朵。妇女们的低声哼唱让合唱显得很忧郁,就连祈祷声也像一群经过长途跋涉飞累了的小鸟发出的,越来越慢,越来越低沉。

他们唱着歌,排成了长长的行列,经过一大片翠绿的田地时,在莫德利查村田地里劳动的人们,甚至在更远地方劳动的人们,都站了起来,脱下帽子,有的人还跪在野地里。耕牛高昂着它那长角的脑袋,哞哞地叫了起来,受到惊吓的小马也在野地里东奔西跑地蹦跳。

当队伍来到第三个界标和白杨大道的圣像前时,有人大声喊叫道:"有几个男人从森林那边出来了!"

"也许是我们的人?"

"是我们的人,是我们的人!"大家一起喊道,有十多个人朝前奔去。

"站住,礼拜第一!"神父厉声命令道。

他们虽然停下来了,但却在不耐烦地跺着脚。他们一齐挤在了神父的后面,可神父喝住他们之后,自己却加快了脚步。

一阵春风袭来,蜡烛熄灭,旗帜飘扬,路边的黑麦、灌木丛和开花的草木都低垂着头,好像是在向游行队伍敬礼。大家虽然在放声歌唱,但都有些心不在焉,眼睛注视着不远的森林。在路边的树木中间,已经能清楚地看到农民的白色外套了。

"不要朝前挤呀!傻女人,他们回来了就不会跑的!"神父责备她们道,因为有人已经踩到了他的脚背。

汉卡走在农妇们的队伍里,看到白色外套时她也大声叫喊起来。尽管她知道,在这几件白色外套之中,不可能有她的安特克,但她也为这样的情景而高兴,她的心也被希望所陶醉了。她走在大家身旁的泥泞地上,眼睛注视着前方……

雅格娜原先是和母亲走在一起的,此时也想离开母亲飞奔前去,心中有股热火在燃烧,使她的牙齿颤抖而无法闭上。其他女人和亲人相见的欲望也不亚于她,都想朝前赶去。有些姑娘和小伙子再也坚持不住了,便不顾别人的劝阻,抄近路直奔大路而去,他们的光脚都闪着白色亮光。

游行队伍来到了波利那立的十字架前,那里也是利普查村的土地与地主家森林的交界处。

卫护着十字架的白杨树下,站立着一伙男人,他们远远地就脱下了帽子。而女人们也立即看到了丈夫的脸孔,看到了爱人——父亲、兄弟和儿子的脸孔,虽然他们消瘦而憔悴,但都洋溢着无限的欢乐和幸福的笑容。

"普沃什卡一家!西科拉一家、马特乌什,克温布!古尔巴什!老格热拉!费利普克!可怜的爱人!我们最爱的人!啊!耶稣马利亚!最最圣洁的圣母啊!"

此时此地，喊叫声、呼唤声和甜蜜的低语声，响彻整个大地。喜悦溢于言表，他们伸出双手紧握在一起。被压抑的哭声也轻轻地响了出来，大家都放开喉咙大声地喊叫了出来。但是，神父的一声吆喝，让大家都安静了下来。

神父走到十字架前，平静地朗读起《从烈火中》的祈祷文来。但是他读得很慢，情不自禁地时时把目光转向他们，用同情的目光望着他们那可怜而又瘦削的脸孔。

他们都跪下了，形成了一个半圆形。伴随着虔诚的祷告，他们感恩的热泪涌了出来，眼睛直望着被钉在十字架上的基督。直到祈祷结束，把圣水洒到他们低垂的头上，神父才取下了四角帽，高兴而又大声地说道：

"赞美上帝！你们都好吗，我的乡亲们？！"

他们一起大声回应神父的问候，还像羊群围住牧羊人那样围住了神父，有的亲吻他的手，有的拥抱他的脚。他也热情地对待他们，亲吻他们的额头，抚摸他们的面颊，亲切地询问他们的身体状况，并对他们说些鼓励的话。最后，他累得疲倦不堪，只好坐在十字架下，擦着额头上的汗水和眼里流出的慈爱的泪水。

他们兴高采烈，大声喧哗，就像一锅沸水在翻腾那样。

接着便是欢腾的场景：呼唤声、欢笑声、接吻声、高兴的哭泣声，还有发自心灵深处的欢快歌声，以及亲切的呢喃声。妻子把丈夫拉到了一边，男人们个个被妻子和孩子们围在了中间，摇摇晃晃地和他们相拥，周围响起了一片说话声和哭泣声……迎接的场面持续了好长时间，甚至可能延续到夜里，若不是神父看天色不早了，示意大家前行，还不知要到什么时候。

他们沿着森林边上的道路前行，继续走向最后一个界标，路旁长有很多幼小的松柏。

神父开始念道："最敬爱的圣母！"大家非常虔诚地一致伴唱起来，声音之高，连森林都发出了回响。欢乐充满他们的心田，歌声就像春天的暴风雨，连带着火热的幸福，直朝森林那边冲了进去。

这时候，聚集的人更多了，塞满了整个道路。于是，有些人便在森林里的树木中间穿行，有的人却行走在地里的田埂上，波德列斯挤满了人，歌声直冲云霄。

突然，歌声又像响雷来临前的静息、乌云垂落之时那样。只有前排的人还在哼唱，其他的人都急于和自己的亲人交谈。不断有人离开队伍朝自己家里走去，她们抱起了年幼的婴儿，年纪稍大一些的，则牵手并排而行，边走边谈。还有的人，一下子钻进了树丛中，离开了人们的视线。有的姑娘，脸红得像樱桃似的，毫无顾忌地朝自己的小伙子奔了过去，心中充满无限的欢乐。歌声偶尔响起，有如乌鸦从巢中飞向田野那样哇哇叫了几声。烛光因人们匆匆行走而熄灭，森林又渐渐喧闹了起来，仿佛是人从喉咙深处发出的声音。还有脚步声、树丛里的欢笑声、细语声，和老太婆们的喃喃祈祷声。

太阳已经西沉，就像一个金光灿灿的玻璃盘子，悬挂在空中。而蔚蓝的高空中，有几朵染有红光的云彩。太阳循着它的轨道前行，高悬于森林之上，为树干和树枝投上金色的光芒。那些屹立在田野中间的单株大树，看起来就像一个个大火把，清澈的水面波光粼粼，整个森林都像在燃烧似的，冒出血红的烟雾。高大的枞树密密麻麻地屹立着，农民们常常会靠在它的树干上。那里已经昏暗了，有的地方还下起了太阳雨。

森林斜弯在大路之上，俯视着田地，树枝在夕阳下面随风飘荡。森林深处却是静悄悄的，甚至连啄木鸟的笃笃声都能听见，还有远处传来的布谷鸟的叫声，以及田野里叫声不止的其他鸟声。

有些地方的道路是沿着田地的边缘穿过去的，农民们停止了交谈，

219

沿着路边的田埂走去,他们弯着腰,察看着这绿色的田野,还有落日余晖映照下的无花果树,以及伸展在他们面前的长长的麦田——田里麦浪滚滚,仿佛在向农户主们俯首致敬。他们笑容满脸地望着这养育自己的田地母亲,有的还脱下帽子赞美上帝。大家都在心里默默向这土地母亲跪拜,向这神圣而又让他们日夜思念的土地顶礼膜拜。

现在,经过了头一遍的欢迎问候之后,人们又开始了热烈交谈,个个心里涌起了新的激动。有些人还想跑到森林里去大喊大叫,有些人则想到田间地头躺下来,号啕大哭一番。

只有汉卡感到孤独,孑然一身,仿佛与众人格格不入。她的前前后后、左左右右都有男人们在走来走去,到处都能听到他们的欢声笑语。妇女、孩子们欢天喜地地挤到各自男人的跟前,紧紧依偎着他,抢着和他说话,望着他的眼睛,听着他的声音,心里异常激动。唯独汉卡孤单一人,无人可以说话!别人都高高兴兴、有说有笑的,她身处人群之中,却感到自己是个被人离弃的人,是个非常不幸的人,没有欢笑,只有暗自悲伤。就像她看见过的那棵已渐枯萎的大树,虽然周围都有绿树环绕,却没有一只乌鸦愿在它上面筑巢,也没有一只鸟愿意在它枝上栖息。甚至向她打招呼的人都没有几个,因为他们都急于要去见自己的亲人。而她又和他们有什么关系呢?释放回来的人这么多,就连那个偷鸡摸狗的科兹沃夫都回来了,以后得看好家里的东西和猪圈里的小猪。桀骜不驯、招惹是非的马特乌什和乡长的弟弟格热拉也都放回来了,唯有安特克没有被释放⋯⋯也许她再也看不到他了⋯⋯

这些想法像大石头那样重重压在她的身上,让她快要站不住了。但是她还是强打起精神,昂首挺胸,阔步前行,目光炯炯!别人唱歌,她张开嗓门,唱得比别人更响,神父开始念祷文时,她第一个跟着大声念,虽然她的嘴唇很苍白。只有在长久的休息期间,当她听到周围的人窃窃私语时，她才把眼睛死死盯住那闪亮的十字架，而不让泪水涌出来。她大步朝前走去，以免让人看出内心的痛苦。她尽力克制住冲动，不去打听安特克的消息，免得人家知道她心中的悲哀。不！不！她已经忍受了这一切，但还能撑下去。泪水虽已盈眶，痛苦虽已堵在喉咙里，眼睛虽已一片昏暗，痛苦虽时时刻刻在增长，但她命令自己要忍住，要克制。

难过的不止她一个人，还有雅格娜，后者心里也非常难受。她独个儿走着，像一只受惊的牝鹿，胆怯地回避着大家。刚开始，她也受到欢乐的驱使，头一个跑到前面去迎接回来的男人们，可是没有人向她打招呼，和她拥抱、亲吻。她远远地就在人群中看见了身材高大的马特乌什，她那双火热的眼睛一直盯着他看，心中涌起了对他的那种早已忘却的欲望，满怀欣喜地排开人群朝他那边挤了过去。但他好像没有看见她似的，当她走过去的时候，他已经被他母亲抱住了脖子，妹妹纳斯特卡也搂住了他的半身，其他孩子也拥上前去，半挂在他的身上。那位军嫂，特蕾莎，也满脸通红，呜咽着走近前去，毫无顾忌地握住了他的手。

雅格娜仿佛被人浇了一盆冰水似的，心中的热火立即熄灭了。她躲进了森林中，不知道该怎么办好。她曾经多么强烈地希望自己也是其中的一分子，和大家一起去迎接亲人，和别人一样享受幸福快乐。因为，她像其他女人一样，也有一颗火热的心，也期待着享受爱人的柔情蜜意，她也会喜极而泣的。可是现在，她孤零零的，享受不到任何欢乐，还像条癞皮狗那样远离了人群。

她因无比的痛苦而全身发抖，只好竭力控制住自己，不哭叫出来。但她走开的时候，满脸阴沉，像乌云密布，似乎会有一场倾盆大雨降落下来那样。

她有好几次想逃回家去，但又做不到，擅自离开游行队伍太困难了,她只好和大家混在一起,就像瓦帕在人群中寻找自己的主人那样心神不宁的。她也不想和母亲或者和哥哥西蒙走在一起,因为西蒙立即就把纳斯特卡拉在一起,蹽到路边的杜松树丛中去了,而她也没有其他的男伴,人人都是自顾自的。到最后,她怒火中烧,真想用石头去砸那些人,去砸那些大笑不止的嘴巴。

幸运的是,他们正好走出了森林。

最后一块界标竖立在岔路上,其中的一条路直通磨坊。

夕阳西沉,一股冷风从低洼地那边吹了过来,神父加快了祈祷仪式,因为瓦列克已经驾车来到了这里,正等着接他回去。

他们还在唱歌,但声音嘶哑又不齐,因为大家都很累了。农民们都在悄悄问起复活节期间那场大火的情形,被烧毁的农舍残迹就离他们不远。

与此同时,他们还看到地主家地里出现的奇异情景:

地主骑着大红马在他家的地里跑来跑去。后面跟着几个人,拿着长长的标杆在丈量土地,而在十字架旁的十字路口上,有一辆黄色大马车停靠在废墟旁边。

"他们在干啥?"有人问道。

"是在测量土地。可是这些人不大像测量员呀。"

"肯定是商人,他们看起来根本不像农民。"

"看起来是德国人。"

"不错。他们穿着深蓝色外套和长裤,嘴里还叼着烟斗。"

"不错,他们是来自冈巴茨村的奥伦德人。"

他们低声议论着,好奇地凝望着。随即,一种不安袭上大家的心头。他们特别关注对面的情况,却未留意铁匠悄悄溜走了,沿着沟渠弓身而行,向地主那边走去。

"他们是要来购买波德列斯庄园,还是为别的什么?"

"复活节期间就有人说过,地主找来了商人。"

"啊,上帝,可不要让德国人来做我们的邻居!"

现在,整个仪式已经结束,神父和风琴师一家坐上马车回去了。村民们分散成一小拨一小拨的,都慢慢地朝家里走去,有的走大路,有的抄田埂小路,反正离家越近的路越好。

太阳已经西沉了,大地一片苍茫,深蓝的天空中映照出万丈红霞。磨坊后面的草场上升起了白色的水蒸气,像成团成团的羊毛似的。整个世界都处于寂静之中,只有鹳鸟发出吱吱呀呀的尖叫声。

就连人们的喧闹声也都沉寂了,所有人都渐渐离开了,只是在有些被黑暗笼罩的阴影里,偶尔有穿着红裙和白外套的人一闪而过。

不久之后,全村便热闹起来,人声鼎沸,所有男人都在他们离开很久的大门前画着十字,不止一人因幸福而高呼起来,有的人甚至拜倒在圣像前哭叫起来。

现在又是一番问候欢迎声,女人和孩子们都轻声细语的,诉说离别后的各种事和想念之情,时时被爆发出来的狂热接吻和欢笑声所打断。

妇女们红光满面,疯了似的忙碌着。为了这些受苦受难的男人,她们准备了不少的美味佳肴,还迫不及待地催他们吃饱喝好——这一切都出自她们的真心实意。

他们忘记了屈辱和苦难,忘记了经历的长久分离,他们为回家而欣喜,一次次地把亲人拥在胸前,细声絮絮地述说着离别后的思念。

饱餐一顿后,虽然天色已黑,他们还是要求去察看院子和果园。看到一切都整齐有序,他们很是高兴,摸摸牲口和树枝,就像抚摸自己喜爱的孩子的脑袋一样。

那天晚上利普查村的欢乐盛况,这里就不多说了,只有波利那一家是例外。

那里空荡荡的：雅古斯丁卡回了自己的家，尤什卡和维特克则去了人多的别人家，只有汉卡一人待在黑暗的房间里，手里抱着嗷嗷待哺的婴儿，强忍了很久的痛苦的泪水终于汩汩地流了下来。

雅格娜和汉卡相似，也是独自一人待在隔壁的房间里。她也被痛苦折磨得特别难受，就像一只被关着的小鸟，在用翅膀撞击鸟笼的栅栏。

雅格娜比别人更早地回了家，但她的脸色却像那天的夜晚一样，阴沉发黑。她立即开始劳动，见到什么就干什么，挤牛奶、给小牛饮水，甚至还喂了小猪，这让汉卡大为惊奇，都不敢相信自己的眼睛。可是雅格娜对谁都不理睬，一心只顾干活儿，她想用工作来使自己疲劳不堪，从而忘记她的屈辱和悲伤。

她已累得腰酸背痛，两只手都抬不起来了，而眼里一直忍着的泪水，也像线绳似的顺着脸孔流了下来，可是，她心里的痛苦反而更强烈了。

她的双眼被泪水蒙住了，对身边的一切都视而不见，甚至连彼得也都没有看到。实际上，从她一回到家，彼得就寸步不离，一直悄悄地跟着她，想帮忙。他的目光老是盯住她，身子老是往她身上靠，她也总是毫无意识地挪开了。可后来，竟发生了这样的事情：当她在谷仓里把切好的草料装进筐里时，彼得突然把她拦腰抱住了，然后把她推到了墙边，嘴里还嘟哝着什么，并竭力去探求她的嘴唇。

雅格娜并没有反抗，也没有想到他要干什么，以为他只是恶作剧罢了，甚至她还为自己能被男人关注而窃喜。直到被放倒在草堆上，嘴唇被他那湿润的嘴唇紧紧压住，她才突然清醒了，立即跳将起来，将他像扔稻草那样扔到了地板上。

接着，她勃然大怒地骂道：

"你这个无耻的丑八怪、肮脏的猪猡！你若是再敢碰我一下，我就要打碎你全身的筋骨，你要是再敢调戏女人，我就会让你头破血流！"她拿起一把铁耙子，对他喝道。

不一会儿，她便忘记了这一切，收拾完毕后，回到屋里休息去了。

她在门口正好碰上了汉卡，四眼对视在一起，都掩饰不住眼中所包含的泪水和痛苦。她们急忙擦身而过。

双方的房门都没有关上，房间里也都点亮了灯光，两个人常常会无缘无故地你看我一下，我看你一眼。

后来，她们两个人还在一起准备晚饭，但都没有开口说话，只是用眼神偷偷地注视着对方。她们都很清楚，今天双方心里都很痛苦，所以常常会用锐如尖刀的仇恨目光盯着对方。

"你伤心痛苦，你活该如此！活该！活该！"她们都怒火中烧，双目圆睁，又想争吵一番，甚至还想打一架，以发泄心中的怨恨。

幸好没有出现这样的场面，因为雅格娜在吃完晚饭后便立即到她的母亲那里去了。

晚上很黑，但温暖又宁静，只有少量的星星在深黑的高空中闪烁，沼泽地上冒起一片白茫茫的露气。青蛙不停高声大叫，田凫也因受到惊吓而发出几声哀鸣。大地一片昏暗，在夜空的衬托下，挺立的树木沉浸在梦乡中，灰蒙蒙的果园仿佛被涂上了一层石灰，又像香炉那样散发出阵阵芳香。樱桃花香气馥郁，紫丁香的花苞、地里的麦苗，甚至流水和潮湿的土地，都发出清新的幽香。每种花的香气混在一起，形成了一种更加醉人的浓郁香味，让人头昏目眩。

这时候，村子还未入睡，有些村民还在家门口或漆黑的空地上聊天。人们聚集在大路上，在农家窗户透出的灯光的映照下，可以看见树木阴影下的人影在移动。

雅格娜原本想去看母亲的，后来却转到了池塘边上，时不时地要停一下，因为一路上，她都碰到了一对对的男男女女，他们紧紧贴在一起，细声说着甜言蜜语——

她的哥哥西蒙和纳斯特卡正在那边热烈地相拥相吻。

她还出乎意料地看见了巴尔切克家的马丽霞和瓦夫切克，他们站在篱笆墙下的阴影中，相互热吻在一起，竟把一切都抛在九霄云外了。

还有些人她听声音就知道是谁。池塘岸上和围墙的阴暗处，都会传出甜蜜的轻声悄语、断断续续的说话声和热情似火的叹息声，都能听到衣裙的窸窣声和相互的拉扯声。整个村子都沉浸在亲密和爱情的氛围中，甚至连那些半大不大的孩子们，也玩起了恋爱的游戏，在大道小路上相互追逐和拥抱。

她突然恶心起来，于是转身避开他们，直朝娘家走去，快到家门口的时候，迎面看见了马特乌什，但他把她当棵树似的，根本就没有理会。马特乌什紧紧搂住特蕾莎的腰，带她出来散步，并向她说着什么……他们从她身边走过去了，但她还能听到他们的说话声和压低了的笑声。

她迅速转回身去，仿佛在被一群恶狗追逐那样，急忙朝自己的家里跑去。

这一夜，春意盎然，花香扑鼻，人们因团聚而喜不自胜，时光在这幸福安宁中流淌而去。

晚上，在某个地方，或许是从浓荫的果园，也可能是从田野里，传来了吹奏思念的情歌的笛声，仿佛是在为那些甜言蜜语、拥抱接吻和欢笑喊叫伴奏似的。

在沼泽地里，青蛙们开始了大合唱，不过时断时续，而从池塘的水面上则传来了另一些青蛙的疲倦而微弱的声音。在小路上玩耍的孩子们，像是要和它们比赛似的，也哼起了拙劣的小曲：

咳！咳！咳！

鹳鸟咽气了!
我高兴,你也高兴,
我们两人都非常高兴!
高兴,高兴,真高兴!

第八章

　　这是个奇妙而温暖的日子，令人精神爽朗，就像一个农民经过一夜的酣睡，醒来便精神焕发。做完早祷之后，"他"擦了擦眼睛，便毫无倦容地投入到工作中去了。

　　太阳冉冉升起，鲜红而又巨大，渐渐地上升到高高的天空里。有如在这广袤的田野上一样，在稀薄的雾霭之间，飘浮着无数的像羊毛那样的白云。

　　晨风飒飒，就像一大早就催促家人起床的农民一样，它把萎靡软塌的麦苗吹得精神振作、昂首挺立，它把薄雾吹散，它让枝繁叶茂的树枝摇曳不止，它围绕着果园奔跑，并偷偷窜进果园里，让最后的樱桃花像雪片一样洒满大地，像泪水一样掉落在池水上。

　　大地苏醒了，鸟儿在巢里歌唱，树木沙沙作响，像是在念第一遍祈祷文，花朵迎着朝阳，渐渐张开它那潮湿而又沉重的眼睛，让花上的露水发出珍珠一般的亮光。

　　长久的颤动使一切恢复了生机，而在大地的深处，所有的生物都发出了无声的呐喊，像一条闪电那样掠过世界。就像一个人在沉睡中时，灵魂被魔鬼扼住脖子，他不停地挣扎，却被折磨得奄奄一息。可他突然睁开一看，发现阳光灿烂，他便发出愉快的喊声，欢迎白天的来临，庆贺自己还在活着，并没有忘记在劳动和痛苦中所度过的昨天，并以平常的心态去迎接明天的到来。

这时候，利普查村的人也从沉睡中醒过来了，他们立即爬起床来。有些人开始梳起蓬乱的头发，睁开睡意惺忪的眼睛打量着外面的世界。有的人在房前洗脸，有的妇女衣服还没有穿好便到池塘边去打水，有的人在劈柴，有的人架着大车上了路。烟囱里开始冒出了炊烟，对贪睡的人的呼叫和责骂声也响起了。

晨曦初露，天色尚早，太阳在东方冉冉升起，还不及一个人高，红色的霞光从侧面照进果园，到处都是喧闹声，显得世界生机勃勃。

风不知跑到何处去了，在这亲切又宁静清香扑鼻的早晨，人们尽情享受着。阳光照得水面闪闪发亮，屋顶上的露水成串地向下掉落，燕子在明净的空气中飞翔，鹳鸟从窠穴飞到野地里觅食，公鸡站在篱笆上拍打着翅膀大声鸣叫起来，母鹅带领着小鹅，走入玫瑰色的池塘中。牛棚里，牛在哞哞地乱叫。主人们不是在门前就是在牛棚里，忙着挤牛奶，同时还要把公牛赶到大路上去——它们迈着笨重的步子，发出懒洋洋的哞叫声，还不时地在篱笆桩上或树干上摩擦自己的躯体。走过去的羊群，抬起它们的脑袋对着公牛咩咩地叫了起来，还纷纷挤向尘土飞扬的道路中间。人们都聚集在教堂前面的广场上，有几个年纪大一些的小伙子骑在马上，挥舞着手中的鞭子，将乱跑乱闯的牲口赶在一起，把落在后面的催赶向前。

他们前行在白杨大道上，而森林旁边就是共同的牧场，牧场上覆盖着晨雾，被阳光一照变得红彤彤的，只有羊群的咩咩声和狗吠声从浓雾中传了出来，才能让人分辨出自己所处的方向。

就在他们身后不远处，放鹅的牧童把一群嘎嘎叫的小白鹅赶了过来，甚至有人把怀孕的母牛或者是跛脚的马牵到这未开垦的荒地上来。

229

这混乱的场面不久便停息下来了，因为村里的人今天都要去赶集，男人们从牢里回来后差不多过了一个星期了。利普查村的一切，又渐渐恢复到往昔了。经受了这一场厉害的暴风雨，村里损失不小。但人们还是摆脱了恐惧，不乏有人抱怨不幸的命运，可大部分人都投入了工作。

当然，也不是完全恢复了应该有的状态，尽管大家都能把主动权握在自己的手中，但还是有人惰性难改，老爱躺在羽绒被里面。还有的人光顾酒馆的次数不少，说是为了获取更多的信息，好办事。有的人东走西跑，走家串户，浪费了一天的大好时光。还有一些人就连最紧要的事也都马虎应付。被迫在监狱里经历了这么长久的无所事事之后，现在重获了自由，要使他们的生活重回正轨，实属不易。不过，情况正在向好的方向转变，工作日的时间里上酒馆的人越来越少了，贫穷、饥饿让他们不能不面朝黄土背朝天，去认真从事艰苦的劳动。

今天正好是迪莫夫的赶集日子，很少有人去地里干活，都想到集市上去转一转看一看。

还没等收获的季节来临，贫困就接踵而至，让大家叫苦连天。家里只要有能卖钱的东西，人们就毫不犹疑地拿到集上去卖。也有的人赶集只是为了能同邻里说说话，还有的人就是为了看看世界，或者来喝一杯伏特加。

人人都有自己的苦恼，如果不是在集市上，或者过节，哪里能解忧、得到安慰呢？哪里能发泄怨气，或者得到建议和忠告呢？

把牲口赶到草场去之后，有的人便立刻准备好了马车，有的人则徒步去。

那些最穷最苦的人往往都出发得最早。费利普卡哭哭啼啼地赶着六只大鹅到集上去卖，她不得不卖，因为她的丈夫回家的第二天就病倒了，而家里又没有什么可吃的了。有个雇农牵着一头小牛犊，它是这个春天刚生下来的……

贫穷可说是无处不在，露出了它的利爪凶喙。歪嘴的格热拉虽有八垧良田，但也只好把一头奶牛卖掉。他的邻居尤舍克·瓦赫尼克，也赶着一头母猪和一窝小猪准备去卖呢。

他们不得不采取一切办法来维持一家人的生计。被迫卖掉最好马匹的人何止一个，就拿库尔巴斯来说，他借了巴尔切科娃的十五个卢布去买母牛，现在被她告上法院，被判立即归还现金。因此，他不得不在全家人的悲哭和抱怨之中，牵着这匹栗色母马出门了。

马车渐渐地一辆挨着一辆上路了，那些较为富裕的农民也准备了一些需要变卖的东西，因为乡长说过，交税的时间到了，逾期不交者会受到处罚。许多主妇也带着变卖的东西前来赶集，有的把咯咯叫的母鸡装在车里，用围裙盖住。徒步赶集的人，用她们的围裙包着鸡蛋，把黄油裹在孩子的衣服里。还有的女人带上节日穿的衣裙，背上背着人们常用的布料。

青黄不接，贫穷紧追不息，这种情况要到夏收才会改变，可是现在离夏收还远着哩。

一切都在加速运行，今天的弥撒也比往日举行得更早更仓促。几个女人刚到祭台前跪下，还来不及跟神父一道祈祷，神父便离开了祭台，雅姆布罗兹也吹灭了蜡烛，摇响了教堂的钥匙。

特蕾莎这位军嫂，有事想求见神父，可是她刚刚才到，神父便出去吃早饭了。她不敢上前去打搅神父，只好在果园栅栏外静静等候他的出现。她一见他出来便赶了过去，神父却坐上马车朝迪莫夫驶去了。

特蕾莎伤心地叹了口气，望着马车驶上了白杨大道。路上卷去一阵尘土，田野一片雾蒙蒙的，马车越驶越远，不久便消失在远方。大路边上，有一些妇女穿着红色的衣裙，形成了一列纵队，她们穿行于树木的阴影之中，红色忽隐忽现。

利普查村很快就安静下来了,磨坊休息,铁铺关门,路上也空无人影。留在村里的人,不是在果园里干活,就是在院子里磨磨蹭蹭。

特蕾莎十分懊恼地往家里走去。

她就住在教堂后面,和马特乌什家相邻。她家的房子只有一个大房间和半个过道。分家时,她哥哥占了一半,把木料那些移到别处盖起了新屋,如今的屋顶上和板墙上都留下了锯齿,就像是瘦削的肋骨似的,支撑着被烟熏黑的烟囱。

纳斯特卡在自家门口看到她,隔开她们的只是个小果园。

"怎么样?他给你读信了吗?"她边说边跑了过去。

特蕾莎失望地向她讲述了事情的经过。

"也许风琴师能看懂信的,他识字,你去找找他看。"

"我知道,但是我不能空手去见他。"

"给他带两个鸡蛋去。"

"妈妈把所有的鸡蛋都拿去卖了,家里只有鸭蛋。"

"没有关系!鸭蛋他也会收下的!"

"我很想去,但又怕去,要是我能看懂他写的是什么就好了。"她从怀里抽出那封丈夫的来信,那是乡长从邮电局取回傍晚才交给她的,"不知他写了些什么?"

纳斯特卡从她手上拿过那封脏得发黑的信纸,便在篱笆墙基上坐了下来,她把信摊开在膝盖上,非常困难地研读起来。特蕾莎则坐在旁边的树墩上,双手支撑着下巴,紧张地盯着纳斯特卡所要读出来的那些拼写的字母,可是后者仅仅读出了第一句:"赞美耶稣!"

"不行,我认不出来了。要是马特乌什在,他一定能读出来!"

"啊,不,不!纳斯特卡,求求你,千万不要把来信这件事告诉马特乌什,一定不要!"特蕾莎涨得满脸通红,低声哀求道。

"若是印成书那样的字体,我就能读出来,那样的字我个个都能认出来，可是这纸上写的字，曲里拐弯的，我一个也看不懂，就像是掉进墨水里的苍蝇在纸上乱爬了一气。"

"纳斯特卡，你不会告诉他的，是吧？"

"昨天我就对你保证过了，绝不会告诉任何人。不过，要是你的丈夫从军队里回来了，那什么事都瞒不过他的。"她说完就站了起来。

特蕾莎无言以对，强压制住的哭泣，使她哽咽，什么话也说不出来。

纳斯特卡有点生气地走了，边走边呼唤她的那些鸡。而特蕾莎拿了五个鸭蛋，朝风琴师家走去。

她一路走得很不轻松，常常停下来，躲在树荫里，呆呆地望着信中那些她无法弄懂的字母。

"也许他们要让他回家了？"

恐惧掐住了她的喉咙，使她双腿发软，心跳得特别快，以至于她不得不紧靠在树干上，泪水盈眶，仿佛就要倒下去一样。

"也许是要我寄钱给他！"

她越走越慢，被这封信压得喘不过气来。她都不知道该把信放在哪里好，时而拿在手上，时而用手帕包住。

风琴师家好像没人，房门是开着的，房间里没有人。但有个窗口用了条裙子当窗帘，从那儿传来了很响的鼾声。她一边胆怯地走进了过道，一边回头望了望院子。有个女佣坐在厨房门口，一边搅动着奶油，一边用枝条驱赶着苍蝇。

"太太在家吗？"

"在果园里。你马上就能听见她的声音了。"

特蕾莎站在一旁，手里捏着那封信，把头巾拿下来挡着已高悬在棚屋上的太阳。

只隔着一道篱笆墙，神父家的院子里，传来了家禽的喧叫声——

鸭子在水洼里嘎嘎欢叫,小火鸡在篱笆边吱吱乱叫,大火鸡咯咯叫着,扇动着翅膀,奔跳着冲向在泥地里打滚的小猪。鸽子从谷仓里飞出,在空中盘旋,然后像一朵朵白云,降落在神父家的红色屋顶上。从田野里吹来了潮湿而清新的暖风,果园的鲜花在阳光中怒放,苹果树枝繁叶茂,花开正盛,蜜蜂轻轻地发出嗡嗡声,个个都在忙着它们的采蜜工作,而蝴蝶也穿梭在鲜花之中,麻雀叽叽喳喳地从树上跳到了篱笆上。

特蕾莎的眼里噙满泪水,转身问道:"风琴师在家吗?"

"不在家还会去哪儿?神父一走,他就像这头猪似的呼呼大睡了。"

"神父一定是去赶集了?"

"是的,他想去买头公牛。"

"他还嫌牲口少吗?"

"谁还会嫌多?越多越想要更多!"女佣喃喃说道。

特蕾莎闭口不语了,她感到无比伤心。别人如此富有,自己则穷得经常饿肚子。

"女东家来了!"女佣大声说道。她使劲搅拌着奶油,动作之大,差点把奶油都洒出来。

"这都是你的错,你这个懒鬼!你是故意把马放进苜蓿地里去的。"果园里传来风琴师妻子的叫骂声,"是你不把马放到荒地里去的。我的天主,竟给吃了两大片的苜蓿。你等着,我马上就去告诉你叔叔,让他狠狠地教训你一顿,你这个吃懒饭的家伙!让你永远都记住了!"

"我是亲自把马放到荒地里去的,而且还把它拴得好好的!"米哈乌哭哭啼啼地辩解道。

"别跟我说这套假话了,还是和你叔叔说去吧。"

"我真的没有把马放进苜蓿地里去,婶婶!"

"那你说是谁?是神父吗?"她讥讽地说道。

"婶婶，你说对了，神父在那儿放过马！"他提高嗓门儿说道。

"你疯了吗！……小声点，别让别人听见！"

"我才不怕，我敢当面对神父说，这是我亲眼看见的。婶婶大声骂我，我还是要说，是神父的马吃的。今天天刚亮，我要去牵马回来时，就看见栗色马躺在了地上，公马还在吃草，它们都在原地未动，和我晚上拴住它们时一模一样，于是我便解开了绳索，那里还留下大量的脚迹可供检查。我把它们赶了起来，骑上栗色马后，就看见我们的苜蓿地里有马在吃草，当时天刚亮，我朝神父的果园走去，想从克温布家旁边那条小路过去拦住它们。就在这时候，我看见神父手里拿着一本小书，朝四周环视了一下，便用鞭子一次两次地把马儿赶到苜蓿地里去了。"

"小声点！米哈尔。真是闻所未闻的事，神父本人会干出这样的事来。我早就说过，去年的干草……小声点，那边站着个女人。"

她赶紧回到了屋里，还躺在羽绒被里的风琴师已经在叫米哈尔了。

特蕾莎向她送上了鸭蛋，并拥抱了她的双腿，恳求风琴师能把她丈夫的来信读给她听。

风琴师的妻子让她等一下。

没等一会儿，他们就叫她进去。风琴师穿得很随便，只穿了衬衫衬裤，他边喝咖啡边读她的信。

听着他读信，特蕾莎的心都碎了，信里说，她的丈夫会在夏天之前，和沃拉村的古巴·雅尔切克、波利那的小儿子格热拉一道回来。信写得很亲切，他很想念她，询问她过得怎么样，家里好不好，他要她代向大家问好，他为自己很快就能回家而特别高兴。格热拉也在信中附言，请她转告他的父亲他快要回家这件事情。可怜的小伙子，他还不知道他父亲马捷伊的事呢！

这些温暖的话语就像鞭子一样在抽打她，使她无地自容。她强忍着不让他们看出她心里的思绪,可眼泪却像珍珠似的落下,泄露了她心里的秘密。

"她丈夫快回来了,你瞧她高兴得成这个样子了!"风琴师妻子调侃地说道。

听到这样讥讽的话语,她更是泪如泉涌。这个可怜的女人赶紧离开了,以免大声哭喊起来。她紧靠在篱笆墙下,停留了不少时间。

"我现在该怎么办呢,该怎么办?"她绝望地哀号道。

毫无疑问,丈夫一回来,就会知道这一切的。恐惧就像那二月的狂风,猛烈地袭击着她,使她惶恐不安。的确,她的雅舍克虽然为人很正派,但脾气特别暴躁,普沃什克家的人都是如此。他绝不会容忍这种事的,他一定会杀了马特乌什的!

"耶稣啊!请救救我们吧!"她向天主哀求道。她根本没有想到她自己该怎么办。没过多久,她便带着满脸的泪水,朝波利那家走去。汉卡不在家,一早就到城里去了,雅格娜也去了她母亲那里,家里只有雅古斯丁卡和尤什卡,她们正在果园里晾晒衣物。

她把格热拉要回来的事告诉了她们,本打算立即离开,可是,雅古斯丁卡却把她拉到了一边,用特别亲切和善的口气小声对她说道:

"亲爱的特蕾莎,你别忘了你是有理智的。雅谢克回来后,他什么都会知道的。你要好好思考一番:情人只能维系个把月,而丈夫却是伴你一生的人!我说的可是真心话呀!"

"你说的什么呀,我听不懂。"她假装不明白,支支吾吾地说道。

"你不用装糊涂,全村的人都知道你和马特乌什有一腿,现在趁时间还来得及,赶紧把马特乌什摆脱掉,这样一来,雅谢克就不会相信别人的流言蜚语了。他那么想念你,会相信你的。马特乌什虽然爱和你同睡在羽绒被下,但不会和你同床共枕一生。趁时间还来得及,快点把他赶走吧。你不用担心,雅谢克才是你的支柱……私情会很快过去的,就像昨天那样一去不复还,即使你付出了生命,也无法维持长久。私情就像星期天的一道美食佳肴,谁若是天天都能吃到它,那过不了多久就会厌吃了,而你也会痛哭不已。常言道:私情是哭泣,结婚是坟墓,或许这句话是对的,但是同丈夫和孩子们平静地生活在一起,也要比和野汉子自由混在一起要好得多。你不要哭了,趁时间还来得及,救救你自己吧。如果你丈夫因为你的不忠而发怒,把你赶出家门,那你能到哪里去呢?你失去了安身立命的地方,成了大家的笑柄!到那时候,你就无法独自生活下去,你要是和别人鬼混,别人要是高兴便和你驾车去兜兜风,要是不高兴了,就把你扔下车去,你会受到风吹日晒,走得精疲力竭,而他们会立即离开你的。傻孩子,每个男人都会穿裤子的,无论是马特乌什还是古巴,他们都会对你信誓旦旦地说多么爱你,只要他们还爱着你,他们就会对你说些像蜂蜜一样的甜言蜜语。你好好想想我对你说的这些话,我是你姑妈,总是一心为你好。"

特蕾莎无法再听下去了,便跑到田地里,坐在麦苗中间,把她心中的郁闷和痛苦全都发泄出来了。

她无法按照雅古斯丁卡的话去做,因为她一想到要和马特乌什一刀两断,就痛不欲生,就会像受伤的野兽那样在地上打滚儿。

直到不远的地方响起了一阵吵闹声,她才站了起来。就在乡长家的房前,一场激烈的争吵正在进行,那是乡长的妻子和科兹沃娃在相互谩骂。

她们面对面站着,中间隔了一堵篱笆墙和一条道路,她们都身着衬衫和裙子,怒气冲天,一副势不两立的样子,相互挥舞着拳头。

乡长正在往车上装东西,还不时地瞧一瞧那个从莫德利查来的农民。他坐在台阶上,不仅欣赏她们的吵架,而且还为她们煽风点火,加油助威。

吵骂声传得很远，人们都好奇地走了过来，路上站满了人，还有不少人从相邻的篱笆后面和屋角后面探出头来。

我的上帝！她们闹得可真是震天动地的。乡长的妻子本是个少言寡语、平静温顺的女人，今天却火冒三丈，怒不可遏，而且怒火还在不停地增长着。而科兹沃娃呢，却是故意在激怒她似的，用一些难听的话语来取笑她、辱骂她，惹得她更加暴躁。

"叫呀，叫呀！乡长夫人，随你大声叫呀……没有一条狗能像你叫得这么厉害！"

"这不是第一次了，而是第二次了，我家里没有一个星期不丢东西的！母鸡、小鸡、鸭子，甚至连大鹅都敢偷走，更不要说菜园里和果园里的损失了。我但愿这些东西能把你毒死、噎死！"

"你就叫吧，你这只老乌鸦，你要是觉得舒心，你就叫喊好啦！"

她看到特蕾莎挤到了路中间，便对着她说道："就拿今天来说吧，我早上把要漂白的五块麻布放在果园里，想让它们泡一泡，便回去吃早饭了，等我回来一滤水，就发现少了一块！我找来找去，好像它是被土地吞去了似的！我当时还用石头压着的，又没有刮大风。那么好的亚麻布，又细又轻，哪儿也买不到这样的好东西呀，可是它就消失不见了！"

"你的眼睛被猪油蒙住了，所以你找不着了。"

"那是你偷走的！"她大叫道。

"是我偷走的？你再说一遍！再说一遍！"

"你是贼！你是贼！我敢向全世界指证。只有把你送进监牢里去你才会承认！"

"她，她说我是贼。乡亲们，你们大家都听见了，我向上帝发誓，我要把她告到法院去！你们都听见了！你说是我偷走的，你有证据吗？你这头蠢驴！"

乡长妻子还未等她说完,便拿起一根木棍,气冲冲地跑到大路上去了,她像只疯狗似的冲向对方:"等你挨了一棒子,就知道谁是证人了!我要……"

"来啊!乡长太太,看你敢碰我一下不?你这头母猪,来呀!你这只母狗,打呀!"她也叫喊着冲了过来。

她的丈夫本来是想劝阻她的,结果反被她推了开去。她双手叉腰,气势汹汹地嚷道:

"你要打我,那就打呀!看你会不会被关进牢里,乡长太太,来打我呀!"

"快闭上你的臭嘴,你这个臭娘们儿,要不然,我首先会把你送去牢里!"乡长厉声喊道。

"你还是去把你家的那只疯狗关起来吧,这是你分内的事,要不然她就要咬人了。"科兹沃娃也气得发疯了似的,无法停息下来。

"这是行政长官在向你说话,你好好想想,臭娘们儿!"

"谁怕你这个官员!你还敢来威胁我,瞧瞧你这副德行,说不定是你拿走的,给你的那个情妇做衬衣用。乡里的公款都被你用光了,你这个酒鬼!哼,我们都知道你做的那些糗事,你就等着吧,你也会被关进牢里去的,我的乡长老爷!"

乡长夫妇再也无法忍受下去了,他们像饿狼那样冲向她去。乡长妻子拿着棍子朝她脸上打去,随后又用手指去抓她的脸,而乡长则挥舞着拳头乱打一气。

巴尔特克也立即冲上前去保护他的老婆科兹沃娃。

他们四个人纠斗在一起,就像四只恶狗在打架那样,很难分辨清楚是谁的拳头在打来打去,又是谁的脑袋在挨打,谁的声音在咒骂。他们从篱笆边打到大路上,又从大路上打到篱笆边,就像被狂风吹动的稻草人似的进进退退。到后来,他们越斗越凶,四个人都倒在了地上，倒在了沙土中。

尘土把他们掩盖住了，只有咒骂声和搏斗声传出。不久之后，他们又打到了路上，相互全力厮打，高声诅咒对方。

时而有人摔倒了，你抓住我的脖子，我揪住你的头发；时而又都站了起来，互相抓住对方的肩背，继续搏斗。

喧嚣声响彻整个村子，母鸡在果园里咯咯大叫，狗也吠叫不停，女人们哭叫着，却只能无奈地围着他们转来转去，因为只有男人们才能把打斗者分开。

没过多久，那里的咒骂、哭泣和恫吓依然不断，无法描述，邻居们却立即离开了，他们怕作为见证人被传去问讯。但大家私底下都在传说着，是乡长夫妇痛打了科兹沃夫夫妇。

不久，被打破了脸的乡长和被抓伤了的乡长夫人一起乘了马车，准备到法院去控告科兹沃夫夫妇。

过了一个小时，后者也动身前去控告了。老普沃什卡表明愿意为他们效劳，免费带他们到城里去，以此来报复站在地主一边的乡长。

他们是去告状的，为了保存殴斗的证据，便没有更换衣服。他们有意在村里缓慢前行，这样才能向村民们讲述自己所受到的欺凌，同时还露出伤口给那些想看的人。

科兹沃夫的头甚至被打得露出了骨头，他的脸上、脖子上和破衬衣露出的胸口上都沾满了鲜血。伤口不是很痛，但他总是双手压住双侧，不停地呻吟：

"我的上帝，我活不了啦！我的骨头都被打断了，乡亲们，救救我吧，我快要死了。"

他的老婆也哭叫着一再说道：

"他们用大木棍打了他，可怜的人，他们像狗那样对待他，但正义还存在，定会惩罚邪恶的！一定会的，你不要说话，他们是往死里打他的。大家都看见了，多亏了乡亲们，他才捡了一条命，你们一定会为我们做证的！"

她边哭边说，一次一次地发出可怕的尖叫，而她现在的这副模样真让人很难认出来——光着脑袋，有几撮头发连皮都扯掉了。耳朵也被揪掉了一块，眼睛周围都有血，满脸都是抓痕，就像地里的犁沟那样。尽管大家对她的为人都很清楚，但看到她的这副模样，不少人还是表示了同情。

"哪能把人打成这样？！"

"真是羞耻啊！这是对上帝的冒犯！他们差点儿就没命了！"

"是啊，他们还算是高尚人物吗，比刽子手还残酷。乡长先生怎么可以这样胡作非为呢？他不过是个芝麻官儿，一个小人物而已。"普沃什卡面向着大家说道。

大家愤愤不平，尽管科兹沃夫夫妇已离开很久了，他们还是久久不能平静下来。

特蕾莎在他们打架时便因害怕而躲了起来，直到他们都离开了，她才现身。

她立即赶到科兹沃夫家去，因为巴尔特克是她母亲这一系的远亲。屋子里一个人也没有，只有院子里的墙边坐着科兹沃娃从华沙孤儿院领回来的三个孩子：他们相互挤在一起，贪婪地啃着半熟的土豆，总用勺子或大声叫喊来驱赶那些前来抢食的小猪。他们那瘦小的、肮脏的、可怜的样子，激起了她的同情心。她把他们都带到过道里，把大门都关严实了，才离开了，去传播消息。

戈温布家里，只有纳斯特卡一人在家。

马特乌什早饭前就到贝利查的女婿斯达赫那里去了，正在察看那座倒塌的房屋，看看是否能把它重修起来。贝利查跟在他们身后，偶尔插上一两句话。

雅舍克先生和往常一样，坐在房门口，抽着香烟，吹着口哨招呼那些正在樱桃树上空飞翔的鸽子。

太阳已升至南边，天气非常暖和。温热的空气有如一层水波在田野上颤动弥漫，麦地和果园都静静沐浴在阳光中。有时，贝利查的樱桃树上会掉下一些花瓣来，就像一只只白色的蝴蝶落到了地上。

到了中午，马特乌什也检查完了，他用斧子这里砍砍，那里敲敲，最后果断地说道："全都腐朽了，一碰就碎，无法再用了，真遗憾！"

"是不是只需要添些新的木头，你看怎么样？"斯达赫在求他。

"需要买全整个房屋的木料，这些废料中的一根木头我也不会用的。"

"我的上帝！"

"也许这些下梁还能用，只需要买些上梁就够了，用它们来搭架，支撑起墙来就可以了。"老贝利查插话道。

"你既然这样聪明能干，那就由你来做好了，我对这些破木头是一筹莫展的。"马特乌什气鼓鼓地说道，之后便拿起了外套。

这时候，微朗卡带着孩子们回来了，边哭边说："那我们现在该怎么办呢？"

"一所新房盖下来，至少也得两千兹罗提！"斯达赫伤心地说道。

"那就先盖一间带过道的房子好了。"

"也许我们可以从森林里搞来一些木材，其他的再想办法去买好了……或者向政府提出申请……"

"现在正在打官司，森林归法院管着，他们连柴火都不让我们拾，更不会提供木材了，只能等判决之后再来考虑盖房子的事了！"马特乌什建议道。

"真是好主意！……可是我们怎么度过这个冬天呢？"微朗卡大声说道，眼泪又汩汩地流了下来。

大家都沉默不语了，马特乌什在收拾他的木匠工具，斯达赫在挠着自己的脑袋，贝利查在一旁擤鼻子，一片安静中，只能听到微朗卡的哭泣声。

雅舍克先生突然站了起来，大声说道：

"微朗卡，不要哭！建房的木材会找到的！"

大家都蒙了，张着大嘴呆呆地站在那里。马特乌什最先反应过来，大笑着说道：

"聪明人许下的诺言，只有傻瓜才会相信！他连自己都没有栖身之地，还要说大话给别人盖房子！"马特乌什尖刻地说道，瞪着眼睛望着对方。而雅切克先生依旧坐在门口边，抽着纸烟，什么话也没有说，只是捋了捋他的胡须，望着天空。

"不用等多久，他就会给你们建起一座农场的。"马特乌什大笑道，耸了耸肩膀便左转，朝通往谷仓的那条小路走去。

今天很少有人在园子里干活儿，只是偶尔能见到穿红裙子的女人，或者个别在修理房顶的男人，以及一两个在谷仓门口闲逛聊天的男人。

马特乌什并没有什么急事，于是他时时停下来，不是跟农民们议论乡长的打架事件，就是跟姑娘们打情骂俏，说说笑笑，或者跟园子里的女人们说些笑话，逗得她们开怀大笑。当他走远了之后，还有女人望着他感叹不已。

的确，马特乌什长得英俊，身强体壮，像棵橡树。他是利普查村的青年之王，是继安特克·波利那之后的第一大力士，他的舞技也能和斯达赫、普沃什克相媲美；而且他多才多艺、聪明能干，会造大车，建烟囱，修房屋，还吹得一口好长笛。尽管他家里的田地不多，钱财也很少，但是他慷慨大方，乐于助人，所以，仍有许多母亲愿意和他喝酒，希望他成为自己的女婿，倒贴一头小牛也在所不惜。而姑娘们中间，愿意和他亲近的人也不在少数，她们期待着他能早日公布和自己结婚的消息。

但是她们都是枉费心机,虽然他跟母亲们喝酒,跟姑娘们调情,但只要一提及婚姻,他就像泥鳅一样溜走了。

"很难做出选择,各人都有各人的优点,况且,还有一批姑娘正在成长,她们比现在的这一批更优秀,我还要等等。"每次媒人上门来游说时,他就这样来回答。

去年冬天他和特蕾莎勾搭上了,甚至同居了,无论是众人的议论还是朋友的劝告,他都置之不理。

"只要雅舍克一回来,我就把特蕾莎还给他,兴许他会因为我帮他照看妻子而请我喝酒呢!"他从牢里回来后就曾对朋友笑着说过这样的话,而且他也玩腻了,已经开始疏远她了。

现在,他要回去吃午饭了,但却故意绕着远道走,这样一来,他在路上便可以多和姑娘们调情,如果对方愿意,他还会与她亲热一番。

这一次,完全出乎意料的是他竟碰见了雅格娜,她正在她母亲的菜园里拔草。

"雅格娜!"他高兴地大喊一声。

雅格娜一听便立即站了起来,亭亭玉立,美得犹如盛开的锦葵。

"你现在才来看我呀?真快啊,你回到村里都一个星期了,直到现在……"

"啊,你现在更漂亮可爱了!"他用惊讶的口吻低声说道。

她的衣裙正好在膝盖之上,红色的头巾在下巴下面打了个结,一双蓝色眼睛又大又令人心醉,樱桃小口里露出洁白的牙齿,整个脸庞焕发出苹果似的红润的光彩,真是可爱极了,仿佛是在等人去吻她。

她大胆地两手叉腰,一双明亮的眼睛紧紧盯住他不放,让他感到无比振奋,热流贯满全身。他向四周环视了一下,便朝她走了过去。

"我找了你整整一个星期,都没有找到你!"

"你还是去对狗撒谎吧,谁还会相信你!你每天傍晚在篱笆下面向女人献殷勤,晚上又和别的姑娘勾勾搭搭,现在又在我面前说谎话!"

"雅格娜,你现在就是这样来欢迎我的吗?怎么会这样?"

"你想要怎样?难道你要我跪下来抱住你的双脚,感谢你还记得我?"

"去年你可是投入了我的怀抱的。"

"什么怀抱?现在可不是去年!"她说完便转过脸去。

马特乌什一步蹿上前去,双手紧紧地抱住了她。

雅格娜气愤地挣脱了他的拥抱。

"滚开!特蕾莎会为了你挖掉我的眼睛的!"

"雅格娜!"他苦苦哀求道。

"你还是回去跟那位军嫂谈情说爱吧,趁大兵还没有回来,好好报答她一番。她在你坐牢的时候,可为你付出了不少,现在是你补偿她的时候了!"雅格娜的话像鞭子那样抽打在他的心上,使得他有口难辩。

马特乌什羞愧难当,脸涨红了,一转身便跑了。

雅格娜只不过是把最近一个星期的感受说了出来,可说完她却后悔了,她没有料到马特乌什会生这么大的气,会不辞而别。

"真是个傻瓜!我是因为生气才这样说的!"她心中想道,忧伤地望着他的背影,"他突然便生起我的气来了……马特乌什!"

但是他没有听见雅格娜的呼叫声,反而像逃命似的穿过了果园。

"恶黄蜂,臭狗屎!"他嘟哝着,朝家里跑去。

愤怒和惊异同时出现在他身上。以前,她是那么温柔、含情脉脉,现在倒把他看成条恶狗!他感到自尊心受损了,回头看了看,准保没有人听到她的责怪声。

她竟提到了那个特蕾莎,她真傻!……对他说来,这个军嫂算老几,仅仅是玩玩儿而已。雅格娜的眼睛多么明亮,她两手叉腰的姿态又是多么优美。……我的天啊!被蜜蜂刺一下这不算什么耻辱,只要以后能吃到蜂蜜就行了……

他这样想着,快到家门口了,脚步反而慢了下来。

"她为我提到过去的事而生气,上帝,我有什么过错?至于特蕾莎……"他像喝了醋似的,表情很古怪,已厌烦了她的哭哭啼啼。"我也没有发过誓要和她过一辈子,她有自己的男人!神父有可能在布道时再批评我一次!这样的女人会毁掉任何男人的。够了,让这些女人见鬼去吧!"他狠狠地对自己说道。

午饭还未做好,他责怪纳斯特卡偷懒。之后,他又去看了看特蕾莎,她正在果园里挤牛奶,见他来了,便抬头望着他,眼神很忧伤。

"你为什么又是眼泪汪汪的?"

她低声向他解释,深情地盯着他的脸孔。

"你还是小心些,看看牛奶都溅到你的裙子上了!"

他今天怎么这么粗暴,这么盛气凌人?她真是弄不明白他为什么会这样。她尽力顺从,可是无论说什么,他都会气势汹汹地打断她。

他好像要在果园里寻找什么东西似的,可是眼睛又常常瞟向特蕾莎,一副心事重重的样子。

其实,他心里在想:我的眼力怎么啦,怎么会找上这么一个瘦削又毫不起眼的女人?她既不美貌,又不风流……骨瘦如柴,皮肤黑得像茨冈人,既无风度,又无……

是的,她的那双眼睛能和雅格娜的媲美,大大的,明亮得有如蓝天,黑色眉毛也增色不少。但是,每次和她的眼睛相遇时,他总是要转过头去,暗自骂道:

"她的眼珠子就跟牛犊的一样乱转!"

她的眼神让他无法忍受,也让他特别生气。

"我可不想瞧你的这双眼睛,无论你向我抛多少次媚眼,也不能让我心动。"

他们同桌吃了午饭,马特乌什却没有看过她一次,也没有和她说过一句话,甚至也没有向她那边瞧过一眼。

他跟纳斯特卡说的也全是责备的话:"麦片都烧焦了,一股煳味,连狗都不吃!"

对方回嘴道:"是烧焦了一点,但更香了。"

"不要顶嘴!你搁在麦片里的苍蝇都要比肉沫多!"

"你现在又讨厌起苍蝇来了?不要吹毛求疵了,苍蝇是不会毒死你的!"

在吃洋白菜的时候,他又埋怨那是用臭猪油煮的。

"你用机器润滑油来做菜,也不比这个差呢!"

"我不知道机油做的菜是什么味道,我既不想试,更不会去做!"纳斯特卡坚决地回应道。

特蕾莎在整个吃饭期间,一句话也没有说,而他还是在找碴儿,说些抱怨的话。刚吃完午饭,他看到特蕾莎家的母牛在墙角上擦着身子,就责怪道:

"它满身是粪,你不会给它擦洗干净吗?"

"我家的牛棚很潮湿,它是在那里弄脏的。"

"潮湿?森林里有那么多松树叶,你不会去捡来铺在地上吗?牲口的两侧要是脏了就会烂掉的,家里有这么多女人,还是乱得一塌糊涂!"他大声喝道。特蕾莎不敢回嘴,只好做出一副哀求的表情来。

她一直都恬静又温顺,像蚂蚁那样勤劳苦干,看到他的专横和绝对控制,她反而感到高兴。马特乌什则十分反感——她那情意绵绵的胆怯的眼睛令他愤怒,她那轻盈的步伐让他讨厌,她脸上的那种顺从的表情也使他十分恶心,更使他怒不可遏的是她的纠缠不放,他差点就要大喊出来了：滚开，我不想再见到你!

"他娘的，狗杂种!"他还是爆发出来了，他拿起木匠用具，连中午都不休息便到克温布家去了——他家的房子需要修理。

克温布一家人正在院子里吃午饭，马特乌什便坐在靠墙的地方抽着烟。

克温布向他说起格热拉·波利那要从军队回来的消息。

"就要回来了?"他平静地问道。

"你不知道?他要和特蕾莎的丈夫雅舍克、沃拉村的雅查克一起回来了。他们答应夏收之前回来。今天，特蕾莎去求风琴师给她读信，风琴师告诉我的。这对你来说是个新闻：雅舍克要回来了!"他不由自主地大声道。

他们都沉默不语了，眼睛都注视着对方，女人们努力憋住笑声，脸涨得通红。

马特乌什毫不在意，反而装出高兴的样子，镇静地说道：

"他回来好啊!这样一来，有关特蕾莎的各种流言蜚语就会消失了!"

大家都惊住了，手里的勺子悬在钵子上面一动不动。

马特乌什用高傲的眼神看了看大家，说道：

"你们知道，有关特蕾莎的闲言碎语很多很多。我和她之间什么关系都没有，她是我家父系的一位远亲。不过，如果有人在背后散布我们的流言蜚语，看我不让他把狗嘴闭上，叫他永远忘不掉。但是，最糟糕的是那些女人们，她们从来都是把别的女人看得很坏，即使这些女人洁白无瑕，也还会有人往她们身上抛脏泥的。"

"啊，是的!是这样的!"大家一致说道，低头望着自己的盘子。

"你们去过波利那家吗?"他忍不住问道。

"我早就想去的，但一直有事没有去成。"

"他为我们大家受了这么多的苦,我们却把他忘记了!"

"你去看过他没有?"

"我吗?若是我一个人去,别人便会说我是为了勾引雅格娜才去的。"

"你呀,就像个失足过的姑娘一样小心!"老阿加塔坐在篱笆下说道,她膝盖上放着个盘子。

"我已经受够了这些令人讨厌的吠叫了!"

"没有了牙齿的野狼,自然就会收敛了。"克温布笑着道。

"或者他要找个地方安居下来!"马特乌什补充道。

"噢,噢,这样一来,我们不久就能看到,你会提着伏特加去向谁家姑娘求婚了。"小克温布哈哈大笑地喊叫道。

"说的正是,我一直在选来选去的,看看能到谁家去求亲。"

"你就赶快选出来吧!让我当你的伴娘,马特乌什!"克温布的大女儿卡霞尖叫道。

"唉,很难选呀!人人都是才貌出众,个个都有独特优点。马格都霞最富有,但她缺牙少眼。乌利霞长得像朵花,但她的臀部不对称,而且嫁妆只有一桶泡菜。弗兰卡有一堆孩子。叶夫卡虽有一百个兹罗提铜币,但她很懒,一天到晚都躺在床上。谁都想要吃香的喝甜的不干活,过轻松日子。她们都是纯金般的好姑娘,不过,还有一些漂亮的姑娘,还未长大成人哩。"

大家哄堂大笑起来,把屋顶上的鸽子都吓跑了。

"我说的是真话。我物色过不止一个姑娘了,她们还没有我半个身子高,我冬天怎么能和她们睡在一起呢,哪怕她们穿上皮靴也不够高呀。"

克温布的老婆责备他不该当着孩子们的面说这样的话。

"我不过是让大家笑笑而已。俗话说,真诚的玩笑并不有害,反而受到欢迎。"

姑娘们被惹得生气了,她们像火鸡一样涨红着脸,愤愤不平地说道:"呸!你这样吹毛求疵,嘲笑了所有的姑娘!既然利普查村都没有你中意的人,那你就去别村找好啦!"

"找得到,找得到,在利普查村,要找一个老剩女比找一个兹罗提都要容易,花三个戈比就能和她的父亲达成交易。村里的老姑娘这么多,急于嫁出去的呼声响彻全村。她们一到星期六早晨,天刚蒙蒙亮,就把自己梳洗得干干净净,跑到果园里去捉小鸡,好拿到酒馆里去和犹太人换酒喝。到了下午,她们就站在屋角处,朝四周望去,看看有没有媒人来提亲。我还看到过,有的姑娘站在屋顶上朝我挥动着手帕,大声叫道:马特乌什,到我这里来!到我这里来!她母亲也跟着喊:马特乌什,先到卡霞这儿来!先到卡霞这儿来!我会加块黄油和一打鸡蛋做嫁妆!马特乌什,你就选卡霞吧!"

男人们都被他的幽默逗得捧腹大笑,只有克温布家的姑娘们不买账,纷纷指责起他来。

老克温布只好大声叫道:"姑娘们,别吵了!你们就像雨前的喜鹊那样叫个不停。"

可是,吵闹声一时还无法停息下来,为了让大家安静,他问马特乌什:"马特乌什,乡长打架时你在场吗?"

"我不在,听说科兹沃夫夫妇被打得很厉害。"

"是的,伤得不轻,样子很惨……难道乡长就能为所欲为吗?"

"村民们供给他面包,把他养得像头公牛!"

"是啊,如今最主要的问题是,他谁也不怕,谁也不敢出来和他作对。要是别人犯了这事,肯定会受到惩处,但是他却丝毫无损,他和政府官员相交甚密,早就横行乡里无法无天了。"

"那是因为你们都是群绵羊,任由他来领导,以至于他专横跋扈,凌驾于大家之上,奇怪的是现在还没有人去吻他的脚呢!"

"是我们选举他的,所以才要服从他的管理。"

"我们既然能选他,也就能把他拉下台!"

"小声点,马特乌什,别大叫大喊,让人听见。"

"谁听见了,就请他去转告乡长,让乡长来对付我好了!"

"能和乡长作对的只有马捷伊,可是他还不省人事。别的人都不敢出头,只顾着自己的利益。"老头子一说完便从凳子上站了起来。

大家也随之站了起来。吃过午饭后有的人去休息,有的人到大路上去伸伸懒骨、放松放松皮带,姑娘们则到池塘里去洗洗锅碗,消遣一下。马特乌什立即去竖柱子,给房子搭好支架。克温布则坐在大门口抽起烟来。

"凡是替别人打抱不平的人,都会给自己惹下大麻烦!"他一边抽着烟一边喃喃说道。

太阳正照在屋顶上空,天气有些炎热,田地那边吹来的风都是一股暖风。果园一片寂静,阳光投射在轻轻摇曳的树枝之间,花瓣纷纷飘落在草地上,落英缤纷。蜜蜂在苹果树上嗡嗡采蜜,池塘里也是波光粼粼。就连鸟儿也停止啾鸣了,整个世界都沉浸在午后的昏昏欲睡之中。

为了不让自己打瞌睡,克温布爬到了藏土豆的地窖里。

过了一会儿,他便出来了,抽了一口已经熄灭了的烟斗,吐了口唾沫,便把一撮遮住脸孔的长发甩了甩。

"你看了?怎么样?"他妻子从过道里伸出头来问道。

"看了。要是我们每天只吃一顿土豆,也只能挨到新的土豆成熟。"

"啊,一天只吃一顿?!这么多年纪小的,为了健康,需要更多食物。"

"有什么办法呢?家里人多,十张嘴,而且他们胃口都很大,我们得想想其他办法!"

"你想到了小牛犊,是吗?不管怎么样,我警告你,绝不能卖它。还是想想别的办法吧,我绝不允许你把牛卖掉!你要好好记住这点!"

他把手一挥,像是在赶走一只嗡嗡叫的黄蜂似的。看到老婆走了,他又点着了烟斗。

"狗娘养的老婆子……如果饿急了……一头小牛又不是什么圣物,哪能不卖呢?"

这时候,阳光直射到他的眼睛里。他背转身去,继续一口口地抽起烟来。他松了松腰带,因为吃土豆吃得太撑了。天气炎热,鸽子在屋顶上咕咕乱叫,微风吹动着树叶,他也昏昏欲睡,身子靠在了墙上。

"托马什!托马什!"

他睁开眼睛,只见身旁坐着阿加塔,胆怯地望着自己,轻声道:

"你的日子不好过,我身上存有几个小钱,如果你需要的话,尽可拿去用。我本来是留给自己办后事用的,现在看到你急需用钱,就先借给你用好了。卖小牛是很可惜的,它出生时我还抱过它……它是一头奶牛……如果天主保佑,我能活到收获的季节,到时你再还给我就是了。急需用钱的时候向亲戚借钱,对于一个有田有地的农民来说,也不是什么丢脸的事,你就把钱拿去用吧!"她把手中捏着的银币——三个卢布递给了他。

"不要,你藏好,我会想出其他办法来的。"他不好意思地说道。

"你就收下吧,我再加半个卢布,拿去!"她小声请求道。

"上帝保佑你,不要!你真是个善良的人!"

"这里还有三十个兹罗提,你都拿去!"她朝钱袋子看了一看,从中掏出一张张十兹罗提的票子,"拿去吧!"她压制住泪水不让它流下来,每掏一次钱,她的心就要痛苦一次,因为这些钱都是用她的心血换来的。

这些银币在太阳底下闪闪发光,具有不小的引诱力,他的眼里露出贪婪的目光。可他深深地叹了口气之后,还是竭力克制住了自己的贪欲,转过头去,低声道:"你一定要把钱藏好,别人看见了会把它偷去的。"

她再三要求他收下,但他坚绝不要,于是她只好默默地把它收进钱袋里,藏进她的藏宝之地。

"你怎么不和我们住在一起呢?"过了一会儿,他问道。

"不合适。我什么也干不了,连放鹅都不行。我不能吃闲饭……可我的身子一天不如一天,只有等死。当然,能死在亲人家里最好,哪怕是和小牛住在牛棚里也不错。……我也不会给你们增添什么麻烦的……我这里留有四十个兹罗,供我安葬用的,也许还能替我做一次弥撒,像给农民做的那样……我会把羽绒被留给你们。你们不用担心,我会很平静地死去,而且也活不了多久了……"她支支吾吾地说道,心里十分不安,等着他让她留下来的肯定答复。

可是他默不作声,装出一副没有听明白她的话的样子,之后,伸了伸腰,打了个哈欠,不停地在房前屋后、谷仓过厅走来走去。

"像他这样有地位的农民……怎么能收留我这个要饭的老婆子……"她小声呜咽着,抬起水汪汪的眼睛望着他。

随后她慢慢站了起来,朝外面走去,她常常咳嗽,在池塘边上停下坐了一会儿,然后又继续朝前走去,像平日那样,在村里寻找一处能够安身的地方,好让自己像个家庭主妇那样离开人世。

她艰难地行走着,想找到一个富于正义感的人,可是,她感觉自己就像大风中的游丝那样飘来飘去的,不知道何处是自己的归宿。

村里的人都取笑她,开玩笑说,她应该住在有亲属关系的人的家里,并装出友好的态度对克温布一家讥讽道:

"你们应该接受她,而且她还有自己的丧葬费,她在你们家里也不会待很久的了。如果你们家不接受，她能去哪儿呢？"

当天晚上，克温布把阿加塔的事给他老婆说了说，克温布太太便想起了村里人的种种议论。不过这时候，他们都躺在床上了，孩子们也发出了鼾声，她便小声又心急地对丈夫说道：

"睡觉的地方还是能找到的……她可以睡在干草堆上，我们也可以把鹅群转移到别的棚子里。至于吃的，她吃得不多。她也不会活很久了，何况她还准备了丧葬的费用。……这样一来，别人就不会说怪话了……还有那床羽绒被，也会留下给我们，这样的羽绒被是很难搞到的。"

但是，克温布却用鼾声回答了她，直到第二天早晨他才说：

"如果阿加塔一个钱也没有，我们倒可以接受她，我们不得不按照上帝的旨意来行事。但是现在，我们要是留下了她，别人就会说我们是贪图她的钱财。以前我们就受到过这种指责，说我们对她的外出乞讨置之不理……不，我们不可以收留她。"

对丈夫一向言听计从的克温布太太也不再说什么了，不过，她还是很惋惜那床羽绒被，却也无可奈何，只好急忙前去叫醒姑娘们，让她们起来工作。

今天必须把洋白菜种完。和昨天一样，今天风和日丽，是个真正的五月天气。微风吹来，地里麦浪起伏，果园树木沙沙作响，花瓣轻轻飘落在地上。空气清新，带有泥土和鲜花的芬芳，紫丁香和樱花的香味扑鼻。从森林里面传来了群鸟欢快的歌声，铁匠铺里，铁锤和铁砧的叮当声响个不停。天一亮，大路上便人来人往，叫喊声不断。妇女们拿着盛满洋白菜菜秧的篮子往菜地里去了，一路上都能听见人们在谈论昨天的集市，以及乡长的斗殴事件。

早上的露水还没有被晒干，黑色田地的犁沟里还有积水，在阳光的照射下闪闪发亮，红色的衣裙点缀在黑色和翠绿的田野上。

克温布太太和女儿们到地里去了，而克温布和儿子们则给马特乌什当下手，对房子进行加固。

这时候，开始热了起来，老克温布便把工作交给儿子们，自己则叫上巴尔切莱克一起去看波利那。

"这真是个好天气，老兄！"克温布从巴尔切莱克的烟盒里拿了一撮鼻烟，说道。

"是不错，但希望不要热太久。"

"周围都下雨了，我们这里也快了！"

"树上长虫子了，也许会出现干旱。"

"春播的庄稼都长得很慢，要是出现干旱就完了。但愿上天保佑，不会到这一步。集市上有什么情况？你打听到有关马的消息吗？"

"我给了警官三个卢布，他答应办理！"

"我们缺少的就是安全感，我们住在屋子里，就像野兔子一样，惶惶不可终日，不知道该怎么办好。"

"乡长也不过是个傀儡！"巴尔切莱克压低声音说道。

"我们得考虑换个新的。"克温布插了一句。

巴尔切莱克望了望克温布，他便又加了一句：

"他给我们村子带来了多大的耻辱啊，你听说过昨天的事吗？"

"人人都可能吵架，这不算什么大事。更令人担心的是，他会和上面串通起来，增加我们的赋税。"

"他一个人是干不了的，还有会计、文书和其他官员的监督。这等于让一群饿狗去监守肉一样。是的，他们会去监守的……到最后，我们还得为他们的监守自盗付出更大的代价。"

"那又有什么办法呢？你还听到什么消息没有？"

巴尔切莱克吐了口吐沫，搓了搓手，便不再说话了，他是个倔强的人，又很怕老婆，因此话很少。

他们来到了波利那家。

尤什卡正在台阶上削土豆，见他们来了，说道：

"你们进去吧，爸爸一个人在床上躺着。汉卡去种洋白菜了，雅格娜回她娘家去了。"

房间里很空旷，透过敞开的窗户可以看到丁香树的树枝，阳光透过绿树叶射入房内。

老人躺在床上，瘦了不少，憔悴的脸上长满白胡须，头上还绑着绷带，发青的嘴唇动了动，像是要说什么似的。

他们向他问候，但他没有回答，甚至连动都没有动一下。

"你不认识我们了？"克温布抓住他的手问道。

他什么都不知道，好像是在专注地听着燕子从拱顶下的窝里发出的呢喃声，或是窗外树枝擦着墙壁的沙沙声。

"马捷伊！"克温布摇晃着他，又叫了一声。

病人颤动了一下，眼睛睁开了一点，向他们看了看。

"你能听见吗？我是克温布，他是巴尔切莱克，我们都是你的兄弟，认出我们来了吗？怎么样？"

他们都在注视着他，期待着他的回答。

"农民兄弟们，这里只有我一个，快到我身边来，狠狠地揍这些狗杂种！狠狠地打呀！"马捷伊突然用高亢的声音喊叫起来。他举起手来，似乎是要挡住别人的拳头，可很快又垂在了床上。

尤什卡听到叫喊声便立即冲了进来，把湿毛巾盖在他的脑门上。他又恢复了他那一动不动的状态，眼睛睁得大大的，闪闪发亮，但神情又特别恐惧。

他们不一会儿便离开了，心里无比痛苦和悲伤。

"他躺在那里就像具死尸，而不是个活人！"克温布回头看了看屋子，伤心地说道。

尤什卡又回到台阶上去削土豆了，孩子们在墙边玩耍，维特克的那只鹳鸟在果园里跳来跳去的，而清风则把树枝吹得遮住了敞开的窗口。

他们俩沉默而又悲伤地走在路上，仿佛是刚从墓地回来似的。

"人人都会落到这个地步的！人人都会……"克温布眼里充满了泪水，小声说道。

"是啊，人人都会如此……这是上帝的意旨，我们有什么办法呢？……可是，要是没有森林那件事，他还是能活好多年的……"

"那是一定的。他要死了，别人会从他的死亡中得到好处。"

"山羊只会死一次，但死了也就死了，不会来第二次。"

"也许过不了多久，我们也会跟随他去的。"

他们用冷漠的眼光望着周围的一切，望着那波浪起伏的麦地、清晰可见的远方森林，望着那翠绿的田野和明朗温暖的春日中的一切。可是，他们的心中有一种放弃所有和听天由命的想法。

"一切只有听天由命，人是无法改变的。"

说完这句，他们就分开了。

这一天还有别的人也来看望老波利那，后面几天也有人来过，可是他谁也不认得，到最后，就再也没有人来看望他了。

"他需要的，就是一场祝他早日离世的祈祷了！"神父说道。

每个人都有烦心事和苦衷，忘记了他也是自然而然的，人们偶尔谈及他，也是把他当作死人来看待的。

的确，这个老人孤零零地躺在那里，仿佛已经是躺在一座杂草丛生的坟墓里了。还有谁记得他呢？

有过这样的情况——一连好几天，他连口水都喝不上。如果不是维特克的心肠好，老波利那差点就要饿死。维特克总是想方设法去搞些东西来喂这个老东家，有时还会偷偷去挤些牛奶来喂他，病人也对他特别亲切。

有一次，维特克惴惴不安地问起长工彼得来：

"彼得，没有忏悔过的人，死后就要下地狱，这是不是真的？"

"是真的，神父在教堂里就是这样教诲大家的。"

"这么说来，我们的老主人就要下地狱了！"他担心地画了个十字。

"他和其他人一样。"

"哎，这样的主人竟会和其他人一样！"

"你真笨得像个洋白菜头！"彼得有些气愤地说道，因为他觉得维特克不大相信自己的解释，并认为主人会与众不同。

在波利那的家里，日子就这样日复一日地过去了。然而现在，利普查村又像热锅似的沸腾起来了。

打架事件的双方，都在为寻找证人而忙碌着，都在拉拢乡亲们。

和科兹沃夫打架这件事并不那么重要，但乡长却全力以赴，不敢丝毫大意，但由于他地位特殊，很快就占据了上风，村里的半数村民都站在他的一边。大家都知道乡长的行为不端，但他毕竟是一乡之长，许多事情都得仰仗他，谁若是反对，他就会给谁小鞋穿。因此他又是劝说又是请人喝烧酒，拉拢了村里的大部分人来做他的证人。

科兹沃夫已重病，在家卧床不起，神父已经给他做了临终圣餐。对于他的病况，却是众说纷纭，有人悄悄说，他的病是装出来的，好让乡长在法庭上受到更大的惩处。真相如何，只有上帝知道。科兹沃夫太太天天在村子里跑来跑去，向村民倾诉她的苦衷。她说她为了医治丈夫的伤病，已经把家里的一头母猪，连同一窝小猪都卖掉了。她每天都在乡长家的门口大声咒骂，声称她的丈夫巴尔特克快要死了，她呼吁天主保佑她的丈夫，恳请一切正直的人为他们做证，以救助他们。

只有那些弱势的穷人和软心肠的女人站在她这一边。在支持的人群中,甚至还有一位姓科布斯的农民。他是个并不富裕的农民,爱招惹是非和打官司。

有人不爱听科兹沃夫太太的唠叨,也有人赞同她的说法,还有人替她出谋划策,劝她同乡长和解。

这样一来,村子里又是一番热闹景象。科布斯说话口无遮拦,性情又暴躁,常常挥舞起拳头来,而妇女们说话也很刻薄,无所顾忌。

他们无比愤怒,因为找不到办法来打败这个乡长与富裕农民的联盟!甚至连犹太人也在嘲笑他们,不再赊账给他们。

这样的情景大约过了一个星期,人们便听腻了这些控诉和抱怨,便不再关注这件事了。

然而,这个时候却出现了转机,全村又热闹起来了,因为普沃什卡和磨坊主联合起来,公开而又大力地支持科兹沃夫夫妇。其实,他们对这个案子并不热心,而是另有所图,都想为自己创造最大的利益。

普沃什卡野心很大又阴险狡诈,对自己的财富和智慧都特别自信。而磨坊主呢,为了金钱,可以不惜生命。于是两派开始了没有硝烟的激烈的战争,可表面上都很友好,依旧客客气气,互叙家常,甚至还会携手步入酒馆,共饮美酒。

但是那些机智聪明的利普查村人,很快就看出了他们并不是在为正义而战,也不是替科兹沃夫夫妇申冤泄愤,而是别有所图——争夺乡长的职位。

"既然他能利用职权发财,那么别人为什么不能呢?"老人们频频点头赞赏道。

时间就这样一天天过去了,村里的混乱也在与日俱增。直到有一天,村里的家家户户都听到这样一条消息:

"德国人在酒馆住下了!"

"他们一定是看上波德列斯村了。"有人这样猜想道。

"让上帝把他们带走吧……我们不需要他们！"另一个人应道。

人们既好奇又不安。德国人到来的消息不胫而走，从一家果园传到另一家果园，人们在篱笆旁边议论纷纷，也有人跑到酒馆去，想看个明白。

正如大家所说，德国人是乘坐着五辆马车来的，他们的马车用的都是铁轴，而且漆有黄蓝两色，每辆马车上都有布篷，车内坐着女人，还堆放着不少的东西。而在酒馆的柜台前，有十个德国人在喝酒。

这些德国人个个身强体壮，满脸胡须，穿着深蓝色的外衣，肥胖的腰上挂着银链条，脸上红光闪闪，显然是美酒佳肴所致。他们正在和犹太人商量着什么。

农民们成堆地站在他们旁边，边喝着烧酒边大声说话，还有意望着德国人，偷听他们的谈话，但都听不懂他们在说些什么。马特乌什会说依地语，而且相当流畅，令酒馆老板深感惊异，但德国人只是瞪着眼望着他，没有答话。乡长的弟弟格热拉对他们说了几句德国话，德国人听了之后，像猪槽旁边的猪一样相互咕噜了一番，就转过身去，背对着农民们。

马特乌什见此情景，怒火中烧，叫道："我们要把他们的猪鼻子打掉！"

"该用棍子去捅捅他们的腰，他们才会说话！"

亚当·克温布是个性急的小伙子，他咬牙切齿地闷声道：

"我去揍边上那个人的肚子，要是他还手，大家就一拥而上大打一场。"

大家都把他拉住了，德国人也意识到了威胁的存在，买了一桶啤酒就离开了酒馆。

"这些穿长裤的家伙，别急着走呀，小心走快了裤子掉下来！"

"这些猪杂种！"农民们在他们驾车离开后大声叫道。

德国人一离开，这个犹太老板便告诉农民们，德国人几乎已把波德列斯买下来了，他们是来考察移民区的，看看能不能住下十五户德国移民。

"我们被困在这狭小的开垦地里，他们则可以在广阔的田地里任意耕种！"

"我们把它赎回来，不能卖给他们。你动动脑筋，看怎么办好？"斯达赫·普沃什卡对格热拉说道。

马特乌什用拳头朝柜台狠击了一下，骂道："狗娘养的！这真是个棘手的问题。要是德国人在波德列斯定居，我们就无法在利普查村活下去了。"他对此确信无疑，因为他是个见过世面的人，很了解德国人。

开始大家都不相信，然而每个人又都惶恐不安，都在思考如何去面对这样的邻居将给利普查村带来的灾祸。

每天都有牧人和过路的人带来消息说，波德列斯那里已经丈量好了土地，立好了石碑，挖好了水井。

出于好奇，一些人便穿过磨坊朝沃拉那边走去，想证实这个消息的真实性。然而，这件事情的真相如何，他们却无法知晓。

大家去劝说铁匠，让他去探听真相，因为他和德国人有过来往，后者求他打过马掌。但是铁匠拒绝了，总是支支吾吾的。

直到乡长的弟弟格热拉前去打听才得知真相：地主借了一个德国人的一万五千卢布，没有钱还债，于是德国人就想用波德列斯来抵债，差额用现金来补齐，地主同意，却暗中在寻找别的买主，因为德国人每垧地只愿出六十卢布。

"但是，他不得不同意，因为他的府宅里都是来要债的犹太人，他们都在向他讨债。护林员告诉我，连他家的母牛都拿去抵债了，能卖的都已经卖光了！而他又在为森林的事和我们打官司，不能砍伐。他已经走投无路了,再低的价钱,他也只好把波德列斯卖掉。"格热拉这样说道。

"这么好的土地,即使每垧地卖一百卢布也不为多。"

"那你就用这个价去买好了,地主一定会乐意卖给你的!"

"嘿,没有现金,我又不能变出钱来。"

"德国人一定会得手的,而我们会一无所得!"

他们一边说着一边叹息着,失去这样好的土地,他们特别遗憾,甚感悲痛。他们每家才几垧土地,村里的人都像蚂蚁窝那样挤在这么一块狭小的开垦地上。要是有这么一块肥沃的田地,让儿子和女婿去种,该有多好呀!他们可以建个新的村子,还能有牧草丰盛的牧场,水源也丰富……可是,只要德国人一住下来,他们就会掌管这里的一切,就会把穷苦的农民们欺压得无法生存了。

"所有这一切,该怎么办呀?"老人们看到在路上玩耍的孩子们便不无伤心地感叹道,"他们家徒四壁,生活都很困难,怎么有钱去买地呢?"

他们都在开动脑筋想办法,甚至还请神父出主意。但他也想不出什么办法来,还说:"空壶里是倒不出水来的,谁有钱谁不用发愁。可是穷人无论走到哪里都会遇上逆风的。"

怨天尤人、痛哭流泪,都无济于事。

令人更加难受的是,天气越来越热,现在才到五月底,却热得像七月一样炙人。每天天一亮,便又是寂静又是闷热,太阳像团火似的高悬在蔚蓝的天空中,所有的高坡上和沙土里的蔬菜都枯萎了,荒地里的野草也发黄了,溪河里的水干涸了,种下的土豆刚开始长势不错,现在却小得可怜。只有去冬种下的麦子,没有受到大的影响,又高又大,麦穗饱满。被麦穗包围的农舍低矮得仿佛沉入了地里,只有在麦浪起伏之时屋顶才能显现出来。

晚上也非常闷热，大家都不愿待在屋子里，都到果园里去睡觉。

在这样闷热的天气里，各种麻烦也接踵而来。普沃什卡和乡长的明争暗斗，再加上比往年更难熬的艰难生活，让利普查村变得更加喧闹了。

现在人们很关注别人说了什么、干了什么。人人都喜欢和别人争吵，使得村里很不平静，每天只要天一亮，便能听到争吵和咒骂之声，每天都会有新的事件发生。科布索夫夫妇打架，不得不请神父来解决。还有就是巴尔切科娃和古尔巴什的争斗，那是因为一家的小猪吃了另一家的胡萝卜而引起的。还有普沃什科娃因小鹅混杂在一起而与村长家争吵。有的因为孩子们而起纠纷，有的因为邻居间的一言不当而发生矛盾冲突，有的因为东西损坏而互相拳脚相加。总之，村子里的一些小打小闹，如同瘟疫一样，渐渐演变成了大声漫骂、斗殴和诉讼的大事件。

就连雅姆布罗兹也会在陌生人面前嘲笑这样的暴躁脾气，说：

"感谢天主，在收割之前能让我活得轻松，没有生，也没有死，没有人结婚，每天都有人给我送来烧酒，还会付给我小费，因为需要我当证人。我倒希望他们再争斗几年，那样一来就会有酒让我喝到死了。"

总而言之，利普查村的情况真是糟透了，而最糟糕的是多米尼科娃家。

西蒙是和大家一起回来的，安德烈的伤病也痊愈了，他们家的经济状况也比一般人家的要好。照理说来，他们家的生活应该和过去一样好。其实不然，两个儿子不再听从母亲的吩咐，闹起独立来了，他们总是针锋相对，相互对骂，不愿挨打，也不愿再干女人干的那些家务活了。

"要么你去请个女佣来，要么就你自己做！"他们坚决地回答道。

263

多米尼科娃一直很专横，用铁腕手段来对待他们，这么多年来没有一人敢反对她的。现在呢，敢于和她拌嘴，不听她使唤的，竟是自己的儿子。

"慈悲的天主啊！"她火冒三丈，大声呼叫着，顺手抓起一根棍子就要打他们，想用暴力来促使他们听话，但是他们竭力反抗，和母亲抗争。他们几乎每天都在争吵中度过，天天围着房子你追我跑，邻居们来劝说一番之后，他们才会安静下来。

在多米尼科娃的恳求下，神父把她的儿子们叫去劝说了一番，要他们和母亲和解。他们顺从地听着神父的劝说，还彬彬有礼地吻了吻他的手，非常恭顺地抱了抱他的脚，可是一回到家里，他们依然是我行我素，毫无改变。

"我们又不是小孩子了，知道自己应该怎么做了，这要母亲先让步才行。全村的人都在讥笑我们呢……"他们解释说。

多米尼科娃气得脸色蜡黄，她忧心忡忡，却绝不退让。不过她如今已不能像过去那样，每天不是待在教堂里，就是走家串门，跟人闲聊。现在她得留在家里管家务，虽然雅格娜常常来帮忙，但女儿也不是省油的灯，让她感到羞耻和失望。多米尼科娃是站在乡长这一边的，她特别讨厌科兹沃夫，他们打架时她就在场，而且一直是看着乡长的所作所为的。

乡长几乎每晚都来她家里，表面上是来向她请教，实际上是来叫雅格娜，两人一起到果园里去谈情说爱。

村里的事情是很难瞒住大家的。这两人的罪恶私情，越来越明目张胆，已经有好几个人向多米尼科娃提出了忠告。

可她也无能为力，无论她怎样祈祷，怎样哀求，雅格娜就是无动于衷，依然我行我素，好像是在故意惹母亲生气似的。因为，在雅格娜看来，即使是最深重的罪孽，最难堪的辱骂，也比待在她厌恶的丈夫身边要好受得多。是罪恶在引诱她,谁也无力阻止她这样做。

汉卡对此一清二楚,所以她对大家说过这样一番话:

"只要乡长还没有失去他滥用公款的权力,雅格娜爱怎么样,就让她怎么样吧!乡长不惜任何代价,从城里带来她所要的一切,要是可能的话,他都会用金子把她包装起来。就让他们去胡闹吧,我们等着看结局就是了,现在关我屁事!"

的确,她自己的麻烦事已经够她受的了!她不惜向律师付了一大笔费用,但至今也无法确定安特克什么时候会受到审判,也不能确定他的结果是什么。在监牢里的安特克日渐消瘦憔悴,期望着上帝的慈爱。而家里的情况也在恶化,她无法面面俱到。长工彼得也变得懒散了,显然是受到了铁匠的怂恿,可以说是为所欲为。有一天她进城去了,他就一天不劳动,在村里闲逛。她威胁他说,等安特克回来后,便有他的好果子吃的。"他会回来?等着吧!土匪是不会释放他的!"他傲慢地回答道。

这种气人的话让她火冒三丈,真想上前给他一巴掌。但她知道,即使这样做了也不会有什么改变的,于是她只好默默地忍受了下来,等待以后的有利时机。如果彼得走了,家里所有的活儿都必须由她一人来承担。实际上她现在已经难以为继,身体都快被累垮了,俗话说"钢铁都会生锈,石头都会风化",何况一个产后虚弱的女人!

五月底的某一天,神父和风琴师乘车到某地去参加庆典了,而雅姆布罗兹则经常和德国人一起到酒馆去喝酒,以至于这一天竟没有人敲响晚祷的钟声,也没有人打开教堂的大门让信徒们去做五月的礼拜。

于是大家只好聚集在墓地门口来举行祈祷仪式,那里有一座小庙,里面有一尊圣母像。每年的五月里,姑娘们会替圣母披上彩色纸带,替她戴上金黄色的头冠,摆上一束束的鲜花。她们还会尽力修缮,把它保护好,不让它倒塌。这座小庙年代久远,风吹日晒雨淋,已是破旧不堪，甚至连鸟儿都不愿在里面筑巢。只有在秋雨骤下的时候，牧童会在这里躲雨。墓地的树木——古老的菩提树、细长的白桦树，还有歪斜的十字架，为它挡住了冬日的狂风暴雨。

现在，这里聚集了许多人，他们把神庙收拾得干干净净，用红花绿叶装饰，还在地上铺撒了黄沙。在圣母像的下面摆放了许多小蜡烛和小灯后，大家便虔诚地跪了下来进行祈祷。

铁匠跪在最前面的摆满郁金香和玫瑰花的门口，第一个开口唱了起来。

正是太阳西沉、暮色降临之际，不过西方依然是红霞满天、金光灿烂。高空则是淡绿色，四周寂静，白桦树的枝条下垂摇曳，有如瀑布。麦穗弯垂，仿佛在倾听溪水的潺潺声响，和蟋蟀的尖锐叫声。

最后一批牲口都在返回牛棚，整个村子里，田地和田畔都已模糊不清，暮色苍茫中传来了牧人的高亢的歌声，其中还夹杂着牛群的哞哞声。信徒们正在大声歌唱，眼睛凝望着圣母那慈祥的脸孔和伸向信徒们头上的祝福圣手。

> 晚安，芬芳白洁的百合花，
> 晚安！

从墓地里飘来了小白桦树的芳香，夜莺开始试唱，继而加大力度，于是像流水般的歌唱声澎湃而起，有如金玉般的旋律和奇妙动人的乐曲，令人心旷神怡。在不远处的麦地里，雅切克也给大家拉响了小提琴，琴声如此甜美、温柔、迷人，犹如丰满的麦穗所发出的美妙声音，又似金黄色的天空，或者干旱的土地在吟唱五月的赞歌。

人群、鸟儿、小提琴，都在齐声欢唱，在它们休息的间歇——夜莺停止歌唱，小提琴正在歇口气时，数不清的青蛙一齐发出了高亢的呱呱声,仿佛是一场整齐的合奏,在催促那些音乐重新开始。这两种乐声不时地交替出现……

礼拜进行了很长的时间,铁匠加快了速度,提醒大家:"唱快点,别拖长!"于是他拼命提高声音,还不时对大家喊道,"大家唱快点!"有些人的确是把节奏拉长了。他甚至对马秋斯·克温布厉声叫道:"别像头公牛那样哞哞乱叫!"

他们的声音终于和谐一致了,也更合拍了,歌声就像一群白鸽在灰暗的天空中悠闲地翱翔。

晚安,芳香白洁的百合花,
晚安!
我们衷心敬爱的马利亚!
晚安!

此时天已全黑,夜晚温煦而宁静。天空上出现了几颗星星,犹如发光的露珠,人们开始散去。

姑娘们一对对的,相互挽腰而行,一路上都是欢歌笑语。

汉卡手上抱着婴儿,一直在边走边想事情。铁匠走上前来和她搭讪。

汉卡没有说话,快到家了,她看到他不想离开,才开口说道:
"你要进来吗,米哈乌?"
"我就在台阶上站一会儿,我有话要给你说。"他小声说道。
她心中有些担心,难道他又带来了什么坏消息?
"你去见过安特克吗?"他首先问道。
"去过,但他们不让我进去见他。"
"我担心的就是这个。"

"你知道什么你就说好了!"她感到身子有些发软。

"我能知道些什么呢?只不过从警察局探员那里打听到一点消息而已。"

"什么消息?"汉卡靠在柱子上,把婴儿抱得更紧了。

"他说,在审判之前,安特克是不会被放出来的。"

"什么?这和律师跟我说的完全不同呀。"她全身都在发抖,结结巴巴地说道。

"说是害怕他会逃跑,类似这样的案子,他们绝不会放人。你要知道,我今天完全是以朋友的身份来看你的,过去我们之间发生的一些事情,那就让它过去好了,不要再提。你以后终究会明白,我是认真说的。……你相信不相信,这是你的事情……但是现在你要好好地听着,我说的话,就跟向神父忏悔时说的一样。安特克的处境很不妙,他们对他的判罚会很重,也许会判十年徒刑,你听说过这事吗?"

"我听说过,但我一点也不相信。"她突然镇定了下来,说道。

"如果没有见到,谁都不会相信,不过我对你说的可都是真话。"

"你一贯都是这么说的。"她带点嘲笑地答道。

他好像被惹怒了,热切地保证说他没有恶意,而是抱着友好的态度来和她商量事情的。她一边听着,一边焦急地朝四周观望。母牛还没有挤奶,饿得哞哞叫,鹅群也没有被赶进棚里去,小马驹和瓦帕正在院子里追逐嬉玩,孩子们在谷仓里玩耍打闹。她不再相信他说的话了,但还是任凭他说下去。也许能探听到他是为什么而来的——她这样想着,同时也提高了警惕。

"那我该怎么办呢?"她装着糊里糊涂地问道。

"办法是有的。"他小声说道。

她转过身来面对着他。

"花笔钱去买通他们,安特克就会在审判之前被释放出来,以后就好办了，他可以到美国去……他们不会去那里抓人的……"

"我的天啊，到美国去！"她不由自主地喊叫起来。

"小声点！我说的可是件极其秘密的事，是地主告诉我的。他说：让他逃走吧！……最少要判十年徒刑，一个农民的一生就完了！这是他昨天对我说的。"

"啊！要他离开我们的村子……离开我们的土地，离开自己的孩子！……啊，天啦！"她已经明白了他的用意。

"你就给钱去赎吧！其余的事就让安特克自己决定好了！……你把钱拿出来就是了！"

"我从哪里去弄钱呀？……我的天啊，要抛弃这里的一切，到那么远的地方去！"

"他们索要五百卢布！你不是掌管着公公的钱吗？……你先拿来赎人……然后再想法补上……救安特克最重要……"

汉卡双脚跳了起来。

"你就像这条狗似的，老是在这里吠叫不停。"她说完就想离开。

"你真是个傻女人！"他生气地嚷道，"我不过是说了这么一句话……你就为了这句话而生气……你要知道安特克在牢里变瘦了。……我会告诉他，你为了他的释放，花费了多大的精力。"

汉卡重新坐了下来，她不知道该怎么办了。

他又花了很长时间向她讲起美国的事来，说他那边有熟人，他们经常写信回来，甚至寄钱给他们的家人。还说到美国多么美好，人人都能按照自己的意志行事，都能发财致富。安特克马上就能过去，他认识一个犹太人，这个人已经把好多人送出国了。像这样逃到国外的人已经不在少数。汉卡以后也可以去，没人会在意。等格热拉从军队中回来，用他继承的那部分遗产还清债务，如果还不了，想购买财产的商人是不难找到的。

"你可以去请教神父,你就会知道,他会同意我说的这些的。你要知道,我是个正直的人,是诚心实意为你们好,而不是为了我的私利……不过这件事你对谁都不能说,绝不能让看守知道了,否则你就是花一千卢布他们也不会放人,甚至还会给安特克戴上手铐脚镣。"他很严肃地说完了这段话。

"我去哪儿弄这么多钱来?!"

"我认识一个莫德利查人,他愿意借钱,但利息较高……我还认识别的人……钱是有办法搞到的……你就交给我好了,我会想办法弄到钱来的。"

他劝了她很久,不停地说来说去。

"你好好地考虑一下,不过要快做决定。"

说完他便悄悄溜走了,因为夜黑,她也没有看到他的背影。

已是夜深人静,家家户户都睡觉了。只有维特克坐在墙边,像是在等候他的女主人。整个村子静悄悄的,连狗都停止吠叫了。河水潺潺流淌,鸟儿已在果园栖息。月亮高悬,恰似一把银色的弯刀在幽暗的高空中飘移。低沉的白雾覆盖着草场,黑麦地上点缀着浅黄色的花粉,池塘的水面透过树木的掩映闪闪发亮,就像冰场一样。在这万籁俱寂中,只有夜莺的歌声不时传到人们的耳中。

汉卡坐在那里一动不动,仿佛被钉住了似的。

"我的天啊,要离开村子,离开土地,离开一切!"她翻来覆去地一直想着这个问题。

她越想越感到胆战心惊,恐惧每分每秒都在增长着,她那颗心被痛苦和惊恐压缩成了一团。

瓦帕在院子里吠叫,夜莺停止了歌唱,晚风吹拂着树木的枝丫,发出沙沙的声音。

"瓦帕看见了古巴的魂灵!"维特克喃喃道,他害怕得连忙在胸前画着十字。

"小傻瓜,快去睡觉吧!"汉卡催他去睡觉。

"他每次来,都要去看看马……给槽里添些草料……已经好多次了……"

维特克说的这些话,她根本没有放在心上。此时此刻,屋外更加寂静了。她静静地坐在那里,被痛苦搅得有些昏头昏脑了,嘴里一再地念叨着:

"逃离整个世界!永远都不回来!仁慈的天主啊!永远都不回来!"

第九章

在圣灵降临周,各家各户用来装饰门面的绿枝绿叶还未完全枯萎的某个早晨,罗赫竟出乎意料地回来了。

他先去做了弥撒,和神父进行了长时间的交谈,然后才出现在村里。村里很少有人在家,大家都忙着土豆地里的活儿,但消息依然不胫而走,使得大家纷纷来到路上,欢迎这位久未见面的老人。

罗赫依然和从前一样,挂着手杖,昂首挺胸地慢步走来。他还穿着那件带兜的灰外套,脖子上挂着念珠。春风吹动着他那灰白的头发,他瘦削的脸上依然流露出特别慈祥和喜悦的神情。

他凝望着村里的农舍和果园,欣喜于所看到的一切。他热忱地和每个人打招呼,慈祥地摸摸拥到他身边的孩子们的脑袋,也向妇女们表示问候。他还为村里的一切已恢复旧貌而感到高兴。

大家都非常好奇地问他:"这段时间你去了哪儿了?"

他回答道:"我是到琴斯托霍瓦去赎罪的!"

大家都为罗赫的回来感到高兴,在路上就争先恐后地要把利普查村发生的事情告诉他,有的人还求他出主意,向他抱怨邻居的不是。也有人把他拉到一边,向他诉说自己的困难和苦恼。

"我今天累极了，得休息一两天！"他向大家解释道。

于是，大家都争着邀请他到自己家里去住。

"不过，我现在得先去看望马捷伊，我已经答应了汉卡。以后有谁想请我就到马捷伊家来找我，我会在他家待得更久一些。"说完，他立即赶到了波利那家。

汉卡无比高兴地把他接进了家里，并且想真心实意地招待他。罗赫赶忙放下布袋和手杖，过去看波利那。

"你去看我公公吗？他睡在果园里，屋里太热了。我会趁你去看他的这段时间给你煮牛奶，如果你喜欢的话，再煮几个鸡蛋，好吗？"

罗赫立即朝果园走去，他弯着腰穿过低垂的树枝，来到了波利那的旁边，后者躺在一张躺椅上，椅子上面铺有羽绒垫子，身上盖着一件羊皮袄。瓦帕蜷缩成一团，在他脚边守护着，而维特克的那只鹳鸟也在树木之间愉快地跳来跳去，仿佛是在放哨似的。

这座古老、稠密的果园枝繁叶茂，完全把阳光挡住了，只有几个亮点，像金色的蜘蛛那样，点缀着杂草丛生的地面。

马捷伊仰面躺着，树枝在他上面摇动，发出轻轻的响声，用阴影把他罩住。有时树木会被风掀开一个缺口，一道阳光会照射在他的脸上，而大多数时间他都处在树木阴影之下。

罗赫坐了下来。树木不停地沙沙作响，瓦帕有时在拍打着苍蝇，叽叽喳喳欢叫的燕子也在树木和翠绿田野之间盘旋飞舞。

病人立即转过脸来。

"你还认得我吗？马捷伊，认得我吗？"

病人脸上露出了一丝笑容，眼睛眨动了一下，发青的嘴唇轻轻动了一动，没有发出声来。

"如果耶稣保佑，你还是能恢复健康的。"

他似乎听懂了这句话，摇了摇头，不情愿地把脸转了过去，重又望着那摇曳不止的树叶,以及时时透过树枝射进来的那缕阳光。

罗赫止不住叹了口气,便离开了。

"你说说,我公公现在是不是好了一些?"汉卡问。

他沉思了很久,才用严肃低沉的口气说道:

"这是回光返照,蜡烛将灭时总要亮一下,照我看来,马捷伊是活不长了。我甚至感到惊讶,他竟能活到现在,他只剩下一副干枯的骨头了。"

"他现在什么都不吃,有时连牛奶都不喝。"

"你们要准备好后事,他随时都有可能离去!"

"是的,你说得对。啊,我的上帝!昨天雅姆布罗兹也说过同样的话,让我别再等待,现在就请人来做棺材。"

"你就去安排吧,不会等很久了。灵魂急于要离开这个世界,是无法阻止的,即使我们泪流成河,若不然,就会有人活上好几百年。"罗赫悲痛地说道,一边慢慢地喝着汉卡给他煮好的牛奶,一边向她问起村里的情况。

她先是告诉了他刚才在路上就听过的那些事情,随即又把自己遇到的种种困难也和盘托出。

"尤什卡去哪儿了?"他急切地打断她,问道。

"她同雇工和雅古斯丁卡一起到种土豆的地里去了。彼得到森林里去了,他帮斯达赫拉回木头来盖房子。"

"他要在这里盖房子?"

"是的,雅切克先生送给他十棵松树。"

"雅切克送他?有人对我说过这事,但我不相信。"

"的确是让人难以置信!刚开始谁也不敢相信这是真的,虽然雅切克先生口头上许诺了,但诺是人人都可以许的,俗话说得好:诺言像玩具,傻瓜才欢喜。雅切克先生给了斯达赫一封信,让他拿着信去见地主。甚至微朗卡都不赞成，劝他别白白浪费靴子，何必因相信地主而遭人取笑呢？但斯达赫固执己见，依然去了。他回来告诉大家，他到了那里把信送了进去，不一会儿地主就把他叫到了屋里，请他喝了烧酒，并对他道：'你把车赶来吧，护林员会为你选好十棵松树的！'克温布把马借给了他，乡长也借给了他大车，我也把彼得派去帮忙了。去了之后，地主在森林中的开垦地上等他们，还亲自给他挑选了十棵又长又直的松树，这些松树本是去年冬天要卖给犹太人的。斯达赫一共拉了三十车，才把木头和树枝都拉回来，现在斯达赫正在修建他那漂亮的房子哩，不用多说，他是多么感谢这位雅切克先生。很对不起的是，我们以前都把他看成是一个乞丐、一个傻子。大家也确实不知道他是靠什么来生活的，只看到他常常在圣像下和麦田旁拉小提琴。有时他还说些没头没脑的话，做些糊里糊涂的事，精神像是不正常……但是现在他却是个人物，连地主也要听从他的吩咐……在这之前，有谁想过他是这样的人呢？"

"不要以貌取人，最重要的是看他的行为。"

"可是他送了这么多的木材，根据马特乌什的估算，至少值一千兹罗提，只需一句感谢的话他就满足了，这样的事还从来没有过。"

"据说他想把那老房子接过来，想在那里度过余生。"

"咳，那座旧房子值不到一只木屐的钱！有人怀疑，这善举背后会有什么阴谋诡计。微朗卡还去向神父请教过，神父责备了她一番，说她真是个傻女人。"

"就是的！人家给了你，你应该感谢上帝才是。"

"不过，一般的人得到别人的赠送，尤其是地主老财送的，都会感到不可思议。可有什么人，完全出于善心给过农民什么东西吗？我们去求人办事，哪怕是最简单的事，也得看手上拿了什么东西。和官家打交道更是不能空着手去，要不他就会对你说：明天或者再过一个星期来吧。为了安特克的事情，我倒学会了许多办事的门道，而且在这方面，已经花费了不少的钱了。"

"你这一提起，倒叫我想起安特克了，我曾去过城里。"

"你见到过他吗？"

"我没空去见他。"

"我不久前去过，但他们不让我见，只有上帝知道我什么时候才能见到他。"

"也许比你想象的要快些。"他笑着说道。

"我的天啊，你说什么？"

"真的。警察局里有人对我说，安特克在预审之前可能会被放出来，如果有人担保他不会逃跑，或者给法院交五百卢布保释金。"

"铁匠也说过这样的数目！"于是汉卡便把铁匠给她出的主意一五一十地说了出来。

"主意倒不错，不过是铁匠出的，不大保险，他很可能会有他自己的打算……别急着卖东西，以免出门时车马飞驰，回来时四脚爬行。需要另找个可靠的人，才能去交保释金……若是手上有这笔现钱就好了。"

"也许有。我手上还有一点现钱，但是我算不清楚……"她低声说道。

"那你拿出来，我们一起来数一数。"

汉卡消失在过道里，不一会儿便回来了，把房门关紧了后，她把一包东西放在他的膝盖上。里面装有纸币、银币，甚至还有金子和六串珊瑚项链。

"这是婆婆死后留下来的东西，公公曾给了雅格娜，后来又要了回来。"汉卡蹲在罗赫所坐的椅子旁边，轻声说道。

"四百三十二卢布和五个兹罗提，是马捷伊交给你的？"

"是的,是他在复活节后给我的。"她满脸通红地嘟哝道。

"要交保释金,还不够,你能不能卖掉一点家产?"

"可以。我能卖掉一头母猪,还有一头不能生育的老母牛,犹太人已问过多次了……还有几口袋麦子……"

"你看,我们用不着求人,就能想办法把安特克保释出来。谁还知道你有这笔钱?"

"公公告诉我,用这笔钱去赎回安特克,不许我向别人提起,你是第一个知道这事的人,绝不能让铁匠知道……"

"你放心,我绝不会说的。等到有了准信儿,我和你一起去接安特克,终究会时来运转的,我亲爱的孩子!"他说着,亲了亲跪在自己面前、感激不尽的汉卡的额头。

"你比我的亲生父亲还要好!"她哭着说道。

"你的男人会回来的,你应该感谢上帝!雅格娜去哪儿啦?"

"她一早就和她母亲,还有乡长一起进城去了,说是去找公证人,听说多米尼科娃要把田地全部归到她的女儿名下。"

"全部归雅格娜,那儿子们呢?"

"多米尼科娃是生气才这样做的,儿子们当然也要求分地,他们家简直成了地狱,每天都少不了大吵大闹。乡长全力支持多米尼科娃,因为后者的丈夫在逝世前曾委托乡长当他们的监护人。"

"我原来以为是另有隐情,因为我听过有关乡长的许多闲话。"

"大家说的完全是实情,乡长也是在关心雅格娜,但是他们的暧昧关系我也真的难开口。乡长虽然一把年纪了,但仍很健壮,而她呢,倒像只母狗……我不是在重复别人的话,我曾亲眼看见过他们俩在果园里……"

"你找个地方让我躺一躺,好吗?"他说完,便从凳子上站了起来。

她本想让他躺在尤什卡的床上,但是他情愿到牛棚里去睡觉。

"你一定要把钱藏好！"他再次提醒她，说完便出去了。

罗赫直到中午才出现，吃完午饭后便想到村里去走一走。汉卡犹豫着向他提出请求：

"罗赫，你能不能帮我装饰一下圣台？"

"对了，明天是圣体节！圣台要搭在哪里？"

"就搭在台阶前，年年都是如此。彼得已经去了树林里，要拉回一些松树枝和枞树枝来，我要雅古斯丁卡和尤什卡午饭后立即去采些花枝，好扎成花环来装饰圣台。"

"蜡烛和灯台都准备好了吗？"

"雅姆布罗兹答应明天一早会从教堂带过来。"

"还有谁家要搭圣台？"

"我们这边有乡长家，另一边有磨坊主家和普沃什卡家。"

"我会帮你们的。现在我要去看看雅切克先生。黄昏前我就会回来。"

"请你告诉微朗卡，明早过来帮忙。"

他点了点头，便直接朝斯达赫的茅屋废墟走去了。

雅切克先生和往常一样坐在门槛上抽着香烟，他捋了捋胡子，双眼望着起伏不定的麦浪和飞翔的小鸟。

房屋前面的樱桃树下，摆放着几根粗大的松木，还有一堆树皮和树枝。老贝利查在木头那里转来转去，时而用斧头敲敲木头，时而用小斧子削去突出的树节，还不停嘟哝着：

"哈哈，你已经来到了我的院子里……这是真的，还这么粗大！上帝会保佑你的……等一会儿马特乌什会把你们做成有用的栋梁，你们就派上大用场了……而且也不会遭到风吹雨打的，你们用不着害怕了！"

"他好像是在跟活人说话似的！"罗赫有点惊异地说道。

"请坐。他高兴得脑子都有点糊涂了，整天都在围着这些木头转。

你听听……"

"啊,你们呀,可怜的家伙,在森林里忙忙碌碌的,现在可以休息了,再也不会有谁来折腾你们了!"老人一边唠叨着,一边用手慈爱地抚摸着那溢有松脂的黄树皮。

接着,他又来到了躺在路旁的最粗大的树干前,蹲了下来,仔细地察看着被锯开的横切面,细数着上面的黄色年轮,喃喃说道:

"尽管你又粗又大,还是被砍倒了。本来犹太人要把你拉到城里去的,现在倒好了,蒙上帝的恩典,让你留在自己人中间,跟农民在一起。他们会在你身上挂上圣像,神父也会给你洒上圣水以示祝福。噢,真是妙极了!"

雅切克望着这情景,只是微微地笑了一笑,和罗赫交谈了几句后,他便把那把小提琴夹在腋下,沿着田埂朝森林那边走去了。

随后罗赫便坐到了微朗卡的身边,听她讲述村里发生的各种事情。

这时已近黄昏,炎热退去了,田野那边甚至送来了清凉的空气。春风从下午开始便把麦地吹得像海水一样波浪起伏,时而翻滚倒伏,时而轻柔摇曳,时而向前倾覆,时而又向后倒在地上。风从四面八方吹来,像在玩游戏似的,麦地重又摇晃起来,现出了各种色彩。云雀在高空中歌唱,时时有成群成堆的乌鸦哇哇乱叫,在风中翱翔,下落到摇曳的树丛上休息,太阳下沉得越来越低,霞光洒满了整个田野和各个果园,标志着白天的终结。

由于第二天是节日,大家便都早早地收工回家了。妇女们大都在屋外编织花环,以装饰圣台,孩子们把一捆一捆的菖蒲和灯芯草抱进了屋里。在普沃什卡家和磨坊主家的大门口,堆放着一大堆的桦树枝和松树枝,它们过一会儿便会被插在圣台的周围。姑娘们也在圣台后面的墙壁上挂上了绿枝绿叶,还把黄土和沙子铺在了坑洼不平的路上。有人在池塘里洗衣服,捶打声和鹅叫声都十分响亮。

罗赫从微朗卡家里出来,来到了白杨大道上,只见尘土飞扬,一人骑马飞奔而来,却被斯达赫运送木头的大车挡住了,于是,他就想从地里绕过去。

"哎,你跑得这样急,会把马累坏的!"人们对他喊叫道,可是他好像没有听见似的,从他们身边绕过,便向村里飞驰而去,直跑得马儿气喘吁吁。

"嘿,亚当,你停一下!"罗赫喊道。

小克温布才稍微慢了下来,大声说道:

"你们不知道,有两个人被杀了,躺在森林里!天主啊,可把我吓死了。……刚刚我和古尔巴谢克放完马往家走,正走到波利那家的那个十字架前,我的马突然跳向一侧,我赶紧下马,看到两个人躺在树下,我大声喊叫,他们一声不响,就像死人一样。"

"你这个傻瓜,是在编什么谎话吧?"大家都责怪他。

"你们不相信就自己去看看好了!他们就躺在那边!古尔巴谢克也看见了,他正在找那些在林中拾柴的女佃农们。"

"我的老天爷,你赶快去报告乡长!"

"乡长去了城里还没有回来。"有人说道。

"那就去报告村长,他正带着一批农人在铁匠铺附近修路呢!"大家朝小克温布喊道,后者便策马飞奔走了。

霎时间,有人被杀的消息便传遍了全村,引起了大家的惊慌。许多人惊恐得在胸前画着十字,还有人去报告了神父,后者便走出屋子询问发生了什么事。太阳刚刚落山,半个村子的人都聚集到了大路上,相互低声议论起来。年轻人走在前面,来到了白杨大道上。大家都很焦急地等待着村长的到来,而后者已经带着小克温布乘坐大车去了出事地点。

他们等了很久,直到天黑村长他们才回来。令大家深感惊异的是,板车后面还有村长家的马和马车。村长看上去心情很坏，一面咒骂着，一面挥鞭催马，想尽快从人群中穿过去。但因为被人抓住了马笼头，他不得不停下来，大声说道：

"这不过是一场恶作剧，是小家伙们闹的一场鬼把戏！哪里有人被谋杀了，只不过有人在树荫下睡着了而已。等我抓住了小克温布，一定会狠狠地揍他一顿不可！我在路上遇见了乡长，顺便就把他带了回来，这就是整个故事。嘿，小家伙！"

"乡长怎么了？是病了吗，怎么像头公羊一样躺着……"有人朝车里看了一下，问道。

"没事儿，就是睡着了！"村长鞭打了一下马，就急速离开了。

"真是些捣蛋鬼，这样的事情都能想出来！"

"这是小古尔巴谢克干的好事，他特别爱搞这样的把戏！"

"非得用棍子狠揍他们一顿不可，叫他们再也不敢无事生非！"

大家都非常气愤，纷纷朝车里走去。当他们走到昏暗的池塘边时，便站住了，因为碰见了那些背负木柴的女雇农们。科兹沃娃走在她们的前面，背上的重负压得她都挺不起腰来了。看到大家，她便努力把腰挺直了起来，让整个身子都靠在一棵树上。

"村长把你们都骗了！"她刚刚才缓过一口气来，说道，"森林里的确没有被杀死的人，但却比死了人更糟糕！"

"我顺着森林边的小路朝十字架那边走去，正好遇见了小古巴尔谢克，他慌里慌张地跑来，对我说道：杜松树下躺着两个死人！不管是不是死人，我都该去看个究竟，于是我便走了过去。的确，远远的我就看到，那边躺着两个人，好像是死了一样。费利普卡拉了拉我，要我离开。格热洛娃喃喃念着祷文，我也浑身起了鸡皮疙瘩。但我还是画着十字走近前去……可是我看到了什么呢？！乡长大人竟脱了外套躺在地上，而他的旁边却是雅格娜·波利那夫人，他们睡得死死的！他们在城里喝得醉醺醺的，觉得热了，便想在这里凉快凉快，嘴里还喷着呛人的臭酒气。我没有叫醒他们，我要让村里人都来见证他们干的丑事，我真不好意思说出口来，雅格娜裸露着身子。费利普卡出于好心，便用围巾把她遮盖起来，她真是个所多玛！虽然年纪这么大了，但我从未见过如此龌龊的丑事。村长很快就来了，并把他们都叫醒了。雅格娜逃到地里去了，其他人把乡长抬上了车，他还醉得像头死猪那样！"

"我的天啊！我们利普查村从来都没有出现过这种事情！"有个女人愤愤不平地说道。

"如果是长工和女仆还说得过去，可他是个有声望的农民，一个有妻子儿女的人，还是个乡长！"

"波利那还在与死神作斗争，连喝口水都无人递。而这个女人……"

"这个娼妇，我真想点起圣烛把她驱赶出村，啊，不！我要在教堂前面把她狠揍一顿！"科兹沃娃大声喊叫道。

"恶有恶报，你不用生气！"大家劝她。

"多米尼科娃哪里去了？"

"她故意被留在了城里，以免妨碍他们的好事！"

"我的天啊，想起来就可怕，这个世界竟到了这种地步！"

"这样的罪过、这样的丑闻，让全村都蒙受了耻辱！"

"雅格娜是个毫无廉耻之心的女人，明天她依然会照干不误。"

大家在家里继续谴责着，搓着双手，无法摆脱羞耻和愤怒。心软一些的女人，都在哭泣着祈求上帝不要加罪于村庄里的其他人，整个村庄都沉浸在议论和哭泣之中。

有几个在桥上的小伙子把古尔巴谢克叫到跟前，向他打听详细情况，并大笑不已。

亚当·瓦赫尼克笑道："我们这个乡长，真是个勾引女人的色鬼！"

"他一定会遭到报应的,他的妻子肯定会揪下他的一撮头发来的!"

"而且半年不让他近身!"

"玩弄了雅格娜,他就不急于要自己的老婆了!"

"他妈的!为了雅格娜这样的女人,男人会不顾一切的。"

"那是当然的,她长得这么漂亮,就连贵族小姐也比不过,只要被她瞧上一眼,男人就会神魂颠倒,坐立不安。"

"她是蜂蜜,不是女人!难怪安特克·波利那会……"

"闭嘴,小伙子们!古尔巴谢克在说谎,科兹沃娃也在说谎,而那些吃醋的女人们更是在添油加醋,因为她们都恨她。至于真相如何,大家都不清楚……"马特乌什以一种关切和忧愁的口气说道,但他话还没说完,乡长的弟弟格热拉便出现在了他们面前。

"怎么样?乡长还在熟睡吗?"大家好奇地问道。

"他是我的亲哥哥,谁若是再这么说,我就跟他一刀两断!一切都要怪那个不要脸的女人!"他怒气冲冲地大声道。

"你错了!你像条狗似的在乱叫!"波利那家的长工彼得出来反驳,握紧拳头朝格热拉走去。

彼得的辩护令大家深感惊讶,可他们紧握着拳头大声说道:

"乡长才是罪魁祸首!难道是雅格娜送给他珊瑚项链吗?难道是她拉他去酒馆喝酒的吗?难道是她整夜在果园里游来游去等他吗?我知道得很清楚,是他,是乡长在勾引她,追得她很紧。他甚至想给她喝迷魂药,她怎能抗拒!"

"你在包庇她!你这小子,别怪我对你不客气!"

"她若是知道你在保护她,定会好好酬谢你的!"

"也许在马捷伊死后,会把他的一条短裤赏赐给你!"

大家都冷嘲热讽,大笑起来。

"既然她的丈夫不能为她辩护,也没有别的人来辩护,那我就要为她辩护……狗娘养的，要是再听到有人说她的坏话，我是不会吝惜我的拳头的。你们像条疯狗那样汪汪乱叫，如果她是你们的姐妹或者老婆，你们就不会说这种话了！"

"闭嘴，你这个马夫！这不关你的事，你还是乖乖地看好马尾巴吧！"斯达赫·普沃什卡对他厉声道。

"你得小心，还是首先注意你自己吧！"瓦赫尼克加了一句。

"别来招惹我们农民！你只不过是个下贱的家伙！"他们临走时说道。

"你们这些讨厌的农民、小地主、狗杂种！我虽然是个马夫，但从来不像你们那样偷偷把麦子卖给犹太人，也从不拿东家的东西，你们根本不了解我！"他在他们身后大声喊道，后者也许是心中有愧，没有答话，便各自回家去了。

这天晚上风很大，夜却不太黑。太阳早已西沉，但天空被血红的霞光映照成像巨大的海湾一样，上面还飘浮着一块块云彩。大风在高空中呼啸，最高的树梢摇来摇去的，看不清楚的鸟儿在空中大声鸣叫，白鹅也不知何故在院子里奔走乱叫，狗也在狂吠，甚至还跑到田里去了。村民们也都有些坐立不安，吃完晚饭后，大家都不像平日那样待在屋子里或者坐在门槛上，而是三五成群地站在篱笆外，低声地交谈起来。

村里死气沉沉的，夜晚虽然暖和，却听不到往日的那种愉快笑声和歌声。所有的交谈都是轻声悄语，孩子们和姑娘们也被看得很紧，不能乱跑乱动，因为大家都惊恐不安、提心吊胆的。

汉卡家里来了几位邻居，她们是来安慰她的，顺便也探听一下有关雅格娜的新情况。可是当她们谈及这个问题时，汉卡伤心地答道：

"这是件耻辱的事，不仅有伤风化，也很不幸！"

"就是，明天整个教区都会知道这件事了！"

"他们一定会把利普查村说得一塌糊涂,让我们名声扫地!"

"整个利普查村的妇女都要蒙受耻辱了。"

"虽然全村的妇女都表现得很虔诚,但一旦像雅格娜那样被人所追求,她们也会做出一样的事来!"雅古斯丁卡不无讥讽地说道。

"你给我闭嘴,现在可不是说风凉话的时候!"汉卡厉声说道,雅古斯丁卡也不再吭声了。

汉卡因为这场丑事,很是生气,不过她对雅格娜的满腔怒火,也渐渐消退了。等邻居们都离开之后,汉卡便来到另一边的屋里,表面上是去看公公马捷伊。当她看到雅格娜穿着衣服躺在床上睡得很死时,她便把门关紧,小心翼翼地替后者把衣服脱掉。

"但愿上帝保佑这个可怜的人吧!"她怀着一种奇怪的怜悯情绪这样想道。这天夜里,她还多次去探看雅格娜。

雅古斯丁卡看到了汉卡对雅格娜的态度起了变化,便用一种勉强的口气对汉卡说:

"雅格娜不是没有过错,但乡长应负主要责任!"

"对,不错,乡长应该受到惩罚!"汉卡坚决地说道。彼得感激地看了她一眼。

无独有偶,这天晚上直到深夜,老普沃什卡和科兹沃夫都在村子里游说,鼓动大家起来反对乡长。普沃什卡甚至去农民家里,用开玩笑的口吻说道:

"你们看,我们的乡长真是了不起,论精力,他是全县最棒的人!"

若是有人不怎么附和他,他就把那人请到酒馆里去。这时候,已经有好几个小户人家的农民聚集在那里了,他频频向他们敬酒,直到他们面红耳赤时,才把自己反对乡长的理由说了出来。

"乡长都干了些什么呢?"

"这种事他干了不止一次了!"科布斯插嘴道。

"他的所作所为我都知道……只是不想说出来罢了……"希科拉喃喃说道。他已经喝醉了，身体沉重地靠在了柜台上。

"那你就不要对别人说……谁也不会说出去的！"普沃什卡大声说道。随后他又低声说，乡长做的丑事给村里的人带来了很坏的影响，带来了耻辱。

"你的事情我也知道……但我不会说出来……"希科拉又喃喃说道。

"唯一的办法，就是把他拉下马，立即罢免他！"

他这样说着，又让老板拿出一瓶酒来。

"我们选他做了乡长，也就有权推翻他。他今天所做的事情，真给全村丢尽了脸。他还干过更多的坏事，和地主串通一气，做了许多损害大众利益的事情：开办另一所官方学校、鼓励地主把波德列斯卖给德国人。他常常喝得酩酊大醉，还建谷仓、买良马、每星期吃肉、每天喝茶——请大家想一想，他挥霍的是谁的钱？毫无疑问，是村里的公款。"

"乡长是头贪吃的大肥猪，不过我也清楚，你也很想把鼻子伸到猪槽里去抢食！"希科拉打断他道。

"你喝醉了，真是胡说八道！"

"我清楚得很，我是不会选你当乡长的！"

于是他们把他撇开了，又在一起商量，直到深夜。

第二天，全村的人更是议论纷纷，尤其是神父，不允许像往年那样，在乡长家门口设立圣坛。神父很快就了解了事情的经过，第二天一早，他就派人去把昨天半夜才回到家的多米尼科娃叫到教堂去了。神父怒气冲冲的，甚至把风琴师骂了一顿，还用长烟杆敲了雅姆布罗兹一下。

圣体节的当天，也像前几天那样，风和日丽，但又特别闷热。太阳刚刚升起，像团火似的在燃烧着，炙热而又干燥的空气让树叶萎靡不振、麦苗东倒西歪、沙子都热得有点烫脚，连墙面都被晒得流出一粒粒的油脂来。

　　这是由于天主耶稣的纵容，天气才变得如此炎热，但是全村人都在忙着仪式的准备工作，根本没有在意天气。人们纷纷来到了教堂，姑娘们被安排抬圣骨盒、神座和神像，走在游行队伍的神父的前面，还要边走边撒花瓣。她们从这家跑到那家，不是在试穿衣裙，就是在梳理头发，嘻嘻哈哈、兴高采烈的。老人们也在忙着装饰圣台。建圣台的有磨坊主家、神父住宅前——取代了乡长家的——和波利那家的。汉卡从天亮开始便带着一家人协助罗赫。

　　汉卡家是最先搭好圣台的，圣台布置得精巧、美丽，深受人们的喜爱，甚至有人说，它比磨坊主家的更好看。

　　他们说得不错，这圣台装饰得非常华丽。大门口有一座用桦树枝搭建成的绿色小教堂，外面挂有一条五彩花格的毛织品，显得色彩缤纷。小教堂里面是一个平台，上面立起了一座圣台，圣台由白餐巾和白麻布蒙住，上面摆放着圣烛和鲜花。尤什卡还给花瓶贴上了自己剪的各种各样的金色剪纸，使其更显得瑰丽无比。

　　巨大的圣母画像高挂在圣台上面，两边还挂有一些小画像。为了给圣台增加强烈的装饰效果，他们还在圣台上空挂着装有一只山雀的鸟笼子。山雀是纳斯特卡送给他们的，小鸟在笼里闷闷不乐，维特克便吹起口哨来逗它。

　　从圣台通往篱笆的小路上，两旁都交替插满了枞树枝和桦树枝，路中间还铺了一层黄沙子，撒了一些菖蒲。

　　尤什卡还拿来一大捆矢车菊、燕草、野豌豆花，把它们装饰在小教堂的墙壁上和圣台上——凡是能摆上花草的地方，她都没有放过，甚至还在圣坛前的地上撒满了花朵。他们也没有放过屋子，墙壁和窗户都隐没在树枝绿叶之中，就连房顶上也插上了菖蒲，被风吹得东摇西摆。

人人都全力投入了工作之中,只有雅格娜是例外,她一大早就溜出了屋子,一整天都没有出现。

他们是第一家搭好圣台的,这时的太阳已照遍全村了,从邻村驶来的马车越来越多,吱吱嘎嘎的响声也越来越大了。

于是他们赶紧吃完早饭,梳洗打扮了一番之后,便准备上教堂去了。

维特克被留了下来照看圣台,这时来了一大群孩子,挤上前来观看圣台,还朝笼子里的山雀吹起了口哨。维特克用树枝驱赶他们,不让他们挤得太近,但毫无作用。他只好把鹳鸟放了出来,鹳鸟悄悄靠近,用它尖利的长嘴去咬他们的赤脚。他们被吓得哇哇叫,一下子都溜走了。

弥撒的钟声刚刚敲响,全家人都出发了。尤什卡走在前面,身穿一身洁白的衣服,鞋子上打着鲜红的蝴蝶结,手上拿着一本《圣经》。

"维特克,你看我这身打扮好看不好看?"她在他面前旋转了一下身子问道。

"真好看,就像白鹅那样好看!"他惊讶地答道。

"你什么也不懂,脑子就和你的鹳鸟的一样。汉卡说,全村的姑娘里没有一个打扮得像我这样漂亮!"她说道,顿了顿脚,把短裙子往下拉了拉。

"透过短裙,我看到了你那红红的膝盖,就像看到鹅毛下面的鹅肉一样。"

"笨蛋!你还是去看瓦帕的尾巴吧!快把你的鹳鸟藏起来,神父会随游行队伍来到这里,他要是看见了,准会认出它来的!"她小声地警告他道。

"真的,女主人穿得真不错呀,漂亮又神气,简直就像只雄火鸡!"

他望着她们的背影,欣喜地自言自语起来。他听从了尤什卡的警告,便把鹳鸟藏在了藏土豆的地窖里,同时把瓦帕拉了出来,让它去看守圣台,他自己则来到果园里,看看白天照例会躺在那里的波利那。

村子寂静了下来,所有的马车和信徒都到齐了,路上空无人影,孩子们围在墙外嬉戏打闹,狗在太阳下面跑来跑去,燕子也在池塘上面的热空中飞旋。身穿法衣的神父出来了,管风琴发出了巨响。布道结束后,钟声齐鸣,歌声震天,把屋顶上的鸽子都惊跑了。人们都从教堂大门拥了出来,队列前面是低垂的旗帜、手捧的烛火和由白衣姑娘们捧着的圣像。最后是神父,他手捧金光闪闪的圣体盒,在红色华盖的簇拥下,从台阶上慢慢走了下来。

游行队伍排好之后,便形成了一条长长的队列,一直伸展到第二条路上,两边是点着的烛光。神父又开始唱了起来:

我站在你的门口,主啊!

信徒们扯开嗓门儿,大声齐唱起来,歌声直冲云霄:

我等待着您的慈爱……

全教区的信徒都来了,人员众多、边走边唱,在狭窄的墓地门口挤成了一团。全教区的地主们也来了,簇拥在神父的两旁,有的则手拿蜡烛跟在神父的后面。而高举着华盖的则是那些高大的农夫们,他们都来自别村,利普查村的一个也没有,大概是因为最近出的丑闻吧。

整个游行队伍从墓地的浓荫中走到了广场上,白光强烈,热气炙人,太阳像一团燃烧的火,刺痛着人们的眼睛。在钟声和歌声的伴奏下,在氤氲的烛香和一团团飞扬的尘埃中,队伍缓缓前行。烛光闪耀,鲜艳的花瓣不断被撒在神父的脚下。

他们向右边的第一家——波利那家的圣台走去，脚步有力，让篱笆震动不已。有的人在池塘的高岸上飞奔，道路两旁的树木也摇曳不止。人们高昂着头，人流恰似一条喧嚣又色彩斑斓的河，而红色的华盖则像是河流中的一叶轻舟。圣旗在飘扬，图像和圣像都蒙着轻纱，缀着鲜花。

到处都拥挤不堪，人们朝前行进，脑袋挨着脑袋，都热得喘不过气来。但是大家都拼力地唱了起来，这些从心底唱出来的圣歌，仿佛在和整个世界一起赞美天主的荣光。这些高大的菩提树、黑色的赤杨树，还有阳光照射下的池水、细长的白桦树、低矮的果园、翠绿的田地，以及房屋和地上的所有东西，甚至还有一眼望不到边的远方，都诚心诚意、快乐地加入到了这次歌唱中。歌声犹如雷鸣般响彻整个天际，直冲云霄，奔向明媚灿烂的苍穹，直达太阳之上。歌声惊动了树上的叶子，让残留的花瓣纷纷掉落到了地上。

他们来到了波利那家的门前，在神父念了一通福音书、稍作休息后，又来到了磨坊主家的圣台前。

此时的天气更加炎热了，让人无法忍受，大家的喉咙干燥得好像塞满了尘土。太阳也好像蒙上了一层白色的雾霭，晴朗的天空中浮现出一条条灰白的云翳，炽热的空气似乎让所有的东西都在抖动，万物仿佛处在沸水中——这意味着一场暴风雨要来了。

游行仪式进行了大约一个小时，神父满身是汗，脸也红得像甜菜根，但他依然忠于职守，从这家圣台走到另一家圣台，每到一家都要朗诵一段福音书、唱一首新的圣歌。

有时候，人们会突然停下来，不声不响地站在那里，跺着脚。这时候，便能听到从田野里传来的云雀、布谷的鸣叫声和在屋檐下飞翔的燕子的叫声，而教堂的铜钟也在不停地响着，缓慢、洪亮而悠长。

虽然大家又唱起了圣歌，而且不惜放大音量，但女人们的嗓子却又尖又细，孩子们也随便乱唱一气，那些挂在身上的小铃铛发出泉水般的叮叮声响，而踩在干燥地上的脚步声又十分沉重。大钟依然在不停响着，依然那么洪亮、那么清脆，充满欢乐，响彻苍穹。

圣台巡礼完了之后，大家又回到了教堂，开始了一场冗长的祈祷仪式，教堂内管风琴轰鸣，歌声高亢悠扬。

最后，仪式终于结束，大家都拥到了教堂前面，有的在树下乘凉，有的给乞丐小钱，有的在相互交谈。突然天空黑了下来，远处响起了雷声，一阵阵干风席卷而来，树木摇曳不止，路上尘土飞扬。

邻村来的信徒们，便急忙赶着马车回家了。这时候，下起了小雨，空气更加闷热，蛙声变得低沉了，让人听起来昏昏欲睡。黑暗越来越深，远处的景物更加模糊了。雷声又吼叫起来，一道道短促而苍白的闪电划破了东方那青黑色的天际。

暴风雨从东方袭来，一堆堆巨大的青蓝色云团，正以月牙形的态势扩散开来，其中饱含着雨水，甚至冰雹。短促的狂风呼啸而至，掠过树梢，在田野里肆虐。鸟儿惊叫着飞到屋檐下，狗赶紧跑到了屋里，牲畜也从田野跑回了家。路上的尘土被刮起，雷声也越来越近了。

没过一会儿，太阳就被淹没在了一大片铁锈色的浓云之中，阳光仿佛是透过半透明的玻璃射出来似的。雷声在村庄上空轰鸣，狂风阵阵袭来，几乎要把树木连根拔起，把树枝和房顶上的茅草刮得到处乱飞。第一个响雷打在森林里的某个地方，刹那间天空变黑了，太阳消失了，狂风怒吼。霹雳接二连三地袭来，声震大地，闪电发出耀眼的白光，划破云雾浓浓的长空。房屋因响雷而颤动，一切都处在惊恐不安之中。

幸运的是，暴风雨刮到另一边去了，响雷也在很远的地方轰鸣，风势减弱了，没有造成很大的损害，天空渐渐明朗起来。但是，晚祷前却下了一阵大雨,田里都积满了雨水,所有的麦子都倒伏了,河里的水势猛涨,所有的沟沟渠渠,以及地势较低的地方,都积满了雨水,泡沫直冒。

直到黄昏时分,雨才停了,光芒万丈的太阳像一个红球,从西方的云雾之中重新冒了出来……

利普查村又活跃起来了。村民们纷纷打开大门,走出屋,欣然地呼吸着凉爽的空气和雨后泥土所发出的气息,特别是果园里的小白桦树和薄荷的浓郁香气。泡软的土地似乎被太阳烘烤着,大路上坑洼里的积水也仿佛在燃烧,树叶和野草都闪闪发亮。各处的流水,带着一串串的泡沫和愉快的哗哗声,都奔流到了池塘里。

微风轻轻地吹拂着倒伏的麦苗,从森林里、从田野中送来了阵阵凉风,沁人肺腑。孩子们兴高采烈地欢叫着,在水洼和沟渠里玩起打水仗来。鸟儿在树林中欢唱,狗也在奔跑吠叫,神父家的珍珠鸡站在篱笆上面引吭高歌。所有的篱笆旁边、每条路上、房屋周围,到处都是人们的欢笑声、谈话声。没过多久,就有人在磨坊附近唱起了情歌:

　　雨水把我淋湿了,淋湿了……
　　我的马丽霞,你留我过夜吧!

伴随着归来的牲口的哞叫声,田野那边也传来了放牛郎的高亢歌声:

　　你曾经说过,你要娶我的,
　　等到黑麦熟了,我们就结婚!
　　如今黑麦收完了,你却未娶我!
　　难道你说过的话就像狗吠那样。

啊，嗒啦！嗒啦！

原来，在这里躲避暴风雨的那些马车，现在开始载着人返家了。但是，有许多邻村的农民被利普查村人留了下来作客，那些人正是不久前曾无私地帮助过村里妇女们干活的那些人。较富裕的那些村民请他们到家里大吃大喝了一顿，家境差一些的村民便把这些热心助人的朋友带到了犹太人的酒馆里。

在酒馆里，人越多，大家就越高兴，有几个年轻人还带来了乐器。晚祷过后，酒馆里就响起了悠扬的小提琴声、低沉的低音提琴声和小鼓有节奏的咚咚声。

因为自复活节以来，大家就没有开展过什么娱乐活动，这次就想痛痛快快地玩他一把。

来的人实在太多了，酒馆里的座位不够，无法容纳，于是有些人来到了室外，坐在墙边的木头上。这时的天色很好，天空中一片金黄。一大群客人都挤坐在墙下，大声吆喝着犹太人，要他把吃喝的东西送去。

酒馆里几乎挤满了年轻人，他们立即跳起了奥别列克舞，旋来旋去，猛踏地板，震得墙壁都颤抖起来。领舞的西蒙——多米尼科娃的儿子——和纳斯特卡令大家惊讶，虽然前者的弟弟安德烈拉着他的袖子想劝阻，但毫无作用。西蒙现在正处在一种狂热的状态中，什么话也听不进去。他大喝起烧酒来，还逼着纳斯特卡和其他好朋友都喝，为了让乐队更起劲地演奏，他把好些十格罗什的钱币撒向乐师们。他还拦腰搂着纳斯特卡，使出浑身解数，大喊大叫道：

"伙计们，快跳呀！像个波兰人那样使劲跳起来！"

他就像一匹脱缰的马驹，在大厅里跳呀蹦呀，拼命叫喊着、蹬踏着地板。

"这小子！装什么阔佬！"雅姆布罗兹喃喃说道。看到别人在喝酒，他的喉咙也痒了，于是拼力朝喝酒的那伙人挤了过去。

"他的双脚像连枷那样奔来跳去的，但愿别脱臼！"雅姆布罗兹大声说道，朝前挤了过去。

"你还是小心你自己吧！当心你那条腿脱臼。"马特乌什站在年轻人一边，反唇相讥道。

"我真想和你喝一杯来讲和。"雅姆布罗兹笑着说道。

"喝吧，酒鬼，可别把杯子的玻璃吞进肚里去了！"马特乌什说道，递给他一满杯烧酒，便转身离开了。这时候，乡长的弟弟格热拉正在跟一帮人商量什么事情。那些人靠在柜台边，专心致志地听着格热拉说话，既没有留意跳舞的那些人，也不在意摆在他们面前的伏特加酒。他们一共六个人，都是村里有名的男子汉，都出身于当地的富有农民之家，现在正聚精会神地讨论着问题。可是，人越来越多，喧闹声越来越高，他们只好转到犹太人的私室里去了，因为储藏室也被农民们和他们的客人们占去了。

这个私室很小，还摆了犹太老板的小孩的木床，因此空地很小。他们围着小桌刚好能坐下来，椽子上吊挂着一个铜烛台，点着一支牛油蜡烛。格热拉依次斟酒，大家喝了一杯又一杯，就是没人提起刚才谈话的事情，马特乌什不得不用嘲弄的口吻说道：

"格热拉，你就给大家说说吧，我们坐在这儿等你说话，就像乌鸦在等下雨那样。"

格热拉正要开口的当儿，铁匠进来了，他和大家打过招呼后，便寻找着座位。

"噢，黑脸孔来了，他总是在没有播种的地方冒出来！"马特乌什大声道，不过他还是抑制住了自己的怒火，立即又补充了一句，"来，米哈乌，喝一杯！"

铁匠一饮而尽,一副泰然自若的样子,还用开玩笑的口气说道:

"我并不是来探听别人的秘密的,也许这儿不欢迎我?"

"你说得不错!你和德国人打得火热,每星期五还和他们一起吃肉、喝咖啡。像今天这样的节日,你和他们在一起不是更快活吗?"

"普沃什卡,你这样说话,就跟醉鬼一样!"铁匠生气地答道。

"我说的都是众所周知的事情,你每天都和他们有来往!"

"谁给我活儿干,我就替谁干,我从不挑拣!"

"干活儿?你和他们的关系不仅仅是干活儿吧?!"瓦赫尼克暗示了一句。

"还有,你和地主串通一气,砍伐我们的森林!"普里切克生气地说道。

"咳咳!你们这是在审判我……好像你们什么都知道似的。"

"别去管他,他躲着我们干他所干的事情,那么,我们也不需要他来干我们的事情!"格热拉说道,严厉地盯着铁匠那躲躲闪闪的眼睛。

"如果这个时候,警察透过窗户看到你们在一起,一定会认为你们在聚众谋反!"铁匠气得嘴唇都在发抖,故意挑衅似的说道。

"也许我们在谋反,但也不会是针对你的,因为你不配,米哈乌!"

铁匠拿起帽子便走出去了,砰的一声把门关上了。

"他好像闻到了什么,出去报告了!"

"说不定他准备到窗口去偷听什么呢!"

"那就让他去偷听好了,他准会听到一些有关他的不中听的话。"

"静一静,小伙子们!我刚才给你们说过,德国人还没有买下波德列斯,但买卖的契约随时都可以签订,听说他们将在下星期四签字。"

"这些情况我们都知道,现在最关键的是要快点想出办法来。"马特乌什不耐烦地大声道。

"格热拉,你给大家想想办法吧!你点子多,又会读书又会看报的！你想想吧！"

"如果德国佬买下了波德列斯，那他们就会定居在这里，事情就会像古尔基发生的一样。到那时，我们利普查村的人连呼吸空气都很困难了，要不就只能到美国去乞讨了。"

"我们的父辈只会搔搔脑袋、唉声叹气，却什么办法也想不出来。"

"但他们又不愿把田产交给我们管！"

"德国佬有什么了不起？那些定居在利什基的德国人，不是一样被我们的农民把土地全都买了过来，不得不滚蛋了？的确，古尔基的事件让人心痛，那也只能怪他们自己。他们酗酒，热衷于打官司，最后落得到外面去讨饭了。"

"我们也能买下波德列斯，并把德国佬赶走！"安特克的堂兄弟，英德内克·波利那大声说道。

"谈何容易？现在我们连每垧地六十卢布的价钱都拿不出来，何况将来还要涨到一百五十卢布一垧地呢。"

"若是我们的父亲能把属于我们的那份财产分出来，事情就好办多了。"

"那当然！的确如此！我们马上就能想出办法来了！"大家异口同声地说道。

"你们都是些傻蛋，傻蛋呀！我们的父辈掌管着全部田地，日子还过得这样拮据，你们靠分到的那部分财产就能发家致富？"格热拉打断他们道。

大家听他这样一说都哑口无言了，因为格热拉说出了板上钉钉的事实。格热拉继续说道：

"问题的关键并不是我们的父辈死抱住土地不放，而是利普查村的土地太少了，人口却年年在增多。祖父留下来的那块能养活三个人的土地，到了我们这一代，就得养活十个人。"

"确实如此！你说得一点不错！"大家都表示赞同。

"我们合伙把波德列斯买下来，然后大家平分。"有人提议道。

"要买下一个村庄，钱从哪里来啊？"马特乌什嘟哝了一句。

"等一等看，说不定我们能想出办法来的。"

马特乌什立即站了起来，朝桌子捶了一拳，嚷道：

"你们爱等就等去吧，愿意干什么就去干好了！我可不想等了，我已经厌烦了！我要离开村子，到城里去，城里的人活得更好。"

"随你的便吧！但我们还得待在这里，总会有办法的。"

"我真是不想待了，人人都穷得要命，大家住的地方这么拥挤，连转身的地方都没有，房子竟然没有倒塌，我都觉得奇怪。附近有这么多的闲土地，等着你去拿……可是你却啃不到，即使你饿得要死了，你也没有钱去买它。去向别人借钱吧，也借不到，谁还会借给你呢？真他妈的见鬼！"

格热拉又给大家讲起了别的国家的情况。

他们默默地听着，个个都发出了叹息声，很伤心。马特乌什打断他道：

"人家生活得这么好，和我们有什么相干？你这就像是端来了一盘美味佳肴，在饥肠辘辘的人面前晃了一下，就端走了，难道这样他的肚子就饱了吗？别的地方的生活有保障，我们这里却没有。我们的农民就像荒地里的野生树那样，死活都没人过问，只要他能按时交税、服兵役、服从地方长官，这样就够了。"

格热拉耐心听他说完后，又说了起来：

"现在要想得到波德列斯，办法只有一个！"

这时候，大家都靠近前去听他说话，因为大厅那边吵闹得很厉害，把玻璃都震得嗒嗒响，音乐也停止了。于是有人出了小房间，回来后大笑着把外面的情况告诉了大家。原来是多米尼科娃拿着木棍来找她的两个儿子，要想打他们，把他们赶回家去，可是两个儿子合起来反抗她，反而把她赶出了酒馆，引起了一片骚乱。现在西蒙还在开怀畅饮，而安德烈已喝得酩酊大醉，对着烟囱大喊大叫。

大家也没有再问下去，因为格热拉开始讲述他的计划了，他的想法是这样的：先让村民们同地主和解，而后用一垧地的森林换波德列斯的四垧田地！

大家都认为这种方法可行，故而兴奋不已。格热拉还谈到，普沃茨克附近的一个村子就是这样达成协议的，这个消息是他在报纸上读到的。

"伙计们，这真是个好办法！犹太佬，快拿烧酒来！"普沃什卡在房门口喊道。

"马上就能用三垧森林换到十二垧土地呀！"

"十垧就能变成个大农场呀！"

"不过地主还得允许我们去捡些烧火用的木柴。"

"还得让地主答应给我们一垧林边的草场！"

"建房子用的木头也应给呀！"大家七嘴八舌地争着说道。

"你们呀！还得要匹马，再要辆大车和一头母牛什么的！"马特乌什嘲笑道。

"大家静一静！我们还得商量一下，怎样才能召集农民们来开个会，然后去见地主，向他提出我们的要求，也许他会同意的。"

马特乌什打断他说：

"除非把刀架在他的脖子上，否则他是不会同意的。他现在急需要现钱，德国人随时都能给他钱的，只要地主愿卖，他们明天就能拿出钱来。而我们呢，大家抓耳挠腮地开会，讨论来讨论去，再加上女人们在一边叽叽喳喳，等到大家的意见统一了，一个月也就过去了。这期间，地主早就把波德列斯卖掉了，他就会背过身去不理睬我们了，他钱到手了等着法院的判决。格热拉的主意好是好,但我觉得,非得用相反的方法才能得到好的结果。"

"马特乌什,那你就说说吧,给大家出个好主意。"

"不要空谈,也不用开会商量,而是付诸行动,就像我们过去为了森林问题所做的那样。"

"付诸行动,有时可行,有时却不适用!"格热拉低声说道。

"我告诉你,这是可行的。虽然手段不同,但效果是一样的:我们全村的人都去见德国佬,平静地去劝说他们,别冒险来买波德列斯。"

"难道德国佬是群傻瓜,会害怕我们,听从我们的话吗?"

"如果他们拒不接受,还要买下波德列斯,那我们就要警告他们:你们休想播种、建房子,休想走出你们的田地一步。你们瞧瞧,这样一来,他们还不会害怕吗?到时候,我们就用烟熏狐狸赶出洞的方法来赶走他们。"

"上帝啊,你的这个主意不行,这样又会把我们关进牢里去的……"格热拉大声说道。

"我们不会老是关在监牢里的,等我们出了狱,德国佬便会更惨了。他们又不是傻瓜,他们首先会想一想,和我们作对会有什么好结果的……如果我们把买主赶走了,地主的态度也会随之改变。这样一来……"

这时候,格热拉再也忍耐不住了,他从桌子边站了起来,竭尽全力来劝说他们放弃这个冒失的计划。他向大家明确表达了这种行为的危害性:首先必然会打官司,而且还会给大家带来严重的损失,甚至大家会以叛逆罪被判处多年的徒刑。他认为,只有同地主和平协商才能解决问题。他再三恳求大家,绝不要再给村里人增加新的不幸了。他劝说了很久,甚至讲得他都脸红耳赤了,他甚至拥吻他们,哀求他们放弃这种计划,但是他白费口舌,大家都不听他的劝说。最后,马特乌什说道："你像是在教堂里说教，照本宣科！我们不需要这个！"

随后，大家你一句我一句的，争相表态，有的用拳头敲打起桌子来，甚至兴高采烈地高喊道："我们的好办法！打倒德国佬！驱除那些穿宽脚裤的人。马特乌什的主意好，我们听他的，谁若是害怕，就让他躲在羽绒被子下面好了！"

他们群情激奋，谁的话也听不进去。

这时候，犹太人送来了一大瓶烧酒，他听到了他们的谈话，便一边擦着桌子上的酒渍，一边怯生生地说道：

"马特乌什有头脑，他出了个好主意！"

"咳，现在连杨介尔也反对起德国佬来了！"大家都深感意外地叫道。

"我宁愿和自己人生活在一起，虽然大家的日子过得很难苦，但感谢上帝，我们都坚守下来了……但是，凡是德国人来到的地方，不仅有穷苦的犹太人，就连狗也会吃不上东西的……但愿他们都死光！让瘟疫把他们全害死！"

"连犹太人都和我们站在一起，你们听见了吗？"

大家越来越感到奇怪。

"我不是森林中的野人，我是个犹太人！我和你们一样生于此长于此，是个土生土长的利普查人。我的祖父、我的父亲也都是生长在这里的，我不和你们站在一起我站在哪里？难道我不是自己人吗？……凡是对你们有利的对我也有利！……你们将来成了大的农户，那我和你们做生意也更兴旺发达，就像我以前的祖父那样。……为了支持你们反对德国佬的行动，我特意贡献出一瓶阿拉克酒来！……为你们的健康干杯，波德列斯的农户们！"他朝格热拉举起酒杯，大声说道。

他们喝得很多很急，高兴得差点都想去吻犹太人的胡须。现在他们让他坐在他们中间，把他当成自己人了！他们又把整个计划重新讨论了一遍,并逐段逐项地听取他的意见。甚至连格热拉也开心了起来,重又和他们站在了一起,免得他们讨厌他。

会议很快就结束了,因为马特乌什立即站了起来,大声叫道:

"小伙子们,到大堂去!活动活动我们的双脚去吧!"

他们都拥到那边去了。马特乌什把特蕾莎从她的舞伴那里抢了过来,便搂着她跳了起来。其他的人也开始把姑娘们从各个角落拉出来,一边向乐师们喊叫,一边疯狂地旋转起来。

于是乐师们更卖劲地演奏了起来,他们都非常清楚,马特乌什这个人,不论是给赏钱,还是动手打人,都是同样豪爽。

大家跳得特别地卖劲,连额头上都在冒汗。喧闹声、音乐声、踏脚声和大喊大叫声充满整个大厅,通过敞开的大门和窗户传到了屋外。而院子的欢乐程度也不亚于厅内的,相互敬酒的碰杯声,大喊大叫的欢呼声,越来越响亮,越来越使人兴奋!

夜晚来临了。星星闪耀着亮光,树木发出了轻声细语,从沼泽地里传来了青蛙的合唱声,有时也能听到牛虻的叫声。夜莺在果园里歌唱,夜晚显得寂静而温馨,到处都弥漫着空气的芳香,人们都在享受着晚上的清凉的空气。不时有一对对的情侣,相互挽着腰肢走出酒馆,消失在夜晚的阴影中……酒馆外面的说话声越来越高,越来越大,人们都在争着说话,你一言我一语地都听不清谁在说了。

"我刚把那头猪放开,猪还没有窜到土豆地里,这女人便尖叫着朝我扑了过来!"

"应该把这女人赶出村去!把她驱逐出去!"

"我年轻的时候,就曾把这样的一个女人赶出了村,甚至在教堂前面把她打得浑身是血,然后把她驱逐出村,于是就天下太平了!"

"犹太佬,再给我一满杯烧酒!"

"她夺走了我的西乌拉的奶水了!"

"应该选个新的乡长，大家都这么说。"

"除恶必须赶紧，趁它扎根未深！"

"要让庄稼长好，必须清除杂草！"

"你请我喝一杯，我就告诉你这件事！"

"抓住牛角别放手，牛不倒地不罢休！"

"二垧地加一垧地……等于三垧地。……三垧地加一垧地……等于四垧地。"

"喝吧，老弟，我们像亲兄弟一样亲热！"

从黑暗中迸发出来的这些片言只语，既不知道是谁说的，更弄不清楚是对谁说的。只有雅姆布罗兹又大声又暗沉的说话声是例外，超越于其他人的。他在各个人群之间走来走去，向各类人群去讨要吃喝。他已完全喝醉了，东倒西歪的，他抓住柜台前的一个人，便对他哭哭啼啼地哀求道：

"伏伊特克，是我帮你受的洗礼，你结婚的时候，我给你们敲钟敲得两只胳膊都酸痛了，给我来一杯呀，兄弟！如果你能给我一小瓶酒，那我就能对她敲永远安息的钟声，还能替你找第二个女人，一个年轻的、像萝卜一样健壮的女人！给我一小瓶酒吧，兄弟！"

年轻人还在狂热地跳舞，整个房间都充满了头巾和外套摩擦的窸窣声。有人在乐队前面唱起了歌儿，大家跳得越来越起劲，就连年纪较大的女人也都加入进来了，她们又叫又笑地跳了起来。这时的雅古斯丁卡也挤到人群中间，双手叉腰，双脚蹬着地板，用她那嘶哑的嗓音唱了起来：

我不怕恶狼，尽管来了好多只！

我不怕男人，虽然来了一大群！

第十章

在马特乌什、格热拉和他们的朋友们看来,从圣体节到星期天的这几天,是过得很慢的。马特乌什把给斯达赫建房子的工作都搁下了,其他人也放下了手上的工作,他们常常不是单个人就是多人一起走家串户,劝说和鼓动村民们去反对德国移民,他们夜以继日地都在忙着这件事情——把德国佬赶出波德列斯。

酒馆老板也在推波助澜地鼓励大家,甚至不惜以酒相许,而且还慷慨地赊账或借钱给村民们。但事情进展得并不顺利,年纪大一些的男人都在搔首观望,长吁短叹,在和自己的老婆商量之前,绝不敢擅自表态。而女人们呢,却全体一致地反对他们驱赶德国佬的这种轻举妄动。

"真不知道他们的脑子是不是进水了!难道森林这件事还没有让我们吃够苦头吗?这件事的创伤还没有平复,他们又想给村里带来新的灾难吗?"她们嚷道,一向少言寡语而又温柔恬静的乡长夫人,这次也举起了扫把要打格热拉了。

"如果你还要挑唆我们去闹事,我就去向警局告密!你们这些懒鬼,什么活也不干,整天东游西逛的!"她在家门口对着格热拉怒吼道。

巴尔切科娃也在痛骂马特乌什:"你们这班游手好闲的家伙,我要放出狗来咬你们!还会朝你们身上泼开水呢!"

她们就这样把他们堵在了门外,不管是劝说,还是解释,或者是恳求,全都无济于事,她们一概拒不接受,有的还哭哭啼啼地和自己的丈夫大吵大闹。

"我绝不会让我的男人去的,我要抓住他的外套,即使把我的手砍断了,我也不松手!……我已经受够了这么多的痛苦了!"

马特乌什也对骂了起来。

"但愿一个响雷把你们统统打死才好!……你们就像那些喜鹊,爱在下雨前叽叽喳喳乱叫。要教女人们学会道理,比教小牛说人话还要难!"他怒气冲冲地说道。

"别管她们,格热拉,你根本说不通她们的。如果她们中有人成了你的老婆,也许她会听你的。"他不无伤感地说道。

"她们已经是这样的人了,你就是硬压也没有用,和她们打交道得想想别的办法:那就是不能和她们闹翻,甚至要表示同意她们的意见,就这样一点一点地,慢慢把她们拉到我们这边来。"

格热拉向他解释道,他开头是反对这样做的,但他经过考虑之后,确信这是唯一可行的计划,便死心塌地全身心地投入到它的实施中去了。

格热拉是个大胆而顽强的男子汉,只要是他认定的事,他就非做成功不可,绝不会因一时的困难和挫折而灰心丧气,半途而废。即使她们一见他来便把门关上,他也还会隔着窗子去跟她们说话。如果她们恫吓他,他也不生气,而是百般地称赞她们,会和她们谈起孩子,赞美她们治家有方,把屋子内外都收拾得整整齐齐、干干净净,然后才转到正题上来。如果和这个谈不拢,就去找另一个谈。整整两天,村子里处处都能见到他的身影，在房子里，在果园里，甚至在田埂地头上，他都和人说过话，先是东拉西扯，谈天说地的，最后便转入到正题。如果有人听了他的讲述依然不太清楚，他就用木棍在地上画出波德列斯的土地分布图，耐心地解释这次行动会给每个人带来的好处。尽管他费尽了心计，忙碌了两天，若不是得到罗赫的帮助，他的所有努力和计划就都泡汤了。那是在星期六的下午，当他们看到村民们都不愿和他们一起行动时，便把罗赫请到波利那家谷仓后面去和他们碰头。他们向他说出了他们的全部行动计划，但又担心他会表示反对。

　　罗赫经过了短暂的考虑之后，说道："这是一种强盗式的办法。但我们也没有时间去想别的更好的办法了，我很愿意帮助你们。"

　　罗赫一说完，便立刻去见神父了。神父这时正坐在花园里，长工在附近割苜蓿。长工后来告诉大家，神父一开始是很生罗赫的气的，对他大声训斥，还蒙上耳朵，不想听他的话。后来两人却坐在了一起，说了很久的话，好像是罗赫说服了神父，因为当傍晚农民们收工回家的时候，神父便来到了村里，装作是出来透透气的样子，这里看看那边瞧瞧，从这家走到那家，主要是和女主人说话，先是聊聊无关紧要的话，然后便在每个人的耳边说起悄悄话来："小伙子们的想法很好，趁时间还来得及，我们必须尽快进行。你们抓紧时间做你们的，我得马上去见地主，劝说他答应。"

　　这可以看出来，女人们不再反对了，男人们也就从中得出结论：神父是赞成这个计划的，是值得这样干的！

　　他们又在一起商量了一整夜，到了星期天的清晨，他们就做出了一致的决定。

　　他们要在晚祷过后就一起前往波德列斯，由罗赫出面去跟德国人谈判。

　　这是罗赫自己答应这些小伙子的，于是他们都兴高采烈地回家去了。罗赫依旧坐在波利那家的台阶上，一边数着念珠，一边沉浸在思考中。

时间还算很早，大家刚刚吃完早饭，正在收拾餐具，鼻子里还能闻到面汤和菜肴的气味。只有彼得还没有吃完。

天气晴暖而不闷热，燕子像子弹那样在空中直穿而过。太阳刚刚升到屋顶之上，带有露水的青草在阴暗处闪闪发亮，清凉的阵风带来了田野里的麦苗清香。

与往常的星期天一样，这时的屋子里都还是静悄悄的。女人们忙着收拾房间，孩子们坐在屋外一口一口地喝着牛奶，他们用勺子和吆喝声来把瓦帕赶走，它便立即跑开了。母猪懒洋洋地躺在墙边晒太阳，小猪们用脑袋在它的肚皮上拱来拱去找奶吃。鹳鸟把母鸡赶跑了，又去追赶在院子里跑来跑去的小马驹。果园里的树木不时响起沙沙声，树枝会左右摇曳起来，而从田野那边会传来蜜蜂采蜜时的嗡嗡声，云雀的歌声又在湛蓝的高空中回荡。

星期天的早晨村里特别宁静，只是偶尔能听到一两声的说话声、母鸡的咯咯声，还有就是小伙子们在池塘里戏水的欢笑声，以及鸭子嘎嘎的欢叫声。

躺在阳光下的大路，又明亮又寂静，路上行人稀少。姑娘们正在门口的台阶上梳理头发，牧人吹起的笛声有如行云流水般渐行渐远。

罗赫挂上了念珠，他有时在听，但主要是在想雅格娜的事情。他听见她在房间里走动的声音，有时她走到他的身后，有时她又走到院子里，回来时，一遇见他的目光，便低垂下她的眼睛，她那憔悴的脸上便涨得血红，引起了他的伤心和同情。

"雅格娜！"他抬起眼睛，亲切地叫了她一声。

她站在那里，屏息静气地等待着他会说些什么，可是他好像不知道说什么好，只喃喃说了几个含糊不清的字，便沉默不语了。

她又走了回去,坐在敞开的窗户前,倚靠在窗台上,一双伤感的眼睛望着屋外阳光下的景色,纯洁无瑕的白云仿佛是一群白鹅在天上飘浮游动。从她的胸中发出了一声沉重的叹息,泪水从她那红肿的眼里汩汩地流出,慢慢地流经她那憔悴而消瘦的脸孔,最终掉落下来。在最近的这些日子里,她经受了多少的痛苦煎熬啊!整个村子都把她当癞皮狗来对待。每当她从人们的身边走过,女人们便会掉过头去,有的甚至还朝她吐口沫。朋友们也装作没有看见她,男人们都对她鄙夷地嘲笑,甚至就在昨天,古尔巴谢克家的小儿子还一边用泥块打她,一边还大声骂她:"乡长的情妇!"

这句话就像刀子一样深深地刺痛着她的心,她感到羞愧得无地自容!

啊,我的上帝!难道这一切全是她的错吗?是他约她去喝酒,而且把她灌醉了,醉得一塌糊涂,不省人事……她能拒绝他吗?现在大家都怪罪起她来,全村的人都像躲避瘟疫那样在躲着她,却没有一个人站出来为她辩护。

她现在能到哪儿去呢?他们会当着她的面把门关上,甚至还会放出狗来咬她……现在她连娘家都回不去,无论她怎样哀求,还是痛哭流泪,都无济于事,上次她母亲差点把她赶了出来……如果不是汉卡,她真想一死了之。……是的,只有安特克的妻子汉卡,在她最危急的时候,向她伸出了救援之手,保护她免受别人的侵害。

啊,不,不!罪不在她,乡长才是罪魁祸首。是他引诱她的,是他逼得她犯罪的。然而,对她说来,真正罪大恶极的就是那个老不死的!——她的丈夫……是他束缚了她的一生……如果她还是个少女,谁还敢来欺侮她?不,不会有的……跟着他,她得到了什么?既没有享受生活,也没有什么乐趣!

她越想越怒火中烧,悲伤变成了愤怒,她切齿痛恨地在房间里走来走去。是的,他才是一切罪恶的根源……没有他也就不会有和安特克发生的事情……乡长也不敢打她的主意——她这样抱怨着——她也会像从前那样,在娘家过着平平安安的日子……可是魔鬼指使他挡住了她的路,用几垧土地来套住她的母亲。可是现在,她不得不遭受这么多的苦难……苦难!但愿蛆虫尽快把他吃掉!

她勃然大怒,紧握着拳头,透过窗子望出去,看到躺在果树下那张木板床上的丈夫,便怒气冲冲地跑了过去,俯身在他上面,恶狠狠地咒骂道:"你快死去吧,你这条老狗!快死去吧!"

病人对她眨了眨眼情,还嘟嘟囔囔地说了点什么,可是她已转身跑开了。这样一发泄,她轻松了不少。她居然有了一个可以发泄自己怨气的人了!

铁匠站在台阶上,当雅格娜回来经过他身边时,他却装作没有看见,大声地和罗赫说着话:"马特乌什正在村子里大肆宣传,说你要带领大家去对付德国佬?"

"他们来请我,我便和他们去见见新邻居!"他着重说出新邻居三个字。

"他们这是在给自己增添新的苦难!他们和地主斗上瘾了,以为一群拿着木头的乌合之众去闹一闹,德国佬就怕了,就不买波德列斯了。"

铁匠愤怒得都无法控制住他自己了。

"也许他们会放弃不买了,谁知道呢?"

"不可能!土地都量过了,所有的家眷都来了。他们现在正在挖井,搬运房基的石头。"

"我知道得很清楚,但是他们还没有公证人在场签订买卖土地的协议书呢!"

"他们跟我发誓说,这件事已经铁板钉钉子了,就跟签了一样可靠。"

"我只说我所知道的,万一地主找到了更好的买主呢……"

"反正利普查村人是买不起的,我没有在谁身上闻到钱味儿。"

"格热拉计算过,我觉得……"

铁匠粗暴地打断他的话道:"格热拉?!格热拉是个爱惹是生非的人,大家要是跟随他,定会招来新的祸害!"

"那我们就等着看吧,看看会有什么样的结果,等着看吧!"罗赫笑着平静地说道,这时铁匠怒气冲冲地揪下了他的一撮胡须。

"警察局的雅切克来了!"罗赫看到篱笆外面站着个人,便大声叫道:

"这是给安娜(即汉卡)·马奇维约芙娜·波利那的,是警察局来的公文!"雅切克说道,从袋子里拿出一封公函来。

汉卡跑了过去,接过公函,她忐忑不安地翻弄着公函,不知所措。

"我给你念。"罗赫说道。

铁匠走到他背后,想越过肩膀偷看公文,罗赫立即把信折叠起来,非常平静地告诉汉卡。

"汉卡,法院通知你,每周可以去探视安特克一次。"

汉卡送走了信使,便回到了屋里。罗赫等铁匠离开之后,才走进屋里,便高兴地大声说道:

"公文里写的和我刚才说的完全不同,我不想让铁匠知道公文的内容。法院通知你,如果你能交出五百卢布或有充足的担保,安特克就能立即释放……你怎么啦?"

汉卡没有回答,她说不出话来,目瞪口呆地站在那里,脸涨得通红,随即又变得像墙壁一样苍白,眼里充满了泪水,她伸出双手,深深地叹息了一声,便久久地匍匐在圣像前面。

罗赫悄悄地离开了房间,在台阶上坐了下来。他再次把公函拿了出来，又欣喜地看了一遍，随后，过了好一会儿，他才回到房间里去看看汉卡。

汉卡跪在房间的中间，无比虔诚地祈祷着，她喜不自胜，兴奋得差点心都要跳出来了，断断续续的长吁短叹和热情似火的喃喃声，塞满了整个房间。房间内火柱腾起，那是她用心血燃起的感激之火，升腾在琴斯托霍瓦的圣母脚下。她高兴得差点死去了，泪水如泉涌般地喷射出来，把昔日所受的一切忧伤和屈辱都冲刷得一干二净了。

她终于站了起来，边擦眼泪边对罗赫说道：

"我现在准备去迎接新的考验，我经受了最难熬的痛苦，将来也不会有比这更坏的了。"

罗赫甚感惊讶，汉卡会变得如此之快：她双眼炯炯有神，脸颊不再苍白，而是红润有血色，她也不再是那副弯弓曲背的样子，反而看上去年轻了十岁。

"赶快把东西卖掉，把需要的钱都准备好，我们明天或者星期二就去接安特克回来。"

"安特克要回来了！安特克要回来了！……"她不由自主地一再说道。

"绝不要到处去说！反正他回来后大家都会知道的。以后我们要说的是，安持克是无条件释放的，否则，铁匠会追究你保释金的问题。"

这些话是他低声嘱咐她的，她也很严肃地答应了，可是随即便把这个秘密告诉了尤什卡，她太兴奋了，她一个人承受不了这份快乐的重负。她走来走去，坐立不安，就像喝醉了似的。她不停地吻着孩子们，她还跟小马驹说话，跟母猪说话，还和鹳鸟逗着玩儿。瓦帕一直跟在她身后跑来跑去，一双眼睛老是盯着她看，它似乎也看出了什么事情来的。汉卡凑近它的耳边，像对人一样轻声说道：

"傻家伙，小声点！你的男主人要回来了！"

她哭一阵子又笑一阵子,来来回回哭笑不断。随后她又跑到公公床边,一五一十地把这件事都告诉了他,他只是翻动着眼睛,口里喃喃有词,似乎很害怕的样子。她高兴得好像什么都忘记了,直到尤什卡前来告诉她,该上教堂了。她无比高兴,真想放声歌唱,飞往天空。她想向庄稼呼喊,向野草树木和大地呼叫:

"我的男人要回来了!安特克要回来了!"

出于这样的高兴劲儿,她还邀请雅格娜和她们一起去教堂,但被雅格娜拒绝了。

没有人向雅格娜透露出任何的信息,但她从他们的片言只语中,从汉卡脸上所表现出来的快乐情绪中,不难猜测出到底是怎么一回事。她也为此而高兴,心里萌发出一种愉快的秘而不宣的希望,于是她便不顾路上会碰见别人,径直跑到娘家去了。

她来得不是时候,正遇上一场无比激烈的争吵。

吃完早饭后,西蒙坐在窗前,嘴里叼了一支烟,在房间里吐痰。他考虑了很久之后,向弟弟看了一眼,最后他终于说道:"妈妈,给我一些钱,我要请教堂公布结婚预告。神父告诉我,要我在晚祷前去接受宗教审查。"

"你要跟谁结婚呀?"他母亲冷笑着问道。

"和纳斯特卡结婚!"

她默不作声,只是忙着摆弄灶上的锅子。安德烈又给炉子里添加了几根木柴,火势烧得更旺了,但由于他心里十分害怕,便使劲往里吹火。西蒙还在等着母亲的回答,过了一会儿,母亲依然不吭声,他便开口说话了,而且这次的口气更坚定。

"请你给我整整五个卢布,因为还要举行订婚仪式。"

"你派人送去烧酒求婚了吗?"她冷漠地问道。

"是克温布和普沃什卡去的。"

"这么说来，他们同意了，还是怎么的？"她笑得连下巴都在抖动。

"那当然，同意了！"

"那是瞎母鸡碰上了米粒，哪会有不同意的？这样不要脸的人！"

西蒙皱起了眉头，但他还在等待着，听她会再说些什么。

"你去池塘里给我打水去。安德烈，你去把猪放出来，它们正在尖叫呢。"

他们几乎无可奈何地照做了，当西蒙坐下来抽烟，安德烈在磨磨蹭蹭的时候，多米尼科娃又用严厉的口吻命令道：

"西蒙，给小母牛饮水去！"

"你自己去吧，我可不再替你去干那些女用人干的活儿了！"他大声回答道，伸开手脚躺在长凳上。

"你听见没有？不要在礼拜天招惹我发火！"

"你听见我说的话没有？我是来向你要钱的，快点给我！"

"钱不给，也不准许你结婚！"她吼道。

"没有你的准许我也要结婚！"

"西蒙，你好好想想，别惹我发火！"

他突然匍匐在她面前，忍气吞声地抱住她的双脚。

"妈妈！我求你了，我再三恳求你了，我会像条狗那样顺从你的！"

他哽咽着，泣不成声。

安德烈也大声哭叫起来，吻她的手，抱她的脚，和哥哥一起哀求着母亲。

她怒气冲冲地推开了他们。

"你们要是胆敢违抗我的意愿，我就要把你们赶出家门，让你们喝西北风去！"她挥动着拳头，气冲冲地厉声道。

西蒙此时已站了起来，母亲的话就像鞭子那样打在他的身上，使他暴跳如雷，这时候帕切斯家族的固执天性在他身上占据了上风，他笔直朝房间中央走去，用充满怒火的目光望着母亲，以非常镇定而又凶狠的语气说道：

"快把钱给我！我不再等了，也不请求你了！"

"不给！"她吼道。同时在寻找一件可以打人的用具。

"那我就自己去找！"

他像只猞猁那样一下就跳到了柜子前，揭开盖子，把里面的衣物都掏了出来扔在了地板上。她大叫着蹿上前去，想把他拉开，但不能拉动他一步。于是她一手抓住他那又长又密的头发，用另一只手狠狠打他的脸孔和脑袋，还大喊大叫着乱踢他的身子。他一把推开她，继续寻找钱袋，结果他的薄弱处却受到她的一脚重踢，于是他用力一推，她就像根木棍似的倒在了地上。不过她立即爬了起来，拿起一把火钳又朝他冲了过来。他不想和母亲打架，一直都在努力招架着，想从她手上夺下她的铁器。屋子里响起了一片叫骂声。安德烈泪流满面，围着他们转来转去，伤心地哭喊道：

"妈妈，不要打了！看在上帝的分上！妈妈！"

雅格娜正好这时走进了屋里，她立即走上前去想拉开他们，但徒劳无功。只要西蒙往边上躲闪，多米尼科娃便立即赶上前去，像水蛭那样盯住他不放，像疯狗似的狠狠打他，西蒙被打得浑身疼痛，但他竭力躲来躲去。母亲依然不依不饶，照旧追着他打，于是两个人在房间里跳来跳去，骂声叫声不断，彼此常常被推撞到墙上，发出可怕的碰击声。

村民们从四面八方赶了过来，试图把他们分开，但依然没有用。母子俩纠缠在一起，母亲发疯似的要打儿子，儿子却想方设法地不让她近身。最后，他终于忍耐不住了，便使出浑身解数，抓住她的腰，用力朝前一推，她便晃了晃，像个木头似的倒在了炉火熊熊的炉灶前，正在烧水的水壶被碰倒了，整个炉灶也被掀倒了，压在了她的身上。

大家立即把她从倒塌的炉灶下救了出来,虽然她被烫伤得很严重,但她不顾烫伤的疼痛和裙子着火,依然还要挣扎着去追打她的儿子。

"给我滚出去,不孝的逆子!给我滚出去!"她厉声地叫嚷道。

大家赶忙将她裙子上的火灭掉,当大家用湿布块敷在她烫伤的地方时,她还竭力挣扎着要冲到她儿子的身边去。

"滚得远远的,别再让我看到你!"

西蒙上气不接下气地喘息着,他被打得浑身是伤,有的地方还流着血,他用茫然若失的眼神望着母亲,感到非常害怕,浑身发抖,一句话也说不出来,甚至他都不知道发生过什么事情。

等到喧闹声稍微安静了一些,多米尼科娃便从妇女们的手里挣脱了出来,蹿到炉灶背后的一根木杆上,把晾在上面的西蒙的衣物,统统扯下来,扔到了窗外的果园里。

"滚!别让我再看见你!这里没有你的东西,全都是我的!休想从我这里得到一寸土地一勺粮食,我什么都不会给你,你去饿死好了!"她声嘶力竭地叫道,最后她痛得再也忍受不了了,便倒在了地上不停地呻吟起来。

于是大家赶紧把她抬到了床上。

进来的人越来越多,把房间都挤满了,就连过道上也挤满了人。还有许多人通过敞开的窗户,把脑袋伸了进来。

雅格娜完全被弄得心慌意乱,不知所措。这时候的老太婆,因为疼痛而大声号叫起来,听起来让人觉得很凄惨。这也不奇怪,她的脸孔和脖子都被严重烫伤了,双手也被火烧伤了,头发几乎被烧光了,眼睛也是什么都看不见了。

西蒙来到果园里,靠着房墙坐了下来,他用拳头支撑着下巴,一动不动地僵坐在那里像具死尸那样。他全身伤痕累累,青一块紫一块的,脸上布满血迹,他在倾听着母亲的呻吟。

没过一会儿,马特乌什来了,他拉起西蒙的手,说道:

"到我家去吧!如今这儿和你没有什么关系了……"

"我不去!这儿有我祖先留给我的土地,我的土地!我一定要留在这里,绝不会退让!"他固执地说道,毫无意识地用手指抓住了墙角。

无论是请求,还是劝说,都无法把他说动。他不再说话了,只是安静地坐在那里。

马特乌什也拿他没办法,只好在他身旁坐了下来。安德烈把他母亲刚才扔出窗的衣物都捡了起来,塞进一个袋里,怯生生地把它拿到哥哥面前,说道:

"走吧,西蒙!我和你一起走,天涯海角我都和你在一起!"

"他妈的!……我说过了,我绝不会离开这里,我哪里也不去!"他用力捶着墙壁吼道。安德烈听他一吼吓了一跳。

他们又沉默不语了,屋子里传出可怕的呻吟声,雅姆布罗兹正在给病人的烫伤处用新鲜的无盐的黄油涂抹,再敷上一种叶子,再在叶子上洒上一层凝固的牛奶,随后便用湿布完全包扎起来。他叮嘱雅格娜每过一段时间便要在布上洒些冷水,说完他便匆匆赶往教堂去了,因为做弥撒的钟声已经敲响。

现在正是望弥撒的时候,路上人头攒动,马车辚辚驰过,雅格娜不得不关上大门,以免那些好奇的人进来打扰病人,只留下西科拉一人来陪伴她。

现在一切都归于寂静了,多米尼科娃也停止了呻吟,从教堂传来的风琴声,低沉而平和,合唱声充满哀伤,穿过果园飘散开来。

太阳炎热炙人,在午后的寂静中树木一动不动,树枝有时会轻轻摇曳,投下一片树荫,鸟儿也不再歌唱了,麦苗偶尔会波浪起伏,发出轻轻的簌簌声。

三个小伙子依然坐在房子外面,马特乌什低声说着什么,西蒙则频频点头。安德烈躺在他们的前面,望着马特乌什抽烟吐出的烟雾,仿佛在空中织成的一张蜘蛛网,冉冉升起在屋顶上。

雅格娜拿着木桶来到池塘打水。

这时候,马特乌什站了起来,许诺午饭后还会来看他,便朝教堂走去,当他看到雅格娜在池塘边,便朝她走了过去。

雅格娜的木桶已打满了水,但双脚还站在水里。

"雅格娜!"他站在赤杨树下,轻声叫了一声。

她迅即把裙子拉到了膝盖上,看了他一眼,她的眼里饱含着泪水,充满了悲伤和忧郁,令他心如刀割。

"你怎么啦?雅格娜,是不是病了……"

树木无声无息地摇曳着,把星星点点的光与影射在雅格娜的明亮的头上,就像是绿色和金色的阵雨。

"不,我没有病,就是处境困难……"她把眼睛转了过去。

"也许我能帮帮忙,或者出出主意。"

"咳,上次你不是在菜园里逃走不理我?后来就一直不露面了。"

"那是因为你把我赶跑了,我怎敢找你呢?雅格娜!"

"是我把你赶跑的,可是我在身后又喊你了,你没有听到……"

"你喊我了,雅格娜?是真的吗?"

"我叫过!我真伤心死了,谁也不理我……我就像个被人遗弃的孤儿……谁都可以来欺侮我,羞辱我!"

她满脸红光,难为情地转过头去,双脚在水里搅动着,马特乌什也陷入了沉思。

又是一片寂静。风琴演奏出柔和的乐声,有如涓涓流水。池水在闪闪发亮,涟漪从雅格娜站立之处向周围蜿蜒开去,有如一条条彩虹色的水蛇,沿岸的树木把倒影投射在水中。而他们已在眉目传情,双方的视线都连成一气了。

马特乌什越来越不能自持了,他被她深深迷住了,他真想把她抱在手上,就像抱孩子似的紧紧贴在他的胸前,用最温柔的抚爱来安慰她,不过他还是镇定下来了。

"我还以为你是个无情无义的人……"她小声说道。

"我绝不是这样的人,难道你看不出来?"

"也许……你以前不是这样的人……可是现在你和别的人一样……一样。"她不加思索地说道。

突然间,有一件事涌上他的心头,让他产生了无比的愤怒和嫉妒。

"因为你是……你是……"

他无法把哽在喉咙里的咒骂的语言说出口来,于是他抑制住自己的怒火,只是短促而生硬地说了一声:

"再见!"

他不得不立即转身就走,否则他就会把她和乡长的丑事说出来。

"你又逃走了,难道现在我又做了什么伤害你的事吗?"

她感到惊讶和痛苦。

"没有,没有……只是……"他望着她那双充满泪水的深蓝色眼睛,急忙说道。悲伤、柔情和愤怒在他心中翻腾。"不过,你得把那可恶的家伙扔掉,把他赶走!"他恳切地请求道。

"难道是我招惹他的吗?是我把他拉住不放的吗?"她愤愤不平地大声道。

马特乌什站在那里,犹犹豫豫,惶恐不安。

她号啕大哭,泪水像豌豆似的从她滚烫的脸上流下来。

"嘿,是那坏蛋坑害了我……把我灌得不省人事……谁也不能理解我……谁也不来同情我!……大家只知道指责我,这难道是我的罪过吗?"她伤心地哭诉道。

"这个混蛋,看我怎么收拾他!"他举起拳头吼了一声。

"好,马特乌什!好好地收拾他!收拾他!"她一再说道。

马特乌什没有答话,便急着上教堂去了。

雅格娜在池塘边坐了很久,一直在想着马特乌什:也许他会挺身而出来保护她,使她不再受人欺压。

"也许还有安特克!"脑海中突然闪现出这一想法来。

她怀着这个秘密而又令人欣喜的期望回到了家里。

教堂的钟声开始敲了起来,教徒们纷纷从教堂走了出来,把道路都塞满了。

车声隆隆,人们谈笑风生,他们成堆成群地走在一起,有的停留在篱笆边。只有到了多米尼科娃家的门前,大家才安静下来,阴沉着脸,不再说话,只是相互交换了一下意味深长的眼色,便匆匆走过去了,没有人进去看望一下病人。

整个村庄人声鼎沸,家家户户,屋里屋外人们都在热烈交谈,果园里也是热闹非凡,许多人在树下共进午餐,到处都是进餐者的谈笑声,刀叉的叮当声,盘子碟子的响声,还散发出菜肴的香味,还有狗在寂静中的汪汪叫声。

只有多米尼科娃家显得冷清和空荡,根本没有人来拜访她家。老婆子发着烧躺在床上哼来哼去。雅格娜在屋里待不住便时而走出门外,漫步到了大路上,时而伫立在窗前,久久地望着窗外的景色。西蒙依然一动不动地坐在屋外,只有安德烈的头脑还很清醒,正在准备着午餐的菜肴。

午饭后不久,汉卡便来探望病人了。她处在一种奇怪的状况中,问了所有问题,对病人表示出极大的关心,可是又偷偷地向雅格娜投去不安的一瞥,并发出深深的叹息声。

过不多久,马特乌什又来找西蒙。

"你和我们一起去见德国佬吗?"他问道。

"我不去！这里是我祖先留给我的土地，我绝不会离开这里一步。"西蒙这样回答道。

"纳斯特卡正等着你呢！你们不是约好了吗？"

"我什么地方也不去！……这是我祖先留下来的土地。"

"真是头蠢驴！谁也拉不动，那你就在这里坐到明天好啦！"马特乌什对他的固执行为很是恼火，正好这时雅格娜把汉卡送到了大门外，于是他便和汉卡一起走出院外，他连看都没有看雅格娜一眼。

他们走在池塘边的那条大路上。

"罗赫已经离开教堂了吗？"他问她。

"离开了！很多农民都在等着他呢！"

他回头一看，看见雅格娜还站在那里望着他们的背影，于是他迅速转过头来，低下眼睛轻声问道：

"神父在讲坛上又责备了什么人，这是真的吗？"

"你也听到了，那还问什么？"

"我是在他布道完了才去的。别人告诉了我一些，但我觉得这是为了取笑而在说谎。"

"他责备的不止一人……他还紧紧握住了拳头！……一定要诅咒这些犯罪的人，朝他们扔石头……可是没有人去阻止罪恶的蔓延。"她为家丑而羞愧，十分气愤，"但神父一句也没提到乡长，他才应负主要的罪责！"她小声补充了一句。

马特乌什粗野地骂了一声，他本想再问些问题，但又不敢多问，两人便默默地朝前走去。的确，这件事深深触动了汉卡，令她十分愤恨。不过，雅格娜是犯了罪，她应该受到惩罚，但是神父在讲台上当着大家的面，几乎是指名道姓地谴责她，那就有点过分了。她毕竟是波利那的妻子，而不是什么娼妇……汉卡暗自寻思道——至于她和雅格娜的关系，那是她们家里的事情，别人不应过问。

"马格达和磨坊主的女儿们,神父一句也没有提及,可是大家都知道她们所干的事情。还有对沃拉的地主夫人也没有挥拳指责,至于格霍夫的地主太太,人人都知道她和长工们通奸,连半句也没有提及。"她极其愤怒地说道。

"这是真的!……神父有没有提到特蕾莎?"马特乌什提问的声音极低,汉卡刚刚能听见。

"神父提到了两个人,大家都能想到他指的是谁。"

"一定是有人向神父告密的!"马特乌什几乎要气炸了。

"有人说,这是多米尼科娃或者是巴尔切科娃干的好事,前者是怪你撮合了西蒙和纳斯特卡,后者是想让你娶她女儿马里霞。"

"哈哈!还有这样的事!我从来都没有这样想过。"

"男人们只看到牛鼻子下面的事情。"

"嘿!巴尔切科娃的计划算是枉费心机了……也许还会遭到特蕾莎的反击的。为了要好好气一气多米尼科娃,西蒙一定要和纳斯特卡结婚,我一定要促成此事。他妈的,这些娘们儿!"

"她们使出了阴谋诡计,结果遭殃的是无辜的人!"

"人人都想伤害别人,要在这个村里生活真是不易啊!"

"我公公还在管事的时候,还有个人来管束大家,大家也会听他的话的。"

"你说的不错,乡长是个没头没脑的笨蛋,而且又干出了这么一桩丑事,他在村民面前已经是威信扫地了,谁也不会听信他的。要是安特克回来了,那该多好啊!"

"不久他就会回来的,他会回来的!会有人听他的话吗?"她的眼睛闪闪发亮。

"我们和格热拉以及其他的小伙子们都商量过了,只要安特克一出来,我们就会对村里进行一番整顿,你等着看吧!"

"现在,村里的事情乱糟糟的,就像没了车轴的轮子那样。"

他们来到了家门口,已经有好多人聚集在台阶上。

要去的人中有十多个农民和一些最能干的长工,而且也像上次森林大战那样,全村的人都闹着要去。

他们聚在一起,正在不耐烦地等着其他人来到。

"乡长应该和我们一起去。"有个在削木棍的人说道。

"县长把他叫到县里去了。文书说,县府命令他召开会议,决定在利普查村和莫德利查村建立一所学校。"

"开会他尽管开,但我们绝不会赞成建立什么学校的!"克温布笑道。

"马上就要像多瓦那样,推行按耕地面积征税的政策。"

"那是一定的,既然是县长的命令,我们就不能不听。"村长提醒道。

"我们为什么要接受他的命令呀?还不如要他下道命令,禁止警察和小偷合伙来盗窃我们!"

"格热拉,你说话出格了,有人就是因为管不住舌头,就被送到他不想去的地方了!"

"我该说的还要说,我知道我的权利,我不怕官府。我不像你们这些可怜的羔羊,无论见到官府的什么人,都会害怕得浑身发抖。"

他说话的声音很大,大家都为他的胆大而捏一把汗,也有人害怕得起鸡皮疙瘩。于是克温布说道:"说真的,这样的学校对我们来说毫无用处……我的儿子亚当到沃拉的学校读了两年了。我每年给老师送去一大袋土豆,我老婆每逢节日还要给他送去鸡蛋和奶油,同送给神父的一样多。可结果呢?他既不会念波兰文的祈祷书,也不会读俄文的字母。我的那个小儿子,在罗赫那里只学了一个冬天,就学会写字了,还能读绅士们读的书本了。"

"罗赫教得好，就让他教下去好了，对于孩子们说来，学校就像鞋子一样是必不可少的！"格热拉说道。

听了这话，村长朝人群中走了几步，压低嗓音说道："罗赫的确教得很好，这我知道……他也教过我的孩子……但是不能让他教了……警察局已经听到了什么，正在监视他。我在警察局见到了警察局长，一再向我打听他的情况，我没多说什么。他说他知道罗赫在教孩子们读波兰文书，还给大家发波兰文报纸。应该告诉他，让他提高警惕。"

"这件事很糟糕，罗赫是个好人，而且很虔诚，但很有可能我们全村都会因为他而遭殃。应该商量出个办法来，而且要快！"老普沃什卡说道。

"难道你害怕了，要出卖他吗？"格热拉愤愤不平地说道。

"如果他动员民众反对政府，会给大家造成损害，我们人人都该这样做。你年轻，而我看到过的事太多了，在反抗贵族的战争中，就发生过这样的一件事，一个农民为了一件小事就遭到无情的鞭打。这不是我们该做的事情。"

"你是想要当乡长的，可是你比破洞的皮靴还要笨！"格热拉指责他道。

他们停止了说话，因为罗赫从屋里出来了，他环视了一下大家，画了个十字，便大声说道："是时候了！以上帝的名义，我们出发吧！"

他走在最前面，后面跟着一大群走在道路中间的农民，再后面是几个女人和孩子。

白天的炎热已过去，晚祷的钟声正当当敲响，太阳已西沉到森林后面，天空晴朗而明亮。地平线十分明显，远方的村庄也都看得一清二楚。而在绿色的森林中也能分辨出松树的黄色树干、白桦树的白树茎和树高叶茂的灰色橡树。

女人们留在了磨坊后面，男人们缓步走上了斜坡，身后掀起了一阵尘雾,尘雾中隐约现出了一件件白色外套。

大家默默地走着,表情严肃,姿势豪迈,眼睛炯炯有神,坚定而刚强。

为了鼓舞士气,活跃气氛,有人用橡木棍子敲打起地面来。时而有人朝掌心吐吐口水,时而在路上蹦来跳去的。

他们秩序井然,有如严肃的宗教游行队伍一样。如果有人说话,别人就会用严厉的目光来制止他,那人马上就会闭口不语了,现在不是谈天说地的时候,人人都在积蓄力量,增强勇气。

他们在村子界标和十字架旁停了下来休息一会儿。但是现在,谁也不想开口说话,默默地望着周围的世界。利普查村的房屋在果园后面依稀可辨,教堂塔楼的金色圆顶被阳光映照得金光灿灿,目力所及的田野一片翠绿。森林边上的草场上牛羊成群,从森林中某处篝火所冒出来的乌烟像飘带那样袅袅上升。他们倾听着牧人们的歌声和悠扬的笛声,呼吸着春天那涵盖整个大地的清新空气,大家的心里充满了欢乐和奇异的平静,但也有一些人怀着忧伤和恐惧的心情望着波德列斯。

"走吧,我们不要浪费时间了!"罗赫大声喊道。他已经在这些农民身上看到意志开始减退的迹象。

他们转过身来,直朝农场的建筑工地走去。他们走在一条杂草丛生的路上,穿过零零落落开着蓝色小花的矢车菊、可怜的黑麦田、迟种的燕麦田,金黄色的麦田被野罂粟花染成了点点红色,而新种土豆的嫩芽才刚刚露出地面。每走一步,都让人明显感到土豆种得漫不经心和粗枝大叶。

"这简直就是犹太人的耕种方式,看了叫人心痛!"有人这样说道。

"就连最差劲的长工,也要比这地种得好!"

"他虽说是个大地主,却对神圣的土地毫不敬畏!"

"他就像个只会挤牛奶而不会给牛喂食的人那样,最后真会颗粒无收,这是毫不奇怪的。"

他们来到了未开垦的那片荒地,不远处就是被火烧过的乌黑的房屋残迹,果园里的是烧焦了的树干直刺长空。地主庄院周边的房屋,有的屋顶被烧掉了,烟囱却还直挺挺地伫立在那里。可以看见有一群人正聚集在墙边枯树的阴影下。他们正是德国人!石头地上放着一桶啤酒。有个人在门口吹起了笛子,其他人则坐在凳子上或草地上,互相聊起天来。他们都穿着衬衣,有的还叼着烟斗,他们是用瓷杯喝着啤酒的。孩子们都在屋外嬉戏玩耍,附近有肥壮的牛马在放牧。

德国人看见有人来了,便立即站了起来,有人还用手搭凉棚望着来人,嘴里还嚷着什么。其中有位老德国人说了几句严厉的话后,大家又平静地坐了下来继续喝着啤酒,笛子手又吹起了更加优美甜蜜的乐曲。云雀在他们头顶的高空中大声歌唱,而从庄稼地里也传来了蟋蟀不断的叫声,叫声越来越密,越来越响,偶尔还能听到鹁鸪的鸣叫声。

被太阳晒干的土地,在农民们的脚下发出嘎嘎的响声,钉有铁掌的鞋跟在石头上踩出的声音越来越近,但德国人依然岿然不动,好像什么也没有看见似的,泰然自若地喝着啤酒,享受着夕阳时分的凉风。

农民们踏着沉重而缓慢的步伐,已经来到德国人的身边了。他们手握棍棒,屏声静气,尽量让自己的心情平静下来,但是他们的心依然跳得很厉害,身体有些发凉,目不转睛地望着德国人。不过,他们依然表现出勇敢大胆和坚毅不屈。

"赞美天主!"罗赫站定后便用德语说道。农民们便在他身后肩并肩地围成了一个半月形。

德国人也齐声回答了他的招呼,但是他们仍然坐在原地不动,只有那位胡子花白的老人站了起来,朝他们看了一看,脸色有些变白。

"我们是为了一件事前来拜访你们的。"罗赫开口说道。

"那就请坐吧,我看出来了,你们是利普查村来的农民们!那就让我们像邻居那样来谈谈好了。约翰,弗里茨,去搬几条长凳来给邻居们坐坐!"

"谢谢,不必了!我们要谈的事很快就能谈完,我们还是站着吧。"

"既然你们全村的人都来了,就不会很快结束的!"他用波兰语大声说道。

"因为这关系到大家的利益。"

"我们留在家里的人比这多三倍!"格热拉着重补充了一句。

"你们先来拜访我们,我们深感荣幸。那就赏光和我们喝杯啤酒吧……为了邻居的和睦!小伙子们,斟上!"

"你们真够大方的,但我们不是来喝啤酒的!"好几个人一起嚷道。

罗赫用眼神制止他们!这时候,那个德国老头子口气很硬地说道:

"好吧,那就谈谈吧,我们洗耳恭听!"

接着是一阵寂静,静得连短促的呼吸声都能听得一清二楚。利普查村的农民们站得更紧了,激动得全身发抖。德国佬齐齐站了起来,以整齐密集的队伍迎向对方的人群。他们用恶狠狠的目光盯着农民们,一边捻着胡子,张嘴呼气,一边还低声说着什么。

妇女们胆战心惊地透过窗口望着外面,孩子们都跑到过道里躲了起来,几只黄狗也在墙边凶狠吠叫。他们这样对峙了大概能念完《福哉马利亚》一遍的时间。在深沉的静默中,他们就像两群山羊,睁着血红的眼睛,站稳脚跟,挺直脊背,低着脑袋,随时准备用尖角去冲向对方,直到罗赫说话才打破这种僵局。他用波兰语大声而清晰地说道:"我们是代表全村来请求你们的,而且是以善意来请求你们不要买波德列斯!"

"是的。我们就是为这件事来的!"大家众口一词地说道,还用棍子敲打着地面。

德国佬都惊呆了!

"他说什么了?他们想要干什么?我们没有听明白!"德国佬都不敢相信自己的耳朵。

于是罗赫又用德语再向他们说了一遍,他刚说完,马特乌什便迫不及待地高声叫道:

"滚吧!你们这些穿长裤子的家伙,你们都见鬼去吧!"

听到这话,德国人也暴跳了起来,像是被人泼了一身开水似的。这样一来双方便吵得越来越凶,德国佬跺着脚,怒目圆睁,有的还挥舞着拳头指向农民们,但农民们也像铜墙铁壁那样屹立在他们面前,个个咬牙切齿,以愤怒的目光瞪着他们。

"你们是不是疯了?你们要禁止我们买地!为什么?凭哪条法律?"那个德国老头高举起拳头,大声问道。

罗赫平心静气地再次向他们说明了全部情况,而且十分详细,但德国佬非但听不进去,反而涨红着脸,怒气冲冲地嚷道:

"谁花钱买的土地,就归谁所有!"

"这是你们的看法,我们的看法则完全相反,土地应该属于那些需要它的人!"罗赫严肃地说道。

"属于?凭什么,不花钱买,去抢吗?"他嘲讽地说道。

"就凭我们的双手!我们能出更大的价钱。"罗赫也以同样的口气答道。

"我们何必浪费时间来做这种无谓的交谈哩。我们把波德列斯买下了,波德列斯就是我们的了!现在是,以后也永远是!谁若是不喜欢待在这里,那就滚蛋吧,离我们远远的。嘿,你们还赖着不走,等什么呢?"

"等什么?就是要告诉你们,离开我们的土地!"格热拉吼道。

"还是你们先离开好,趁我们还没有赶你们!"

"到现在为止,我们都是以邻居的方式请你们离开的。"另一些人说道。

"你们是在威胁我们,我们就告到法院去!我们会有办法来对付你们的,上次的森林案件都还没有结案,你们还想再坐一次牢房?两件案子一起判,准会让你们坐够的!"德国老头子怒火中烧,激动得话都说不出来了。他的同胞们也愤愤不平地嚷叫起来。

"你们这些该被诅咒的家伙!"

"土匪!癞皮狗!"他们大叫大喊,还像洞里的毒蛇那样扭动着身子。

"闭嘴,狗娘养的!人家在说话,闭上你们的臭嘴!"马特乌什大声吼道。但是他们根本就不在乎他,反而大叫大喊着朝他拥了过来。

罗赫怕发生殴斗,急忙将农民们集在一起,劝他们要沉住气。但是他们也不听他的劝说了,一个个义愤填膺地嚷叫起来。

"谁先走近我们,就打谁的耳光!"

"给他们放放血好了!"

"弟兄们!难道能让他们这样来羞辱我们吗?"

"绝不!绝不!我们绝不允许!"大家齐声应道,并使劲朝前挤了过去,马特乌什把罗赫拉到一旁,自己向前走近德国人,像一头被激怒的野狼那样露出了白牙。他挥舞着拳头,吼道:"德国佬,你们听着!我们是真心实意来找你们好好商量的,你们却用坐牢来威胁我们,而且还故意羞辱我们。那好吧!我们以后就用另一套办法来对付你们!你们不想和平解决,那我们就要当着大众的面向上帝发誓:你们休想在波德列斯过上平静的生活。我们和平地来,但你们却想要打仗,既然你们想打仗,那就奉陪到底,打好了!你们有法院的支持,官府的支持,还有金钱的支持。可是我们呢?我们什么也没有,只有空手赤

327

拳……你们等着瞧好了，看谁能占上风！我还要告诉你们一声，你们要牢记在心，烈火无情，火不仅能烧掉茅草，还能烧毁砖瓦房，把地里的庄稼烧成一片焦土。你们的牲口也会莫名其妙地倒在牧场上。你们每个人也逃脱不了致命的灾难。记住我说的话：不管是白天还是黑夜，也无关乎何时何处，你们都会处于战争之中。"

"战争！战争！上帝会帮助我们！"大家一起喊叫起来。

德国人慌忙赶到墙边去拿木棍，有几个人拿来枪支，还有人拿起了石头，女人们大声尖叫。

"谁要是敢开枪，我们全村的人都会赶来！"

"你们就试试，只要敢打死我们一个人，我们就会把你们当疯狗那样，统统打死！"

"斯瓦布人，别惹我们农民，否则有你们好果子吃的！"

"再饿的狗也不会吃你们的臭肉。"

"你们谁敢动我们一根毫毛，不妨来试试，长裤子！"

双方剑拔弩张，人们越靠越近，个个怒目相视，人人跺脚相向，还用棍子敲击地面，口里骂声不断，他们急不可耐地想要揪住对方厮打。最后，罗赫好不容易才把他们劝住了，他们这才扭转身来，不情愿地离开，离开时成半月形地自我保护。德国佬在后面大声咒骂起来：

"快快滚开吧！你们这些猪猡！"

"你们等着吧，晚上的红公鸡会向你们鸣叫的！"

"我们还会再来的，找你们的姑娘跳跳舞。"

罗赫不得不要求农民们闭嘴，因为他们说的话越来越难听了。

现在已是黄昏了，太阳西沉，凉风吹拂着麦田，麦穗摇曳，发出沙沙轻响，白色的露珠让野草变得潮湿，竹笛声和孩子们的嬉笑声响彻整个村子，青蛙在沼泽地里哇哇叫个不停，宁静而又温馨的黄昏笼罩整个大地。

农民们缓慢地朝家里走去,搭在后背的白外套就像飘动的白翅膀。他们边走边唱,声音传入了林中,发出了回响。有的人还高兴得吹起了口哨。他们时时停了下来,一边谈论着,一边用火辣的眼睛望着波德列斯的土地。

"这些土地很容易划分。"克温布老头说道。

"说的是,我们可以把它分成一座座小农场,每个小农场都有自己的草地和牧场。"

"但愿德国佬能让出来!"村长叹了口气,说道。

"别担心!我认为他们是会让步的。"马特乌什信心满满地说道。

"我倒喜欢靠近大路最末端的那块地。"普雷奇克低声说道。

"我想要的是中间靠近十字架的那块地!"另一个人说道。

"我想要离沃拉村最近的那块地。"第三个说道。

"如果我能要的话,就要原先农场的那块菜园地。"

"你太精明了,那是块最好的地!"

"好了,好了!土地这么多,大家都能分到一块。"格热拉劝说道,因为他们都快吵了起来。

"如果地主同意把波德列斯卖给你们,你们真有许多工作要做,也会有许多麻烦在等着你们。"罗赫说道。

"我们都能应付得了,应付得了!"大家都特别高兴地答道。

"在自己的地里干活儿,再苦再累也心甘!"

"即使地主把他的全部土地给我们,我们都有办法应承下来!"

"他真要给你们,你们就会知道,事情不会那么简单。"

"人就像树一样,是深深植根于泥土之中的,谁有本事就来拔拔我们看好了!"

他们就这样一边走一边交谈着,快到村边时,他们加快了步伐,因为他们看到了黑魆魆的一群妇女正迎面跑了过来迎接他们。

第十一章

　　晨曦初露，整个村庄都在青雾的掩盖之下，就像成熟的李子那样。当汉卡坐车回到家门口的时候，全家人都还在酣睡之中。孩子们一听到车轮的响声时，都喜不自胜地喊叫起来，瓦帕也高兴得吠叫起来，还在马前马后又蹦又跳。

　　"哎，安特克呢？"尤什卡站在大门口大声问道，她正把裙子从头上套下穿了起来。

　　"三天之内他们就会把他放出来，回来是肯定无疑的！"汉卡平静地答道。她赶忙去吻孩子们，并把点心分给他们吃。

　　维特克立刻从马厩里跑了出来，小马驹也嘶叫着跟在他后面，立即朝还没有卸下马具的母马跑去。彼得正在把车上的东西搬下来。

　　"开始割草了没有？"汉卡坐在门槛上，一边给儿子喂奶，一边问道。

　　"昨天中午就开始了，一共来了五个人：有费利普克、拉法尔和以工抵债的科布斯，以及亚当·克温布和马特乌什，他们是花钱雇来的短工。"

　　"还有马特乌什，他怎么也来了？"

"是啊,我也感到奇怪,是他自己要来的。他说他不想天天让木匠活搞得他弯腰驼背的,用用镰刀能让他的脊梁骨挺得直直的。"

这时候,雅格娜推开窗户朝外观望。

"爹还在睡觉吗?"汉卡问道。

"是的,他躺在果园里,昨天晚上我把他搬到了外面,房间里太热了。"

"你妈妈好些了吗?"

"老样子,也许好了一点。雅姆布罗兹在给她治疗,昨天还从沃拉请来了一个放羊倌,他用烟熏法给她消毒,涂上药膏,他说,只要不见阳光,在家静养九个星期,保准她痊愈。"

"这是医治烫伤的最好方法!"汉卡说道,她换另一边来给婴儿喂奶。她又关心起昨天发生的一些事情,但她没有听多久,因为已是大白天了,朝霞映红了天空,露珠纷纷从树上落下,鸟儿在巢里叫个不停,村子里也响起了牲畜的哞叫声,以及把牲口赶往牧场的吆喝声,还有铁锤敲打铁具所发出的尖锐而清脆的叮当声。

汉卡脱下了出门时穿的衣服,便立即跑去见波利那,他正躺在树下的像半个篮子似的吊床上,身上盖上羽绒被,睡得很熟。

她用手推了推他,低声说道:

"爹,我告诉你,再过三天安特克就要回来了!他已经转到政府的监狱里去了。罗赫带着保释金跟他一起去的,付完保释金后他们就会一起回来了。"

老头子突然坐了起来,揉了揉眼睛,好像在听她说话似的。但他马上又躺倒在床上,还用被子蒙住脑袋,像是要重新睡熟了似的。

没必要再和他谈下去了,何况那些割草的人都已经来到了院子里。

"昨天,我们是在洋白菜地旁边的那块草场割的草。"费利普克解释道。

"今天你们得过河到小山丘的那块草场去割草，尤什卡会带你们去的。"

"是那个叫'鸭子窝'的，好大的一片草地？"

"那里的草像树林那样，长得齐腰高，而且茂盛极了。昨天的那个草场真是无法和它相比！"

"牧场上的草长得很差劲吗？"

"可不是吗？而且都枯萎了，割起来就像割毛刷子那样。"

"露水很快就会干的，今天割起来就要容易多了。"

他们都出发了，只有马特乌什还在雅格娜的房间里抽着烟，他是最后一个离开的。出来时，他还往后瞧了一眼，有点像馋猫留恋着牛奶那样。

村里的其他割草人也纷纷走了出来。

太阳冉冉升起，又大又红，天气越来越暖和，后来竟变得很炎热。

割草的人鱼贯而行，尤什卡走在前面，拖着一根竹竿。有人在念着祷文，有人还睡眼蒙眬，也有人偶尔吐出一两句话来。他们走过了磨坊，河湾处有一片低沉的雾气，赤杨的树枝在雾气中仿佛是一缕缕的浓烟，河流在暗灰色的背景上闪闪发亮，被露水浸透的青草垂首弯腰。田凫时时发出叫声，从东方传来的热空气中散发着鲜花盛放的芳香。

尤什卡带着大家来到了界石旁，量了量父亲的草场，把竹竿插在边界上，便飞跑着赶回家去了。

这时候，大家便脱下了外衣，把裤脚卷到膝盖上，排成了横向的一队，把镰刀柄插在地上，便用磨刀石磨起镰刀来。

"这里的青草长得真密，像羊皮袄那样，我们当中定会有人累得满身大汗的！"马特乌什站在前面试了试割草的力度，说道。

"又高又密，像堵墙似的，真不赖！"他旁边的人应声说道。

"但愿天气好得能把草都割完!"第三个抬头看了看天气说道。

"男人在割草,女人就求雨!"第四个笑着说道。

"这句俗话今年可不灵验了,往年却是实情!马特乌什,开镰吧!"

他们在胸前画了十字,马特乌什束了束腰带,朝四周环视了一下,弯下腰,向掌心吐了口吐沫,猛吸一口气,便把镰刀举起,猛地伸进草里,一次次地割了起来。其他的人都站得靠后一些,形成斜斜的一行,免得割到别人的腿脚。他们在雾霭笼罩的草场上,有条不紊地向前推进,冷峻的镰刀闪闪发亮,每刀下去便会响起一阵沙沙声,青草便会迅急倒下,排成整整齐齐的一堆堆,一行行。而它叶上的露水犹如泪水一样纷纷随之落下。

微风轻轻吹拂着青草,田凫叫得更频繁更悲惨,鹧鸪也迅速地窜逃而去。他们则左右摇摆着自己的身体,连续不断地割起草来。偶尔有人停了下来,磨磨镰刀,伸伸腰背,继而又使劲地干了起来,在他们身后便堆起了越来越多的草料堆。

当太阳升到村子上空时,所有的草场都已经在镰刀下面发出了呻吟声,到处都是割草人,到处都响起了镰刀声,到处都有镰刀发出的青光,到处都有磨刀的霍霍声,到处都有新割青草的强烈草香味。

今天的天气真是最有利于割草了,虽然有俗话说,"开镰割草,天便下雨",可是今年却完全相反,绵绵的淫雨不见,反而出现了干旱的现象。

早上开始时虽然露水很浓,但白天却热得火辣辣的,像个发烧的病人那样,到了夜间,更是闷热得难受。有些水井和小河已经干涸,麦子开始枯黄了,草木也变得枯萎了,无数害虫侵袭果树,尚未成熟的果实纷纷掉落地上,母牛在枯萎的牧场上吃不饱,回家后出奶就少了。而地主又不允许农民们到他的未开垦地上去放牧,如要放牧,每头牲口需要交付五个卢布。

333

村里的多数人家都拿不出这么多的现钱来。

除了这些特殊的灾害外，今年收获季节前的困难也比往年所遭遇到的更厉害，尤其是对那些佃农和贫农来说，更是雪上加霜。

他们估计，到圣约翰节的时候准会下雨，到那时，地里的庄稼就能得到雨泽。他们还为此出钱做了一次求雨弥撒，但毫无效果，干旱继续存在。

现在许多人家都没有下锅的东西了，但是争吵、斗殴和发牢骚的事件却层出不穷。就连最年老的老人，也记不得什么时候有像现在这样多的事件发生，而且森林事件法院还未判决，乡长的丑闻又引起村民们的议论纷纷。再加上多米尼科娃和儿子们的纠纷，还有德国佬的问题，以及邻居之间的争吵不断等等一系列事件，闹得他们心绪不宁，以至于把最现实的穷困都忘记了。

割草季节到了，他们都可以松一口气了，大家会这样高兴，也就不足为奇了。穷苦的农民们都急于到地主的庄园去找活儿干，富一些的农民也都忙于自己割草的工作，对于别的什么事情也就不闻不问了。

不过，他们唯一不忘的就是那些德国佬，村里每天都有人跑到波德列斯去，看看他们在干什么。

德国人还留在那里，但已停止挖井和搬取石头砌墙基了。有一天铁匠告诉大家，德国佬以债务问题控告了地主，并以暴力罪控告利普查村。

听到这个消息，农民们都会心地笑了起来。

今天吃午饭的时候，大家在草场上谈论的都是这个话题。

中午非常炎热，烈日高悬于头上，天空变得一片白茫茫的，四周热浪滚滚，令人仿佛置身于火炉之中。没有一丝凉风，树叶蔫了，鸟儿也停止鸣叫了。又短又细的阴影几乎遮不住任何的东西，天气特别闷热，只有新割下的青草散发出一种浓郁的香味。麦田、果园和农屋仿佛被裹在白色的光亮之中，万物都像是在空气中融化了，而空气又像是在火上煮沸的开水那样颤动。甚至连河水的流动也更慢了，河水有如融化的玻璃在闪闪发亮，而且清澈透明，水底下的每一条白鱼，河床上面的每一块石子，在两岸明亮的倒影里恣意横行的螃蟹，都能看得一清二楚。那种深沉的寂静，织成了一张昏昏欲睡的大网，悬挂在大地之上。只有苍蝇在人们的周围嗡嗡乱叫，此外，便听不到其他声音了。

割草的这些人，都坐在河边一棵高大的白杨树的树荫下，捧着陶罐吃起午饭来。马特乌什的午饭是纳斯特卡送来的，其他雇工的午饭则是由汉卡和雅古斯丁卡送来的。她们坐在烈日下面的草地上，只是头上盖了一条头巾，便异常好奇地听着他们说话。

"我从一开始就说过，不是今天，就是明天，德国佬就会不得不走的！"马特乌什敲着盘子大声说道。

"神父也是这么认定的！"汉卡说道。

"他们走不走，这要看地主的喜欢啦！"科布斯用争辩的口气说道，他伸开手脚躺在一棵大树下面。

"噢啊！难道他们没有被你的大嗓门吓得逃走了吗？"雅古斯丁卡用她惯常的讥笑口吻说道。

"昨天铁匠说，地主想同我们和解。"

"让我感到奇怪的是，米哈乌也站到我们这边来了。"

"他很清楚，这样做对他是非常有利的！"老婆子插了一句。

"听说，磨坊主也在地主面前替村里说过话呢！"

"神父，还有那些富人，都和我们站在一起了！"马特乌什说道，"让我来告诉你们吧：如果铁匠能把地主和利普查村调解成功，地主答应给他一笔偿金，磨坊主则不用担心德国佬会在圣像那里的坡地上建起一座风车磨坊，而酒馆老板之所以会帮助我们，也是出于他切身利益的考虑。他知道,如果德国佬在这里定居下来,犹太人就别想有好日子过了!"

"地主想要和解,难道也是怕我们农民吗?"

"你说对了,老妈妈!在这些人里面,最害怕我们的就是地主,这点我可以担保……"

马特乌什说到这里便突然停止了,因为他看到维特克从村子里飞跑而来。他远远地就喊叫起来:

"女主人,你快回去!"

"出什么事了?是着火了还是别的什么?"汉卡慌张地问道。

"是……是老东家在大叫大喊的,要找什么东西!"

汉卡急忙往家里跑去,她不明白到底发生了什么事儿。

事情是这样的:马捷伊从早上起就有些反常,嘴里嘀嘀咕咕不停,常常掀开被子,好像在找什么东西似的。汉卡到草场去之前就吩咐尤什卡,要她多注意父亲。小姑娘很尽心,多次去看望马捷伊,见他安静地躺在那里。可是到了中午,他便大叫大喊起来。

汉卡赶到家时,他才坐了下来,喊道:"你们快去把我的皮靴拿来!快去!"

"好,好!我马上到储藏室去拿来。"汉卡安慰他道,他也好像很清醒似的,但一双眼睛却转来转去,望着周围的东西。

"真他妈的,我睡过头了!"他打了个大呵欠,"都大白天了,你们却还在睡觉!叫古巴准备好耙子,我好去播种。"

他们站在他面前,都不知道如何是好。但他这时突然身体不支,便倒在了地上。

"不要怕,汉卡,我只是一时晕倒……安特克到地里去了没有?他在地里吗?"

他反复说了多次,大家又把他抬到了床上。

"他一早就去了地里……"汉卡支支吾吾地说道,她不敢违背他的意思。

他一边用锐利的目光打量着四周,一边还不停地嘟哝着,但十句话里最多能听清一句话。他又骚动不安起来,要起床穿衣,叫拿皮靴来。他双手捧着脑袋,痛苦地呻吟起来。汉卡知道他的寿命快到头了,便吩咐把他抬进屋子里,下午又派人去请神父来。

神父不久便带着天主圣像赶来了,他给波利那做了临终涂油礼。

"他不需要更多的什么了,过不了一两个小时,他就会永远一睡不起了。"神父说道。

傍晚时分,便来了许多亲朋好友,他们得知他快要断气了。汉卡已经给他点上了圣烛,放在他手上,但他却安安静静地睡着了。

第二天,他依然如故,他还认得出人来,说话也很清楚。但他整天躺着,像具死尸。铁匠老婆一步不离地坐在他旁边,雅古斯丁卡想用熏蒸法来给他治病。

"算了吧!免得全屋子都是烟熏火燎的!"他突然意外地说道。

中午,铁匠来了,波利那睁开双眼望着他,还露出了古怪的笑容,说道:

"不用费神了,米哈乌,我很快就要到头了……很快!"

说完,他便把脸转向墙壁,也不再说话了,很显然,他越来越虚弱了。大家都在尽心尽力地守护着他,尤其是雅格娜,她的心态似乎发生了令人惊奇的变化。

她不再守护母亲,将她完全交给了安德烈去侍候,她现在一心一意地看护着自己的丈夫。

"由我一个人来看护他,这是我的权利!"雅格娜对汉卡和马格达说道,态度非常坚决。她们也就不再反对了,因为各有各的事情要做。

她不再外出了,有一种难以言述的恐惧把她约束住了,她不敢像以前那样不理不睬病人了。

现在全村的人都在草场上忙碌着,从天一亮就开始,镰刀就在不停息地割着青草。曙光初现,霞光映红天空时,全村的人都出动了。一排排身着衬衫的农民遍布田野,看上去活像一群鹳鸟。他们把刀锋磨得利利的,刀光闪闪,整天不知疲劳地刈割着青草。姑娘们一边把晒好的干草搂成一堆,一边兴高采烈地唱起了民歌。

青翠而又毛茸茸的草场上聚集着众多的村民,喧闹而又谈笑不止,到处闪耀着深色的裤子和红色的衣裙,在阳光下发出像罂粟花一样的红光,歌声、镰刀声和笑声融合在一起,还有群鸟的鸣叫、青蛙的呱呱声、蟋蟀的尖叫声响彻整个草场。刈草的工作既忙碌,又愉快。所有的庄稼和青草,包括整个大地都散发出一种香炉那样的清香。于是所有的道路上都响起了装满干草的大车缓缓行进的车轮声,而那些割草的农民们则扯开嗓子高唱着歌曲朝家里走去。经过大家的刈割、践踏,半枯黄的草场上,耸立着紧挨在一起的草堆和一座座圆锥形的草垛,它们有如相互信任的左邻右舍,在寂静的大地上低声交谈,而在它们中间,鹳鸟昂首阔步地走来走去,田凫在草垛上空翱翔飞旋,发出悲哀的叫声,沼泽地里冒起了一片白色的暮雾。

人群和大地的所有声音,生活和劳动的欢乐声音,伴随着庄稼和牧场以及阳光的芳香,穿过敞开的窗子,一起传进了波利那的屋子里,但雅格娜对这一切既听不到又不想去听。

房间里很是寂静,死气沉沉。房屋周围的树木把阳光挡住了,给房间蒙上了一层绿幽幽、梦呓般的昏暗。只能听到苍蝇的嗡嗡声,瓦帕守在主人的床边,还不时打着呵欠,并对雅格娜摇尾讨好。而雅格娜呢,她坐在那里好几个小时都一动不动,不思不想,就像一根木棍那样。

现在,马捷伊不再说话也不再呻吟了,只是静静地躺在那里,一双眼睛却在不停地转动着,像玻璃珠那样闪着光芒,他冷冰冰地盯住雅格娜不放,像把利刃似的要刺穿她的身心。

雅格娜背过身去,不再看他的那双眼睛,但都毫无作用。他的那双眼睛,仿佛飘浮在空中,能从各个角落盯住她,而且还发出可怕的光芒,具有不可抗拒的魔力,使她不能不服从它们的意旨,望着它们就像望着无底的深渊一样。

有时候,她像是从噩梦中惊醒过来似的,苦苦哀求道:

"求求你别再这样看我,再看下去就会把我的灵魂吓掉,别看了!"

毫无疑问,他听见了她说的话,因为他的身体在发抖,他的面颊在抽搐,他的双眼反而变得更加凶狠可怕了,大滴的泪珠从他灰色的脸颊上滚落下来。

由于极度的恐惧,雅格娜跑出了屋外。

她躲在树后,望着草场上的人群和欢乐的场面。

她伤心地哭着离开了。

她来到母亲家里,刚把脑袋伸进黑乎乎的房间里,一股强烈的刺鼻药味,使她立即退了出来。

她重又哭了起来。

她来到了屋外,用一种渴望的眼神,环视着四周的景色,可是她触景生情,又流下了更痛苦、更忧伤、更凄惨的泪水。她如同一只被折断翅膀的小鸟,被同伴们留在了原地,便伤心地哭诉起自己的可悲命运来。

一天又过去了,毫无任何的变化。汉卡和全村人一样,这段时间都是全身心地投入到割草中去了。只是到了第三天,她从大清早起就留在家里。

"今天是星期六,安特克一定会回来了!"她高兴地说道,一边忙着收拾屋子,好迎接丈夫的回来。

中午已经过去了,安特克还没有回来。汉卡忍不住跑过教堂,来到白杨大道上瞭望,远方依然是空无一人,毫无动静。

村民们正忙着往家里运干草,因为天气快要变了。公鸡大声鸣叫,天气特别闷热,有的地方乌云高悬于空中,狂风呼啸而来,旋转而去。

看起来会是一场暴风骤雨,但结果却是下了很短的一场阵雨,虽然雨下得不小,却全被干渴的土地立即吞没了,唯一能让人欣慰的是,空气变得清新了。

到了傍晚,天气凉快了一些。空气中散发出干草和润湿泥土的芳香,雾霭笼罩着大路,月亮还没有出来。天空一片漆黑,只有稀稀拉拉的几颗星星高挂在空中。农舍里的灯光透过果园,映现在池塘水面上,像萤火虫那样闪闪烁烁。许多农户都是在门外吃晚饭的。有人吹起了笛子,处处都响起了欢笑声,鸟儿开始了歌唱,田野上传来了蟋蟀的低沉叫声,伴唱的还有秧鸡和鹌鹑的抑扬顿挫的鸣叫声。

波利那家的人也都是在屋外用餐的,靠窗的地方聚集了一伙人,他们谈笑风生,因为汉卡为了感谢他们协助刈草而设了一顿丰富的晚餐。鸡蛋炒洋葱头,香气扑鼻,刀叉齐鸣。雅古斯丁卡的尖酸刻薄不时引起大家的哄笑声。汉卡还常常从锅里舀出菜来,添加到各人的盘子里,劝他们吃好吃饱,不要客气。同时又留神听着从大路上传来的声音,还时不时地跑到篱笆外去眺望。

但是她没有看到安特克的人影,却有一次看见了特蕾莎,她靠在一根木柱上,好像在等什么人似的。

这一天雅格娜一直闷闷不乐,心情不好。马特乌什也没捞到机会和她说话,心里憋了一肚子的气,便和彼得吵了起来。这时候,安德烈赶来找他姐姐,说母亲要见她。

于是大家也就跟着散了,只有马特乌什在这里多待了一会儿才走。

不一会儿,汉卡也走了出来,但是在黑暗中她什么也看不见,只听见从池塘岸边传来的马特乌什的凶狠咒骂声："你为什么老是像条狗似的缠着我……我是不会逃走的……大家对我们嚼的舌根还少吗？"他还说了几句更难听的话，激起对方号啕大哭，泪如泉涌。

正在焦急等着丈夫回来的汉卡，对这件事根本不感兴趣，她现在没有心思去关注别人的事情。雅古斯丁卡正在收拾餐具，她便抱起非常烦人的婴儿跑去看望病人。

"马上就能见到安特克了！"她走在房门口便大声叫道。

波利那瞪着眼睛望着放在壁炉上的冒烟的油灯。

"今天他就要放出来了，罗赫去接他了！"汉卡贴着他的耳朵说道。她那双明亮的眼睛盯着他看，看他是否听得清楚，但他好像没有听进去，对她也是不理不睬的。

"也许他已经到了村里了……也许……"她这样想道，便时时跑到屋外去看看。她对他的回来充满信心，但是她的那种焦躁情绪，却使她神志迷糊，不停地自言自语，无端地笑出声来，走路歪歪倒倒，像个醉汉似的。她冲着黑暗诉说自己的希望，在挤奶的时候也向母牛唠叨起来，告诉它们，主人就要回来了。

她等待着，一秒又一秒过去了，她的耐心和气力也随之消失了。

已是夜深人静，村民们都沉沉入睡了。雅格娜从娘家回来后便立即躺倒在床上，整个波利那家的人不久都进入了梦乡。只有汉卡仍在屋外守候，一直待到深夜，最后她又累又伤心的，终于精疲力竭、支持不住，便回到屋里灭灯躺下了。

现在整个世界都在休息，四下静谧。

村子里的灯光都接二连三地熄灭了，好像人们入睡时闭起的眼睛。

月亮高悬在深蓝色的布满星星的天空中，而且越走越高，犹如一只展开银翼高高飞翔的鸟儿。

大地上的所有生物都沉浸在寂静和酣梦之中，只有单个的鸟儿在唱着悦耳的歌声,梦幻般的河水在潺潺流淌,沐浴在月光中的树木轻轻在摇曳,仿佛梦见了白天。偶尔会有一只狗在吠叫,一只飞过的夜鸟在扑打着翅膀。只有低低的水汽像个慈祥的又苦又累的母亲,缓慢而又小心翼翼地像包裹婴儿那样包裹着田野。

在不大清晰的墙边和果园里,传来了人们平静的呼吸声,他们觉得夜间气温很暖和,便都睡在露天下。

波利那在房间里,也是睡意浓浓的,只有炉边的蟋蟀在发出吱吱的叫声。雅格娜的呼吸急速,犹如鼓翼的蝴蝶。

已经是深夜了,公鸡开始了打鸣,波利那突然在床上翻腾起来,这时透过窗玻璃射进来银色月光,正好投射在他那憔悴的脸上。

波利那在床上坐了起来,把头点了点,咳嗽了一声,竭力想说话,可是除了喉咙咕噜咕噜响了几声之外,便一句话也说不出来。

他这样坐了一会儿,瞪着眼睛望着四周,并伸出手去摸那些在他被子上的月光,好像要抓住那刺激他眼睛的明亮光带。

"白天了……是时候了……"他终于咕噜着说出话来了,人也站在了地板上。

他朝窗外望去,仿佛是个久睡初醒的人,以为天已经大亮了,自己睡过了头,有许多工作正等着他去做呢。

"是起来的时候了!该起床了……"他一再说道,画了好几个十字,开始做起祷告来,同时他又东张西望地寻找衣服,又去找皮靴,做出一副穿鞋的样子。可是他什么也没有找到,又把衣服全给忘记了,双手茫然地在四周摸来摸去,祷告也中断了,他只能嘟哝着含糊其词地说出最后的几个字来。

对过去做过的事情的回忆,还有对他卧床期间所发生的种种事情的朦胧记忆,以及对将要去做的事情的打算,都一股脑儿地涌现在他的脑海中。模糊的记忆不断出现在他的心头,原来像收割庄稼后的田野一样模糊不清的一切,现在却清晰地屹立在他的面前。记忆在他的脑海中更加明确化、具体化了,而且竭力想脱颖而出。可是转瞬之间又涌现出了别的幻影,他还没有记住,便又消失不见了,正如腐朽的棉纱一样。他的心里烦躁不安,犹如找不到燃料的野火那样,不由自主地窜到别处去了。

因此,他现在所知道的,就像梦见了初春所带来的树木的清香,这是万物从冬天的蛰伏中苏醒过来的时候,是把自身脏物清除出去的时候,是和狂风一起高唱生命快乐之歌的时候。但是他不知道,他的梦想无法实现,行动徒劳无益。

他又能做什么呢?现在他的所有举动,就像一匹常年拉着打谷机不停转圈的马儿那样,都是出于习惯的缘故,即使任其自由行动,它也会习惯性地不断转起圈子来。

马捷伊打开窗子向外望去,随即又呆呆地望着储物室,在久久的思考之后,他又去捅了捅壁炉,然后光着脚穿着衬衣朝院子里走去。

房门一直是开着的,整个走廊都洒满了月光。瓦帕正蜷缩在门口睡觉,它被脚步声惊醒了,便吠叫起来,认出他是主人便跟了他出来。

马捷伊站在门口,挠着耳朵,使劲地在想,今天急需要他完成的工作是什么。

瓦帕非常高兴地蹿到了他的胸前,他像往常一样抚摸起它来,同时又用不安的眼神打量着四周。

夜色明亮如同白昼,月亮已经高悬在房屋之上,把深灰色的阴影投射到白墙壁上,池塘的水面宛如一面镜子,在闪闪发亮,村子里万籁俱寂,只有几只小鸟在树丛中间跳来跳去。

他好像突然想起了什么事情,便急忙跑到院子里,所有的门都敞开着,小伙子们正躺在阴暗的谷仓里打起了鼾声,他去看了看马厩,拍了拍马儿,马儿惊叫了起来。随后他又去牛棚察看,只见母牛躺成了一排，亮光下只能看见它们的屁股。他很想从木棚里拉出大车来，他都已经拉起了缰绳，突然看见了闪闪发亮的铁犁，便又匆匆赶了过去，还没有走到它的跟前，便又把它全忘了。

他在院子中央站住了，环视了一下四周，觉得有人在叫喊他。

井台上的桔槔在他面前投下一条长长的影子。

"这是什么玩意儿？"他问道，等待着别人的回答。

映上一道道月光的果园，似乎挡住了他的去路，被月光照成银色的叶子仿佛在窃窃私语。

"是谁在叫我？"他问道。被树木碰撞了一下。

紧跟在后面的瓦帕突然哀叫了一声，他便站住了，深深地吸了一口气，便高兴地说道：

"真的，小狗，是该播种的时候了。"

转眼之间他又把这事抛到脑后去了。不知不觉，所有的事情都从他的记忆中消失了，就像沙子从指缝中间漏掉那样。然而新的记忆又不断袭上心头，把他推着前行。但是这些新的想法就像纺锤那样依然在一个地方绕来绕去。

"是的！……是播种的时候了……"他再一次说道。随即他就穿过篱笆门朝离家最近的那块地走去，正好走到了那个不幸的干草垛旁，那是去年冬天被烧掉的，如今又重新堆起了新草垛的那个地方。

他本打算走过去的，可是突然又退缩回来，转瞬之间，往事又回到了他的脑海中，那痛苦的一幕又显现在他的眼前，于是他用力从篱笆上拔起一根木桩，双手紧握着木棍像挥动草杈子那样挥舞着，眼露凶光，气势汹汹地朝干草垛直冲过去。但是，还没等他冲到近前，那根木棍便从他虚弱无力的手中掉落下来。

干草垛后面，沿着土豆地旁边的那条道路平行过去，是一长条已经犁过的耕地，他在耕地旁边停住了，心神不定地望着四周的景物。

月亮已走过一半的行程，大地正处在灰蒙蒙的亮光中，身上披满了露珠，仿佛在寂静中倾听着什么。

从田野里，从远方的天地相连处，传来了深沉的无法渗透的寂静，从牧场上升起了白茫茫的水汽，渐渐弥漫在麦田上面，让麦田披上了一件潮湿而温暖的白羊皮袄。

长得高高的密密的像堵墙似的黑麦，由于不堪麦穗的重负，都垂伏在田埂上，而下垂的麦穗，却好似鸟巢中嗷嗷待哺的小鸟的淡红色嘴喙。小麦像柱子似的挺立着，昂起了它那黑油油的大脑袋。大麦和燕麦则尚未吐穗，翠绿如草场，在半明半雾的笼罩下，露出了一层幽暗的银光。

现在鸡叫第二遍了，夜已深，大地都在酣睡，不时会发出轻微的窸窣声，就像是白天劳累时的叹息声一样，有时又会发出母亲怀抱婴儿入睡时那样的喘气声。

波利那立即跪了下来，把泥土装进他的衬衫口袋里，就像把种子装进种子袋里要去播种那样，但是他装得太多了，差点站立不起来。随后他画了个十字，伸手去测试了一下能播及的范围，便开始播撒起来。

泥土太重了，压得他弯弓曲背，一步一步地缓慢前行。他挥动半圆形的手势，把种子撒到地里，就像神父在赐福一样。

瓦帕跟在他后面，有只受惊的小鸟突然从他脚边飞走，它便追了出去，过一会儿它又回到了主人的身边。

在这迷人的春天的深夜里，波利那却直挺挺地望着那美妙的世界，像个幽灵那样悄悄穿过一片麦地向前走去。他向每一块土地、每一片麦穗祝福，他一直不停地播种着，不知疲劳地播种着。

他在垄沟里绊了一跤，在洼地上跌跌绊绊，有时甚至跌坐在地上，但是他除了一味地播种之外，对这些碰碰撞撞的事浑然不知。

他就这样走到了麦田的终端。他手边的泥土撒完了,他便再去装了一些,继续播撒下去,当有大树和树根挡住他的去路时,他便返过身来往回走。

　　他走得很远,鸟儿的鸣叫声听不见了。整个村子都消失在黑沉沉的浓雾里,他的四周唯有波浪起伏的灰色麦田,他站在这一眼望不到边的土地海洋中,就像一只迷途的小鸟,或者一个在地上游荡的精灵。随后,他便朝家的方向走去,向鸟儿鸣叫的地方走去,他要返回暂时停止活动的人群当中。实际上,他就像个漂流者,被麦浪滚滚的巨流,冲刷到生存的岸上了。

　　"古巴,放开我!轻一点!"他好像是在跟长工喊叫。

　　时间就这样过去了,他依然在不懈努力地播种着。只是偶尔会停下来休息一会儿,舒展一下筋骨。然后他又投入到这种毫无作用的劳动和徒劳无益的工作中去了。

　　到最后,夜色开始变得灰暗起来,星星也更苍白了,公鸡啼叫了第三遍,他也被弄得精疲力竭了,停下来的次数更多了,连再装土的事都忘记了,他现在是空手做着播种的工作。现在他好像是在把他本人播种到他祖先留下来的田地里,他把自己度过的所有岁月,他经历过的一切事件和全部生活,他把这些神圣的收获,以及所有的一切都奉还给了永生永世的上帝。

　　在他生命的最后时刻,却出现了一种异乎寻常的现象:天空变成了灰白色,像一块大裹尸布。月亮落下去了,所有的亮光都消失了,整个天地都突然变得黑黝黝的,仿佛是陷入了黑暗的深渊中,突然有一件无法理解的事情发生了。他踏着沉重的步伐,正在黑暗中前行,大地都为之震动。

　　一种不吉的响声连续不断地从森林那边传来。

　　单株的树木在不停摇摆,树叶发出沙沙响声。麦子和青草在不断

起伏,从颤动的低洼田地里传来了一阵令人胆战心寒的呼叫声:

"主人啊!主人!"

大麦的青叶子不断在抽搐,仿佛是在哭泣,并且俯下头来吻他那又劳又累的双脚。

"主人啊,主人!"黑麦闷声叫道,并挡住了他的去路,把露珠像泪水一样洒在他的脚下。鸟儿发出悲怆的叫声,风在他头上哀鸣,雾水把他裹得湿湿的,可是那个声音却越来越响,越来越大,好像四面八方都在不停地响着这悲伤的呼叫声:

"主人啊,主人!"

他终于听见了,便朝四周望了过去,用低沉的嗓门儿说道:

"我就在这里。你们想要什么?说呀?"

周围一片寂静,没有回答。但当他继续边用疲劳无力的手播种边朝前走去时,却听到所有的田地都齐声向他大声道:

"留下吧!和我们在一起!留下吧!"

他惊异得站住了。他觉得所有的一切都在向他迎面走来,野草向他爬来,麦子的波浪朝他涌来,田地将他包围,整个乡村腾空而起,朝他压了过来。他害怕极了,想大声叫喊,但喉咙好像也被什么卡住了似的,发不出一点声音。他想立即逃走,但全身乏力,无法跑动,而且他的双脚也被大地紧紧抓住了。麦子把他缠住了,沟沟坎坎让他东倒西歪,坚硬的土地让他难以移动脚步,低垂的树木挡住他的去路,荆棘把他刺痛,石头碰伤了他的脚趾,狂风也在追逐着他,黑夜使他迷路,而那种呼喊声却响彻整个空间:

"留下吧!留下吧!"

他立即站在那里不动了,万物也静止下来跟着他站在原地不动,一道闪电竟使他那处在深沉黑暗中的眼睛睁开了,展现在他面前的天空,也显得格外明亮。而在这天国的亮光中,至尊的上帝端坐在由麦

穗编织而成的宝座上,向他伸出了双手,用慈祥温和的声音对他说道:

"到我这儿来吧!人的灵魂。到我这儿来吧,受苦受累的农民。"

波利那听见这句话后,便头晕眼花、站立不稳,他就像在做宗教仪式的时候一样,向天空伸出了双手。

"我衷心感谢上帝!"他说道。随即他脸朝下,摊开四肢,俯伏在至高无上的上帝面前。

就在上帝对他表示最慈爱的那一时刻,波利那倒下了,死了。

曙光照在了波利那的身上,而瓦帕却一直守在他的身边,长久而悲痛地吠叫不停。

第三部 春——完